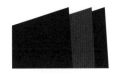

오 월 문 학 총 서 5

아동·청소년

| 일러두기 |

이 작품집은 크게 제1부 '아동 소설'(17편), 제2부 '청소년 소설'(3편)로 구성돼 있다. 이 중 제1부는 작품의 내용과 경향에 따라 다시 3개의 범주로 구분하였다. 첫째 장 '질문 있어 요'(사건의 재현과 진실 규명, 7편), 둘째 장 '되찾은 삼촌'(트라우마와 회복, 5편), 셋째 장 '종이 주먹밥'(공동체 의식과 의미 확장, 5편)이 그것이며, 시간의 흐름에 따라 그 변화를 살필 수 있도록 발표 순으로 수록했다.

오월문학총서 2024

오월문학총서간행위원회 엮음

5

아동·청소년

5·18기념재단
The May 18 Foundation

문학들

오월문학이 추구한 간절한 소망

5월, 그날이 다시 우리에게 찾아왔습니다. 한국 현대사에서 1980년 5월, 이른바 '5·18민주화운동'은 특별한 의미를 지니고 있습니다. '5·18'은 광주시민들이 겪어야 했던 참담한 고통을 연상시키며, 이 땅의 민주주의를 위해 투쟁을 멈추지 않았던 한국인들의 역사가 오롯이 담겨 있기 때문입니다.

돌이켜 보면 그해 5월이 '광주사태'에서 '광주민중항쟁'으로 그리고 '5·18민주화운동'으로 규정되어 오늘에 이르고 있지만, 5·18은 여전히 '미완의 항쟁'입니다. 5월 18일이 '국가기념일'로 지정되고, 오월 영령들이 잠들어 있는 곳이 '국립5·18민주묘지'로 명명되고 있지만, 우리는 '광주학살'의 최고 책임자, 발포 명령자를 사법적 심판대에서 단죄하지 못했고, 암매장 행방불명자 등에 대한 진상규명이 여전히 미완의 숙제로 남아 있기 때문입니다.

더구나 2021년에는 '광주학살의 전리품'으로 '대통령'이란 자리에 오른 전두환-노태우가 사망하고 말았습니다. 두 전직 대통령은 자신의 죄과에 대해 단 한 번도 참회하지 않은 채, 진정한 사과 한 마디 없이 이승을 떠남으로써 우리들에게 통한의 마음을 안겨준 바 있습니다.

혹자는 '오월광주'에 대해 40년도 더 지난 과거의 일이니, 이제 그만 잊어버리자고 말하기도 합니다. 하지만 우리가 역사를 배우는 까닭은 현재를 이해하고 미래를 전망하기 위해서입니다. 산 자들이 국가폭력에 의해 억울하게 죽어간 사람들을 기억할 때 그들이 살아 있는 역사로 온전하게 존재하게 됩니다. 역사가 산 자에게 부여한 임무는 덕행의 망각을 방지하고, 악행에 가담한 자들에게 불명예를 안겨주는 것이라고 생각합니다.

그동안 〈5·18기념재단〉은 '절대공동체', '불멸의 공동체'라고 명명된 '오월광주'를 참답게 계승하고자 제반 노력과 여러 기념사업을 수행해 왔습니다. 특히 지난 2011년 5월에 '5·18민주화운동기록물'

이 〈유네스코 세계기록문화유산〉에 선정된 것을 기억합니다. '5·18 기록물'이 광주와 대한민국을 넘어서 전 인류의 소중한 문화유산이 된 것입니다. 이를 기념하여 〈5·18기념재단〉은 2012년과 2013년에 『오월문학총서』 1차분으로 전 4권을 발행한 바 있습니다. 그리하여 올해 5·18항쟁 44주년과 〈5·18기념재단〉 창립 30주년을 맞아 시, 소설, 희곡, 평론, 아동·청소년 부문 등 전 5권으로 『오월문학총서』 2차분을 출간하게 되었습니다.

'오월문학'은 한국문학의 '영혼'으로 존재해 왔습니다. '오월문학' 은 민주주의를 위해 죽음을 두려워하지 않았던 위대한 '시민정신'을 기억했고, '절대공동체'라는 아름다운 '대동세상'을 소환했으며, 오 월의 비극이 '분단체제'에서 비롯된 것임을 깨닫게 했습니다. '광주 학살'이라는 참담한 비극과 '해방광주'라는 환희의 영광 속에서 탄 생한 '오월문학'은 좌절된 희망과 슬픔을 계승하는 데 그치지 않았 습니다. 삼라만상의 뭇 생명들의 소중함, 분단이데올로기의 타파와

평화적 삶에 대한 간절한 소망으로 나아갔던 것입니다.

그토록 뼈아픈 오월의 고통, 그토록 아름다운 오월을 문학적으로 형상화한 작품들은 광주시민들과 이 땅의 국민들에게 '역사 정의 실현'이라는 새 희망을 안겨줄 것입니다. 끝으로 『오월문학총서』 간행에 참여해주신 작가와 문학인, 관계자 여러분께 감사의 말씀을 전합니다.

2024년 5월

원순석 5·18기념재단 이사장, 오월문학총서간행위원장

차례

제1부
아동 소설

첫째 장
질문 있어요

멈춰버린 시계

김남중

전북 익산에서 태어났다. 1998년 〈전북도민일보〉 신춘문예로 등단했다.

동화책 『기찻길 옆 동네』 『연이동 원령전』 『나는 바람이다 1~11』

『불량한 자전거 여행 1~3』 『남극곰 1~2』 『자존심』 등을 펴냈다.

창비좋은어린책 공모대상, 올해의 예술상을 수상했다.

성묘를 갑니다. 아버지 산소는 낮은 산 중턱 양지바른 곳에 있습니다. 이제는 기차가 다니지 않는 텅 빈 시골 역에서 걸어서 삼십 분쯤 떨어진 곳입니다. 차로 가면 오 분이면 되지만 차는 시골 역 앞에 세웠습니다. 기찻길 위를 걸으면 안 되는 걸 알면서도, 오늘은 옛날에 아버지와 함께 왔을 때처럼 걸어 보고 싶었습니다.

여섯 살 난 동주가 앞서 걸으며 노래를 부릅니다.

"숲속 작은 집 창가에 작은 아이가 섰는데 토끼 한 마리가 뛰어와 문 두드리며 하는 말."

동주는 양팔을 벌려 레일 위를 걷기도 하고 가지런한 침목을 건너뛰기도 합니다.

"날 좀 살려주세요! 날 좀 살려주세요! 날 살려주지 않으면 포수가 빵 쏜대요."

얼마 전까지 반팔 옷을 입어도 더웠는데 지금은 바람결이 팔뚝의

털끝마다 서늘합니다. 논마다 고개 숙인 벼이삭이 바람에 차락차락 흔들립니다. 눈길 닿는 곳에 마을이 있고, 마을마다 기와를 얹은 집들이 있고, 집마다 감나무가 있습니다. 여름 내내 햇빛을 고아 담은 감들 때문에 감나무 가지가 찢어질 것 같습니다. 가까이 가면 돌담 옆에 진홍색 대추가 다닥다닥 매달린 대추나무도 보일 겁니다.

"작은 토끼야 들어와 편히 쉬어라."

며칠 지나면 추석입니다. 서울, 대전, 광주에 흩어져 사는 가족들이 모여 명절 음식을 나눠 먹을 테지만 그 자리에 아버지는 없습니다. 아버지가 계셨던 작년 추석이 까마득합니다.

아버지는 명절이 아니더라도 가끔 성묘를 왔습니다. 어린 나는 기찻길 위를 신나게 달렸습니다. 시간이 언제 이만큼 흐른 걸까요. 아이가 자라면 어른이 늙는다는 걸 그때는 몰랐습니다. 아버지는 내 손을 잡고 이렇게 말하곤 했습니다.

"나중에 말이다, 네 자식이랑 이 길을 걸을 때면 내 생각이 날 거다."

나는 그런 말이 싫었습니다. 아버지가 당장 어디론가 사라져버릴 것만 같았습니다. 아버지 손을 놓고 레일 위를 빠르게 걸었지만 아버지가 내 뒷모습을 보고 있다는 걸 알 수 있었습니다. 산그늘마다 철쭉이 듬뿍듬뿍 핀 봄날이었을 겁니다. 세상이 온통 싱그러운 오월이었을 겁니다. 멀리서부터 기적 소리를 울리며 느릿느릿 기차가 다가오면 나는 아버지에게 달려갔습니다. 아버지는 기차가 지나갈 때까지 나를 꼭 안아주었습니다. 아버지 품 안에서 고개를 들면 어느새 기차는 멀어져 꽁무니가 보였습니다. 나는 다시 신나게 기찻길 위를 달렸을 겁니다.

동주가 기찻길 옆에 쌓여 있는 자갈을 만졌습니다. 까매진 동주 손을 닦아주며 나는 말했습니다.

"나중에 네 자식이랑 여길 걷게 되면 아빠를 생각해줘."

동주가 웃으며 잠자리를 쫓아갔습니다. 동주는 여섯 살, 나는 서른여덟 살입니다. 언젠가 동주도 서른여덟 살이 되고 아버지가 될 겁니다. 동주를 보면 꼬마였던 내가 보입니다. 동주는 할아버지를 잘 모릅니다. 시골에 사는 할아버지를 명절에만 만났기 때문입니다. 동주가 조금만 더 크면 들려줄 할아버지 이야기가 있습니다. 유리가 깨지고 바늘이 휘어진 손목시계, 삼십 년 가까이 멈춰 있는 시계 이야기입니다.

내가 열두 살이었을 때 아버지는 광주에 있는 전남도청 옆에서 만물상을 하고 있었습니다. 가게도 작았지만 가게에 달린 골방은 더 작아서 세 사람이 누우면 돌아눕기가 힘들었습니다. 아버지에게는 그 만물상이 큰 자랑거리였습니다. 빈손으로 시작해 오랫동안 아끼고 모아 장만한 가게라는 것이었습니다. 목이 좋아서 장사도 잘되었고 단골손님도 많았습니다. 아버지는 몇 년 더 고생하면 집을 살 수 있다고 큰소리쳤습니다.

아버지는 한쪽 손이 없는 장애인이었지만 성한 손 하나와 갈고리 손 하나로 못 하는 게 없는 만물박사였습니다. 시계, 라이터, 라디오, 지갑, 벨트, 주머니칼, 안 파는 것이 없고 못 고치는 것이 없었습니다. 나는 아버지가 자랑스러웠습니다.

나는 날마다 만물상에 놀러 갔습니다. 나를 보면 아버지는 알전구 불빛 아래 웅크렸던 어깨를 활짝 폈습니다.

"이놈이 우리 장남이오. 책을 얼마나 좋아하는지 내가 책값 버느라고 사네요. 허허허!"

손님에게 인사를 하면 아버지가 동전을 줬습니다. 손님이 계시니 나가서 놀다 오라는 뜻이었습니다. 나는 군것질거리를 입에 물고 창밖에서 만물상 안을 들여다보았습니다. 손님을 앉혀 놓고 척척 일하는 아버지가 당당하고 멋졌습니다. 핀셋으로 작은 부품을 집느라 아버지가 두 눈을 찡그릴 때마다 내 눈도 같이 작아졌습니다. 손님이 나가면 나는 가게 안으로 들어가 아버지 옆에 앉았습니다. 아버지는 잠시도 손을 놀리는 때가 없었습니다.

"손이 하나뿐이니까 남들보다 두 배는 일해야 하지 않겠냐?"

나는 빨리 자라서 아버지처럼 기술을 배워야겠다고 생각했습니다. 아버지는 내가 뭔가를 물어볼 때마다 고개를 저었습니다.

"아서라, 이런 거 배워서 뭐 할라고. 너는 공부나 열심히 해. 서울 가서 큰일 해야지."

그러면서도 아버지는 내게 많은 것을 가르쳐주었습니다.

"하긴, 도둑질 빼고는 알아서 나쁠 건 없다."

밤이 되면 아버지는 만물상을 깨끗이 정리하고 함석판을 붙인 나무 덧문으로 가게를 닫았습니다. 어머니와 동생들이 기다리는 계림동 셋방을 향해 걸을 때면 아버지는 내 손을 꼭 잡았습니다. 나는 늘 아버지의 오른손을 잡고 걸었습니다. 하나뿐인 아버지의 손은 다른 사람 손보다 몇 배 따뜻했습니다.

아버지 한숨이 늘었습니다. 날마다 사람들이 도청 앞에 모여 시위를 하기 때문에 장사가 안 돼서입니다. 학교에서 공부를 할 때도

최루탄 터지는 소리, 사람들이 입을 모아 지르는 구호 소리가 들려
왔습니다. 만물상에 가면 아버지는 눈물을 흘리며 담배를 피우고
있었습니다. 만물상이 담배 연기로 가득했습니다.

"아버지, 저 왔어요."

"사방천지가 매운데 뭐 하러 왔냐!"

아버지는 새 담뱃불을 붙이며 말했습니다.

"눈 크게 떠 봐라. 더 크게!"

아버지는 담배를 빨아들여 내 눈에 연기를 뿜어주었습니다. 신
기하게 눈이 덜 매웠습니다. 함성 소리가 커졌습니다. 만물상으로
몰려오는 듯한 소리였습니다. 최루탄 쏘는 소리가 덩달아 커졌습니
다. 총소리 같아서 나는 깜짝 놀랐습니다. 아버지가 내 등을 다독여
주었습니다.

'하필이면 우리 만물상 앞에서 저럴까? 딴 데 가서 하면 좋겠다.'

아버지는 밖에서 시위를 하든 말든 열심히 일했습니다. 나는 아
버지가 자랑스러웠습니다. 가족을 끝까지 책임지는 든든한 아버지
였습니다.

'아버지가 저 사람들처럼 시위를 하러 다닌다면?'

뜬금없는 생각에 눈앞이 캄캄해졌습니다. 내 생각을 듣기라도
한 듯 아버지가 말했습니다.

"곧 끝날 거다. 이러니저러니 해도 우리 같은 사람은 먹고사는
게 제일 중요한 거니까. 다들 밥벌이하기 바쁜 사람들이라 곧 끝날
거야."

아버지는 시위가 심해져도 늦게까지 가게를 열었습니다. 옆에
있는 미장원, 분식집이 일찍 문을 닫은 날도 아버지는 끝까지 가게

를 지켰습니다. 싸구려 담배를 태워 최루탄 연기를 쫓으며 혹시 올지 모를 손님을 기다렸습니다. 눈물 흘리며 들어오는 손님 눈에 담배 연기를 뿜어주고 기다리는 시간을 줄여주느라 하나뿐인 손을 바쁘게 움직였습니다.

시위하는 사람이 점점 늘어났습니다. 전에는 낮에만 시위를 했는데 이제는 해가 져도 사람들이 흩어지지 않았습니다. 경찰들이 늘어나 도청 주위를 에워쌌습니다. 도청 옆에 있는 우리 만물상 앞에도 줄지어 늘어선 경찰들이 길을 메우고 있었습니다. 아버지는 하루에도 몇 번씩 가게 앞에 나가 큰소리를 쳤습니다.

"좀 비켜 봐요. 가게 앞을 이렇게 딱 막고 있으면 장사를 어떻게 할 것이오. 좀 비켜줘요."

경찰들이 움찔움찔 길을 터주었습니다. 하지만 어디론가 우르르 뛰어갔던 경찰들이 다시 돌아오면 아버지는 또 큰소리를 쳐야 했습니다. 나는 아버지가 자랑스러웠습니다. 수많은 경찰을 향해 큰소리를 치는 아버지, 경찰들도 아버지 말이라면 무시하지 못했습니다. 소매 끝에 번쩍이는 갈고리가 무서웠을 겁니다. 여느 때 같으면 아버지는 갈고리가 보이지 않게 소매 끝을 길게 내리고 다니지만 화가 나면 달랐습니다. 갈고리를 본 사람 중에 꼬리를 내리지 않은 사람이 없었습니다. 아버지는 화를 내다가도 나를 보기만 하면 금방 팔을 내렸습니다. 갈고리를 숨기고 어색하게 웃었습니다.

며칠이 지났습니다. 아버지는 내게 만물상에 절대 나오지 말라고 당부하고 일을 나갔습니다. 우리가 사는 계림동 셋집에서도 시위 소리가 들렸습니다. 책을 읽어도, 숙제를 해도 아스라이 들려오는 함성 소리와 최루탄 터지는 소리가 귓속에 울렸습니다.

어머니가 시장 좌판을 일찍 걷고 집에 돌아왔습니다.

"아버지 안 오셨지?"

"예."

"오늘 같은 날은 안 나가셨어야 했는데, 동생들은?"

"골목에서 놀던데요."

"가서 좀 데려와라."

놀고 싶어 손을 뿌리치는 동생들을 나는 억지로 끌고 왔습니다. 투덜대던 동생들도 어머니 얼굴을 보더니 입을 다물었습니다. 나는 어머니에게 조심스레 말했습니다.

"아버지도 모시고 올까요?"

"아니다. 내가 갈란다."

동생들이 고개를 반짝 들었습니다. 어머니가 나가시면 어떻게든 나가 놀려는 마음이 빤히 보였습니다. 나는 동생들에게 눈을 부라리며 말했습니다.

"제가 금방 갔다 올게요."

어머니가 한숨을 쉬었습니다. 동생들이 마음에 걸렸나 봅니다.

"그럴래? 그럼, 빨리 뛰어갔다 와."

나는 골목을 뛰어갔습니다. 오늘따라 길거리에 사람들이 별로 없었습니다. 만물상으로 가는데 저만치 도청 앞에 줄지어 선 군인들이 보였습니다. 이상한 일이었습니다. 왜 경찰이 아니고 군인들이 있을까? 그것도 초록색 옷을 입은 보통 군인이 아니라 얼룩덜룩한 옷을 입고 총을 든 군인들이었습니다.

굳은 얼굴로 도청 앞쪽을 살피는 아버지가 보였습니다. 나는 아버지에게 달려가며 손을 흔들었습니다.

"아버지!"

아버지는 나를 보고 깜짝 놀랐습니다.

"나오지 말라고 했잖아!"

"엄마가 빨리 오시래요."

"안 그래도 들어가려던 참이다."

아버지가 내 손을 잡았습니다. 도청 못 미처 난 골목길에서 사람들이 우르르 쏟아져 나왔습니다. 남자도 있고 여자도 있었습니다. 나이 든 사람도 있고 젊은 사람도 있었습니다. 사람들은 도청을 무너뜨리기라도 할 듯 큰 소리로 구호를 외치며 천천히 도청 앞쪽으로 움직였습니다. 아버지와 나는 걸음을 멈추고 사람들을 지켜봤습니다. 도청 앞에 있는 군인들은 독 안의 쥐처럼 사람들에게 둘러싸였습니다. 혹시 사람들이 군인들을 다치게 할까 봐 마음이 조마조마했습니다. 어디를 봐도 시위하는 사람들로 가득했습니다. 사람들 머리 위로 보이는 하얀 도청 건물이 바다에 떠 있는 섬 같았습니다.

갑자기 구호 소리보다 더 큰 비명 소리가 들렸습니다. 움직이던 사람들이 눈 깜짝할 사이에 돌아서서 도망치기 시작했습니다. 밀려왔던 파도가 물러나는 것 같았습니다. 나는 사람들의 눈을 보았습니다. 하얗게 뒤집힌 눈동자들이 부서지는 파도의 물방울처럼 우리를 향해 몰려왔습니다. 아버지는 나를 꼭 안고 부들부들 떨었습니다.

"이게 뭔 일이냐!"

나는 정신을 차릴 수가 없었습니다. 비명을 지르며 달려오는 사람들이 무서웠습니다. 사람들을 쫓는 것이 무엇인지 알 수 없어 더 무서웠습니다. 아버지는 사람들에게 휩쓸리기 전에 나를 데리고 만물상 안으로 들어갔습니다. 아버지는 나를 가게 안 골방에 밀어 넣고 나무 덧문을 들었습니다. 함석판을 붙인 덧문 석 장을 세우자 가게가 닫혔습니다. 밖에서 비명 소리, 발소리가 어지럽게 들려왔습니다. 아버지는 가운데 덧문에 달린 작은 문을 통해 안으로 들어왔습니다. 아버지가 전등을 끄려고 손을 뻗쳤을 때였습니다.

"덜컹! 덜컹!"

누군가 작은 문을 흔들었습니다. 잠그지 않은 작은 문이 열리며 아저씨 한 명이 정신없이 기어 들어왔습니다. 달리다가 넘어졌는지 양복이 흙투성이였고 등 언저리가 찢겨 있었습니다. 아저씨는 강아지처럼 네 발로 엎드려 숨을 헐떡였습니다.

"나 좀 숨겨주세요. 군인들이 미쳤나 봐요! 제발 나 좀 살려주세요."

"군인들이 미쳤다고요?"

아버지가 작은 문을 급히 닫았습니다. 아저씨는 그제야 바닥에 주저앉으며 숨을 몰아쉬었습니다.

"고맙습니다. 정말 고맙습니다."

"어떻게 된 일이오? 군인들이 미쳤다니요?"

"군인들이 총검으로 사람을 찔렀어요. 진압봉으로 개 패듯 때리고!"

아버지가 침을 꿀꺽 삼켰습니다. 나는 골방에서 고개를 내밀고 아버지와 아저씨를 바라보았습니다. 아버지가 처음 듣는 엄한 목소리로 말했습니다.

"들어가 있어라."

바닥에 앉은 아저씨와 눈길이 마주쳤습니다. 아저씨는 다리에 힘이 풀렸는지 일어서지 못했습니다.

머리서 쿵쾅쿵쾅 요란한 소리가 들렸습니다. 아버지가 작은 문을 손가락만큼 열고 밖을 내다보더니 급히 문을 닫았습니다.

"군인들이 가게 문을 다 열어 본다."

쿵쾅거리는 소리는 가게를 닫은 덧문이 나뒹구는 소리였습니다. 아버지가 내게 소리쳤습니다.

"들어가 있으라니까!"

아버지가 거칠게 미는 바람에 나는 뒤통수를 벽에 부딪혔습니다. 아픈 것보다 놀라서 눈물이 나왔습니다. 지금까지 내게 매 한 번 들지 않았던 아버지였습니다. 아버지가 골방 문을 드르륵 닫았지만 나는 문손잡이 옆에 달린 작은 유리창으로 가게 안을 볼 수 있었습니다. 아버지가 아저씨에게 목소리를 낮춰 말했습니다.

"안 되겠소, 여기서 나가주시오."

"예? 밖에 나가면 죽어요."

아저씨 얼굴이 파래졌습니다. 아버지는 싸늘한 얼굴로 고개를 저었습니다.

"거기가 여기 있으면 셋 다 죽겠소. 좋은 일 하는 셈치고 빨리 나가요."

"사장님, 살려주세요."

아저씨가 아버지의 바지 자락을 잡았습니다. 아버지가 뿌리치려 했지만 아저씨는 손을 놓지 않았습니다.

"내 말 못 알아들었소? 군인들이 찾고 있는 게 당신네니까 우리까지 봉변당하기 전에 빨리 나가란 말이오."

아버지는 바지를 잡고 있는 아저씨 손을 풀어내려 했습니다. 은빛 갈고리가 날카롭게 빛났습니다. 아버지가 힘을 쓰자 아저씨의 손이 풀리며 뭔가가 바닥에 떨어졌습니다. 금빛으로 번쩍이는 시계였습니다. 아버지 눈길이 시계로 향하자 아저씨가 시계를 집어 들었습니다.

"이걸 드릴 테니까 사람 하나 살려주세요. 스위스제 금딱지 예물 시계예요. 비싼 겁니다!"

아버지는 아무 말도 하지 않았습니다. 아저씨가 양복 주머니를 더듬거리더니 지갑에서 돈을 모두 꺼냈습니다.

"이것도 드릴 테니 제발 날 좀 숨겨주세요. 제발!"

아버지는 동상처럼 우뚝 서서 시계와 돈을 바라보았습니다. 아버지가 골방을 돌아보기에 나는 자라처럼 쑥 고개를 집어넣었습니다. 잠시 아무 소리도 들리지 않았습니다. 나는 다시 가게 안을 내다보았습니다. 아버지의 손이, 공중에서 떨고 있는 아버지의 손이 보였습니다. 아버지의 손이 천천히 움직였습니다. 나는 그 손이 어디를 향했는지 분명히 보았습니다.

"쾅, 쾨쾅!"

요란한 소리를 내며 덧문이 떨어져 나갔습니다.

"여기 숨어 있다!"

고함 소리가 들리더니 군인 셋이 가게 안으로 들어왔습니다. 군인들은 총을 뒤로 돌려 메고 제각기 시커먼 몽둥이를 들고 있었습니다.

"이놈의 빨갱이 새끼!"

군인 하나가 아저씨 머리칼을 잡아끌고 나갔습니다. 아버지가 소리쳤습니다.

"나는 아무 죄 없어요. 저 사람이 맘대로 들어와서 내보내려던 참이에요. 나는 데모 안 했어요."

"잔말이 많아!"

군인이 아버지 허리를 발로 찼습니다.

"넌 뭐야!"

나머지 군인이 골방 문을 열어젖히더니 내 멱살을 잡았습니다. 숨이 콱 막혔습니다. 군인은 나를 가게 밖으로 끌고 나갔습니다. 군인들이 아버지와 아저씨를 몽둥이로 마구 때리고 있었습니다. 내가 인도에 나뒹굴자 아버지가 기어와 나를 감쌌습니다. 아버지는 나를 안고 무릎을 꿇었습니다.

"우리는 아무 짓도 안 했어요. 저 사람이 데모하다가 숨겨 달라고 들어온 거예요. 애는 때리지 마요."

군인들이 우리를 내려다봤습니다. 햇살을 등지고 서 있는 군인들은 장승처럼 시커멓고 커 보였습니다. 아버지를 때리던 군인이 길거리에 쓰러진 아저씨에게 달려들었습니다. 아까까지 비명을 지르던 아저씨는 두 군인에게 맞으며 소리도 내지 못했습니다. 몽둥이가 아저씨를 때릴 때마다 이불 터는 소리가 들렸습니다. 아버지가 왼손의 갈고리를 치켜들며 소리쳤습니다.

"나도 한 손을 나라에 바친 사람이에요. 이걸 좀 봐요. 월남전에서 이 손을 잃었단 말예요."

군인들이 몽둥이질을 멈추고 아버지 손을 바라보았습니다. 아버지는 구걸하듯 갈고리 손을 이마에 붙이고 머리를 조아렸습니다.

"애하고 나는 아무 짓도 안 했어요. 살려주세요. 제발 살려주세요."

아버지가 울고 있었습니다. 군인들이 서로를 쳐다보더니 한 사람이 말했습니다.

"꼼짝 말고 집구석에 처박혀 있어. 개죽음 당하지 말고!"

군인들이 아저씨 다리를 잡고 질질 끌고 갔습니다. 아저씨는 보이지 않았지만 끌려간 길 위로 긴 핏자국이 남았습니다. 핏자국을 멍한 얼굴로 바라보던 아버지가 벌떡 일어났습니다.

"빨리 집에 가자."

아버지는 가게 문도 닫지 않고 집을 향해 걸었습니다. 아버지는 내 손을 꼭 붙잡고 골목길을 골라 허위허위 걸었습니다. 나도 군인들이 나오지 않을까 주위를 살피며 아버지를 따라 걸었습니다. 집으로 들어가는 골목길 앞에 와서야 아버지는 내게 물었습니다.

"괜찮냐? 안 다쳤어?"

아버지 이마에서 피가 흘렀습니다. 우리는 그렇게 집으로 돌아왔습니다. 어머니가 울면서 아버지 상처를 소독하는 동안 나는 마루에 드러누워 꼼짝할 수 없었습니다. 정말 이상한 날이었습니다. 내가 본 것을 믿을 수가 없었습니다. 사람을 때리는 군인, 개처럼 끌려가는 사람, 무릎 꿇은 아버지, 아버지의 눈물, 아버지의 거짓말.

나는 아버지가 거짓말을 안 하는 사람인 줄 알았습니다. 아버지는 군대에 가지 못했습니다. 그전에 공장에서 손을 잃었기 때문입니다. 아버지가 낯설어 보였습니다. 아버지가 마루에 누운 나를 안아 방에 눕혔지만 나는 눈을 뜨지 않았습니다. 아버지와 눈을 마주칠 자신이 없었습니다. 내가 무슨 생각을 하고 있는지 아버지가 알 것 같았습니다. 내가 잠들지 않은 걸 알면서도 아버지는 나를 방에 눕히고 나가버렸습니다.

며칠 동안 우리는 집에서 한 발짝도 밖으로 나가지 않았습니다. 사람들이 도청을 빼앗았다가 다시 군인들에게 빼앗겼습니다. 마지막까지 도청을 지키려던 사람들이 군인들에게 총을 맞고 죽었습니다. 길거리에 사람들이 돌아다니기 시작하자 나는 아버지보다 먼저 만물상에 갔습니다.

만물상 바닥에 먼지를 뒤집어쓴 금빛 시계가 있었습니다. 유리가 깨지고 멈춰버린 시계였습니다. 시곗바늘이 움찔거렸습니다. 시계는 망가졌지만 고장나지는 않았습니다. 굽은 시곗바늘이 시간을 따라 움직이지 못하고 제자리에서 몸부림쳤습니다.

나는 시계를 호주머니에 넣었습니다. 아버지가 시계를 보기 전에 감추고 싶었습니다. 아버지가 시계를 가지게 된다면 아버지는 정말 나쁜 사람이 됩니다. 나는 그게 싫었습니다. 내가 먼저 시계 주인을 찾아주고 싶었습니다.

도청으로 사람들이 몰려왔습니다. 끌려간 사람들, 사라진 사람들을 찾으려는 가족들이 저마다 모르는 사람의 소매를 흔들며 소식을 묻고 다녔습니다. 사람들은 귀신에 홀린 듯 넋을 놓고 걸어 다니며 누군가를 찾고 있었습니다. 나는 혹시 아저씨를 찾을지 모른다는 생각에 조심조심 둘러보았지만 어디에도 아저씨는 보이지 않았습니다. 다음 날도 아저씨는 나타나지 않았습니다. 나는 시계를 다락방 상자 속에 감췄습니다. 내가 가지려고 한 것은 아니었습니다. 주인이 나타날 때까지 맡아 둔 것입니다. 아버지가 시계를 욕심낸 그 순간에 멈춰버린 시계를 주인에게 돌려주고 싶었기 때문입니다.

쌀쌀맞은 세월이 흘렀습니다. 그동안 많은 일이 있었습니다. 나는 서울로 가 회사를 다니고 결혼을 했고 아이를 낳았습니다. 아버지는 십여 년 전에 만물상을 팔았고 작년에 돌아가셨습니다. 그해 오월 이야기가 나올 때마다 아버지와 나는 조용히 눈을 돌리고 입을 다물었습니다. 아버지와 나는 서로의 마음속을 잘 알았습니다. 그렇지만 아버지는 내가 그 시계를 가지고 있다는 걸 끝까지 알지 못했습니다.

벌초가 끝나고 돌아오는 길에 나는 동주를 데리고 옛 도청으로 갔습니다. 도청은 다른 곳으로 옮겨갔고 하얀 건물만 남아 있었습니다. 도청 뒤쪽에서 건설기계들이 요란한 소리를 내며 움직이고 있었습니다. 옛날 건물들을 부수고 새 건물을 짓는다고 했습니다. 나는 만물상이 있던 자리에 섰습니다.

"여기에 할아버지 가게가 있었어."

"무슨 가게?"

"뭐든지 다 파는 가게였지."

"기차도? 총도?"

동주는 공사장의 먼지 차단막 틈을 기웃거렸습니다.

"아빠, 아무것도 없어."

나도 빈틈으로 안을 살펴보았습니다. 정말 아무것도 없었습니다. 나는 조용히 손을 뻗어 콘크리트 조각을 하나 주웠습니다. 만물상의 한 부분이었지 모를 콘크리트 조각을 보니 나도 모르게 눈물이 핑 돌았습니다. 눈물로 잊을 수 있는 일이라면 이렇게 오랫동안 아프지도 않았을 겁니다. 콘크리트 조각을 주머니에 넣고 돌아오며 나는 아버지 생각을 했습니다. 아버지의 목소리가 머릿속에 자꾸

메아리쳤습니다.

"우리는 아무 짓도 안 했어요! 아무 짓도 안 했어요! 아무 짓도 안 했어요!"

우리는 아무 짓도 안 했습니다. 우리는 운이 좋은 편이었습니다. 어떤 짓을 한 사람이나, 아무 짓도 안 한 사람이나 가리지 않고 쓰러지고 끌려가고 사라지는 속에서 살아남을 수 있었습니다. 어떻게 보면 아버지에게 감사해야 할지도 모릅니다. 덕분에 살았으니까요. 하지만 멈춰버린 시계를 생각하면 마음이 무겁습니다. 시계 주인은 영원히 돌아오지 않겠지만 시계는 태엽을 감아주면 아직도 움찔거립니다. 오래도록 멈춰 있던 시간에서 앞으로 나아가고 싶어합니다.

나는 시계를 동주에게 물려주려고 합니다. 나와 아버지 이야기도 해주려 합니다. 내가 이 세상을 떠나게 되면 내 아이가 시계태엽을 감아주면 좋겠습니다. 태엽 감기를 잊지 않으면 영원히 몸부림치며 살아 있을 시계입니다. 수십 년 전에 멈춰버린 시곗바늘 끝이 일 초에 한 번, 일 분에 한번, 한 시간에 한 번씩 몸을 떨며 뭔가를 말해줍니다. 움찔거리는 시곗바늘이 그날의 이야기를 들려줍니다. 나와 내 아버지는 아무 짓도 하지 않은 사람이었습니다.

– 김남중 동화집 『살아 있었니』(낮은산, 2009년)

무궁화 꽃이 피었습니다

문귀숙

전남 진도에서 태어났다. 2009년 5·18문학상 신인상 동화 부문 수상과

2016년 〈광남일보〉 신춘문예에 시로 등단하며 작품 활동을 시작했다.

시집 『둥근 길』을 펴냈다.

멀리서도 커다란 탑이 보였다. 외삼촌과 나, 그리고 성훈이는 자신의 그림자를 밟으며 광장을 가로질러 걸었다. 탑 앞쪽에 커다란 제단이 있고, 누군가 방금 분향을 했는지 향냄새가 진하게 났다. 할아버지 제사 때 맡았던 냄새와 비슷했다.

"자, 향을 집어서 이렇게 세 번 넣는 거야."

외삼촌은 분향을 해 보이더니 사진 찍을 자리로 갔다.

내가 향을 넣고 물러나자 성훈이는 주먹이 넘치도록 향을 집어 옮기며 눈짓을 했다. 사촌 동생인데 못 말리는 장난꾸러기다. 향이 향로 주변에 쏟아졌다. 그래도 나란히 서서 묵념할 땐 장난도 안 하고 조용했다. 그 사이 외삼촌은 사진을 찍었다. 햇빛이 너무 뜨거워 묵념하는 동안 아무 생각도 나지 않았다.

성훈이와 나는 여름방학이 시작되자 광주로 쫓겨 내려왔다. 외삼촌이 사는 광주는 우리한테 낯선 곳이었다. 엄마와 이모는 그 점을 노린 것 같았다. 영어 학원을 하는 외삼촌 밑에서 꼼짝 말고 공부만 하라는 방학 프로젝트인 것이다. 자매는 닮는다, 뭐 이런 옛말은 없나? 엄마와 이모는 요즘 합창으로 '공부, 공부!'를 외치고 있다. 덕분에 체험학습 과제를 할 장소로 '5·18 묘지'를 선택하게 됐다. 날씨가 너무 더워 성훈이와 나는 묘지 입구에서부터 툴툴거렸다. 외삼촌은 사진만 얼른 찍고 매점에서 아이스크림을 사주겠다고 했다. 방학 내내 미루어 왔던 일인데, 어쨌든 오늘 오전 중에는 꼭 해야 한다. 오후에는 서울 가는 기차를 타야 하기 때문이다.

우리는 탑 아래 그늘을 지나 계단을 올라갔다.
"공동묘지다!"
성훈이가 뭔가 대단한 것이라도 발견한 듯 소리쳤다. 여기 오기 전에 잠깐 인터넷을 검색해 봤다. 한 사건에 묘가 이렇게 많을 거란 생각은 못 했는데, 짐작했던 것보다 많았다. 우리는 묘지 사이에 섰다. 뜨거운 햇빛이 쏟아지고 있었다. 대리석으로 된 비석을 만져 보니 달걀 프라이라도 할 수 있을 것처럼 뜨거웠다. 강한 햇빛 때문에 초록 봉분들 위로 아지랑이가 피어올랐다. 외삼촌은 성훈이와 나를 중심으로 이쪽저쪽 사진을 찍느라 바빴다.
"알프, 5·18이 뭐야?"
"그것도 몰라?"
대답이 퉁명스럽게 나왔다. 알프는 영어 학원에서 부르는 내 이름 '알프레드'를 줄인 말이다. 작년까지 성훈이는 그냥 평범한 동생이었다. 외동아들이라 그런지 나를 친형처럼 잘 따르고 좋아했다.

그때가 좋았다. 요즘은 성훈이가 공부를 너무 잘해서 친척들 사이에서 은근히 비교를 당한다.

"그러니까⋯⋯."

인터넷에서 읽은 내용이 정리가 되지 않았다.

"1980년 5월 18일부터 열흘 동안 광주 사람들이 민주화운동을 했대."

"민주화운동? 어떻게?"

또 질문이 시작됐다. 성훈이는 한번 질문을 시작하면 멈출 줄 모른다. 날씨가 더 덥게 느껴졌다.

"외삼촌!"

외삼촌을 불러주고 나는 앞으로 걸어가버렸다. 사실은 외삼촌도 자세히는 모른다고 했다. 광주에 내려온 지 일 년이 조금 지났을 뿐이고, 하는 일이 바빠서 여기 와 본 적도 없다고 했다.

묘비 앞에 네모로 된 작은 상이 있는데 술잔 같은 걸 올려놓는 곳인 것 같았다. 한쪽에서 종이로 만든 꽃을 가지런히 정리하고 있던 아주머니가 나를 보고 일어섰다. 이곳을 안내해주는 선생님인 것 같았다. 손에는 하얗고 빨간, 못생긴 꽃들이 들려 있었다. 나는 걸음을 멈췄다.

"한참 더운 시간에 왔구나."

그때 성훈이가 성큼성큼 묘를 몇 개 지나쳐 왔다.

"이게 뭐예요?"

대뜸 질문부터 했다.

"유치원 친구들이 만들어 놓고 간 거란다."

"유치원생이 이렇게 잘 만들어요?"

아직 정리되지 않은 꽃 몇 개를 성훈이가 집어 들고는 살폈다. 내 눈에는 꽃 같지도 않은데 성훈이는 예쁘다고 했다.

"여기?"

성훈이가 가리킨 것은 사진을 넣는 작고 둥그런 액자였다. 다른 묘지에는 얼굴 사진이 들어 있는데, 그 묘지에만 무궁화 꽃 사진이 들어 있었다. 성훈이와 나는 동시에 선생님 얼굴을 쳐다봤다.

"사진이 없어서 무궁화를 대신 넣은 거야."

"한 장도 없어요?"

"그땐 사진이 아주 귀했단다. 기념해야 할 날에만 식구들이 다 함께 사진관에 가서 사진을 찍었지."

선생님이 성훈이를 보며 말했다.

"5·18 때 이분은 초등학생이었어."

"네? 몇 학년이오?"

"사학년. 계엄군들이 이 작은 몸에 총을 여섯 발이나 쏘았단다."

속에서 뭔가가 쿵 내려앉았다. 이 얘기는 인터넷에서 읽지 못한 내용이었다. 민주화운동은 어른들이나 하는 거라고 생각했는데……. 나는 성훈이를 바라보았다. 눈동자가 커다래지더니 몸을 움찔하는 것 같았다. 무덤 속 아이가 자신과 같은 학년이라는 말에 놀란 모양이다. 사진을 찍고 있던 외삼촌도 한참 무궁화를 바라보더니 다시 카메라 단추를 눌렀다.

"군인들이 왜 어린애한테 총을 쐈어요?"

"그 얘길 하려면 좀 긴데……."

"궁금해요. 왜 군인들이 어린애한테 총을 쐈어요?"

성훈이는 역시 끈질겼다.

"알았다, 설명해줄게. 1980년 5월, 광주에서는 많은 사람들이 민주주의를 지키기 위해 싸웠단다. 그때 정부를 장악한 신군부 세력은 계엄군을 보내 광주 사람들을 잡아가려고 했지. 하지만 사람들은 계엄군을 무서워하지 않고 더 열심히 싸웠단다. 군인들한테 맞서서 다치기도 하고 잡혀간 사람도 많았지만 멈추지 않았지. 5월 21일에도 저기 시내에 있는 도청 앞에는 사람들이 정말 많이 모였단다. 시위를 하러 온 사람도 있었지만, 가족을 찾으러 온 사람도 있고, 그냥 구경을 하려고 온 사람들도 있었어. 정말 엄청나게 많은 사람들이 모였지. 맞은편에는 총을 든 계엄군들이 있었고 말이야. 낮 한 시가 되자 도청에서 애국가가 울려 퍼졌어. 그러고 나더니 계엄군들이 총을 쏘기 시작한 거야. 시민들한테 마구 총을 쏜 거지. 짧은 시간이지만 정말 많은 사람들이 죽고 다쳤단다. 광주 사람들은 더 이상 군인들을 믿을 수 없게 되었어. 그래서 스스로 목숨을 지키기 위해 무기를 들게 된 거야. 그 사람들이 바로 시민군이야. 광주 사람들의 저항이 심해지자 계엄군은 도청을 내놓고 시 외곽으로 빠져나갔어. 그런데 시내를 빠져나가던 계엄군하고 시 외곽을 지키고 있던 계엄군들 사이에 총격전이 일어난 거야. 상대편을 시민군으로 착각한 거지."

"그래서 어떻게 됐어요?"

"군인들 중에 다친 사람도 있고, 죽은 사람도 있었지."

"그래서요?"

"화가 난 계엄군들이 분풀이로 가까운 마을에 대고 마구잡이로 총을 쐈고, 그때 이 학생도 총에 맞은 거란다."

"그렇다고 어린애한테 총을 쏴요?"

성훈이가 따지듯이 말했다.

"그건……. 그때 계엄군들은 광주 사람들을 지켜줘야 할 사람으로 여기지 않았단다. 모두 다 적이라고 생각했지."

"……."

외삼촌이 시계를 보며 이제 가야 할 시간이라고 말했다. 외삼촌은 선생님한테 자료를 달라고 부탁했다.

다시 탑 아래 그늘로 돌아와 묘지를 바라봤다. 방금 전에 들은 이야기가 머릿속에서 맴돌았다. '정말 그런 일이 있었을까?' 선생님 이야기에 놀란 것인지, 날씨 때문인지 성훈이는 좀 멍한 얼굴이었다. 난 이번 체험학습도 다른 때처럼 사진 몇 장 찍어 그럴싸하게 보고서만 써내려고 했다. 그래서 '5·18'에 대해 공부할 생각도 하지 않았다. 더구나 오늘은 날씨까지 더워서 오는 내내 툴툴거렸다. 그런데 선생님 이야기를 듣고 나니 기분이 이상해졌다. '그 묘가 어디쯤이었더라?' 속으로 위치를 가늠해 봤다. 아이스크림은 까맣게 잊어버렸다.

"드디어 서울 간다."

사진관에 메모리칩을 맡기고 우리는 햄버거 가게에 들어갔다. 조금 있으면 사진이 나올 것이다. 성훈이는 양이 가장 많은 세트 메뉴를 골랐다.

"알프, 나 안 보게 돼서 좋아?"

"그래, 좋아 죽겠다."

"그럼 이모한테 말해서 개학날까지 알프 집에서 지낼까?"

"뭐야!"

내가 주먹을 치켜들자 성훈이가 혀를 낼름 내밀더니 장난감이 진열된 곳으로 도망쳤다. 하지만 햄버거가 나오자 성훈이는 코를 벌렁거리며 행복한 돼지 흉내를 내며 돌아왔다. 콧구멍이 엄청 넓어지는 필살기다. 외삼촌은 웃다가 콜라를 흘리고 말았다.

기차 안은 한산했다. 외삼촌은 주의 사항을 몇 번씩이나 되풀이해서 말했다. 꼭 종착역인 용산역에서 내려야 된다, 동생을 잘 돌봐야 된다, 성훈이는 형 말 잘 들어야 한다, 화장실은 저쪽이다 등등, 잔소리가 길어졌다. 난 기차를 세 번째 타 보는 거라 걱정 없었다. 외삼촌은 성훈이가 '윽' 소리를 내도록 힘껏 안아주었다. 내게는 손을 내밀어 악수를 청했다. 외삼촌이 나를 어른으로 대해주어 기분이 좋았다. 한 뼘만 더 자라면 외삼촌 키를 따라잡을 것이다. 외삼촌이 내리고, 기차가 움직이기 시작했다. 외삼촌이 점점 작아졌다.

"알프, 기차 타 봤어?"

"응."

"혼자서도?"

"응."

"나는 기차 처음 타 보는데……."

기차가 도시를 벗어나고 있었다. 창밖은 온통 초록빛이다. 그때 이모한테서 전화가 왔다. 성훈이는 외삼촌 따윈 벌써 다 잊었다는 듯 이모한테 보고 싶다고 난리였다. 초록빛 논 위로 내리는 햇살이 한결 부드러워졌다. 우리는 손수레를 밀고 다니는 아저씨한테서 과자와 음료수를 샀다. 엄마는 기차 안에서 먹는 삶은 달걀 맛이 일품이라고 했지만, 성훈이도 나도 달걀은 사지 않았다. 전에 먹어 봤는데 팍팍하기만 하고 맛이 없었다.

과자를 먹으면서 계속 하품을 하던 성훈이가 졸린다며 눈을 감았다. 난 가방에서 외삼촌이 뽑아준 사진을 꺼냈다. 사진은 잘 나왔다. 차례로 넘겨보던 나는 작은 소리로 키득키득 웃었다. 성훈이가 사진에 장난을 쳐 놓았다. 다리를 한 짝 들고 있다거나 내 허리 옆에 주먹이 나오게 해 놓은 것이다. 몇 장 넘기니 묘비와 무궁화를 찍은 사진이 나왔다. 작고 동그란 액자 속 무궁화 꽃이 눈에 들어왔다. 기차는 계속 초록빛 들판 위를 달리고 있다. 사진을 밀어 놓고 외삼촌이 받아 온 자료를 펼쳤다. 시위, 민주화 운동, 계엄, 신군부 세력, 폭력 살상, 그리고 시민군……. 어려운 낱말이 많아 제대로 이해할 수는 없었다. 하지만 군인들이 광주 사람들을 총으로 쏴 죽인 것만은 확실한 것 같았다.

선잠을 깬 듯 성훈이가 눈을 비비며 밍기적거렸다.

"왜?"

"화장실…….."

"저쪽 문 열고 나가면 바로 있어."

"같이 가."

"갔다 와."

"형…….."

이럴 때만 형이란다. 한 살 차이라 자기 기분 내킬 때는 형이고, 만만하면 알프라 불렀다.

'화장실도 혼자 못 가는 찌질한 자식!'

나는 속으로 중얼거렸다.

"가자."

아무리 귀찮아도 형 노릇은 해야 한다. 성훈이를 앞세우고 통로를 빠져나왔다.

　기차는 흔들림도 없이 가고 있다. 객실 문을 열고 나가자 시원한 바람이 얼굴에 스쳤다. 에어컨 바람하고는 확실히 달랐다. 화장실에는 다행히 사람이 없었다. 성훈이는 화장실 문이 안 열리는지 '끙' 소리를 내며 힘을 썼다. 도와줄까 하는 생각도 들었지만 팔짱을 끼고 그냥 서 있었다. '짜식, 그것도 못 열어. 그 좋은 머리로 열어 보시지!' 하는 순간 문이 한 뼘 정도 열리더니 '훅' 하고 성훈이가 들어갔다. 되게 급했나 보다. 문이 탁 소리를 내며 닫혔다. 화장실 앞에 서 있는 건 유쾌한 일이 아니다. 작년 여름 여동생 민지와 할머니 집에서 며칠 지낸 적이 있는데, 할머니가 없을 때면 밤이고 낮이고 내가 화장실 앞에 서 있어야 했다. '오빠! 거기 있지?' 민지가 나올 때까지 한참 동안 이 물음에 대답을 해 가면서 기다려야 했다.
　"기성훈, 빨리 나와!"
　대답이 없다.
　"나 먼저 가버린다."
　아무리 불러도 대답이 없다.
　'뭐야, 이 자식.'
　화가 나서 화장실 문을 확 열었다. 순간 내 몸이 화장실 안으로 쑥 빨려 들어갔다. 아무것도 보이지 않았다. 문도, 변기도 보이지 않았다. 아무것도 보이지 않는데, 기차가 선로 위를 지나는 소리만은 똑똑히 들렸다. '성훈이는 어디 갔지?' 성훈이 걱정에 고개를 두리번거리는 사이, 내 몸은 붕 떠서 어딘가로 내동댕이쳐졌다. 땅에 떨어지는 느낌이 들었다. 눈을 꼭 감았다. 내 몸이 땅을 구르기 시작했다. 나는 배운 적도 없는 낙법을 썼다. 한 바퀴, 두 바퀴, 세 바퀴…….

기차 소리가 멀어지고 있었다. 얼른 일어나야 한다고 생각했지만 다리에 힘이 풀려 일어설 수가 없었다. 손으로 둘레를 더듬어 봤다. 다행히 풀섶에 떨어져 다친 곳은 없는 것 같았다. 겨우 몸을 일으켜 주위를 둘러봤다. 논에는 이제 갓 모내기를 했는지 연두색 어린 벼가 바람에 따라 이리저리 흔들리고 있었다. 저 멀리에 마을도 보였다. 갑자기 정신이 번쩍 들었다.

'아, 성훈이 어디 갔지?'

기찻길로 올라가 이쪽저쪽 아무리 살펴봐도 성훈이는 보이지 않았다.

'외삼촌이 성훈이를 잘 돌보라고 했는데…….'

기찻길을 따라 걷기 시작했다. 나보다 먼저 떨어졌다면 오던 길을 따라 걸어가면 찾을 수 있을 것 같았다. 걷다가 뛰다가 하면서 성훈이를 불렀다.

"성훈아, 성훈아!"

아무리 큰 소리로 불러 봐도 대답이 없었다. 한참을 걸었지만 성훈이를 찾을 수 없었다. 방향을 바꿔 마을 쪽으로 난 길을 따라 걸었다. 마을은 쥐 죽은 듯 조용했다. '성훈이를 꼭 찾아야 해!' 비실비실한 개 한 마리가 풀 죽은 나처럼 고개를 꺾고 지나갔다. '못 만나면 어떡하지?' 힘껏 달려 큰길까지 갔다.

'무슨 일이 있었던 거야, 여기가 어디지?'

골목으로 몸을 숨겼다. 가만히 머리를 내밀어 봤다. 길 여기저기
에는 신발들이 흩어져 있었다. 찢긴 옷가지들이 보이고, 부러진 나
뭇가지와 깨진 보도블록, 나무토막도 보였다. 살이 튀어나온 우산
도 여러 개 굴러다녔다. 마치 토네이도가 강한 힘으로 빨아올렸다
던져버린 것처럼 거리는 온통 난장판이었다. 그때 저쪽에서 한 아
저씨가 빠른 걸음으로 오고 있었다. 난 아저씨한테 달려갔다. 그러
고는 무작정 내 가슴께를 가리키며 물었다.

"키가 이만한… 꼬마 아이 못… 보셨어요?"

숨이 차서 말이 제대로 나오지 않았다.

"못 봤다. 위험헌께 돌아댕기지 말고 언능 집에 가그라."

아저씨는 몹시 급한 듯 나를 밀치고 바삐 걸어갔다. 좀 더 걷다
가 고등학생처럼 보이는 누나들을 만났다. 나는 또 내 가슴께를 가
리키며 물었다.

"저기 누나, 키가 이만한 꼬마 아이 못 보셨어요?"

"못 봤는데……. 너 누구니? 위험헌께 얼른 집에 가."

만나는 사람마다 반쯤 넋이 나간 듯 위험하다는 말만 되풀이하
고는 가버렸다. 그렇게 한참을 두리번거리며 걷고 있는데, 한 아저
씨가 내 팔을 잡고 돌려세웠다.

"아야, 니 여기서 뭐 허냐? 우리 동네 애는 아닌 것 같은디…….'

"아저씨, 이만한 꼬마 아이 못 보셨어요?"

"못 봤다. 대체 뭔 일이냐?"

"아저씨, 저 좀 도와주세요. 동생을 잃어버렸어요."

"아이고, 그럼 언능 가서 어른들한테 알리야제. 혼자 이렇게 돌
아댕기다가는 큰일 난다.'

"저희 집은 서울이에요. 광주 외삼촌 집에 왔다가……."

아저씨한테 그동안 있었던 일을 설명하려고 하는데, 마음먹은 대로 잘 되지 않았다. 나는 무작정 아저씨한테 매달렸다.

"아저씨, 제 동생 좀 찾아주세요."

"아야 이놈아, 그럼 외삼촌한테 먼저 알리야제 여기서 뭐 허고 있는 거여? 느그 외삼촌 사는 디가 어디냐?"

갑자기 물어 보니까 생각이 잘 나지 않았다. 그래도 기차역에서 가까운 것만은 분명했다.

"저기 기차역 쪽인 것 같은데……."

"어허, 어쩌끄나!"

"아니, 왜 그러세요?"

아저씨는 한숨을 푹 내쉬었다.

"요 며칠 사람을 개 패듯 허드마 오늘은 총까지 쐈단다. 니 절대 시내 쪽으로는 가면 안 된다, 알겄냐?"

"누가요? 누가 총을 쏴요?"

"누군 누구여, 광주에 온 군인들이제."

"아니, 왜 군인들이 총을 쏴요?"

"야가 아무것도 모르고 있네그려. 오늘 점심때 군인들이 총을 쏴 갖고 사람들이 죽고 난리가 안 났냐."

"네?"

나는 아저씨가 무슨 이야기를 하는지 하나도 알 수가 없었다.

"어쨌든 시내 쪽으로는 가믄 안 된께, 나허고 같이 회관 쪽으로 한번 가 보자."

아저씨가 내 손을 잡아끌었다. 나는 아저씨가 이끄는 대로 따라갔다. 기차를 탈 때까지만 해도 아무 일 없었는데, 갑자기 무슨 일이 일어난 거지? 군인들이 왜 광주에 왔고, 왜 총을 쏜 거지? 이상한 생각이 들었다. 난 아저씨한테 물었다.

"아저씨 오늘이 며칠이에요?"

"날짜는 어째 물어보냐? 오늘이 그러니까 5월 21일이다."

나는 중심을 잃고 넘어졌다. 발에 뭔가가 걸린 것 같았다. 다행히 아저씨가 잡아줘서 다치지는 않았다. 가만히 생각해 보니 이상한 게 한두 가지가 아니었다. 분명히 나하고 성훈이는 기차 화장실에 들어갔는데, 왜 갑자기 기차 밖으로 떨어진 거지? 또 이 아저씨랑 아까 만난 누나들의 옷차림은 왜 그러지? 꼭 옛날 옷을 입고 있는 것 같았다. 그리고 생각해 보니 아까 기차를 타고 갈 때는 논에 벼가 어느 정도 자라 있었는데, 걸어오면서 본 논은 이제 갓 모내기를 한 것 같았다. 그리고 이 날씨, 분명 한여름이었는데, 왜 이렇게 쌀쌀하지? 아저씨도 긴팔 옷을 입고 있었다. 더구나 아저씨가 한 이야기는 더 이상했다. 군인들이 총을 쏴서 광주 사람들을 죽이고 있다니……. 퍼뜩 떠오르는 게 있었다. 아까 인터넷에서 봤던 자료와 5·18 묘지에서 들었던 이야기, 자료집에서 봤던 사진들…….

'내가 과거로 왔다는 건가?'

나와 성훈이가 지금 1980년 5월 광주로 왔다는 건가? 성훈이가 지금 군인들이 사람들을 마구 죽였던 그 광주를 헤매고 있다는 건가? 아, 성훈이가 어디선가 군인들을 만나기라도 한다면……. 앞이 캄캄해졌다. 난 무작정 아저씨 팔에 매달려 사정을 했다.

"아저씨, 우리 동생 좀 찾아주세요, 네? 우리 동생 좀 살려주세요!"

"아이고야 알었다, 알었어. 나가 마을 회관까지 데려다줄 텐께 거그서 사람들한테 물어봐라. 혹시 알겄냐? 그중에 니 동생 본 사람이 있을지도 모르제. 나도 우리 아들놈 찾아 나선 길이라 더 이상은 못 도와준다. 알겄냐?"

나는 고개를 끄덕이고 아저씨를 따라 걸었다. 그렇게 한참을 걸어 골목으로 들어섰다. 아저씨는 나를 끌다시피 걷고 있었다. 커다란 공장을 몇 개 지나자 그제야 아저씨는 맘이 놓이는지 내 팔을 놓았다.

"저 위쪽으로 가면 금방 마을 회관이 나올 꺼다. 거기서 마을 어른들한테 물어봐라. 나도 급해서……."

"네, 고맙습니다."

씩씩하게 대답했지만 되돌아가는 아저씨를 보니 다시 무서워졌다. 아저씨가 사라지자 길가에 주저앉았다.

"성훈아!"

왈칵 울음이 터져 나왔다. 어디선가 겁쟁이 성훈이도 울고 있을 것 같았다. 성훈이 잘 돌보라고 한 외삼촌 말이 귓가에 맴돌았다. 길 아래로 물을 가득 채워 놓은 논들이 보였다.

마을 회관에서 동네 어른 몇 분한테 물어봤지만 성훈이를 본 사람은 없었다. 어른들은 저 동산 쪽에서 아이들 몇이 놀고 있다며 그리로 가 보라고 했다. 다시 마음이 급해졌다. 어른들이 일러준 쪽으로 뛰었다. 돌담이 길을 따라 쭉 이어져 있었다. 집집마다 책에서나 보았던 텔레비전 안테나가 세워져 있었다. 한참을 그렇게 뛰었더니 사람 소리가 들렸다.

동산에서는 아이들이 놀고 있었다. 한 아이가 소나무에 얼굴을 묻고 외쳤다.

"시작헌다!"

그러자 나무 뒤에서, 묘지 뒤에서, 언덕배기 뒤에서 아이들이 한 꺼번에 외쳤다.

"그려, 시작!"

"무궁화꽃이피었습…니….'"

술래가 커다란 소나무에 얼굴을 묻고 소리치자 아이들이 여기저 기서 튀어나와 움직이기 시작했다.

"다!"

술래가 고개를 획 돌리자 아이들이 일제히 움직임을 멈췄다. 엎 드린 아이, 둘이 부딪쳐 서로 잡고 있는 아이, 한 발을 든 채로 서 있는 아이.

"무궁화꽃이피었습니다. 정수 봤다!"

한 아이가 술래에게 걸렸다. 술래가 말을 빨리 하니까 제때 멈추 지 못하고 넘어진 것이다. 넘어진 아이는 짜증을 내며 술래 손을 잡 았다.

나는 아이들한테 다가가려고 발걸음을 옮겼다. 그때 "형!" 하는 소리가 들렸다. 하지만 아이들 고함 소리에 금세 묻혀버렸다. '잘못 들었나?' 몇 걸음 더 걸었다. 그때 조그만 돌멩이가 날아와 발밑에 떨어졌다. 돌이 날아온 쪽을 보니 망가진 흙 담 모서리에 신발 끝이 보였다. 낯익은 신발이었다. 나는 얼른 모서리로 뛰었다. 모서리를 돌자 성훈이가 담벼락에 납작 붙어 있었다.

"형!"

성훈이가 와락 나를 껴안으며 울음을 터뜨렸다.

"너 어떻게 된 거야? 왜 여기 있어?"

나는 성훈이를 다그쳤다. 목소리에 짜증이 묻어났다. 너무 반갑고 기뻐서 눈물이 날 것 같았지만, 내 마음과는 달리 말이 좋게 안 나왔다. 성훈이를 세워 놓고 앞뒤를 살폈다. 성훈이는 무릎이 깨져 피가 나고 있었다. 남방 자락으로 피를 닦고 후후 불어주었다.

"아, 아파. 형, 나도 몰라. 화장실에 들어갔는데 갑자기 떨어졌어. 정신을 차리고 보니까 형이 안 보이잖아. 그래서 무작정 기찻길을 따라 걸었어. 걷다 보니까 이 동네까지 오게 된 거야. 중간에 저 애들 보고 뒤를 따라왔어."

성훈이도 뭐가 어떻게 된 일인지 모르는 것 같았다.

"근데 형, 저 애들이 좀 전에 하는 말을 들었는데, 광주에 무슨 큰일이 났나 봐. 기차 타기 전까진 아무 일 없었는데……. 좀 이상하지?"

"응."

"혹시?"

"혹시, 뭐?"

우리가 과거로 온 걸 알면 겁 많은 성훈이가 이모를 찾으며 울 것 같았다. 그래서 모른 척하려 했다. 하지만 말을 안 할 수가 없었다.

"성훈아, 형 말 잘 들어."

"우리가 과거로 오거나…, 뭐 그런 거야?"

성훈이가 중간에 내 말을 잘랐다.

"응."

"진짜?"

내 생각하고는 다르게 성훈이는 눈을 반짝거렸다.

"대박이다! 그럼 저 애들, 옛날 사람들이잖아. 가서 물어보자!"

"성훈아, 잠깐만!"

아이들한테 달려가는 성훈이를 붙잡으려고 하는데, 고등학생으로 보이는 두 형이 내 앞을 지나갔다. 그것을 본 성훈이가 멈칫했다.

"정수야! 야, 니들 다 이리로 와 봐라!"

한 형이 소리를 지르자 아이들이 다 우루루 몰려왔다. 정수라는 아이의 형인 것 같았다.

"정수야, 친구들이랑 같이 언능 집으로 들어가라."

"왜? 해 질라믄 멀었는디."

"아침에 아부지 얘기 들었제? 지금 시내에서 군인들이 사람들을 마구잡이로 때리고 잡아간다고."

"피, 여긴 시내하고 멀어. 그라고 군인 아저씨들이 아무나 때리지는 않을걸?"

정수라는 아이는 지지 않고 형에게 맞섰다.

"그 사람들은 좋은 군인이 아니여. 여기까지 올 수도 있은께 느그들 다 집으로 가."

"군인 아저씨는 우리를 지켜주는 사람이야. 우리 막냇삼촌도 군인인디!"

다른 아이가 옆에서 정수를 거들었다.

"형한테도 나가지 마라고 했잖여. 학생들은 집을 뒤져서라도 다 잡아간다고 말여. 근디 어디 가는 거여?"

"진형이랑 도서관 간다."

두 형이 걸음을 옮기려 하자 정수가 형의 손을 잡았다.

"자식, 눈치가 구단이네. 형은 도서관 간 거여. 알았제?"

"아부지한테 이를 거다."

눈을 찡긋해 보이며 두 형은 큰길을 따라 가버렸다. 아이들은 잠깐 소문에 대해 얘기하다가 다시 술래를 정하고 놀이를 시작하려 했다. 그때 성훈이가 불쑥 튀어나갔다. 나도 어쩔 수 없이 성훈이를 따라 아이들 곁으로 갔다. 몇몇 아이들은 여전히 소문이 진짜네 가짜네 하며 자기들끼리 떠들고 있었다.

"얘들아, 같이 놀자."

아이들이 갑자기 나타난 우리를 보고 놀란 것 같았다.

"니들 뭐여?"

한 아이가 말을 걸어 왔다. 그러자 성훈이가 저 멀리 보이는 집을 손가락으로 가리켰다.

"저기가 우리 외할머니 집이야. 우리 서울에서 놀러왔어."

"아, 그 할머니네."

"맞아. 여긴 알… 아니 우리 형이야. 같이 놀자!"

성훈이가 웃음을 참으며 나를 보았다.

"느그들, 서울 가는 차가 끊겼다는데 이제 집에 못 가겠다?"

한 아이가 까칠하게 나왔다.

"괜찮아, 학교도 안 가고 잘됐지 뭐!"

"서울 아들도 이런 거 하나?"

"그럼! 근데 너희들이 서울 애들보다 더 재미있게 노는 것 같아."

성훈이가 자꾸 추켜주니까 아이들도 마음을 풀고 같이 놀자고 했다. 난 어떻게 해야 할지 마음이 급한데, 성훈이는 상관없다는 듯 놀이를 시작했다. 하지만 시작하자마자 성훈이는 술래에게 들켰다. 내가 걸리지 않고 다가가 술래 손을 쳐서 성훈이를 구해주었다. 성훈이가 다시 술래에게 잡혔다. 정수가 성훈이를 구해 도망쳤다. 성훈이가 정수 뒤꿈치를 밟자 정수 고무신이 벗겨졌다. 정수는 성훈이의 손을 확 뿌리치며 고무신을 주워들었다.

"야, 우리 엄마가 생일 선물로 사준 거란 말여. 살려주니께 신발이나 밟고……. 인자 안 살려줄 거다!"

정수는 신발에 들어간 흙을 털어냈다. 처음 보는 고무신이 신기한 듯, 성훈이가 만져 보려고 손을 내밀었다. 하지만 정수는 잽싸게 신발을 신어버렸다.

"형! 형은 잘하는디, 동생은 영 아니네."

성훈이는 여러 번 술래 손을 잡아야 했다.

"무궁화꽃이피었…습…니다."

성훈이는 잘 멈추질 못했다. 번번이 내가 구해주었지만 결국 또 술래가 되었다. 성훈이가 두 팔로 눈을 가리고 아름드리 소나무에 이마를 댔다. 그때였다

"탕~탕 타다다당!"

멀리서 총소리가 들렸다. 하지만 금방 다시 조용해졌다. 총소리 때문에 주춤했던 아이들은 다시 놀이를 시작했다. 나는 마음이 불안해졌다. 빨리 돌아가야 할 것 같았다. 하지만 어디로 가야 할지 생각이 나지 않았다.

"총소리 맞지?"

성훈이가 정수에게 물었다.

"어, 그래도 여긴 괜찮어. 시내에서 멀거든. 얘들아, 시작허자!"

"시작헌다."

"그려, 시작!"

아이들이 목소리를 모아 외쳤다. 성훈이는 술래에 재능이 있는 것 같았다.

"무궁화꽃이피었습니…다."

두 명이나 걸렸다.

"무궁화… 꽃이피었습니다."

아이들은 언제 '다' 소리가 날지 몰라 망설이다 성훈이 눈에 걸려들었다.

"탕, 탕, 탕!"

또 총소리가 났다. 아이들은 '다' 소리에 멈춘 것처럼 모두 제자리에 멈춰 섰다. 총소리는 바로 옆에서 나는 것 같았다. 아이들이 이리저리 뛰기 시작했다. 난 멍하니 서 있는 성훈이를 나무 뒤로 끌고 와 아름드리 둥치에 바짝 엎드렸다. 아래쪽 언덕진 곳에 엎드려 있던 정수와 눈이 마주쳤다. 어디에서 총을 쏘는지 알 수가 없었다. 이내 또 조용해졌다. 아이 둘이 몸을 일으켜 뛰기 시작했다. 정수도 몸을 일으켰다.

'그냥 있어, 정수야! 그냥 있어!'

소리를 치는데 목소리가 입 밖으로 나오지 않았다.

"탕!"

다시 또 총소리가 났다. 정수가 넘어졌다. 정수 허벅지에서 피가 흘렀다. 또 한 발, 또 한 발……. 나는 머리를 땅에 박았다. 무서워 머리를 들 수가 없었다. 총소리가 멎었다. 갑자기 너무 조용했다. 너무 무서워 눈물이 났다. 정수 몸에서 빨간 피가 흘러나왔다. 한 친구가 소리를 내 울기 시작했다. 성훈이도 따라 울었다. 정신이 돌아온 아이들이 하나둘 울기 시작했다. 누구도 정수에게 다가가지 못하고 숨은 자리에서 울기만 했다. 정수는 쓰러져 있었다. 정수 앞에는 고무신이 한 짝 떨어져 있었다. 오른손이 그 고무신을 향해 뻗쳐 있었다. '고무신을 집으려고 그랬구나!'

그때 큰길에서 동산 쪽으로 올라오는 군인들이 보였다.

"얘들아, 도망쳐!"

소리를 질렀다. 아이들은 저마다 마을로, 산으로 뛰어가는데 성훈이는 고개도 들지 못하고 있었다.

"여기서 나가자."

"안 돼, 정수는?"

"정수는……."

하지만 나는 성훈이를 돌봐야 했다. 군인들이 웅성거리는 소리가 들렸다. 자꾸만 뒤돌아보는 성훈이를 끌고 마을로 뛰었다. 마을 사람들이 동산을 향해 달려오고 있었다.

우리는 군인들하고는 반대 방향으로 뛰었다. 돌담길을 살금살금 걸어 골목으로 숨어들었다. 총소리가 몇 발 더 났다. 골목은 구불구불했다. 나는 그 길이 큰길로 나가는 지름길일 거라 생각했다. 골목 끝에 다 왔을 때였다. 갑자기 큰 소리가 들렸다. 우리는 담벼락에 붙어 숨을 죽였다.

"사격 중지 시켰어?"

"네! 송암동 오인 사격으로 대원들이 화가 많이 났습니다."

"아군도 못 알아보는 병신들!"

"죄송합니다."

"그렇다고 이 동네에 대고 화풀이를 할 건 뭐야?"

"다 폭도들이지 않습니까?"

"어쨌든, 시끄럽게 됐어."

"문제없습니다. 폭도들 몇 놈쯤……."

"가서 수습해!"

"옛!"

캭, 가래침 뱉는 소리가 났다.

골목을 되돌아 나왔다. 군인들의 거친 발걸음 소리가 멀어졌다. 큰길로 나올 때까지 군인들은 보이지 않았다. 큰길에서 다시 논길로 들어서서 얼마쯤 오다 뒤돌아보니 멀리 군인들이 보였다. 나는 성훈이한테 뛰자고 했다. 혼자라면 금방 군인들 눈에서 벗어날 수 있을 것 같은데, 성훈이 때문에 힘껏 달릴 수가 없었다. 보폭을 맞추다 보니 달리는 게 아니었다. 하지만 어쩔 수 없었다. 외삼촌이 성훈이를 잘 돌봐야 한다고 했으니까. 한참 뛰다 보니 군인들이 보이지 않았다. 성훈이가 더 이상 뛰지 못하고 주저앉았다. 나도 주저 앉았다. 성훈이 얼굴은 눈물로 범벅이 되어 있었다. 손으로 눈 밑을 닦아주었다. 참 이상했다. 이렇게 앉아 있으니 마치 아무 일도 없는 듯했다. 하늘이 무척 맑고 파랬다.

다시 철길로 돌아왔다. 아까 우리가 떨어진 그 철길이었다. 한참을 생각해 봤지만 여전히 돌아갈 방법은 떠오르지 않았다. 무심코 말했다.

"기차를 타야 될 것 같아."

"왜?"

"몰라, 책에서 보면 들어가는 문이 나오는 문이잖아."

"맞아, 형! 그거야."

"그나저나 기차를 어떻게 타냐? 기차역까지 갈 수 있는 것도 아니고……."

"내가 아까 떨어졌을 때 정신을 차려 보니까 기차가 산모퉁이를 돌고 있었어. 그런데 모퉁이를 돌 때 기차 속도가 느려지더라고. 그러니까 저기 산모퉁이에서 기다렸다가 기차 속도가 느려질 때 타면 되잖아! 야, 형 똑똑한데!"

성훈이 말을 들으며 또 한 번 녀석의 머리가 좋다는 것을 인정하고 있는데, 성훈이는 내 머리가 좋다고 한다. 기분이 좋은 건지 나쁜 건지. 우리는 철길을 따라 걸었다.

"형, 정수 말이야. 죽지는 않았겠지?"

"몰라."

"혹시 아까 5·18 묘지에서 봤던, 그 사진도 없던 사람이 정수 아닐까?"

"……."

5·18 묘지에서 본 작고 동그란 액자 속 무궁화 꽃 사진이 자꾸 눈에 아른거렸다.

"형, 정수가 살았을 때 미래로 가버리면 정수 시간이 거기서 멈추지 않을까?"

"무슨 소리야?"

"그러니까 우리가 빨리 기차를 타고 미래로 가버리면 거기서 정수 시간이 멈출 테니, 그때 정수를 병원으로 옮겨서 치료하면 나을 수도 있지 않을까?"

"그래, 그럴 수 있으면 좋겠다."

사실 성훈이가 무슨 말을 하는지 알아듣지 못했다. 난 단지 빨리 돌아가야 한다는 생각만 하고 있었다. 우리는 침묵을 밟으며 걸었다.

"맞다! 정수가 총 맞기 전 시간으로 다시 갈 수 있지 않을까? 그럼 우리가 정수를 구할 수 있잖아?"

"……"

내가 대답을 못 하자 성훈이는 혼자서 뭐라고 중얼거렸다. 아무 생각 없이 산모퉁이를 돌던 우리는 깜짝 놀랐다. 철길 아래 움푹 파인 곳에, 군인들이 있었다. 우리는 잽싸게 몸을 숨겼다. 차가 몇 대 멈춰 있고, 군인들이 바삐 움직이는 게 보였다.

"가는 곳마다 군인이네."

어떻게 해야 할지 머릿속이 복잡해졌다.

"형, 잠깐만."

말릴 틈도 없이 성훈이가 철길 위로 올라갔다. 기다시피 올라가서 철로에 귀를 대 보더니 환하게 웃었다. 나한테도 올라오라고 손짓을 했다. 건널목을 한번 살펴보고 기어갔다. 귀를 대 보았다.

"들리지? 쇠 우는 소리."

기차가 오고 있었다.

기차를 향해 군인들이 깃발을 흔들었다. 깃발을 흔들던 군인이 갑자기 철길 밖으로 뛰어나갔다. 기차는 멈추지 않았다. 기차가 군인들을 지나 우리 쪽으로 오고 있었다. 산모퉁이를 앞두고 기차가 속도를 줄였다. 우리는 서로를 바라보며 고개를 끄덕였다. 기차가 가까이 오자 철길 위로 뛰어올랐다. 속도가 많이 줄기는 했지만, 쉽게 올라탈 수 있을 것 같지는 않았다. 그때 군인들이 우리를 발견했다. 소리를 지르면서 대여섯 명이 뛰어왔다. 철컹거리는 기차 소리보다 달려오는 군인들이 더 무서웠다. 우리는 기차를 따라 뛰었다. '성훈이를 먼저 올려줘야 해.' 이런 생각을 하면서 성훈이를 앞세우고 힘껏 뛰었다. 성훈이가 젖 먹던 힘까지 내고 있다는 것을 알 수 있었다. 선로 위를 지나는 기차 소리와 기차가 일으키는 바람 때문에 가까이 다가가는 것도 쉽지 않았다. 객차가 몇 개 남지 않았다. 마음이 다급해졌다. 성훈이가 간신히 기차 손잡이에 잡고 매달렸다. 성훈이 엉덩이를 밀어 올리려는데 갑자기 성훈이가 기차 위로 확 올라가버렸다. 그 덕분에 난 갑자기 중심을 잃고 앞으로 넘어졌다. 간신히 정신을 차리고 몸을 일으키니 마지막 객차가 다가오고 있었다. 객차 손잡이도 보였다. '저걸 꼭 잡아야 해!' 이를 악물고 뛰었다. 군인들 고함 소리가 기차 소리보다 더 크게 들렸다. 뒤돌아보니 군인들이 거의 따라왔다. 온힘을 다해 손잡이로 몸을 날렸다. 손에 차가운 금속 느낌이 전해졌다. 순간 내 몸이 쑥 빨려 들어갔고 그대로 정신을 잃었다.

"형, 정신 차려."

누군가 내 이름을 부르는 것 같았다. 온몸에 힘이 하나도 없었다. 눈도 잘 떠지지 않았다.

'성훈이는?'

성훈이를 생각하니 정신이 번쩍 들었다. 겨우 눈을 떴다. 성훈이가 위에서 나를 내려다보고 있었다.

"형, 정신이 들어?"

"성훈아, 어떻게 됐어?"

"우리 기차 탔어, 형. 빨리 일어나."

나는 몸을 일으켰다. 몸이 흔들리고 철컹철컹 하는 소리가 들렸다. 갑자기 성훈이가 객실 문을 열고 뛰어 들어갔다.

"성훈아, 어디 가?"

성훈이를 따라 기차 한 칸을 뛰었다. 통로에서 손수레 아저씨와 마주쳤다. 아까 우리한테 과자를 팔던 그 아저씨였다. 다시 문을 열고 나갔다. 성훈이가 심호흡을 하며 화장실 문을 바라봤다.

"성훈이 너 뭐 하는 거야?"

"형, 다시 가서 정수를 구해야지!"

난 현실로 돌아오는 것만 생각했는데, 성훈이는 정수한테 다시 돌아갈 생각을 하고 있었다.

"형, 다시 한 번 갈 수 있을까?"

"……."

난 성훈이의 손을 잡았다. 성훈이가 힘껏 문을 열었다. 하지만 아무 일도 일어나지 않았다. 성훈이 어깨가 축 처졌다.

"형, 우리가 '무궁화꽃이피었습니다' 할 때 '…습니다' 하면 모두 움직이지 않고 멈춰야 하잖아? 그러니까 정수가 총 맞기 전에 '…습니다'를 해서 거기 있는 군인들이 모두 움직이지 않고 멈추면 좋겠다. 그럼 정수도 총에 안 맞고, 군인들도 나쁜 짓 안 하게 되잖아?"

성훈이 눈에 눈물이 가득했다.

"그래, 그랬으면 좋겠다."

성훈이와 나는 속으로 외쳤다.

'무궁화꽃이피었습니다!'

– 2009년 5·18문학상 신인상 동화 부문 수상작,

계간 『문학들』(2009년 겨울호)/5·18문학작품 동화 부문 수상작 모음집

『아빠의 선물』(나라말아이들, 2010년)

그날, 우리는

양인자

광주에서 태어났다. 2009년 〈전남일보〉 신춘문예 동화 당선으로 작품 활동을

시작했고, 2017년 계간 『어린이와문학』에 청소년소설이 추천 완료되었다.

청소년소설집 『우리들의 DNA』 단편동화집 『껌 좀 떼지 뭐』 『가출 같은 외출』

『사람을 찾습니다』 장편동화 『형이 되는 시합』 『오월의 어린 시민군』과

『1991년, 오월 광주에 피어난 해방의 코스모스 박승희 평전』을 펴냈다.

푸른문학상 새로운 작가상, 정채봉문학상을 수상했다.

"서러럭서러럭."

몸을 뒤척이던 정우는 멈칫했다. 비밀이라도 캐내는 듯 무언가를 조심스럽게 긁어내는 소리. 정우는 눈을 비볐다. 눈곱이 낀 눈꺼풀은 무거웠다. 어젯밤 늦게 잠든 탓일 거다. 소리에 신경 쓰지 않고 더 자고 싶어 베개 밑으로 머리를 디밀어 넣었다. 오른팔을 올려 눈을 가렸다. 서럭서럭, 일정한 리듬을 타고 반복되는 소리에 안개 자욱한 틈에서 적진을 살피는 영화 〈전우〉의 한 장면이 떠올랐다. 누군가 노려보고 있는 것 같아 오싹해졌다. 정우는 꿀꺽 침을 삼키고 천천히 몸을 일으켰다.

방문을 등진 채 정아 누나가 손거울을 들고 빗질을 하고 있었다. 저 소리에 놀라다니, 피식 웃음이 나왔다. 잘 보이지도 않을 텐데. 하여튼 누나는 알아줘야 한다. 얼마 전, 작년에 입었던 여름 교복이 작아졌다고 다시 맞춰 달라며 사흘 밤을 울었던 누나다. 아버지한테 혼나면서도 누나는 고집을 꺾지 않았다. 멋 부리는 것으로 치면 대한민국에서 따라갈 사람이 없을 거다. 방문을 가려 놓은 이불이라도 걷고 거울을 들여다봐도 들여다볼 일이지. 방문 앞 이불뿐만 아니다. 텔레비전도 미닫이문을 열어 놓은 채 화면이 드러나 있다. 뉴스를 보던 아버지가 순전히 거짓말만 나온다며 화를 내고는 텔레비전을 꺼버렸다. '우리 집 보물 1호'라며 먼지가 들어가지 않게 문을 꼭 닫아두는데, 어젯밤은 여느 날과 달랐다.

두꺼운 솜이불 위에서는 동생 정주가 발을 내놓은 채 눈을 깜박이고 있었다.

"누나, 이불 좀 개자."

텔레비전 미닫이를 닫으며 정우가 누나를 불렀다. 흘깃 곁눈질을 한 누나는 거울을 들여다보며 발을 뻗어 정주를 툭툭 찼다.

"야, 무거워. 정주 너 빨리 인나 이불 개."

"누나가 무거우면 정주는 더 무겁제."

공부는 안 하고 맨날 거울이나 보고 멋만 내면서 이런 일마저 어린 동생을 시키는 누나가 정우는 못마땅했다.

"넌 남자면서 그것도 혼자 못 하냐. 5학년이나 된 게."

"여기서 남자 여자랑, 나이가 왜 나와?"

정우도 누나를 향해 핏대를 세웠다.

"난 더워서 이불 덮지도 않았거든. 아버지가 작은방에서 못 자게 볶아대서 여기 있었제. 그러니까 이불 덮은 느그들이 개야제. 집 안까지 무슨 일이 있을라고, 아버지는…….."

구시렁거리는 누나 목소리 위로 어젯밤 실랑이가 떠올랐다. 밖에서는 총소리가 들리고 텔레비전을 보던 아버지는 화를 내면서 누나를 향해 호통을 치던, 너무 어수선한 밤이었다. 지난밤의 흔적들을 보면서 머리카락 빠진다고 당장 방에서 나가라고 소리치고 싶었지만 정우는 입을 다물었다. 누나 성질을 건드려서 득 될 게 없었다. 하여튼 개인주의자, 이기주의자야. 속으로만 욕을 퍼부었다.

정주가 일어나자 정우는 이불을 개어 장롱 앞으로 밀어 놨다. 어젯밤 총소리에 놀란 엄마가 솜이불을 펴고 방문에는 얇은 이불을 커튼처럼 쳐 놓았다. 이불을 걷자 연한 햇살 한 줄기가 흘러들었다. 누나는 방문을 향해 엉덩걸음으로 다가가 또 거울을 보고 있었다.

"누나, 거울을 보면 볼수록 여드름이 점점 많아진다네."

정우는 거울을 볼 때마다 여드름 좀 없으면 좋겠다고 중얼거리던 누나를 골렸다.

"너 죽을래?"

누나가 발끈하며 도끼눈을 떴다. 그때 엄마가 밥상을 들고 왔다. 불 냄새가 살짝 느껴졌다.

"연탄불이 꺼져서 새로 살리니라고 밥이 늦었다. 이불이랑 개 놨냐?"

"응, 오빠가."

정주가 밥상 앞으로 다가오며 코끝을 문질렀다.

"세상이 아조 시끄러운께 어디 나가지 말어라."

엄마가 된장국을 그릇째 들고 마신 뒤 손등으로 입가를 훔쳤다.

"엄마, 전깃불은 들어와?"

정주가 숟가락을 들며 형광등을 쳐다봤다. 정우가 일어나 벽에 있는 스위치를 올렸다. 정주 입가에 침 흘린 자국이 달팽이가 기어간 것처럼 선명했다.

"수돗물도 나오고?"

정주는 숟가락을 든 채 또 물었다. 정주 질문에 고개를 끄덕인 엄마가 한숨을 쉬었다.

"전쟁이 따로 없다. 아그들이 요런 걱정을 하는 게 전쟁이제, 뭐것냐."

오른쪽 무릎을 세우며 자세를 고쳐 앉은 엄마는 세 남매를 바라봤다.

"그럼 교복은 어째?"

밥알을 세는 것처럼 깨작거리던 누나가 고개를 들었다.

"어쩌긴 뭘 어째? 찾아와야제. 해마다 교복 맞춘 사람이 어디 있다고 한 해 입고 그 난리를 피우다가, 딱 잃어뿔고 와서는 또 맞춰주라는 것이여?"

"누가 그런당가?"

어제 정우는 학교 운동장이 매운 데다 선생님들이 어서 집으로 가라고 재촉해서 놀지 않고 곧장 집으로 왔다. 골목도 안 매운 곳이 없었다. 재채기를 여러 번 했다. 큰 소용돌이 가운데 있는 것처럼 긴장이 되었다.

누나는 시민을 향해 몽둥이를 휘두르는 군인들을 봤다며 벌벌 떨었다. 시내가 쑥대밭이 되었고 그 틈에 찾아오던 교복을 잃어버렸다고 했다.

"아버지 장사도 시원찮은디, 이 난리까지 났으니……."

"알았어. 내가 총 맞더라도 찾아오면 될 거 아닌가!"

엄마 말을 끊으며 누나는 탁 소리 나게 젓가락을 내려놨다. 엄마가 돌아볼 사이도 없이 방문을 열었다.

"아이, 저것이 바깥은 위험하다믄!"

엄마가 허리를 쭉 빼고 마당을 내다봤다. 열린 방문으로 앞집 담벼락을 타고 올라가는 장미꽃이 보였다. 누나랑 서로 먼저 꺾으려고 들여다볼 때는 감감무소식이더니 어버이날이 딱 사흘 지나자 꽃송이가 벌려졌다. 총소리에도 괜찮았나 보다. 정우는 담벼락과 누나 방문을 번갈아 보느라 숟가락질을 멈췄다.

작은방에서 옷을 갈아입은 누나가 방문을 세게 닫고 나왔다. 마당을 가로지르는 누나를 보면서 엄마가 정우더러 따라가 보라고 했다. 정우는 눈으로 누나를 좇으며 운동화를 신었다. 운동화에 발이 안 들어갔다. 마음이 급해진 정우는 슬리퍼를 끌면서 대문을 나갔다. 막 골목 끝을 벗어나는 누나가 보였다.

"누나, 누나!"

정우가 불렀지만 누나는 뒤도 돌아보지 않았다. 그대로 큰길로 향했다.

체육관 앞 공터에는 옹기종기 사람들이 모여 있었다. 옆집 원희 누나도 있었다. 지금은 서로 다른 학교를 다녀 날마다 만나지 못하지만, 한때는 누나랑 지남철이라고 소문날 정도로 붙어 다녔다. 정우도 원희 누나가 반가워서 뛰어갔다. 슬리퍼가 미끄러워 앞부리를 바닥에 콩콩 찍었다.

"드드드드 드드드드."

세상의 모든 것을 끌어당길 기세로 요란한 소리가 나더니 헬리콥터가 나타났다. 땅에 내려앉을 듯 낮게 날던 헬기가 지나간 뒤 나뭇잎 같은 게 반짝거리며 내려왔다.

"삐라다!"

누군가 외치자 공중에서 종이가 흩어지며 팔랑거렸다. 정우는 눈을 떼지 않고 종이가 내려오기를 기다렸다. 종이는 잡힐 듯하다가 날아갔다. 정아 누나도 정우 옆에서 종이를 잡으려고 팔짝거렸다. 정우는 아랫입술을 감아 물고 풀쩍 뛰어올라 두 장을 한꺼번에 잡았다. 누나에게 한 장을 건네면서 한 장은 앞뒤로 넘겨봤다. 학교 시험지보다 질이 더 좋은 종이의 한쪽 면에만 글자가 있었다.

―광주 시민 여러분!

막 글자를 읽는데 방송이 나왔다.

―광주 시민 여러분, 집으로 돌아가시기 바랍니다.

날카로운 여자 목소리였다. 이제 자기 마음대로 길을 걸어 다닐 수도 없나? 정우가 어깨를 으쓱하고는 마저 읽으려고 고개를 숙였다. '집으로 돌아가' 부분도 다 못 읽었는데 방송이 이어졌다.

―폭도들은 자수하라. 자수하면 생명은 보장한다.

국기에 대한 경례를 할 때 나오는 남자 아나운서 목소리였다. 분명 같은 사람 목소리인데 느낌이 달랐다. 싸늘한 말투에 등골이 오싹해졌다. 왜 말을 듣지 않느냐며 뒤통수에 총부리를 겨누는 것 같았다.

"지랄한다! 누가 누구더러 뭐래?"

원희 누나가 손바닥으로 종이를 구겨 던졌다. 못 본 사이 까칠해진 것 같았다. 우리 누나처럼 사춘기인가. 정우는 혼자 짐작했다. 더러는 욕을 하며 종이를 찢어 버리는 사람도 있었다. 체육관 앞마당에 낙엽처럼 종이가 흩어져 날렸다. 정우도 슬그머니 종이를 내려놓으며 물었다.

"왜 그래, 원희 누나?"

정우는 정아 누나와 눈이 마주쳤다가 동시에 원희 누나 쪽을 향했다. 이럴 때는 '왔다리 갔다리 춤'을 추는 '남철 남성남 콤비'처럼 호흡이 척척 맞았다.

"우리 오빠가 그러는데, 같은 반 친구가 군인들한테 두들겨 맞았대. 군인들이 대학생처럼 보이면 무조건 때려서 죽은 사람도 있대!"

"에이, 설마?"

정아 누나도 그렇고 원희 누나까지 같은 이야기를 했지만 정우는 믿기지 않았다. 소문이라고만 여겼는데, 진짜 군인들이 사람들을 마구 때렸을까. 그럴 리가 없을 거라고 정우는 고개를 저었다.

"무조건 두들겨 패고 먼저 총까지 쐈잖아. 너희도 어제 총소리 들었지? 처음엔 공포탄인 줄 알았다니까."

"공포탄?"

정우가 눈을 끔벅이며 되물었다.

"그냥 겁주려고 쏘는 거 있어. 넌 어려서 몰라."

정아 누나가 정우를 무시하듯 잽싸게 말을 채가며 고개를 돌렸다. 단발머리를 단정하게 빗은 누나의 뒤통수에 정우는 주먹감자라도 날리고 싶었다. 하지만 손보다는 입이 더 빨랐다.

"어젯밤 그게, 진짜 총은 아니고 소리만 똑같았다는 말인가?"

정우가 다시 묻자 원희 누나가 손을 내저었다.

"뭔 소리, 진짜 총이제. 광주 시내가 완전히 포위됐잖아!"

원희 누나는 목에 핏대를 세우며 양손을 둥글게 모아 둘러싸는 시늉까지 했다. 총은 전쟁할 때 쏘는 건데, 집에서 밥 먹고 텔레비전을 보는 전쟁이라니. 정우는 이해할 수 없는 게 점점 더 많아졌다.

"누나, 그럼 폭도는 뭐당가? 시민하고 다른가?"

정우가 원희 누나 팔꿈치를 흔들며 물었다.

"당연히 다르제. 저기 우리 오빠다."

원희 누나가 대답을 하고 광원이 형을 향해 손짓할 때였다.

"드드 드르르르륵."

총이다. 정우는 순간적으로 귀를 막고 쪼그려 앉았다. 어젯밤 집에서 들었던 것과 같은 소리였다. 바로 옆에서 쏘는 것처럼 가깝게 들리는 것만 달랐다. 누군가 뒤늦게 소리를 질렀다.

"엎드려! 엎드려야 살아!"

정우는 바닥에 납작 엎드렸다. 그리고 총소리가 잠시 멎은 틈이었다. 땅 위로 올라온 물고기처럼 숨을 팔딱거리며 정우는 고개만 살짝 들었다. 왼쪽과 오른쪽으로 고개를 돌리며 상황을 살폈다. 엎드려 있는 사람들 중에 정아 누나가 안 보였다. 순간 심장이 멎는 것 같았다. 정우는 심호흡을 한 뒤 굼벵이처럼 꿈틀거려 뒤를 봤다. 광원이 형 옆에 정아 누나가 있었다. 누나도 정우를 찾고 있었는지 동시에 눈이 마주쳤다. 정우는 입모양으로 '괜찮아?'라고 묻고는 국밥집 골목을 향해 턱짓을 했다. 살금살금 움직여 은행나무 뒤로 몸을 숨겨 골목으로 갈 생각이었다. 골목 안으로 들어가기만 하면 집까지 무사히 갈 수 있을 것 같았다. 정우가 재빨리 주변을 살핀 뒤 노루처럼 먼저 뛰어 골목으로 들어갔다.

"드르르륵 다다다다."

또 이어지는 총소리. 정우가 반사적으로 엎드리는데 정아 누나도 순식간에 옆으로 와 엎드렸다. 광원이 형과 손을 잡고 뛰었는지 원희 누나도 나란히 있었다.

"꼭 우리를 보고 있는 것 같은디. 누나, 그대로 있어."

심장이 터질 것처럼 뛰고 무서움에 떨면서도 정우는 속삭였다. 어디에서 보고 총을 쏘는 것인지 확인하고 싶었지만 고개를 들 수 없었다. 정우는 위험을 직감하면 구멍 속으로 들어가 웅크리는 꽃게가 된 느낌이었다. 꽃게는 더듬이라도 내놓을 수 있지만 인간은 고개도 못 든 채 손을 뻗을 수도 발을 뻗을 수도 없어 답답했다. 치켜뜬 눈으로 재빨리 사방을 살펴보고 다시 내리깔기만 반복했다.

달리기할 때 출발을 알리는 총이 발사되면 화약 냄새가 확 퍼진다. 그때처럼 냄새가 훅 다가왔다가 사라지더니 정우의 배가 고파왔다. 아, 밥도 덜 먹었는데 괜히 누나를 따라 나왔나? 교복을 찾기는커녕 이제 집에 들어가기도 글렀나? 엄마도 총소리를 들었을 텐데 괜찮을까? 집까지 3분도 안 되는 거리인데 30분도 넘게 꼼짝 못한 것 같았다. 집에 가면 밥 먹고 솜이불 덮고 가만히 있어야지. 김이 올라오는 밥상을 상상하자 무섬증이 조금 가셨다. 얼마쯤 지났을까, 머리 위를 맴돌던 헬리콥터 소리가 들리지 않았다. 안전하다고 판단한 꽃게가 구멍을 나와 사그락사그락 개펄을 기어 다니듯 사람들이 천천히 움직였다. 헬리콥터도 보이지 않았다.

"교복도 찾으러 가야 된디, 정우 너는 왜 따라 나와서 신경 쓰이게 하냐? 빨리 인나 집으로 가."

짜증을 내며 옷을 턴 누나는 정우에게 손을 내밀었다. 손바닥이 땀으로 흥건했다.

"어, 잠깐만."

일어나던 정우가 허리를 굽혔다. 미끄러지며 벗겨진 왼쪽 슬리퍼를 바로 신고 오른쪽 것을 집으려 할 때였다.

"여기."

원희 누나가 먼저 집어 정우 발 앞에 놓는 바로 그 순간, 분명 빛보다 빠른 속도였다.

"두다다다."

굵은 빗방울이 양철 지붕을 두들기는 것처럼 귀를 울렸다. 엎드릴 틈도 없이 정우 옆으로 뭔가 파팟 튀는 것 같더니, "윽!" 하는 소리와 함께 원희 누나가 발을 잡고 쓰러졌다.

"원희야, 원희야!"

"누나, 원희 누나!"

정아 누나와 정우가 동시에 소리를 질렀다. 원희 누나 발에서 피가 흘렀다. 광원이 형이 쓰러진 원희 누나를 감싸 안았다. 정우는 "병원, 빨리 병원!" 이런 외침을 들은 것 같은데 그다음부터는 전혀 현실 같지 않았다. 소리들이 모두 사라진 세상처럼 아득했다. 정우가 덜덜 떨면서 보고만 있는 사이 사람들이 몰려들었다. 누군가 원희 누나를 업고 달렸다. 광원이 형은 원희 누나 발을 잡고 같이 뛰었다.

"괜찮아? 너 혼자야?"

한 아줌마가 정우 이마를 닦아주며 들여다봤다. 그제야 원희 누나를 에워싸고 달려가는 사람들과 그 뒤를 따라 가는 정아 누나가 보였다. 집으로 가려 했던 정우도 누나를 향해 달리기 시작했다. 교복을 맞춘 시장과 반대 방향으로 뛰어가고 있다는 건 한참 뒤에 깨달았다. 정우가 누나 손목을 잡으며 물었다.

"누나, 누나 교복은?"

"필요 없어. 지금 교복이 문제냐? 내 친구가 죽어 가고 있는디!"

빨개진 눈으로 누나가 소리쳤다. 누나에게 이런 면이 있다니. 정우는 그동안 이기주의자라고 욕하고 흉봤던 것을 취소해야겠다고 생각했다. 누나를 잡고 있는 손에 힘이 더 들어갔다.

광주천을 건너려다 정우는 맨발로 뛰고 있었다는 걸 알았다. 왼손에 쥐고 있던 슬리퍼를 보았다. 이것만 아니었으면. 정우는 원희 누나가 꼭 자기 때문에 총을 맞은 것 같았다. 정우가 슬리퍼를 보면서 웅얼거렸다.

"누나, 내가 나빴어. 괜히 이것 때문에."

"총 쏜 사람이 나쁘제. 쓸데없는 소리 마라!"

누나는 돌다리를 징검징검 건너며 화를 냈다.

"근디 우리가 뭣을 잘못해서 총을 쏘았당가?"

두 눈으로 보았지만 믿을 수 없는 광경이었다. 정우는 되풀이해서 묻기만 했다.

"그런께, 광주가 뭣을 잘못했다고! 빨리 원희한테 가 보게."

누나는 고개를 저으며 이를 앙다물었다. 그러고는 이마에 맺힌 땀을 닦은 뒤 손빗질을 했다. 누나가 거울도 안 보고 머리를 만지는 건 처음이었다. 교복 찾을 생각은 까마득히 잊은 모양이었다.

정우는 광주천을 건넌 뒤 슬리퍼를 신었다. 원희 누나를 에워싸고 병원 가는 길을 열어준 사람들, 환자가 있으니 총을 쏘지 마라는 뜻으로 하얀 러닝셔츠를 앞세우고 뛴 사람들, 징검다리를 건널 때 기다리며 손 내밀어 잡아준 사람들. 정우는 시민들에게 총알이 날아든 날 함께했던 많은 사람들을 똑똑히 기억해두겠다고 마음먹었다. 두 눈에 힘을 주었다.

− 광주전남작가회의 8인 단편집 『하늘나라 우체통』(문학들, 2015년)/
양인자 단편동화집 『가출 같은 외출』(푸른책들, 2018년)

질문 있어요

김미승

전남 강진에서 태어났다. 1999년 계간 『작가세계』에 시로 등단했고, 2015년 우수
출판콘텐츠 제작지원 사업에 선정되어 아동청소년문학 작품 활동을 시작했다.
청소년소설 『세상에 없는 아이』 『저고리 시스터즈』 등과
동화 『잊혀진 신들을 찾아서, 산해경』 『아깽이를 부탁해』
『그 비밀 나한테 팔아!』 『강주룡』 『다랑쉬굴 아이』 등을 펴냈다.
목포문학상 본상을 수상했다.

"아니, 꼴이 그게 뭐냐? 어디서 그렇게 얻어터지고 다녀?"

현관문을 열어주던 할아버지가 나를 보더니 대뜸 소리쳤다. 아차, 미처 옷매무새를 살피지 못했다.

할아버진 늘 나한테 말했다. 남자는 강해야 한다고, 싸울 수밖에 없다면 꼭 이겨야 한다고. 장군 출신다운 말이다. 그러나 그게 어디 맘대로 되는가 말이다. 싸우면 다 이기고 싶지 지고 싶은 사람이 어디 있다고.

"얻어터진 거 아녜요. 나도 때려줬다고요!"

한심하게 바라보는 할아버지 표정을 보자 나도 모르게 불퉁스럽게 말이 튀어나왔다.

"에잉, 약해빠진 건 꼭 지 애비를 닮았어. 이기지도 못할 거면 뭣하러 싸워?"

'치, 할아버진 잘 알지도 못하면서……. 저러니까 아빠가 독불장

군이라고 부르지.'

나는 속으로 투덜거렸다.

"걔가 먼저 시비를 걸었다고요. 학급회의 때 지가 낸 안건에 반대했다고."

"왜 반대를 했는데? 다들 좋다고 하면 너도 그냥 따라가야지."

순간 할아버지 얼굴에서 건이 얼굴이 보였다.

오늘 5교시에 학급회의가 있었다. 몇몇 안건을 토의하는 시간이었다. 건이가 반톡을 만들자고 제안을 했다.

"반톡에 재미난 정보도 올리고, 서로 의견도 나누면 우리 반 친목이 더 강해질 거라고 생각합니다."

반장이 건이가 올린 안건에 찬성한 사람은 손을 들라고 했다. 나는 좋은 생각이 아닌 것 같아 손을 들지 않았다. 반톡을 하려면 스마트폰이 있어야 하는데, 스마트폰 없는 아이들도 있었다. 나를 포함해서.

"야, 뭐해? 빨랑 손들어!"

건이가 뒷자리에서 내 손을 강제로 들어 올렸다.

'싫어. 난 반대야.'

그러나 마음과 다르게 나는 손을 내리지 못했다. 둘러보니 모든 아이들이 손을 들고 있었다. 건이는 우리 반 짱이다. 키도 크고 싸움도 잘해서 아이들이 건이를 무서워했다. 건이에게 잘못 보이면 괴롭힘을 당했다. 그런데 그 순간 이상하게 나는 거부하고 싶었다. 그렇게 하고 싶지 않았다. 난 건이 손을 거세게 뿌리쳤다.

"헐, 이 새끼 뭐냐?"

건이가 어이없다는 듯 손바닥으로 내 머리를 탁, 쳤다. 다른 아이들에게 하듯이. 순간 나는 눈에 불이 나는 것 같았다. 나는 벌떡 일어나 손바닥으로 똑같이 건이 머리를 쳤다. 반 아이들의 시선이 우리에게 쏠리더니 여기저기서 수런거렸다. 당황한 건이 얼굴이 벌겋게 달아올랐다. 넌 이제 죽었어, 하는 눈빛으로 주먹을 쥐어 보였다. 내 목에서 침이 꼴깍 넘어가는 소리가 들렸다.

"왜 이렇게 소란스러워?"

그때 마침 교무실에 가셨던 담임 선생님이 들어오셨다. 아이들이 일제히 자리에 앉고 회의는 다시 시작되었다.

"반톡을 만들자는 안건에 반대하는 사람은 의견을 말해주세요."

반장이 물었다.

"반톡 방을 만들자는 건 공평하지 못합니다. 스마트폰이 없는 사람도 있는데, 그런 사람은 할 수가 없으니까요?"

내가 또박또박 말했다.

"스마트폰 없는 사람도 있냐?"

건이 무리 중 누군가 말했다. 그 말에 여기저기서 '맞아, 맞아' 하며 맞장구치는 소리가 들렸다.

수업이 끝나고 집으로 가는데 건이 무리가 기다리고 있었다.

"야, 로마에 왔으면 로마법을 따라야지. 네가 뭔데 태클을 거냐?"

건이가 두 눈을 부라리며 으르렁거렸다. 학교 밖이라 조금 긴장되었지만, 나는 여유를 부리며 말했다.

"로마법? 아, 그래서 로마가 망했나 보네. 다른 사람 의견은 들어 보지도 않고 자기 맘대로 해서."

"애 뭐냐? 분위기 파악 진짜 못 하네."

건이가 제 무리를 돌아보며 어이없다는 듯 말했다.

"난 내 의견을 말했을 뿐이야. 나도 우리 반의 한 사람이니까."

나도 지지 않고 말했다.

"우리 반의 한 사람? 헐. 애들아 이 다문화가 지금 뭐라카노?"

건이가 제 무리를 돌아보며 야릇한 웃음을 흘렸다.

"뭐, 다문화?"

나는 발끈했다. 건이 무리가 나를 다문화라고 부른다는 건 알고 있었지만, 막상 눈앞에서 들으니 화가 났다. 내가 외국인이 아니란 걸 알면서도 다문화라고 놀리는 건 이유가 있었다.

전학 온 첫날, 자기 소개를 하라는 선생님 말씀에 나는 이렇게 말했다.

"내 이름은 김무용입니다. 힘쓸 무, 용맹할 용. 그리고…… 고향은 전라도 광준디, 본적은 대굽니더."

내 말이 끝나자 몇몇 아이들이 웃음을 터트렸다. 나는 소개가 재밌나 보다 생각하고 이 학교에서 생활이 순탄할 것 같은 예감이 들어 기분이 좋았다. 그러나 아니었다. 그날부터 건이 무리는 나를 '다문화'라고 불렀다. 이방인이라는 뜻이었다.

우리 아빠는 대구에서 태어났고, 엄마는 광주에서 태어났다. 두 분이 결혼하고 광주에 살면서 내가 태어났다. 친가는 대구이고 외가는 광주이다 보니 나는 12년 동안 광주와 대구를 오가며 살았다. 전라도 사투리를 무진장 쓰는 엄마와 경상도 사투리를 억세게 쓰는 아빠의 영향으로 내 말투는 두 사투리를 섞어 쓰게 된 것이다. 건이는 내 말투를 두고 놀리는 것이다.

'치사한 놈.'

어차피 녀석과 피할 수 없는 싸움이었다.

누가 이겼는지 모르겠다. 엎치락뒤치락 뒹굴다 보니 나도 건이도 코피가 터졌다. 서로 자기 손등에 묻은 코피를 확인하는 순간 싸움은 흐지부지되었다.

"그건 불공평해요. 스마트폰 없는 사람은 따를 당할 게 뻔하잖아요. 나도 없는데."

나는 마치 할아버지가 건이라도 되는 양 눈에 힘을 주고 목소리를 높였다. 그랬더니 괜히 눈두덩이 뜨거워지며 눈물이 핑 돌았다.

"쯔쯧, 사내자식이 약해 빠져서 그깟 일에 눈물이나 보이고……."

한 달 전 나는 대구로 전학을 오게 되었다. 아빠가 2년 동안 중국지사로 발령이 나서 엄마와 함께 떠났기 때문이다. 아빠와 엄마는 의논 끝에 나를 할아버지가 사는 대구로 보낸 것이다.

"그럼 너도 스마트폰을 가지면 될 거 아녀? 할애비가 사 줄게."

엉? 내가 잘못 들었나? 나는 할아버지를 빤히 쳐다보며 물었다.

"정말요?"

"대신 공짜로는 안 돼. 거 뭐냐, 그래 알바를 해. 할애비한테."

"알바요?"

"너 컴퓨터로 글자 잘 치지? 네가 도와줄 일이 좀 있어. 큼큼."

아하, 그러고 보니 며칠 전에 있었던 일이 떠올랐다.

할아버지는 두 시간이 넘게 컴퓨터를 독차지하고 있었다. 노트에 쓰여 있는 것을 컴퓨터에 옮겨 적는 모양이었다. 검지 두 개로 좌판을 콕콕 두드리는 폼이 어설프기 짝이 없었다. 일명 독수리타법을 구사하고 있었다. 노트 들여다보랴 좌판 들여다보랴 모니터 쳐다보랴 나름 열심이었다. 마치 물 한 모금 입에 물고 하늘 한 번 쳐다보는 병아리 같았다. 아니지. 병아리는 무슨? 늙은 장닭이지. 할아버지는 올해 78세다.

"아직 멀었어요?"

한 시간이면 된다더니 약속한 시간이 훨씬 지났는데도 할아버지는 컴퓨터에서 일어날 기미조차 없었다. 안 들리는 건가? 가타부타 말이 없다. 하긴 올해 들어 할아버지는 가는귀가 먹었는지 몇 번씩 불러야 돌아보곤 했다. 나는 일부러 발꿈치에 힘을 주고 거실을 쿵쿵 걸어 다녔다. 아파트 층간 소음 때문에 할아버지는 내가 온 첫날부터 조용조용 걸으라고 주의를 줬다. 그런데도 돌아보기는커녕 반응이 없다.

'도대체 뭘 쓰는 거지?'

나는 애가 탔다. 전학 오기 전 베프였던 준현이와 사이트에서 만나 게임을 하기로 약속이 되어 있었다. 서로의 일정이 달라 어렵사리 맞춘 약속이었다. 시간이 빠득빠득 닥쳐오고 있는데 이대로 마냥 기다릴 순 없었다.

나는 모니터를 손바닥으로 가렸다. 그제야 콧방울에 걸린 돋보기안경 너머로 할아버지가 나를 쳐다보았다. 이마에 땀이 송글송글 맺혀 있었다.

"내가 얼른 쳐 줄게요."

나는 벽에 걸린 시계를 눈으로 가리키며 시간이 지났음을 알렸다.

"시간이 벌써 그렇게 됐나? 험험, 네가 해주겠다면야 뭐…… 난 손으로 쓰는 게 좋은데, 왜 다들 컴퓨터로 쓰겠다는 건지 원. 나만 노트에 써가기도 좀 그렇고."

할아버지는 묻지도 않는 말을 혼자서 궁시렁거렸다. 민망한 모양이었다.

"근데 이게 뭐예요?"

"내 자서전 쓰는 거야."

"자서전이요?"

나는 놀라서 할아버지를 물끄러미 쳐다보았다. 자서전은 유명한 사람들이 쓰는 거라고 알고 있었기 때문이다. 하긴 뭐 할아버지도 장군 출신이니까 쓸 수도 있겠지.

"애걔, 여태 겨우 요거 쳤어요? 어휴, 발가락으로 쳐도 이보단 빠르겠네."

노트에는 꽤 많이 쓰여 있는데, 두 시간가량 쓴 워드는 첫 페이지를 못 넘기고 있었다. 나는 보란 듯이 타다다 워드를 쳤다. 워드프로세서 1급 실력을 유감없이 보여주었다.

"이거 다 치면 스마트폰 사준다고요?"

"그래. 이거 다 쓰면."

두툼한 노트 앞표지에 'ㅇㅇㅇ자서전'이라고 쓰여 있었다. 자서전 초고였다. 하루에 몇 시간씩 친다면 며칠이면 해치울 수 있을 것 같았다.

할아버지는 구청에서 무료로 실시하는 '어르신 자서전 쓰기' 공모에 신청을 해서 선정이 되었다고 한다. 70세 이상이며 같은 지역에서 오래 거주하고 공공자원봉사 등 조건에 합당한 사람 열 명을 뽑아 무료로 자서전 발간의 기회를 주었다고 한다.

"편하게 손으로 써와도 된다고 했는데도, 다들 제 자식 손자들 앞세워 워드로 쳐오니까, 나만 노트에 써내기가 미안해서 내가 써보려고 했는데."

의외였다. 할아버진 초등학생이 핸드폰을 가지고 다니는 것도 반대했다. 더구나 스마트폰은 더더욱 안 좋게 생각했다. 그런 것들이 아이들을 망치는 것이라고 젊은 부모들을 싸잡아 비판하곤 했다. 어쩌면 내가 스마트폰을 가질 수 없었던 것도 할아버지 영향이 컸을 것이다. 그런 할아버지 앞에서 아빠가 눈치를 봤을 건 당연한 일이니까. 아빠는 할아버지를 좋아하진 않지만 내놓고 거스르지도 못한 성격이다.

할아버지는 독불장군이다. 아빠가 붙인 할아버지 별명이다. 그것도 아주 소심하게 아빠 혼자서만 부르는 별명이다.

언젠가 아빠랑 피자가게에 갔을 때 일이다. 아빠가 잠깐 화장실에 간 사이 핸드폰이 울렸다. 화면에 '독불장군'이라고 쓰인 닉네임이 떴다. 벨이 울리다 끊기기 직전에 아빠가 전화를 받았다. 통화내용을 들어 보니 독불장군은 다름 아닌 할아버지였다. 통화를 하는 내내 아빠는 얼굴이 굳어 있었다.

나중에 인터넷으로 찾아보니 '독불장군'은 무슨 일이든 자기 생각대로 혼자서 처리하는 사람을 뜻하는 것이었다. 아빠와 할아버지 사이의 유리벽을 본 기분이었다. 그동안 두 사람 사이에 뭔가 석연찮게 느껴지던 묘한 분위기는 바로 그 때문인 것 같았다.

할아버지는 퇴역장군 출신이다. 거기다 훈장까지 받은 장군이었다. 내가 태어나기 전의 일이라 별을 단 할아버지의 모습을 보진 못했지만 아마 군복이 잘 어울렸을 것 같다. 키도 크고 목소리도 우렁우렁하다. 반면에 성격은 무뚝뚝하고 다정다감한 면이라곤 약에 쓰려고 찾아도 없다.

건이 녀석은 나하고 맞장 뜬 뒤론 내 눈치를 슬슬 본다. 그래도 뒤쪽에서 제 무리들과 건들거리는 건 여전하다. 쉬는 시간마다 교실 뒤쪽에 모여 스마트폰으로 뭔가를 서로 보여주며 키득거린다.

'나도 곧 스마트폰 생긴다고!'

나는 부지런히 할아버지 자서전을 쳤다. 유년기, 청소년기, 청년기를 거쳐 아빠가 태어난 부분까지 쳤다. 전체의 절반 정도 되는 분량이다.

'첫아들이 태어났다.'

아빠가 세상에 태어난 일이 할아버지한테는 마치 '중학교를 졸업하고 고등학교에 진학했다.'는 말처럼 너무나 당연하고 평범하게 쓰여 있어서 나는 깜짝 놀랐다. 아빠는 내가 태어났을 때 세상이 달라 보였다고 했다. 해도 두 개가 되고 달도 두 개가 되고 새로운 세상이 하나 더 생겨났다고. 아빠가 이 부분을 본다면 좀 서운해 할 것 같다.

할아버지 자서전 중에서 가장 많은 분량을 차지하는 것은 '내 인생의 황금시대'라는 소제목이 붙여진 곳이다. 바로 할아버지가 훈장을 받은 시기다.

"이 훈장은 우리 가문의 영광이야."

언젠가 할아버지가 딱 한 번 그 훈장을 나한테도 보여준 적이 있다. 무슨 꽃 같기도 하고 나뭇잎 모양 같기도 한 그것은 할아버지

보물 1호라고 했다.

할아버진 무슨 공을 세웠기에 훈장을 받으셨을까? 전부터 궁금했었다. 전에도 물었던 것 같은데, 그냥 나라에 큰 공을 세워 받았다고만 했다. 이젠 그 내용을 자세히 알게 된 순간이 왔다. 오늘 워드로 칠 부분이 바로 그 내용이다.

'폭도를 진압하는 데 큰 공을 세워 ……폭도?'

나는 얼른 사전을 찾아보았다. 폭도는 '난폭한 행동으로 소란을 일으켜 질서를 문란하게 하는 무리'라고 적혀 있다. 그 뜻으로만 보면 도둑이나 불량배들인데, '무리'라고 쓰여 있는 걸 보면 도둑 떼? 불량배 무리? 에이, 조선시대도 아니고 무슨 도둑 떼를 잡고 훈장을 받았을 리는 없잖아. 이게 언제쯤 일이지? 나는 자서전의 앞쪽과 뒤쪽을 읽으며 연대순을 맞춰 보다 깜짝 놀랐다. 갑자기 심장이 발딱발딱 빠르게 뛰었다.

'이건 5·18인데!'

순간 나는 주방 식탁에서 신문을 읽고 있는 할아버지에게 눈길을 돌렸다. 5·18에 관한 거라면 나도 잘 알고 있다. 얼마 전까지 광주에서 살았으니까. 나는 할아버지에게 직접 듣고 싶었다.

"할아버지, 질문 있어요."

할아버진 나를 쳐다보더니 뭔가를 짐작했는지 나한테로 다가왔다.

"폭도가 뭐예요?"

"폭도는 나라를 불안하게 하는 불순한 자들이야. 지들 주장이 먹히지 않으면 모여서 난폭한 행동을 해서 다른 사람들을 위험에 빠뜨리지."

내 질문에 할아버지는 망설이지 않고 단숨에 답했다.

"광주 사람들이 폭도였어요?"

"그래. 그때 그들을 제압하지 않았으면, 무고한 많은 사람들이……."

"그럼 왜 그 많은 시민들이 폭도들에게 주먹밥을 만들어주면서까지 도왔는데요?"

"주먹밥? 그 그건…… 어쨌든, 국가에 대항했으니, 모두 폭도들이지."

"그럼, 반톡을 하자는 학급회의 제안을 반대했으니까 나도 우리 반 폭도예요? 그래서 건이와 그 무리가 나를 때린…… 거예요?"

나도 모르게 목소리가 떨렸다.

"그 그야. 넌 스마트폰이 없으니까…… 당연히 반대할 수도."

할아버지 눈동자가 잠깐 흔들렸다.

"나 워드 안 칠래요."

나는 의자를 박차고 일어났다. 갑자기 목구멍에서 뜨거운 것이 치밀어 올라와 숨이 막혔다.

　　　　－ 광주전남작가회의 8인 단편집 『하늘나라 우체통』(문학들, 2015년)

소문

한완식

전남 고흥에서 태어났다.

2018년 5·18문학상 신인상 동화 부문 수상으로 등단했다.

오늘도 안 오시려나…….

골목 안 사람들이 몸을 움츠리고 소리를 낮춰 이야기를 나눴다. 귀에 담기 무서운 말들이었다. 어느새 크고 작은 골목마다 무서운 말들이 가득 퍼졌다. 사람들은 무서운 말들을 피해 집으로 몸을 숨겼다. 무서운 말이 아빠를 숨겼다.

아빠가 연락도 되지 않고, 집에도 들어오지 않았다. 기다리다 못한 엄마는 무서운 말들을 헤치며 아빠를 찾아 나섰다. 엄마는 앞이 보이지 않는 장님처럼 소문만 더듬어 아빠를 찾아다녔다. 아빠를 찾아 며칠을 헤매던 엄마는 정신 나간 사람처럼 먼 곳을 보며 혼자 중얼거렸다. 그리고 엄마도 이틀 전부터 집에 돌아오지 않았다.

"아빠 오시믄 니가 꼭 붙들고 있어야 된다, 잉. 알것냐! 절대 집 비우믄 안 된다, 잉!"

엄마가 아빠를 찾아 집을 나설 때면 내 얼굴을 똑바로 쳐다보며 다짐받듯 한 말이었다. 이제 나는 정말로 집을 비울 수가 없다. 아빠도 붙잡아야 하고, 엄마도 붙잡아야 한다. 그나마 다행인 건 학교에 가지 않아도 된다는 것이다. 휴교령이 내려져 하루 종일 집에서 엄마, 아빠를 기다릴 수가 있다. 나는 무서운 말들이 가득 찬 골목길에서 집 지키는 강아지마냥 어슬렁거렸다.

전봇대와 담장 사이 작은 종이가 팔랑거렸다. 하루 종일 집 앞 골목길에만 있던 나는 호기심에 눈을 번쩍 떴다. 종이를 들어 올려 흙먼지를 털었다. 누렇게 색이 바랜 종이에 글이 진하게 새겨져 있었다.

우리는 보았다.
사람들이 개끌리듯 끌려가 죽어가는
것을 두눈으로 똑똑히 보았다.
그러나 신문에는 단 한줄도 싣지 못
했다.
이에 우리는 부끄러워 붓을 놓는다。
　　　　　1980. 5. 20
　　　　전남매일신문기자 일동
　　전남매일신문사장 귀하

20일이면 벌써 엿새 전이다. 그날 골목 안은 사람들이 밤늦게까지 많은 말들을 남겼다. 광주MBC방송국이 불에 탔다고 했다. 방송국에서 진실을 알리지 않아 불이 났다고 했다. 그러고 보니 그 뒷날부터 아빠가 집에 돌아오지 않았다. 그런데 아빠는 방송국과 상관

없는 시내버스 운전기사다. 방송국에 불이 났는데 아빠가 왜 집에 돌아오지 않는지 알 수 없었다.

바람 한줄기가 힘없이 붙들고 있는 종이를 낚아채 갔다. 종이는 줄 끊어진 연처럼 펄럭이며 골목 안을 날아다녔다. 굳이 쫓아가 잡고 싶지 않았다. 이미 골목에는 더 무서운 말들이 가득 차 있었다.

"그날 장관이었제. 제일 앞에 시내버스가 떡 허니 스고, 버스도 여러 대였제. 훤한 낮인데도 쌍 라이트를 딱! 비추고, 경적을 울리는디, 쩌그 앞에 있는 군인들이 하나도 안 무섭드랑께!"

"워메, 자네도 거기 있었는가? 나도 거기에 있었는디, 버스도 버스제만 그리고 많은 사람들이 모인 건 태어나서 처음이랑께."

"허, 그 미친놈들이 총질만 안 했으믄……. 세상이 바뀌는 줄 알았는디. 카악~ 퉤!"

아저씨는 몸서리치며 가래침을 뱉고 발로 쓱쓱 문질렀다.

"워메, 아직도 그때만 생각하면 가슴이 벌렁벌렁 한당께. 그런 생지옥은 태어나서 처음이여."

"긍께 말이여. 나중에 군인들이 버스 끄집어낼 때, 성한 버스가 한 대도 없디야. 유리창은 모다 깨져불고, 버스 앞에는 총알자국이 벌집마냥 수두룩허고, 다시는 차로도 쓸 수 없을 정도가 됐다고 허드랑께."

"아따! 말해 뭐해, 생지옥이 따로 없었당께."

들려오는 말에 숨이 딱 멎는 것 같았다.

'아닐 거야!'

무서운 말을 쫓아내기 위해 머리를 흔들며 골목 안 작은 하늘을 올려다봤다. 벌써 한낮이 되었나 보다. 해가 머리 위로 치솟아 있었다. 하늘이 웅웅 소리를 내는 것 같았다. 큰길에서 들려오는 사람들 목소리가 골목 안까지 들렸다. 어제까지는 점심 넘어서부터 소리가 들렸는데 오늘은 더 빨리 들려왔다. 골목 안에 보이던 사람들도 어느새 보이지 않았다. 사람들도 큰길로 나갔을 것이다.

사람들이 큰길에 나갔다 오면 새로운 말들이 골목을 채웠다. 나는 제비 새끼마냥 사람들이 물어오는 말들을 받아먹었다. 나도 큰길에 나가 보고 싶었다. 비어 있을 집이 걱정되긴 했지만 그래도 잠깐 가서 보는 건 괜찮을 것 같았다.

집 앞 작은 골목을 벗어났다. 항상 다니던 길인데도 며칠 만에 낯설어 보였다. 작은 골목을 벗어나면 극장이 나왔다. 영화를 보려는 사람들로 북적이던 극장 앞이었는데 사람 그림자조차 찾아볼 수 없었다. 극장문도 굳게 닫혀 있었다. 건물 위에 걸려 있는 커다란 영화 포스터에 이주일 아저씨가 익살스럽게 웃고 있었다. 포스터를 볼 때마다 옆집 사는 영남이랑 킥킥대며 지나다녔는데 이제는 웃음이 나오지 않았다.

극장 앞은 차가 다니는 길이다. 차가 한 대도 보이지 않았다. 골목만큼이나 텅 빈 길이 돼버렸다. 병원 구급차 한 대가 다급하게 내달렸다. 그 뒤를 군용 지프차가 구급차를 놓칠세라 바짝 따라갔다. 지프차에는 총을 든 시민군들이 타고 있었고 커다란 태극기가 펄럭였다.

시민군은 정식 군인들이 아니다고 했다. 시민군에는 대학생 형들, 택시기사 아저씨들, 길 건너편 시장 삼촌들, 철공소 아저씨도 함께 참여했다고 들었다. 군인들이 먼저 아무한테나 총을 쏘자 살기 위해 총을 든 시민들을 시민군이라 불렀다. 시민군이 만들어지자 무서운 말들이 밀려나고 골목 안은 조금씩 밝아졌다. 들리는 말들은 여전히 무서웠지만 사람들 모습은 조금 더 활기찼다.

나는 구급차와 지프차가 눈에 보이지 않을 때까지 그 자리에 서 있었다. 제발 아무 일 없기를 바랐다.

"아이고, 광주가 꽉 막혀붓당께요!"

"이 일을 어쩌야 쓸까나!"

길 건너편 시장 골목 어귀에 사람들이 보였다. 사람들 말에 나도 모르게 귀를 쫑긋 기울였다. 엄마, 아빠를 기다리다 생긴 습관이었다.

점포 문을 닫은 시장은 골목 안보다 조용했다. 점포 주인으로 보이는 사람들 몇이 시장 안을 서성거릴 뿐이었다.

"아짐은 어디서 오시오?"

"잉, 각하동에서 오는디, 군인들 봉께 잘못한 것도 없는디 괜히 가슴이 꿍닥거려서 혼나부렀구만."

"군인들은 뭐하고 있습디요?"

"뭐하긴, 개미 새끼 한 마리 못 지나다니게 길 막고 있제. 그라고 그짝도 같은 사람들인디 항꾼에 주먹밥도 나눠 먹고 그라제."

"그랑께요. 이게 뭔 난리인지 모르것소!"

사방팔방 꽉 막힌 광주라고 했다. 도대체 아빠는 꽉 막힌 광주 안 어디에 계실까? 엄마는 어디에서 아빠를 찾고 계실까? 발에 걸리는 작은 돌멩이를 화풀이하듯 걷어찼다. 돌멩이는 떼굴떼굴 굴러 사거리 신호등 앞에 가서 멈췄다.

"와아아~!"

함성 소리가 사거리를 덮쳐왔다. 검정색 교복을 입은 고등학생

형들이었다. 형들은 백 명이 훨씬 넘어 보였다. 형들도 큰길로 나아가고 있었다. 나도 형들의 뒤꽁무니에 따라 붙었다.

큰길에 다가갈수록 땅이 흔들리고 하늘이 울렸다. 고등학생 형들이 사람들 속으로 까만 점처럼 묻혀버렸다. 사람들이 셀 수 없이 많았다. 이렇게 많은 사람들을 보는 건 처음이었다. 광주 시민들이 모두 큰길에 나온 것 같았다.

사람들 모습이 마치 강물 같았다. 강물처럼 도청 앞으로 굼실굼실 흘러가고 있었다. 이제 도청은 시민군이 지키고 있다고 했다. 도청 앞 도로는 넓었다. 넓은 도로는 사람들이 모여 한목소리를 내는 광장이 됐다고 했다. 아빠가 태워주던 시내버스 안에서 봤던 분수대가 생각났다. 동그란 분수대는 두 개 층으로 나눠져 있었다. 아래층 분수대에는 가장자리로 작은 분수가 나오고 위층 가운데는 커다란 물줄기가 높게 솟구쳐 올랐다.

사람들 목소리가 도청 앞 분수처럼 하늘 높이 솟구쳐 올랐다.

"비상 계엄령 해제하라!"

"살인마 전두환은 물러나라!"

수많은 사람들은 하나같이 오른손을 높이 치켜들며 목소리를 높였다.

'혹시 이 속에 아빠도 있을까? 아빠를 찾는 엄마도 있을까?'

까치발로 기웃거렸다. 구호를 외치며 오른손을 높이 치켜들면 가운데 있는 사람들 얼굴이 팔에 가려 잘 보이지 않았다. 다시 한번 자라목처럼 목을 길게 뺐다. 하지만 엄마, 아빠 얼굴을 찾는 건 쉽지 않았다.

불쑥 영남이 말이 떠올랐다.

"많은 사람들이 죽었대. 더 많은 사람들이 군용트럭에 실려 어디론가 끌려갔대. 죽은 사람들이 산처럼 쌓였는데 끔찍해서 볼 수가 없대."

"너는 어디서 들었냐?"

"우리 큰형한테 들었지. 큰형이 시민군인 거 알지? 어제 저녁에 저녁밥 먹으면서, 그리고…… 아니다."

영남이는 말을 끊으며 침을 꿀꺽 삼켰다. 영남이가 삼킨 말을 더 묻지 않았다. 분명 엄마, 아빠에 대한 말일 것이다. 엄마, 아빠에 대한 이야기는 듣고 싶지 않아도 들렸다. 골목에서 나를 보며 어른들이 하는 말은 조금씩 달랐지만 결국 하나였다.

하늘을 쳐다봤다. 5월 하늘은 참 푸르고 맑았다. 푸른 하늘을 올려다보는데 눈물이 또그르르 흘렀다. 나는 주먹으로 눈물을 훔쳐냈다.

'소문일 거야. 엄마와 아빠는 손을 잡고 집으로 돌아올 거야.'

도청 앞으로 향하는 사람들의 끝이 보이지 않았다. 이 많은 사람들 속에서 아빠는 엄마를 찾고, 엄마는 아빠를 찾아 헤매고 있을 것만 같았다. 나도 더 이상 기다리지만 않고 직접 찾고 싶었다. 아스팔트 위로 내려섰다. 사람들 속으로 들어갈까! 말까! 망설였다. 쉽게 발걸음이 떨어지지 않았다.

그때였다. 갑자기 사람들이 웅성거렸다. 사람들이 겁에 질린 얼굴로 하늘을 쳐다보고 있었다. 나도 하늘을 쳐다봤다. 헬리콥터가 나타났다. 헬리콥터는 머리가 동그랗고 꼬리가 길쭉한 게 잠자리를 닮았다. 정말 잠자리처럼 사람들 머리 위를 윙윙거리며 날아다녔다.

"헬기에서도 총을 쏜다는디!"

"이라고 많은 사람들한티 총질 해불면 인간도 아니제."

"아따 이 사람! 그동안 인간이었으면 그라고 총질했간디?"

"그라믄 야단 아니여!"

사람들은 겁에 질려 우왕좌왕했다. 나도 가로수 나무에 매미처럼 바싹 붙었다. 누가 그렇게 하라고 알려준 건 아니지만 나무 밑이 가장 가깝고 안전해 보였다.

"광주시민 여러분 전라남도 도지사입니다. 여러분 이성을 찾으시고, 도청을 비우고 해산해주십시오!"

헬리콥터에서 총알 대신 방송이 나와 다행이었다. 어떤 사람들은 헬리콥터에 욕을 해댔고, 어떤 사람들은 슬그머니 큰길에서 빠져나갔다. 헬리콥터는 두어 번 방송을 더 하고는 멀리 사라졌다. 잠시 움찔거리던 사람들은 다시 도청을 향해 움직였다.

마음이 다시 한 번 갈팡질팡 요동쳤다. 엄마가 다짐받듯 하던 말이 떠올랐다. 사람들 속으로 들어가도 엄마, 아빠를 찾을 자신이 없어졌다. 그리고 비어 있을 집이 걱정됐다.

'혹시 엄마가 아빠를 찾아서 집에 와 있으면…….'

나는 몸을 돌려 집을 향해 뛰었다. 밥을 안 먹어서 배는 고픈데 다리에 힘이 솟았다. 올 때는 몰랐는데 급한 마음에 되짚어 가는 길이 이렇게 먼 줄 몰랐다. 숨이 턱 밑까지 차올랐을 때 골목 안으로 접어들었다.

"만식아!"

해태슈퍼 아줌마가 날 불렀다. 주먹밥 두 덩이를 들고 계셨다. 동네 부녀회 아줌마들은 골목 어귀에서 주먹밥을 만들어 시민군들한테 나눠주는 일을 하고 있었다.

부녀회 아줌마들도 누가 먼저랄 것도 없이 양동이며 바가지를 들고 나와 모였다. 주먹밥을 만들고 먹는 물을 시민군한테 돌렸다. 또래 아이들도 가만히 있지 않았다. 주먹밥을 만드는 곳에서 갖은 심부름을 먼저 하려고 애썼다. 집 앞을 벗어나지 못한 나는 그곳이 부러웠다. 점심때가 조금 지난 듯 아줌마들은 빈 그릇들을 씻고 있었다.

어제 점심때도 아줌마가 챙겨준 주먹밥으로 끼니를 때웠었다. 주먹밥은 밥에 소금으로만 간을 하고 김으로 감싸 쥐어 간단하게 만든 것이다. 그런데도 뒷맛이 고소한 게 맛있었다.

"쾅!"

대문을 부서져라 밀고 마당으로 들어섰다.

'집 보랑께 어디 갔다가 인자 오냐!'

혹시나 했던 엄마 목소리는 역시나 들리지 않았다. 거친 숨만 몰아쉬었다. 다리에 남아 있던 힘이 모두 빠져 버렸다. 그대로 대문에 주저앉았다. 대문이 만든 그늘에서 거친 숨이 잦아들었다. 이따금 불어오는 살랑 바람이 시원했다. 눈꺼풀이 스르륵 내려왔다.

"만식아!"

힘겹게 눈을 떴다. 해태슈퍼 아줌마였다.

"니가 씽하니 달려간께 집에 뭔 일 있는 줄 알았다, 잉."

아줌마는 빈 집 안을 둘러봤다. 집 안에 기척이 없자 나를 보며 연신 혀를 찼다.

"오메, 짠한그. 이거라도 묵어라. 힘 있어야 기다리는 벱이여."

주먹밥 두 덩이였다. 난 힘없이 머리만 까딱하며 고맙다는 인사를 대신했다.

"너무 걱정 말고 들어가서 지둘러야. 느그 어매, 아배 꼭 올 것잉께."

"네."

"그라고, 뭔 일 있으면 나한티 냉큼 말해야 쓴다. 알았냐?"

"네."

아줌마가 내 등을 토닥거려주었다. 바보같이 눈물이 나오려고 했다. 어금니를 꽉 물고 버텼다. 아줌마는 손을 털며 돌아섰다. 뒤돌아가면서 하는 혼잣말이 바람을 타고 들려왔다.

"어디든 살아 있어야 할 것인디, 짠해서 어쩌끄나."

'분명 오실 거예요!'

하지만 입 밖으로 소리를 내지는 않았다. 아줌마 말대로 힘을 내야 했다. 이렇게 멍청히 앉아 있기는 싫었다. 주먹밥을 한 손에 들고 일어났다. 그때 옆집 문이 열리며 영남이가 나왔다. 뒤이어 영남이 엄마가 보따리를 머리에 이고 나왔다. 영남이 엄마 얼굴이 아빠를 찾아 헤매던 엄마 얼굴 같았다. 나도 모르게 가슴이 콩닥거렸다.

"영남아! 뭔 일 있냐?"

영남이가 울먹였다.

"우리 큰형이 총에 맞았대. 지금 병원에 있는데 피가 모자라데, 피가! 그래서 식구들 모두 헌혈하려고."

"영남아 뭐허냐! 한시가 급헌디."

영남이 엄마가 숨넘어가듯 영남이를 불렀다.

"네, 가요! 갔다 올게."

영남이가 눈물을 훔치며 뛰어갔다. 골목에 앉아 있어도 바람이 많은 이야기를 들려줬다. 개인택시 아저씨가 죽었단다. 대학생이던

수창이 누나가 돌아오지 않았단다. 용석이 형이 죽었단다. 용석이 형은 아직 고등학생이었다.

집에 들어가 마루에 털썩 주저앉았다. 왜 계속 이런 일이 일어나는지, 왜 군인들은 시민들한테 총을 쏘아대는지 나는 이해할 수 없었다. 며칠 전까지만 해도 이런 일이 일어날 거라고는 상상도 못 했다.

손에 힘이 빠져 마루 위로 축 처졌다. 주먹밥이 먼지 쌓인 마루 위로 작은 길을 냈다. 아무것도 먹지를 않았지만, 먹고 싶은 생각도 없었다. 우두커니 대문만 바라봤다. 시멘트로 세워진 기둥에 파랑색 철문이 붙어 있었다.

봄이 오는 길목에서 아빠는 새 봄을 맞는다며 하루 동안 페인트칠을 다시 했었다. 녹이 쓸어 곰보빵이던 대문이 새것처럼 환했다. 금방이라도 엄마, 아빠가 파란 대문을 밀고 들어올 것만 같았다. 그런데 기다리는 엄마, 아빠는 안 오고 차츰 어둠이 찾아왔다. 대문도 잘 보이지 않았다. 오늘도 안 오시는구나!

얼마나 그렇게 더 앉아 있었을까. 갑자기 방송 차 소리가 났다. 사람들이 강물을 이루던 큰길 쪽이었다.

"사랑하는 광주시민 여러분. 지금 시내로 계엄군이 쳐들어오고 있습니다. 사랑하는 형제자매들이 계엄군의 총칼에 죽어가고 있습니다. 우리는 광주를 끝까지 지킬 것입니다……."

여자 목소리였다. 목소리는 울고 있었다. 방송 차는 멀어져 갔지만 울먹이던 목소리는 귓속에서 맴돌았다. 마이크 소리에 동네 개들이 왕왕 짖어댔다. 번쩍 정신이 들었다. 나는 급히 대문 밖으로 뛰어나갔다. 엄마, 아빠가 지금이라도 돌아오길 바랐다. 오늘 밤마저 넘기면 영영 못 볼 것 같았다.

'계엄군이 오고 있대요. 계엄군이 오고 있다고요!'

목소리는 나오지 않고 목이 멨다. 불 꺼진 골목길은 그림자도 보이지 않았다. 힘없이 몸을 돌렸다. 영남이 집에도 불이 꺼져 있었다. 문득 '호프'가 생각났다. 호프는 영남이네 개 이름이다. 영남이큰형이 요즘은 영어 이름이 유행이라며 지어준 이름이었다. 호프는영어로 희망이라고 했다. 영남이 엄마가 큰형을 나무랐다. 개 이름도 개를 닮아야 한다며 복실이라고 불렀다. 하지만 나와 영남이는호프라고 불렀다. 복실이라는 이름보다 훨씬 근사해 보였다.

담 위로 얼굴을 내밀었다.

"호프!"

호프가 어둠 속에도 내 목소리를 알아듣고 꼬리를 흔들었다. 나는 주먹밥을 절반 뚝 떼서 호프 앞으로 집어 던졌다. 배가 고팠는지허겁지겁 잘도 먹어댔다.

"네 이름처럼 모든 일이 잘 될 거야. 집 잘 지켜라!"

호프가 내 말을 알아먹었는지 꼬리를 더 세차게 흔들었다. 호프한테 말은 그렇게 했지만 왠지 가슴 한쪽이 뻥 뚫린 것 같았다.

방으로 들어와 텔레비전을 켰다. 〈아홉시 뉴스〉가 나왔다. 뉴스에 나오는 도시들은 멀쩡했다. 건물 유리창도 깨지지 않았다. 부서진 차도 보이지 않았다. 꽃구경을 나온 사람들은 행복해 보였다. 비둘기가 날아다니는 공원은 평화로워 보였다. 같은 하늘 아래 있어도 다른 나라를 보는 것 같았다.

군복을 입은 보안사령관이란 사람이 나왔다.

"북괴에서 내려 보낸 간첩 때문에 광주가 폭동의 도시가 됐습니다. 어쩔 수 없이 군인들을……."

"거짓말!"

텔레비전을 꺼버렸다. 죽은 용석이 형, 총에 맞은 영남이 큰형, 돌아오지 않은 수찬이 누나가 모두 간첩일까? 엄마, 아빠가 간첩이라서 집에 돌아오지 못한 걸까? 말도 안 되는 거짓말이다. 텔레비전을 끄니 방 안이 너무 어두워서 무서웠다. 다시 텔레비전을 켤까 하다가 그냥 두었다. 어둠 속에 혼자 있는 것이 무서웠지만 뉴스에서 하는 거짓말보다 견딜 만했다.

"만식아!"

엄마 목소리다. 엄마, 아빠가 파란 대문을 열고 들어왔다. 엄마, 아빠가 환하게 빛나고 있었다. 아빠는 말끔한 양복을 입었고, 엄마는 천사처럼 하얀 원피스를 입고 있었다.

"엄마! 아빠!"

눈물이 나와 앞이 뿌옇게 흐려졌다. 엄마가 내민 손을 붙잡으려 할 때 갑자기 총을 든 군인들이 나타나 앞을 가로막았다. 군인들은 억센 힘으로 엄마와 나를 떼어놓았다. 더 이상 엄마, 아빠와 떨어질 수 없었다. 울며불며 안 떨어지려고 몸부림쳤다.

"안 돼!"

소스라치게 놀라서 눈을 떴다.

잠시 멍하니 앉아 있었다. 꿈이었다. 꿈이라도 좋았다. 잠시라도 엄마, 아빠 얼굴을 볼 수 있어 좋았다. 정말 엄마, 아빠가 곧 올 것만 같았다. 난 혹시나 해서 밖으로 나가려고 방문을 잡았다.

"탕! 탕! 탕!"

갑자기 총소리가 났다. 깜짝 놀라 그 자리에 주저앉았다.

"드르륵! 드르륵! 탕! 탕!"

총소리가 요란하게 들려왔다. 총소리는 끊이지 않고 계속 이어졌다. 나는 허겁지겁 방바닥을 기어 이불장을 열었다. 그 안에 있는 이불을 몽땅 끄집어냈다. 그리고 이불 밑바닥으로 파고들었다. 눈을 감고 귀를 막았다. 눈물이 흘렀다.

"엄마, 아빠 제발 빨리 와!"

돌아오지 않는 엄마, 아빠를 애타게 불렀다. 이 모든 것이 차라리 꿈이었으면 좋겠다. 다시 잠들었다가 깨어나면 엄마가 만들어준 김치찌개를 먹고, 아빠가 태워주는 시내버스를 타고 시원한 분수대를 돌았으면 좋겠다.

꿈이 아니라면 말하기 좋아하는 사람들이 만들어낸 소문이었으면 좋겠다. 골목길에 가득 찼던 무서운 말들이 바람에 모두 흩어져 버렸으면 좋겠다.

몇 겹의 이불 밑에 새우처럼 몸을 웅크려 있어도 총소리가 들려왔다. 나는 아예 귀가 먹어버렸으면 하고 양손에 힘을 꾹 주어 귀를 막았다.

— 2018년 5·18문학상 신인상 동화 부문 수상작,

계간 『문학들』(2018년 여름호)

오월에 내리는 눈

정소윤

광주에서 태어났다.

2020년 5·18문학상 신인상 동화 부문,

2024년 계간 『백제문학』 신인상 동화 부문 수상으로 작품 활동을 시작했다.

어른들은 도청으로 떠났다. 주인집 언니와 오빠, 나와 다섯 살짜리 동생 현아는 집에 남아 문지기를 해야 했다. 대학생이면 문을 열어주고 군인이면 열어주지 않는 게 우리들의 임무다. 우리끼리 문지기 순서를 정했는데, 오늘은 내 차례다.

우리는 수돗가에 피어 있는 채송화를 뜯어 소꿉놀이를 하고 있었다.

쾅쾅쾅 요란하게 대문 두드리는 소리가 났다.

당번인 내가 문 앞으로 조심조심 다가갔다.

"누구세요?"

"대학생이야!"

이 말은 광주 사람이라는 암호다. 문을 열어주었다.

"고맙다. 꼬마야."

헐렁한 운동복을 입은 곱슬머리 대학생 삼촌이 허겁지겁 대문 안으로 들어왔다. 삼촌은 담장 아래 텃밭을 지나 키 큰 살구나무에 등을 기대어 숨을 몰아쉬었다. 살구나무 가지는 멀리 마주 보는 무화과나무 가지와 빨랫줄로 묶여 있었다.

그 사이로 푸른 타일을 입은 네모난 수돗가가 있었다. 숨을 고른 삼촌은 수도꼭지에 물을 틀어 손으로 받아 마셨다.

"삼촌, 이리 오세요!"

주인집 마루에서 딱지치기하던 6학년 우리 오빠와 양말 집 오빠들이 삼촌을 향해 손을 흔들었다. 주인집은 기역자 모양의 지붕과 툇마루에 격자무늬 창살의 유리문이 달린 개량한옥이었다.

한옥 가운데는 주인네가 살고 오른쪽으로 꺾어지는 곳에 상하 방이 두 개 있는데 양말 집과 사고로 몸을 다쳐 늘 앉아 지내는 홍구 삼촌네가 세 들어 살았다. 사람들은 홍구 삼촌을 앉은뱅이라고 불렀다. 그 옆에 평상 하나를 사이에 두고 있는 함석지붕의 단칸방 독채가 우리 집이다.

"삼촌, 여기에 숨어요!"

오빠들이 마루 아래를 가리켰다. 삼촌은 몸을 뉘어 팔꿈치로 뒤뚱뒤뚱 기어갔다. 우리들은 마루 밑에서 꺼낸 돗자리를 펼치고 페인트 도구랑 빗자루, 소꿉놀이를 쌓아 삼촌이 보이지 않게 가려주었다.

잠시 후, 턱턱턱. 대문을 발로 차는 소리가 들렸다.

"누구세요?"

나는 대문으로 뛰어가 큰 소리로 물어보았다. 아무 대답이 없었다. 가슴이 두근거렸다.

"대학생이에요? 군인이에요?"

나는 다시 대문 밖에 있는 사람에게 물어보았다.

"문 열어!"

누군지 말해주지 않았지만 대학생은 아닌 것 같았다. 대문 밑 흙이 패인 곳을 살펴보았다. 구두코가 번쩍이는 군화가 보였다. 군인 아저씨가 분명하다.

"엄마 안 계세요."

엄마가 이렇게 말하면 갈 거라고 했다.

"문 열라니까!"

군인 아저씨는 가지 않았다.

"엄마가 모르는 사람한테는 문 열어주지 말라고 했어요."

제발 군인 아저씨가 돌아가기를 기도하며 말했다.

"안 열면 총으로 쏜다."

나는 손이 벌벌 떨렸다. 숨이 막히는 것 같더니, 온몸이 불에 덴 것처럼 뜨거웠다.

어쩔 수 없이 대문을 열어주었다. 군인 아저씨는 어깨부터 허리까지 내려오는 긴 총을 메고 있었다. 군인 아저씨와 눈이 마주쳤다. 심장만큼이나 오줌주머니도 부풀어 올랐다.

"화장실 어디 있나?"

군인 아저씨가 물었다.

"저, 저기요."

우리 집과 대문 사이 옥상 계단 아래 화장실을 가리켰다. 다행이다. 군인 아저씨는 광주 사람을 잡으러 온 게 아니라 화장실에 가고 싶었나 보다. 나는 다시 대문 앞으로 갔다. 혹시 대학생이 오면 도망가라는 신호를 해 주어야 했다.

"대학생 있어? 없어?"

화장실에서 나온 군인 아저씨는 가지 않고 나에게 총을 겨눴다. 총에는 칼날도 달려 있었다. 너무 무서워서 엄마가 보고 싶었다. 우리 엄마는 어디만큼 있을까? 서부경찰서 지나 돌고개 지나 양동시장까지 가는 걸 보았다.

"어, 없어요."

내가 떨리는 목소리로 대답하자 군인 아저씨가 총을 더 바짝 댔다.

바로 그 순간 하늘에서 선전 종이가 날렸다.

"학교에서 선전 종이를 보면 신고하라고 했어요. 그래도 신고 안 했어요."

나는 엉뚱한 대답을 하고 말았다.

정말이다. 매일 비행기가 뿌려준 선전 종이가 마당에 쌓였지만 신고하지 않았다. 주워서 종이접기도 하고 종이 인형과 딱지를 만들어 놀면 심심하지 않았다.

"여기 우리 말고 아무도 없어요."

오빠가 다가서며 말했다. 군인 아저씨가 총으로 오빠를 밀었다. 오빠는 넘어지고 무릎에서 피가 흘러내렸다. 군인 아저씨는 성큼성큼 뒤뜰로 갔다. 벚나무 옆의 장독대와 부뚜막 위로 분홍색 벚꽃이 눈처럼 내려앉았다. 군인 아저씨가 녹슨 가마솥 뚜껑을 열어 보았다. 우리들은 군인 아저씨 뒤로 멀리 떨어져 우르르 몰려다녔다. 현아는 내 손을 꼭 잡고 놓지 않았다.

"지금 나와. 들키면 죄다 쏴버릴 줄 알아."

군인 아저씨는 군화도 벗지 않고 주인집 마루로 올라갔다. 주인집부터 차례대로 방문을 걷어찼다. 깔아 놓은 이불을 밟고 다락과 옷장, 텔레비전 상자까지 뒤졌다.

마루에 있는 라디오가 부서지고 노랫소리가 그쳤다. 플라스틱 쌀통은 쌀알을 토하며 쓰러졌다. 홍구 삼촌네 방문이 열리지 않았다. 군화를 이기지 못한 문짝이 덜컹거리더니 곧 열리고 말았다. 홍구 삼촌이 겁에 질린 얼굴을 하고 있었다.

"나와!"

군인 아저씨가 홍구 삼촌에게 말했다. 홍구 삼촌은 손으로 방바닥을 짚으며 천천히 나오고 있었다. 오빠들이 부축해주려고 했지만 군인 아저씨가 홍구 삼촌을 질질 끌고 마당에 내동댕이쳤다.

"살려주세요! 대학생 아니에요!"

홍구 삼촌이 머리를 감싸 쥐며 말했다.

"아니긴 뭐가 아니야. 교련복 입은 것들은 다 쳐 죽여야 돼."

군인 아저씨가 화가 잔뜩 난 얼굴로 홍구 삼촌을 때렸다.

어른들 말이 맞았다. 대학생처럼 보이기만 하면 군인들이 마구 때린다고 했었다. 어린 학생들까지 다쳤다고 걱정했었다.

"일어나. 새끼야. 안 일어나?"

군인 아저씨가 쓰러져 있는 홍구 삼촌에게 소리 질렀다.

어떻게 하면 홍구 삼촌을 구할 수 있을까?

마루 아래 숨어 있는 대학생 삼촌과 우리가 힘을 합쳐도 저 군인 아저씨를 이길 수 없을 것 같았다.

"못 일어나요! 앉은뱅이예요. 제발 봐주세요!"

오빠가 말했다. 우리들도 싹싹 빌었다. 무엇을 잘못했는지 모르겠지만 무조건 빌었다. 홍구 삼촌을 구할 수 있다면 하루 종일 빌 수도 있을 것 같았다.

"살려주세요. 홍구 삼촌은 나쁜 사람 아니에요!"

현아가 군인 아저씨의 바지를 붙잡으며 말했다. 군인 아저씨는 현아도 걷어차 버렸다.

"엉엉엉. 홍구 삼촌 살려주세요! 대학생 봤어요!"

큰일 났다! 현아 때문에 다 들키게 생겼다.

"어디 있나?"

군인 아저씨가 현아에게 물어보았다.

현아는 눈물이랑 콧물이 범벅이 된 얼굴로 군인 아저씨를 올려 다보았다.

"엉엉엉. 저기요, 저기서 봤어요!"

현아의 손가락이 가리킨 곳은 대문 쪽이었다.

군인 아저씨가 눈을 부라리며 대문 쪽으로 걸어갔다. 군인 아저 씨는 대문을 열고 두리번두리번 살폈다. 아무도 없는 걸 확인하자, 대문을 쾅 닫고 밖으로 나갔다. 현아가 엉뚱하게도 밖에서 봤다는 대답을 한 것이다.

한참 후에 마루 아래 숨어 있던 곱슬머리 대학생 삼촌이 마당으 로 나왔다. 오빠들과 함께 홍구 삼촌이 마루 위로 올라갈 수 있게 도와주었다.

"애들아, 살려줘서 고맙다. 꼭 다시 만나자!"

대학생 삼촌은 군인 아저씨가 나갔던 반대 방향으로 뛰어나갔 다.

오빠가 물수건으로 홍구 삼촌을 닦아주었다. 상처 난 얼굴과 팔에 소독약도 발라주었다. 우리는 지저분한 집을 청소하기 시작했다. 현아가 심심하다고 했지만 기다리라고 했다. 엄마가 돌아오면 깨끗한 방을 보여주고 싶었다.

열심히 청소를 끝내고 현아에게 줄 종이배를 접었다. 현아는 커다란 양철 대야에 종이배를 띄우며 노는 걸 좋아했다.

대문 밖에서 확성기 소리가 들렸다. 어제보다 더 크게 들렸다.

"광주 시민 여러분 대피하십시오. 특히 노약자는 안전하고 가까운 곳으로 속히 대피하십시오."

그런데 수돗가에서 물놀이하던 현아가 보이지 않았다.

"현아야! 어디 있어?"

우리들은 집 안 구석구석 현아를 찾아보았지만 보이지 않았다.

대문이 열려 있었다. 현아가 대문 밖으로 나간 것 같았다.

나 때문이다. 대학생 삼촌이 나간 뒤에 대문을 잠그지 않았다. 화장실이 급해서 깜박 잊어버렸다.

"광주 시민 여러분 저희 농성경찰서는 끝까지 광주 시민의 목숨과 안전을 지키겠습니다. 계엄군이 몰려옵니다. 대피하십시오."

경찰 아저씨의 목소리가 가까이 들렸다.

"안 되겠다. 밖에 나가서 찾아봐야지."

오빠가 말했다. 엄마가 절대 집 밖으로 나가지 말라고 했지만 오빠와 나는 현아를 찾으러 뛰어나갔다.

진흥원과 삼일 체육사를 지났다. 파출소를 지나 농성국민학교까지 달려갔지만 현아는 보이지 않았다.

"노랑 원피스를 입은 어린아이를 보호하고 있습니다. 어린아이를 찾는 분은 돌고개 정류장 5번 버스로 가십시오."

경찰차가 지나가며 확성기로 알려주었다.

분명 현아 같았다. 오빠와 나는 돌고개 정류장으로 달려갔다. 버스 정류장에는 여러 대의 버스가 있었다. 창문 유리가 모두 깨져 있었다. 버스 안에는 피 흘리고 다친 사람들이 많이 모여 있었다. 백제약국 약사님이 약상자를 들고 버스 안으로 들어가는 걸 보았다.

5번 버스를 찾았다. 운전석 옆자리에 앉은 어떤 아주머니가 현아를 안고 있었다. 현아는 훌쩍거리고 있었다.

"현아야!"

큰 소리로 현아를 불렀다. 나도 모르게 눈물이 쏟아졌다.

"오빠야! 언니야!"

현아도 큰 소리로 울면서 뛰어나왔다. 오빠는 팔뚝으로 얼굴을 닦았다.

아주머니가 어서 집에 가야 한다고 했다. 오빠와 나는 아주머니를 앞질러 달렸다. 아주머니는 현아를 업고 뒤따라왔다. 경찰 아저씨의 확성기 소리와 함께 경보기도 울렸다.

"계엄군이 도청을 출발하여 이곳 농성동으로 이동합니다. 광주 시민 여러분의 소중한 목숨을 지키십시오."

뒤를 돌아보니 탱크와 장갑차가 몰려왔다. 대학생처럼 보이는 삼촌들을 가득 실은 군용트럭도 보였다. 모두 옷이 벗겨진 채 두 손이 뒤로 묶여 있었다. 무서워서 똑바로 올려다볼 수가 없었다. 군용트럭은 서부경찰서 비탈길로 올라가고 있었다.

아주머니 덕분에 우리만 무사히 집으로 돌아왔다.

'두두두둑, 두두두둑.' 하늘에서 요란한 소리가 들렸다.

"비행기다! 비행기."

우리들은 하늘을 올려다보았다. 비행기가 또 종이를 뿌렸다.

"와! 눈이 온다! 종이 눈!"

현아가 펄쩍펄쩍 뛰면서 떨어지는 종이를 잡았다.

바로 그때, 도청에 나간 엄마가 돌아왔다. 현아는 자랑이라도 하듯 선전 종이를 보여주었다. 엄마가 무섭게 화를 냈다. 내일은 절대 줍지 말라며 종이를 구기고 찢어버렸다.

다음 날도 비행기는 우리 집 마당에 찾아왔다. 우리들은 마당에서 구슬치기를 하고 있었다. 종이 눈이 내렸지만 줍지 않았다. 경보기 소리가 울려 퍼졌다. 홍구 삼촌이 방문을 벌컥 열고 우리들을 불렀다. 어서 피하라고 크게 소리쳤다.

갑자기 하늘에서 총알이 쏟아졌다. 총알을 맞은 양철 대야가 투웅 투웅 서럽게 울었다. 우리들은 재빨리 마루 아래로 숨었다. 총소리가 그칠 때까지.

— 2020년 5·18문학상 신인상 동화 부문 수상작,

계간 『문학들』(2020년 여름호)

그림 동전

이정란

전남 여수에서 태어났다.

2024년 5·18문학상 신인상 동화 부문 수상으로 작품 활동을 시작했다.

오늘은 꼭 찾아야지. 운동화 끈을 잡아당겨 꽉 묶고 집을 나섰다. 엘리베이터에 오르자마자 신발주머니에서 쇠 집게를 꺼냈다. 엄마가 이런 모습을 보았더라면 '네가 땅강아지도 아니고'로 시작하는 잔소리를 최소 30분간은 들어야 했을 테다. 쳇, 누군 뭐 이러고 싶어 이러나? 중고마켓에서 좀 구해주면 될 걸 끝까지 안 해주니 이러는 거지.

내가 동전 수집을 시작한 건 3개월 전부터다. 역사 관련 동영상을 찾아보다 우연히 모아 채널을 보게 되었는데 푹 빠지고 말았다. 채널 운영자 모아 형은 역사를 전공하는 대학생이었는데 수집을 취미로 하고 있다고 했다. 형은 동전, 우표, 엽서, 만화책, 교과서 표지……. 다양한 수집 앨범을 보여주면서 그 시대 역사까지 재미나게 풀어주었다. 누군가 질문을 던지면 그냥 넘기는 법 없이 친절하게 답을 해주기도 하고.

"아, 이런 걸 왜 수집하느냐고요? 으음…… 시대를 모으는 거지요. 사람만 역사가 되나요? 사람이 쓰던 물건도 다 역사가 되지요."

그 말을 듣는 순간 가슴이 쿵쿵, 뛰었다. 시대를 모은다는 말, 지금껏 들은 말 중 가장 멋졌다. 나도 형처럼 시대를 모아 보고 싶었다.

"수집을 시작하고 싶다고요? 으음, 수집 입문자시군요. 그렇다면 동전 수집을 추천해드립니다. 동전 중에서 10원짜리부터요. 그다음은 50원, 그 다음은 100원. 이렇게 점점 높여가면서요. 아참, 행운은 길에서 마주치는 법입니다. 길가에 떨어져 있는 동전을 그냥 지나치지 마세요."

그날부터 길거리를 그냥 지나치지 못하게 된 거다. 엄마 말로는 땅강아지가 된 거고. 10원짜리부터 모으기 시작했는데 운 좋게도 다 모았다. 딱 하나, 1980년도 동전만 빼고. 그건 도저히 안 구해진다. 빨리 구해서 다음 50원 수집으로 넘어가고 싶은데.

학교 오는 길을 샅샅이 뒤졌지만 동전은커녕 노란 병뚜껑 하나 못 봤다. 힘이 쭉 빠졌다.

"야, 10원! 자, 10원!"

앞의 10원은 내 별명이고, 뒤의 10원은 진짜 10원이다. 교실 문을 열고 들어서자마자 동우가 내게 반짝반짝 빛나는 구릿빛 10원짜리 하나를 건넸다. 색깔과 크기만 봐도 안다. 2024년도 동전이다. 찾던 동전은 아니지만 놔두면 쓸모는 있을 것 같아 바지 주머니에 찔러 넣었다.

마지막 6교시는 사회 시간이었다. 선생님은 전자 칠판에 근현대사 역사 연표를 띄워 놓고 하나하나 설명을 해주셨다.

"자, 다음은 1980년. 이 시대에 무슨 일이 일어났는지 아는 사람!"

작년 겨울에 한국사검정능력시험 1급을 딴 내가 1980년을 모를 리 없지만 손은 안 들었다. 그랬다간 또 역사 덕후니 뭐니, 잘난 척이니 뭐니 하는 말이 뒤따를 것 같아서다. 그렇지 않아도 10원 수집한다고 소문이 쫙 나서 원래 이름 한지후 대신 10원으로 불리는데 그런 군말까지 듣고 싶지 않았다.

"1980년도 5월 광주에서는 계엄군에 맞서는 시민들의 민주화운동이 있었지. 우리가 상상할 수 없을 만큼 처참했지. 우리가 지금 이런 시대를 살고 있는 건 ……."

띠리리리, 수업 종료를 알리는 종이 쳤다. 종례가 끝나자마자 가방을 걸쳐 메고 교실 문을 뛰쳐나가려는데 동우가 날 붙잡았다. 게임하자고.

"나중에. 나 지금 급해."

"급하긴 뭘. 또 동전 주우러 가는 거 내가 모를 줄 알고?"

"아니야. 진짜 급한 일이 있어서 그래. 나 간다!"

뒤에서 동우가 날 부르는 소리가 들렸지만 못 들은 척하고 내달려 곧장 공원으로 갔다. 공원은 소득이 꽤 많은 곳이다. 동전 수집하는 사람들 사이에서 구하기 힘들다는 1969, 1977년도 동전을 하나씩 주운 곳이니까.

공원 입구로 들어서자마자 쇠 집게를 꺼내 본격적으로 시작했다. 허리를 90도로 굽힌 뒤 시선을 땅에 고정하고 샅샅이 살폈다. 돌멩이도 들춰 보고, 풀 사이도 헤집었다. 동전은 그런 곳에 있다. 잘 안 보이는 곳, 은밀한 곳.

중앙 분수대를 지나 행운의 여신 동상까지 왔다. 날이 한여름 같았다. 땀이 주르륵 흘러내리고 목은 바짝바짝 탔다. 한계치에 도달

한 듯싶었다. 턱 밑으로 흘러내리는 땀을 손으로 훔친 뒤, 쇠 집게를 신발주머니에 도로 넣었다. 이따 해 질 무렵에 다시 와야 할 것 같았다. 영어 학원 숙제를 한 장도 안 해둔 게 마음에 걸리기도 했다.

"으윽! 아이고, 아이고!"

두 손을 허리에 받치고 쭉 폈다. 앓는 소리가 절로 났다. 어깨도, 목도, 허리도 뻐근했다. 빠진 동전 하나쯤 그냥 넘어가고 싶기도 하지만 1980년도 칸만 휑한 수집 앨범을 보면 마음이 바뀐다. 어떻게든 채워 넣고 싶다. 시대는 빈 곳이 없어야 하니까. 오늘도 허탕이란 생각에 짜증이 확 일었다.

"에잇!"

동상 밑 넓적한 돌멩이 하나를 걷어찼다. 그때였다. 누렇고 동그란 무언가가 튕겨져 나오더니 쨍그랑, 소리를 내고 떨어졌다. 두 눈은 휘둥그레지고 머리카락은 쭈뼛 섰다. 딱 봐도 10원짜리 동전이다. 마른 침을 꿀꺽 삼키고 동전을 향해 몸을 날렸다.

"우와! 우와아아아아!"

동전 뒷면을 뒤집어 보고선 폴짝폴짝 뛰었다. 애타게 찾던 1980년도 10원이었다. 동전을 두 손으로 감싸 쥐고 행운의 여신 동상을 향해 고개를 숙였다. 예전에 동우와 산책 왔다 행운의 여신 동상 보고 운도 지지리 없게 생겼다고 했던 거 취소다, 취소. 여신이다, 진짜. 그것도 행운의 여신.

동전을 티셔츠 자락에 싹싹 문지른 다음 바지 주머니에 넣었다. 얼른 집에 가서 소독하고 말린 뒤 앨범 속에 쏙 넣고 싶었다. 내일부턴 50원짜리 수집을 시작할 수 있게 되었다 생각하니 더운 것도 싹 잊혔다.

신발주머니를 쥐불놀이하듯 뱅뱅 돌리며 걸어가는데 따르르르
릉, 내 바로 뒤에서 전화벨 소리가 울렸다. 휴대폰에서 울리는 벨
소리와는 뭔가가 좀 달랐다. 소리가 묵직하고 조금 느긋한 느낌이
었다. 그냥 지나치려는데 또다시 따르르르르ㅇㅇㅇㅇㅇㅇㅇㅇㅇㅇ응, 유
난히 긴 벨소리가 내 옷자락을 잡아끄는 것 같았다. 걸음을 멈추고
뒤를 돌아봤다.

"어?"

방금 지나쳐 온 행운의 여신상 바로 뒤편에 웬 공중전화 박스가
세워져 있었다. 저게 원래 있었나? 고개를 갸웃하는데 따르르르릉,
벨소리가 다시 한 번 울렸다. 소리는 공중전화에서 나는 듯했다. 날
이 더워 그런지 공원엔 나 말고는 안 보였다. 머리를 긁적이며 공중
전화 박스로 향했다.

> 전화가 오면 받아주세요.

공중전화 박스 안 유리문에 이런 팻말이 붙어 있었다. 의아했다.
전화를 거는 공중전화는 봤어도 전화가 걸려오는 공중전화는 처음
이었는데 거기에 전화가 오면 받아주라고? 이상하기도 했지만 궁
금하기도 했다. 누가 공원 공중전화로 전화를 걸었는지. 따르르르
릉, 또 한 번 벨이 울렸다. 조심스레 수화기를 들었다.

"여보세요?"

"으응? 전화 이제 된다, 돼! 할머니! 전화 돼요! 전화 돼!"

"……."

"여보세요? 민구 형이야? 민구 형! 나 성욱이 형 동생 성진인데

우리 성욱이 형, 형 집에 있지? 18일 저녁에 형 집에 놀러 간다고 나갔는데 여태 안 오잖아? 그동안 전화 수없이 했는데 전화가 안 되더라고. 그런데 오늘은 되네. 형, 우리 형 좀 바꿔줄 수 있어?"

"……."

민구 형이라니? 성진이는 누구고? 성욱이 형은? 여기 공원 공중 전화라고, 잘못 건 것 같다고 말하려는데, 수화기에서 귀를 쩌렁쩌렁 울리는 소리가 났다.

탕탕탕! 탕탕 탕 탕!

"혀어엉, 혀어엉."

남자 아이의 풀 죽은 목소리가 들리더니 전화가 뚝, 끊겼다. 머릴 세게 한 대 얻어맞은 것처럼 얼얼했다. 대체 뭐지? 탕탕탕, 소리는 총소리 같았는데. 그렇다면 전화기 속 아이는 어떻게 된 걸까? 초등 저학년 정도 됐을 법한 목소리였는데. 걱정이 앞섰다. 수화기를 내려놓고 잠시 기다려 보기로 했다. 혹시 또 전화를 걸어오면 경찰서에 대신 신고라도 해 줄 작정이었다.

초조한 마음으로 수화기에 몸을 바짝 붙여 뚫어지게 쳐다보았지만 전화는 울리지 않았다. 하아아, 숨을 뱉는 순간 동전 투입구 바로 옆이 반짝 빛났다. 그리고 '통화시간 2분 10원'이란 글자가 홀로그램처럼 나타났다 스르륵 사라졌다.

나도 모르게 손이 바지 주머니로 향했다. 그리고 손에 잡히는 동전 두 개를 끄집어냈다. 둘 다 10원짜리였다. 하나는 동우가 준 2024년 10원, 또 하나는 방금 주운 1980년 10원. 동우가 준 동전을 투입구에 쏙, 넣었다. 또르르, 짤랑. 동전이 아래 반환구로 그대로 나왔다. 다시 넣어 봤다. 또르르, 짤랑. 분명 10원이라고 적혀 있는데 왜 안 되지? 전화는 오지 않았고, 전화기 속 아이는 걱정됐다. 동전 두 개를 손에 쥔 채 만지작거리다 1980년도 동전을 세워 투입구에 대고 톡톡톡, 두드렸다. 투입구에 넣을 생각은 전혀 없었다. 드륵드륵, 투입구 입구 주변을 동전으로 긁다 그만…….

"어? 어어어어어어, 안 돼! 안 돼애애애애애애애!"

투입기 안에 검은 손이라도 있는 걸까? 그건 정말 빨려 들어간 것이다. 안에서 누군가 잡아당긴 것처럼. 억울했다. 동전을 빼내 보려 탁탁탁, 전화기 몸체를 손바닥으로 쳤다. 수화기를 내팽개치고 수화기 걸이를 아래로 내려도 봤다. 그래도 안 나왔다. 눈물이 핑 돌았다. 어떻게 해서 찾은 10원인데. 에잇, 괜히 전화는 받아서는. 주먹을 꽉 쥐고 전화기의 숫자 버튼을 퍽, 쳤다.

그때였다. 라디오 전원이 켜지듯 줄에 대롱대롱 매달린 수화기에서 또 그 아이 목소리가 나오는 거였다.

"형, 계엄군이 우리 마을까지 왔어. 누굴 잡으러 다니는지 총까지 막 쏘아대나 봐. 형, 우리 형 좀 바꿔줘. 우리 형 안전하게 있지?"

"……."

"형, 왜 말을 안 해? 전화 또 끊어진 거야? 아, 안 되는데. 형이랑 통화해야 하는데……."

아이는 울먹이기 시작했다. 그런데 이게 다 무슨 소리지? 계엄군에 총? 흠흠, 목을 가다듬었다. 무슨 말이라도 해줘야 할 것 같았다.

"형은 괘, 괜찮을 거야. 그런데 계엄군이라고?"

"응, 지금 광주 시내에 쫙 깔렸어. 이제 학생이고 노인이고 안 가린대. 긴 곤봉으로 막 내리치고 총에다 칼까지 꽂고 찌른다잖아. 형, 우리 형 잘 있지? 우리 형 바꿔줘."

"아, 너희 형……."

정신이 멍해졌다. 계엄군에 광주 시민에, 곤봉에 총. 그리고 내가 넣은 1980년도 동전. 이런 걸 도깨비에 홀린 거라고 하는 걸까? 나는 1980년도 5월을 사는 광주 아이와 통화를 하고 있는 거였다. 온 몸에 오소소 소름이 돋았다. 한겨울마냥 어깨가 시렸다.

"우리 형이 왜? 우리 형 지금 같이 없어?"

어떻게 말을 해줘야 할지 몰라 머뭇거리고 있는데 언젠가 본 적 있던 기사가 떠올랐다. 계엄군을 피해 다락방으로 올라가 목숨을 건졌다는 인터뷰 기사였다.

"저, 저기…… 지, 지금 다락방에 올라갔어. 몸을 숨겨야 할 것 같아서."

"그럼 우리 형은 잘 있는 거지? 그렇지? 할머니! 할머니!"

"……."

"형 잘 있대요. 민구 형네 다락방에 숨어 있대요. 할머니, 성욱이 형 찾으러 안 가도 될 것 같아요!"

난 온몸을 끄덕였다. 1980년을 사는 광주의 아이라면 절대 밖으로 못 나가게 해야 할 것 같았다. 내가 알고 있는 5·18의 모든 지식을 다 끄집어냈다.

"내 말 잘 들어. 27일 오전까진 절대 나가면 안 돼. 27일 오전까지야. 총소리가 나고, 헬리콥터 소리가 나도 절대 나가면 안 돼. 할머니도. 너희 형은 돌아올 거야. 그리고…… 1980년 광주는 역사에……."

띠띠띠띠, 뚝. 전화가 끊겼다. 통화 시간 2분이라더니 그새 다 된 것 같았다. 아직 말을 다 못 했는데. 역사에 오래도록 남을 거라는 말을 해주고 싶었는데. 다음 시대 사람들이 내내 미안해 할 거라는 말도 해주고 싶었는데. 2024년도 동전은 반환구로 나와 버릴 게 뻔했고, 하나 주운 1980년도 동전은 이미 써버린 후였다. 울렁이는 마음을 부여잡고 그 앞을 서성거리다 터덜터덜 집으로 돌아왔다. 아이의 형이 무사히 집에 돌아왔기만을 바라면서.

영어 학원 가방을 챙기려다 책상 서랍에 넣어둔 동전 수집 앨범을 꺼내 펼쳤다. 10원짜리 동전이 처음 나왔던 1966년도 것부터 2024년도 것까지 열을 맞춰 주르륵 꽂혀 있었다. 1980년도 칸은 오늘따라 더 휑했다. 영어 공책 한 귀퉁이를 가위로 동그랗게 오려 냈다. 노란색 사인펜으로 색을 칠한 뒤, 까만 볼펜으로 숫자 10을 썼다. 그리고 뒷면에 수화기에서 들었던 세 명의 이름을 차례대로 쓰고, 아랫부분에 1980이라고 쓴 뒤, 앨범에 끼웠다. 다른 년도 동전 칸은 불룩한데 1980년도만 푹 꺼져 보였다.

방법이 없을까 생각하다 바지주머니에 넣어둔 2024년 동전을 꺼내 그림 동전을 그 위에 붙였다. 양면테이프가 제 기능을 다 하도록 손바닥 사이에 끼고 꾹 누른 뒤 1980년도 칸에 끼웠다. 그리고 손끝으로 살살 어루만졌다. 울먹이던 성진이의 목소리가 귓가에 맴돌았다. 시대를 모으는 것, 때로는 이렇게 어루만져야 하는 일인 걸 이제야 알았다.

— 2024년 5·18문학상 신인상 동화 부문 수상작,
계간 『문학들』(2024년 여름호)/계간 『어린이와문학』(2024년 여름호)

둘째 장
되찾은 삼촌

되찾은 삼촌

이혜영

서울에서 태어났다.

2007년 5·18문학상 신인상 동화 부문 수상으로 등단했다.

“여보, 일어나 봐요. 어머니 또 나가셨어요.”

아침부터 엄마의 소란스러운 목소리가 집 안을 가득 메웠습니다.

나는 잠결에 엄마 목소리를 듣고 깼습니다. 그러고는 반쯤 뜬 눈으로 할머니 방 앞에 서 있는 엄마한테 갔습니다.

“할머니가 또 집 나가셨어요?”

“지수 일어났니? 어휴, 네 아빠는 딸보다도 못하구나. 할머니가 없어졌다는데도 잠만 자고 있으니……. 지수가 아빠 좀 깨워 봐라.”

멍하게 서 있던 나한테 엄마가 말했습니다.

아빠를 깨우는 건 어려운 수학 문제를 푸는 것만큼 힘든 일입니다. 나는 단단히 마음을 먹고 아빠를 깨우러 갔습니다.

“아빠, 일어나세요! 할머니가 또 집 나가셨대요.”

한참이 지나서 흘러내리는 침을 닦으며 아빠가 일어났습니다.

"지수야! 방금 뭐라고 했니?"

"할머니가 또 집을 나가셨다고요."

"뭐? 또?"

아빠는 눈을 크게 뜨더니 눈곱도 떼지 않고 할머니 방으로 갔습니다. 할머니 방에는 반듯하게 개킨 꽃무늬 티셔츠와 쑥색 바지만이 놓여 있었습니다.

"어휴, 한두 번도 아니고 치매 걸리신 양반이 왜 그렇게 자꾸만 집을 나가시는 건지. 지수 학교도 보내야 하는데 아침부터 참⋯⋯. 빨리 나가 봐요, 버스 정류장으로!"

엄마는 허리에 손을 얹은 채 아빠한테 화를 냈습니다. 하지만 내 핑계를 대는 건 좀 비겁해 보였습니다. 오늘은 개교기념일이라고 어제 분명히 엄마한테 말했고, 엄마도 모처럼 여유 있는 아침이 되겠다며 좋아했거든요.

"당신도 서서 말만 하지 말고 나가 봤어야지. 한두 번이 아닌 걸 잘 아는 사람이 꼭 이렇게 시끄럽게 해야겠어?"

엄마 아빠는 참 이해할 수 없습니다. 나한테는 친구들이랑 사이좋게 지내라고 하면서⋯⋯. 서로 으르렁거릴 시간에 할머니를 열 번은 찾았을 겁니다.

할머니가 가는 곳은 정해져 있습니다. 버스 정류장이죠. 할머니는 치매가 온 다음부터 종종 그곳에 가서 쭈그려 앉아 있습니다. 치매가 온 뒤로 버스가 좋아졌나 봅니다. 차 타는 걸 좋아하는 삼촌처럼 말이죠.

삼촌은 그때까지도 코를 골면서 자고 있었습니다. 나는 삼촌이 너무 얄미워서 발로 엉덩이를 툭툭 건드렸습니다. 그러자 삼촌이 하품하면서 일어났습니다.

엄마 아빠랑 나는 제각기 할머니를 찾으러 나갔습니다. 이제 막 잠에서 깬 삼촌은 아무것도 모른 채 나를 따라나섰습니다. 할머니가 갈 만한 곳은 다 가 보았지만, 어디에도 없었습니다. 그래서 삼촌을 데리고 집으로 돌아오니 엄마 아빠도 집에 돌아와 있었습니다. 할머니를 찾지 못한 모양입니다.

"아무래도 경찰에 신고해야겠어."

아빠가 휴대폰을 꺼내려고 할 때, 갑자기 전화벨이 시끄럽게 울렸습니다.

"여보세요? 아, 안녕하세요. 네? 저희 어머니가요?"

전화를 받은 아빠가 놀란 표정으로 엄마를 쳐다봤습니다. 그리고 전화를 끊자마자 엄마한테 뭐라고 말하더니, 광주 할머니 댁에 갈 준비를 했습니다.

엄마는 움직이는 것도 불편하고 치매까지 걸린 할머니가 어떻게 그 먼 곳까지 갔는지 믿기지 않는 모양이었습니다. 그래서 광주 할머니도 치매에 걸린 거 아니냐고 말했습니다. 그런데도 엄마는 서둘러 광주에 갈 준비를 했습니다.

광주 할머니는 우리 할머니랑 단짝 친구입니다. 광주 변두리에 혼자 사시는데, 5·18 사건이 일어났을 때 우리 할머니를 많이 도와주셨다고 합니다. 그래서 우리 가족은 명절 때마다 광주 할머니께 인사를 드리러 갑니다. 하지만 나는 그곳을 별로 좋아하지 않습니다. 내려가는 길이 멀기도 하지만, 광주 할머니 댁에는 방도 하나밖에 없고 화장실도 불편하기 때문입니다.

"나도 갈 거야. 나도 차 타고 갈 거야."

신발도 바꿔 신고 삼촌이 따라나섭니다. 차 타고 가는 건 어떻게 알았는지 잔뜩 신이 난 표정입니다. 삼촌은 아빠보다 나이가 많지만, 하는 행동은 서너 살짜리 꼬마입니다. 게다가 친구도 없습니다. 혼자서 신발도 제대로 못 신는데 누가 같이 놀겠어요. 하는 짓이 어린애 같으니 친구가 없는 건 당연합니다.

나는 어렸을 때 삼촌이랑 잘 놀았습니다. 소꿉놀이도 하고, 숨바꼭질도 했습니다. 하지만 지금은 삼촌과 노는 게 재미없고 귀찮습니다. 공부도 해야 되고 친구들하고도 놀아야 하니까요. 또 삼촌은 오른팔밖에 없기 때문에 같이 할 수 있는 놀이가 많지 않습니다.

어른들이 말해주지는 않았지만, 삼촌이 5·18 사건 때문에 팔을 잃었다는 것을 나는 알고 있습니다. 어쩌다가 그렇게 됐는지는 모르지만, 아마도 군인들이 시위하는 사람들한테 총 쏘는 것을 구경한다고 바보처럼 돌아다니다가 팔에 총을 맞았을 겁니다. 아니면 시위하는 사람들 앞에 서 있다가 얼떨결에 떠밀려 다치게 됐는지도 모르죠. 머리가 이상해진 것도 그 때문일 겁니다.

지난번에 텔레비전에서 5·18 사건을 다룬 다큐멘터리를 봤는데, 그런 일을 당하면 누구나 정신이 이상해질 것 같았습니다. 죽은 사람 얼굴이 호빵처럼 부어서 알아볼 수 없을 정도였고, 온몸이 피범벅인 시체들이 길거리에 널려 있었거든요. 화면으로만 보았는데도 무섭고 소름이 끼쳤습니다. 어쨌든 나는 어른들한테 삼촌에 대해서 묻지 않습니다. 그때 얘기만 나오면 어른들 표정이 확 어두워지니까요.

"지수야, 삼촌 신발 제대로 신게 도와드리고 같이 아빠 차로 와!"

'나보다 힘도 세고 덩치도 큰 삼촌을 내가 왜 도와주어야 하나.' 하는 생각이 들었지만, 싫다는 말을 꾹 참았습니다. 분위기 파악 못 하는 건 삼촌이나 하는 짓이니까요.

"우리 엄마 아직 안 왔다. 도훈이, 엄마 보고 싶다."

차에 타자마자 삼촌은 할머니를 찾았습니다. 뒷좌석에 나란히 앉은 내 팔을 잡아끌며 어린애처럼 칭얼댔습니다.

"지금 할머니 찾으러 가는 거잖아. 바보같이……."

나는 눈을 흘기며 삼촌 손을 떼어 냈습니다.

"윤지수! 삼촌한테 그게 무슨 버릇없는 짓이야! 그리고 삼촌도 자꾸 떼쓰면 안 된다고 그랬죠?"

엄마도 삼촌을 썩 좋아하는 것 같진 않은데, 삼촌과 내가 티격태격할 때면 엄마는 늘 나만 혼냅니다. 나는 속상해서 눈을 질끈 감고 자는 척을 했습니다.

"어제 어머님이 갑자기 앨범을 찾으셨어요. 옛날 일이라면 입에도 담기 싫어하시는 분이 사진을 보는 거예요."

엄마가 아빠한테로 다가가 앉으며 말했습니다.

"이번엔 좀 느낌이 이상해요. 그렇잖아요, 몸도 불편하신데 어떻게 광주까지 내려가셨겠어요. 더구나 싱크대 선반에 모아두었던 돈도 다 없어졌어요. 그건 또 어떻게 아셨는지……. 뭐라고 말 좀 해 봐요. 답답해라, 정말."

오늘따라 엄마는 짹짹거리는 수다쟁이 새 같습니다. 실눈을 떠서 보니 아빠는 들은 척도 안 합니다. 나는 아빠가 계속 대답을 안

했으면 좋겠다고 생각했습니다.

"아무리 마음이 복잡해도 말은 하고 살아야죠."

아빠는 내 마음을 알았는지 계속 입을 다물고 있습니다. 엄마도 더 이상 말하지 않습니다.

작년 봄이었습니다. 학원 가는 길에 필통을 빼놓고 온 것이 생각나서 급하게 집으로 뛰어갔습니다. 그런데 현관에 한 번도 보지 못한 남자 구두가 있었습니다.

엄마를 부르려는데, 할머니 방에서 굵직한 남자 목소리가 들렸습니다.

"이제 더 이상은 안 됩니다. 형을 데리고 중국으로 가겠어요. 20년이 넘었습니다. 저도 이렇게 찾아오는 게 점점 힘들어지네요."

"이제 와서 안 된다고 하시면 어떡해요. 어머님 건강도 안 좋으신데……."

엄마는 평소와 다르게 나직하게 말했습니다.

"아니, '이제 와서'라고요? 말 한번 잘하셨습니다. 이제라도 형이랑 같이 살겠다는데 왜 자꾸 안 된다고만 하시는 겁니까? 부모님 일찍 돌아가시고 형하고 단둘이서 자랐다는 것도 알아주셔야죠. 저한테 형은 하나뿐인 핏줄이에요. 그리고 부모님 같은 존재이기도 하고요."

남자는 화가 난 목소리로 말했습니다.

"여보쇼. 지금까지 서로 잘 지냈는데 어째 이러시오? 이 늙은이가 살면 얼마나 산다고."

할머니 목소리가 떨렸습니다. 훌쩍거리는 것 같았습니다. 왜 낯선 남자가 우리 할머니를 울리는 걸까요? 갑자기 겁이 덜컥 났습니다. 아빠한테 전화해야 할지 경찰서에 신고를 해야 할지 고민이 되었습니다.

"더는 안 됩니다. 한두 해도 아니고 이렇게 계속 지낼 수는 없어요."

아무래도 경찰서에 신고해야 할 것 같아 살며시 전화기가 있는 곳으로 갔습니다. 아빠도 없는데 혹시 낯선 남자가 해코지라도 하면 꼼짝없이 당할 테니까요.

"아이고…… 내 자식, 내 아들……."

할머니는 계속 '내 자식'이라며 울었습니다.

내가 전화기를 들려는 순간, 엄마가 "어머님!" 하고 소리를 질렀습니다. 심장이 터질 것처럼 마구 뛰었습니다. 무슨 일이 벌어진 게 틀림없었습니다. 나는 재빨리 할머니 방으로 갔습니다. 할머니가 쓰러져 있었습니다.

"지수야! 빨리 전화해, 빨리! 119! 구급차!"

엄마는 계속 '119'를 외쳤습니다. 나는 덜덜 떨리는 손으로 간신히 전화했습니다. 할머니는 병원으로 옮겨져 치료를 받았지만, 그때부터 가끔씩 이상한 사람이 되었습니다. 금방 밥을 먹고 나서 또 밥을 차리라고 했고, 엄마를 아줌마라고 부르기도 했습니다. 아빠는 할머니한테 치매가 온 거라고 했습니다. 하지만 나는 다 그 남자 때문인 것 같았습니다.

"도훈이 너무 배고프다. 나 배고프다."

역시 삼촌은 분위기 파악을 못 합니다. 눈치 없는 삼촌한테 한마디 하려다가 참았습니다. 사실 나도 배고 고팠거든요.

"가까운 휴게소에서 뭐 좀 먹어요. 여태 아무것도 안 먹었잖아요."

엄마는 삼촌을 힐끔 보더니 아빠한테 말했습니다.

평일인데도 휴게소에는 사람이 많았습니다. 우리는 음식 코너에 자리를 잡고 앉았습니다. 삼촌은 뭐가 그렇게 좋은지 콧노래까지 흥얼거리며 밥을 먹습니다.

"당신, 정말 나랑 한마디도 안 할 거예요? 왜 그래요, 화난 사람처럼!"

엄마가 말없이 밥을 먹는 아빠한테 말했습니다.

"제발 조용히 좀 해! 가뜩이나 머리가 깨질 것같이 복잡한데……."

숟가락을 내려놓고 아빠가 화를 내며 큰 소리로 말했습니다. 그 소리에 놀라 나도 덩달아 숟가락을 내려놓았습니다.

"왜 소리 질러요? 나라고 뭐 속이 편한 줄 알아요? 그 남자는 계속 전화하지, 어머니랑 아주버니 돌봐야지, 살림해야지, 나도 정신 없다고요!"

엄마 아빠는 또 으르렁거립니다. 다른 사람들도 있는데 창피하지도 않나 봐요. 엄마 아빠가 다투는 사이에 삼촌은 아빠가 남긴 음식을 가져다 먹습니다.

"그럼 잘됐네. 어머니 광주 내려가셨으니 혹이 두 개에서 한 개로 줄었잖아."

'혹'이라니? 나는 아빠가 한 말이 무슨 뜻일까 생각하고 있었습니다. 그때 삼촌이 내 반찬을 집어 가려고 했습니다.

"왜 남의 음식에 손을 대? 자기 거나 먹지!"

밥풀이 묻은 젓가락으로 반찬을 뒤적이는 삼촌을 더 이상 볼 수가 없었습니다. 그래서 나도 모르게 삼촌한테 소리를 질렀습니다.

"윤지수! 너 삼촌한테 자꾸 그럴 거야?"

엄마는 또 나만 혼냅니다. 갑자기 작년 가을 소풍 때가 떠올랐습니다.

"지수야! 김밥 많이 쌌으니까 친구들하고 나눠 먹어."

아침부터 고소한 참기름 냄새가 집 안에 가득했습니다. 세상에서 엄마만큼 김밥을 맛있게 만드는 사람은 없을 겁니다. 그날따라 삼촌이 일찍 일어났습니다. 그리고 내 생각대로 삼촌은 김밥을 덥석 집어 먹었습니다. 나는 삼촌이 내 도시락까지 먹을까 봐 얼른 도시락을 가방에 넣었습니다.

"지수네 엄마 김밥 진짜 잘 만드신다. 저번에 놀러 갔을 때 먹어 봤는데 완전 꿀맛이었어."

미진이가 친구들한테 엄마 김밥을 자랑했습니다. 나도 모르게 어깨가 으쓱해졌습니다.

"지수야, 나도 하나만 주라."

친구들이 하나둘 모이기 시작했습니다.

"엄마가 같이 먹으라고 많이 싸주셨어. 하나씩 먹어 봐."

이렇게 말하고 가방에서 도시락을 꺼냈는데⋯⋯. 느낌이 이상했습니다.

"야, 뭐야? 도시락이 뭐 이래? 하하……. 김밥이 있어야 먹지. 먹다 남은 거 싸 왔어?"

용준이가 놀렸습니다. 도시락에는 김밥 몇 개랑 시금치만 들어 있었던 겁니다. 미진이가 자기 것을 나눠 먹자고 했지만 싫다고 했습니다. 창피하고 속상해서 먹고 싶지 않았거든요.

우리 집에서 시금치를 안 먹는 사람은 삼촌뿐입니다. 삼촌 몰래 도시락을 가방에 넣었다고 안심했는데, 삼촌이 그걸 본 겁니다. 그러고는 내 도시락을 꺼내 먹어 치운 거죠.

집에 도착하자마자 엄마한테 김밥 사건을 낱낱이 이른 다음, 일부러 집이 떠나가도록 크게 울었습니다. 그래야 삼촌이 혼날 테니까요.

"뭔 가시나가 목청이 그렇게 크냐! 아이고, 귓구멍 다 터지겠네."

이게 어찌된 일입니까? 할머니는 나만 야단쳤습니다. 삼촌은 할머니 뒤에서 고개만 내밀고 쳐다보고 있었습니다. 엄마가 다시 김밥을 만들어준다며 달랬지만, 먹고 싶은 마음이 싹 달아나버렸습니다.

아빠는 서둘러 자리에서 일어났습니다. 엄마도 삼촌이 흘린 음식을 치우고 차에 탔습니다.

"그 사람 아직도 집으로 전화해?"

다시는 엄마랑 말을 하지 않을 것처럼 하던 아빠가 물었습니다.

"그래요. 아직도 전화해요. 당신한테만 전화하는 줄 알았어요?

얼마 전에도 전화 왔었어요. 이번에 한국 온다고 그러던데요."

엄마는 샐쭉한 표정을 지으며 쌀쌀맞게 대답했습니다.

"나도 들었어. 이번엔 꼭 결판을 내겠다고 하더군. 마음을 단단히 먹은 것 같아."

아빠는 딱딱하게 굳은 표정으로 한숨을 쉬었습니다.

나는 아빠가 그 남자한테 큰 잘못을 한 것이 아닐까 하고 생각했습니다. 잠깐씩 5·18 사건에 대해서도 얘기하는 걸 보면, 그때 아빠나 삼촌이 그 남자를 괴롭혔는지도 모르겠습니다. 그래서 아빠나 삼촌을 중국으로 데려가 일을 시키려고 하는 게 아닐까요? 제발 아빠가 아니라 삼촌을 데려갔으면 좋겠습니다.

"정말 모르겠어요. 도대체 어떻게 해야 하는지……."

하지만 그 남자가 말한 형은 아무래도 아빠인 것 같습니다. 나 같아도 어린애 같은 삼촌을 데리고 가진 않을 테니까요. 큰일입니다. 아빠를 데려가면 우리 가족은 거지가 될 게 뻔합니다. 삼촌은 바보같이 먹을 것만 밝히고, 할머니는 나이도 많은 데다가 몸도 불편하고, 엄마는 그런 삼촌과 할머니를 돌봐야 하니까요. 그리고 나는 학교도 다녀야 하는데……. 아빠가 중국에 가면 돈은 누가 벌지요? 이 상황을 해결할 방법은 한 가지밖에 없습니다. 낯선 남자와 아빠를 못 만나게 하는 겁니다.

우리는 해가 지고 나서야 광주에 도착했습니다.

"아이고, 왔는가? 얼른 들어가 보소."

광주 할머니가 마당에 나와 있었습니다. 우리를 보자마자 빨리 방으로 들어가 보라고 했습니다. 방으로 들어선 우리는 한참을 가만히 서 있었습니다. 할머니는 마치 흙에서 뽑힌 시들시들한 할미꽃 같았습니다. 온통 흙투성이인 채로 누워 있었습니다. 게다가 머리카락도 헝클어져 있고, 시큼한 냄새도 났습니다.

"나 혼자서 씻길 수도 없고, 아무리 깨워도 일어나야 말이지. 혹시나 저세상 가는 거 아닌가 겁이 나서 몇 번이나 숨소리를 들었는지 모른다네."

광주 할머니는 숨도 쉬지 않고 말했습니다. 아빠는 한숨을 쉬며 밖으로 나갔고, 엄마는 할머니한테 다가갔습니다. 삼촌은 어느새 할머니 옆에 누워 있었습니다.

"중국에 있는 동생이 데려가겠다고 했다면서? 언제까지 같이 살 순 없잖은가. 자네 시어머니 몸도 안 좋아진 것 같은데……."

광주 할머니도 낯선 남자를 알고 있는 것 같았습니다.

"제가 말한다고 해결될 일도 아니잖아요."

광주 할머니가 엄마의 손을 잡았습니다. 그리고 아무 말 없이 등을 쓰다듬어주었습니다.

"하나밖에 없는 며느리, 고생하는 거 내가 다 알지, 다 알아. 힘들다는 티도 안 내고, 자네 시어머니는 착한 며느리 덕에 사는 게야."

할머니는 깊은 잠에 빠졌는지 좀처럼 일어나지 않았습니다. 그리고 치매가 더 심해졌는지, 삼촌이 옆에 누워 있는 데도 자꾸만 '도훈이'를 찾았습니다.

우리는 할머니 곁을 떠나지 않았습니다. 사실 방이 하나뿐이라서 같이 있을 수밖에 없었습니다.

"이럴 줄 알았으면 장이라도 보는 건대. 혼자 사는 늙은이가 다 그렇지. 음식이 입에 맞을지 모르겠네.”

광주 할머니의 걱정과 달리 저녁은 꿀맛이었습니다. 휴게소에서 조금 먹은 것 말고는 하루 종일 아무것도 안 먹었기 때문인지도 모르겠습니다.

“오랜만에 고향 밥을 먹어서인지 아주 맛있었어요.”

불룩하게 나온 배를 두드리며 아빠가 말했습니다. 어느새 모든 걱정이 사라진 듯했습니다. 아빠가 흐뭇해하는 걸 보니까 나도 기분이 좋아졌습니다.

“지수야, 안 피곤하니? 내일 아침 일찍 출발해야 하니까 얼른 자.”

엄마는 삼촌 옆에다 이부자리를 깔아주었습니다.

“엄마 옆에서 자면 안 돼?”

코를 심하게 고는 삼촌 옆에서 자기 싫었지만 엄마는 들은 체도 하지 않았습니다. 그래서 할 수 없이 삼촌 옆에 누웠습니다. 그런데 좀처럼 잠이 오지 않았습니다. 저녁을 짜게 먹었는지 목도 말랐습니다.

“자네, 자는가?”

광주 할머니의 나지막한 목소리가 들렸습니다.

“아니요. 잠이 안 오네요.”

아빠도 깨어 있었습니다.

“잠이 안 올 것이네. 자네도 많이 놀랐지? 나는 처음에 헛것을 본 줄 알았네. 몸뚱이에 흙을 잔뜩 묻혀 가지고 차표를 손에 꼭 쥐고 있더구먼. 내 얼마나 놀랐는지…… 얼마 있으면 형 기일이지? 아마 자네 어머니, 묘지에 갔다 온 모양이야. 그래, 서울에서 뭔 일이 있었는가?"

할머니는 점점 삼촌을 닮아 가는 것 같습니다. 어린애처럼 흙장
난이나 하고 말이죠.

"아니에요. 아무 일도 없었어요. 근데 왜 갑자기 여기까지 혼자
오셨는지 궁금하네요."

아빠가 조용히 대답했습니다.

"그나저나 중국에 있는 동생이 아직도 연락한다면서? 그 동생은
사업도 엄청 잘된다는데……. 아무튼 피는 물보다 진하다는 말도
있지 않은가. 어찌 됐든 남이 보면 생이별인데, 여러 사람 힘들게
안 하는 것이 좋을 것 같네. 자네 어머니 건강도 안 좋아졌는데 말
이야. 따지고 보면 자네도 힘들지 않은가?"

광주 할머니는 아빠가 중국으로 가길 바라는 걸까요? 나는 아빠
가 중국으로 가겠다고 대답할까 봐 조마조마했습니다.

"그나저나 5·18 때는 고마웠습니다. 제가 할 수 있는 일이라곤
연락을 기다리는 것뿐이었는데……. 텔레비전에서는 거짓말만 하고
있지, 가족이라고는 엄마와 형뿐인데 생사도 모르지, 얼마나 제 자
신이 한심하던지……. 공부하겠다고 혼자 서울에 올라가지 않았다
면 절대 형이 죽어 가게 두지는 않았을 겁니다. 도대체 누가 폭도란
말입니까? 어머니 모시면서 동생 뒷바라지했던 형이 폭도입니까?"

아빠가 무슨 소리를 하는지 모르겠습니다. 아빠의 형은 내 옆에
서 세상모르게 자고 있는데, 형이 죽었다니요? 혹시 아빠한테 숨겨
둔 형이 또 있는 걸까요?

"진정하게. 억울하고 분통터지는 사람이 우리뿐이겠는가? 연탄
구멍마냥 몸에 총구멍이 뚫려서 돌아온 자네 형 생각만 하면 내 자

식을 잃은 것 같구먼. 지금도 이렇게 가슴이 저미는데, 자네 어머니는 오죽하겠는가?"

광주 할머니는 참 이상합니다. 괜히 얄궂은 말을 꺼내서 아빠를 화나게 만드니 말입니다.

"어머니 심정이야 누구보다 제가 잘 알죠. 오죽했으면 석우 형을……. 저는 석우 형한테 고마운 마음도 그렇다고 미워하는 마음도 없어요."

'석우'라니요? 처음 들어 보는 이름입니다. 혹시 죽은 형이라는 사람 아닐까요?

"그래, 적어도 미워하면 안 되네. 따지고 보면 석우도 피해자야. 명령받고 내려왔는데 고향이었으니……. 그리고 눈앞에서 죽어 가는 친구를 보면서 무슨 생각을 했겠는가. 오죽하면 농약까지 마셨겠어."

아빠는 더 이상 아무 말도 하지 않았습니다.

"자네 어머니가 뭔 심정으로 석우를 살려냈는지 아는가? 죽어 가는 석우 얼굴이 자네 형 얼굴 같았다고 하드만."

"지수야, 빨리 일어나. 집에 가야지."

엄마가 나를 깨웠습니다. 어제 어떻게 잠들었는지 기억이 나질 않습니다. 자기 전에 들었던 얘기들도 마치 꿈에서 들은 것 같았습니다.

힘겹게 눈을 떠 보니 할머니가 아침을 먹고 있었습니다. 새 옷으로 갈아입고, 머리도 단정한 모습이었습니다. 아직 잠에서 덜 깼나 싶어 허벅지를 꼬집어 보았는데, 꿈은 아니었습니다. 눈물이 날 정도로 아팠으니까요.

나는 할머니 앞으로 갔습니다. 할머니는 나한테 눈길도 주지 않고 밥 한 그릇을 다 먹었습니다. 어제와 오늘 마치 도깨비한테 홀린 것만 같습니다.

광주 할머니는 보자기에 이것저것 싸주었습니다. 그리고 꼬깃꼬깃한 만 원짜리 지폐 한 장을 나한테 줬습니다.

"어머, 올 때마다 매번 이러시면 어떡해요. 애 버릇 나빠져서 안 돼요."

엄마가 계속 말렸지만, 할머니는 기어이 만 원을 쥐여줬습니다. 나는 용돈이 생겨서 기분이 좋았지만, 티를 내지는 않았습니다. 그런데 삼촌이 자꾸만 내 손에 있는 돈을 쳐다보았습니다. 나는 얼른 돈을 주머니 속에다 집어넣었습니다. 예전에 있었던 저금통 사건이 떠올랐기 때문입니다.

어느 날 책상 위에 있었던 돼지 저금통이 없어졌습니다. 저금통을 찾다가 삼촌 손에 잔뜩 들려 있는 과자와 초콜릿을 보았습니다. 주머니에 동전도 가득 들어 있었습니다. 삼촌이 내 돼지 저금통에 손을 댄 겁니다. 화가 머리끝까지 났지만 꾹 참았습니다. 어차피 뭐라고 해 봤자 할머니가 삼촌 편을 들 테니까요. 그때 나는 삼촌이 돈을 쓸 줄 안다는 사실을 알았습니다. 그다음부터는 용돈을 받으면 아무도 모르는 곳에다 숨겨 놓곤 했습니다.

"엄마, 엄마! 나도 줘. 도훈이도 돈 줘."

차가 출발하자 삼촌이 할머니한테 말했습니다. 그리고 당장이라도 빼앗아 갈 것처럼 내 주머니를 뚫어져라 쳐다보았습니다.

"저번에 내 저금통 털어 간 돈이나 갚아!"

끝까지 말 안 하려고 했는데, 삼촌 하는 짓이 너무 미워서 말해 버렸습니다.

"윤지수! 삼촌이 물건 몰래 갖고 가면 엄마한테 말하라고 했지, 그렇게 말 함부로 하라고 했어?"

"에미는 엄마가 돼서 무조건 지수만 혼내면 안 되지. 가뜩이나 성치 않은 삼촌 땜에 어리광도 못 부리고 자랐는데. 애 기죽이지 마라."

순간 차 안이 조용해졌습니다.

"앞으로 무조건 도훈이만 싸고돌지 말라는 거다. 누구든 잘못한 건 야단쳐야지. 그래야 애들한테 좋은 거야."

엄마는 놀란 듯 눈을 동그랗게 떴습니다. 하긴 놀랄 만도 합니다. 할머니는 언제나 삼촌 편만 들었으니까요. 치매가 다 나은 걸까요? 아니, 그건 나한테 중요하지 않습니다. 아무튼 속이 뻥 뚫리는 것 같았습니다.

"어……, 어머, 당신도 방금 들었죠? 지금 나만 잘못 들은 거예요?"

엄마는 입을 다물지 못합니다. 파리가 들락날락하겠어요. 할머니는 그런 엄마를 쳐다보지도 않고 잠이 들었습니다. 아빠도 이상하다는 듯 할머니를 바라보았지만, 크게 놀라지는 않았습니다.

"출근하지 마라. 요즘 난리 통에 하루에도 수십 명이 죽어나간다더라."

서울에 거의 도착했을 때쯤 할머니가 잠꼬대를 했습니다. 그리고 마치 주문을 걸 듯 '가지 마라, 가지 마라.' 하면서 중얼거렸습니다. 허공에다 손을 휘저으면서 말이죠.

"엄마! 할머니가 이상해."

나는 겁이 나서 어찌할 바를 몰랐습니다. 쓸쓸히 허공을 휘젓는 할머니 손이라도 잡아야 하는 걸까요? 아빠는 곧바로 차를 세웠습니다.

"도훈아, 눈 좀 떠 봐라. 어째 그렇게 누워만 있냐. 온몸에 그 피딱지는 다 뭐냐! 누가 널 이렇게 만들었냐, 응? 아이고 내 새끼……, 도훈아!"

할머니는 흐느껴 울기 시작했습니다. 삼촌도 옆에서 덩달아 울었습니다. 무슨 일인지도 모른 채 말이죠. 할머니가 자기 이름을 부르며 우니까 괜히 슬퍼졌나 봅니다.

엄마가 할머니를 깨우기 시작했습니다. 힘겹게 눈을 뜬 할머니가 갑자기 엄마를 보더니 두 손을 싹싹 빌었습니다.

"아주머니, 내가 이렇게 빕니다. 내 자식 도훈이 좀 살려주쇼! 아들 없이 이 늙은이가 살아서 뭐 합니까. 왜 시퍼렇게 젊은 내 새끼가 나보다 먼저 간단 말이오. 우리 도훈이 대신 내가 천 번 만 번 죽을 테니까 제발 우리 아들 좀 살려 주쇼. 제발……."

엄마가 할머니 손을 꼭 잡았습니다. 그 모습을 지켜보던 아빠는 말없이 창밖을 쳐다보았습니다. 손으로 눈물을 닦으며 한숨도 쉬었습니다. 도대체 할머니는 얼마나 지독한 악몽을 꿨기에, 살아 있는 아들을 살려달라고 하는 걸까요?

"여보, 빨리 집에 가요! 어머님 좀 쉬셔야 할 것 같아요."

엄마는 할머니 옆으로 자리를 옮겼습니다. 그리고 부들부들 떨고 있는 할머니를 감싸 안았습니다. 아빠는 재빨리 차에 시동을 걸었습니다.

엄마 품이 따뜻했는지 할머니는 다시 잠이 들었습니다.

영안실은 꽤나 시끄러웠습니다.

"아이고, 아이고, 아이고……."

아빠는 문상 온 손님들과 인사를 했습니다. 사진 속에 있는 할머니는 뭐가 그리 좋은지 웃고 있습니다.

그날 차 안에서 할머니를 백 번도 넘게 부른 것 같습니다. 할머니 좀 일어나게 해 달라고 기도도 해 봤지만 소용없었습니다. 이럴 줄 알았으면 주름투성이에 검버섯 핀 할머니 손이라도 힘껏 잡아 볼 걸 그랬어요. 누군가를 붙잡으려 했던 할머니의 손이 자꾸만 아른거렸습니다.

"소식 듣고 왔습니다."

어디선가 귀에 익은 목소리가 들려서 고개를 돌렸습니다. 바로 낯선 남자였습니다.

"아, 예……. 오시느라 힘드셨을 텐데……."

아빠랑 인사를 하고 나서 그 남자는 주위를 둘러보았습니다. 이제 할머니가 없어서 다행이라는 눈빛으로 엄마랑 삼촌, 그리고 나를 한 번씩 쳐다보았습니다.

큰일입니다. 아빠랑 낯선 남자가 만났으니까요. 할머니도 하늘나라에 갔는데, 아빠마저 중국으로 가게 할 수는 없습니다. 둘이 얘기하는 걸 막아야 됩니다. 아빠가 떠난다고 하면 다리라도 붙잡고 놓지 말아야겠어요.

그 남자랑 아빠는 밖으로 나갔습니다. 나도 빨리 뒤따라갔습니다.

"아빠, 엄마가 할 말 있대요."

나는 거짓말을 했습니다. 사실 엄마는 아까부터 벽에 기대어 울고 있습니다. 그런데 아빠는 내 말을 못 들었나 봅니다.

"이런 때에 말씀드리자니 정말 죄송합니다. 뜻하지 않게 일이 이렇게 되어버렸네요. 하지만 이젠 정말로 같이 갔으면 좋겠습니다."

낯선 남자는 서슴없이 말했습니다. 아빠는 계속 말을 할 듯 말 듯 침만 삼키고 있습니다.

"아빠, 저 배가 너무 아파요. 네?"

이번에는 꾀병을 부렸습니다. 아픈 척 배를 움켜쥐며 아빠를 잡아끌었습니다.

"지수야, 엄마한테 가서 얘기해. 아빠 지금 얘기하고 있으니까 여기 오지 말고!"

아빠가 내 손을 놓으며 말했습니다. 그 남자한테 같이 안 가겠다고 한마디만 해주면 이렇게 불안하진 않을 텐데 말이죠. 하지만 아빠는 계속 아무 말이 없습니다. 나는 영안실로 들어가는 척하고 한쪽 구석에 조용히 서 있었습니다.

"그동안 형을 돌봐주신 거 정말 고맙습니다. 덕분에 사업도 자리를 잡았고 돈도 좀 모았어요. 은혜는 잊지 않겠습니다. 보답도 최대한 해드릴게요. 형이 몸이나 성한 사람이면 모를까, 중국에서 제가 얼마나 죄지은 사람마냥 사는지 모르실 겁니다."

"그렇지만 마음에 걸리는 건 어머니가 살아 계실 때 석우 형과 함께 살기를 바라셨고, 석우 형도 우리들을 가족으로 알고 있다는 거예요. 저도 잘 모르겠습니다. 뭐가 올바른 선택인지."

드디어 아빠가 입을 열었습니다.

"석우 형이 도훈이 형 구하겠다고 달려들지만 않았어도 일이 이렇게 되지는 않았을 텐데……. 어머님이 도훈이 형을 잃긴 했겠지만, 석우 형은 팔도 잃지 않았을 것이고, 정신도 이상해지지 않았을 것이고, 또 저랑 함께 살 수도 있었을 테니까요."

나는 그 남자가 무슨 말을 하는 건지 도무지 모르겠습니다. 석우 형이라는 사람이 팔을 잃었다는 것도, 도훈이 형이 죽었다는 것도 모두 말이죠. 도훈이 삼촌은 지금 할머니 영정 앞에 앉아 있습니다. 그리고 팔이 없는 사람은 도훈이 삼촌이지 석우 형이라는 사람이 아닙니다.

"말씀대로 석우 형은 제가 누군지도 몰라요. 진짜 자기 동생을 알아보지도 못합니다. 그러니까 이제라도 제자리로 돌리려고 하는 겁니다. 저도 쉽지 않은 결정이에요. 농약 마시고 죽으려고 했던 우리 형을 어머님이 살려주신 것도 평생 잊지 않을 겁니다. 어려서 부모 잃고 형만 보고 자랐는데, 석우 형한테 정말 잘할 겁니다. 걱정하지 마세요."

그 남자는 아빠한테 거의 사정하다시피 말했습니다.

아! 이제야 좀 알 것 같습니다. 삼촌이 가짜였던 겁니다. '석우'라는 사람이 지금까지 도훈이 삼촌인 척한 겁니다. 진짜 삼촌은 5·18 때 목숨을 잃은 겁니다.

"당장은 대답해 드리지 못하겠습니다. 시간을 조금만 더 주세요."

아빠 목소리가 조금 떨렸습니다.

지금까지 가짜 삼촌하고 지냈다는 것이 믿기지 않았습니다. 나는 삼촌한테 갔습니다. 삼촌은 영안실 구석에서 허겁지겁 음식을 집어 먹고 있었습니다. 그러고 보니 삼촌은 할머니랑 하나도 닮지 않았습니다. 아빠랑도 안 닮았고요.

삼촌이 몸을 움직일 때마다 왼쪽 소매가 힘없이 흐느적거렸습니다. 그 남자의 형이 삼촌이었으면 좋겠다고, 그래서 중국으로 가버렸으면 좋겠다고 생각한 것이 자꾸 마음에 걸렸습니다. 이제 삼촌을 뭐라고 불러야 할까요? 어른들처럼 '석우'라고 해야 될까요?

할머니의 장례식이 끝나고 다시 일상으로 돌아왔습니다. 이젠 정말 할머니가 사라진 것입니다. 아니, 할머니는 영영 떠난 것이죠.

석우 삼촌도 그 남자와 함께 중국을 떠났습니다. 안 가겠다고 떼를 쓰다가 비행기 탄다고 하니까 바로 가버렸습니다. 정말 석우 삼촌은 어린애입니다.

한동안 집 안은 조용했습니다.

맛있는 음식을 먹을 때면, 나는 습관적으로 주위를 살펴보았습니다. 어디선가 석우 삼촌이 불쑥 나타날 것 같았거든요. 하지만 그런 일은 일어나지 않았습니다. 이제 뺏기지 않고 혼자서 다 먹을 수 있습니다. 하지만 왜일까요? 내가 가장 좋아하는 과자도 요즘은 별로 맛이 없습니다.

"엄마, 삼촌은 이제 안 와?"

엄마랑 텔레비전을 보다가 물어보았습니다. 엄마는 아무 말도 하지 않았습니다.

"도대체 석우 삼촌하고 도훈이 삼촌한테 무슨 일이 있었던 거야?"

갑작스런 물음에 엄마는 놀란 듯 눈을 크게 떴습니다. 하지만 나는 정말 궁금했습니다. 어른들은 다 아는 이야기를 나만 모르니까요. 나도 이제 알 건 다 아는 나이인데, 어린애 취급받는 것 같아 자존심도 상했습니다.

"지수야, 엄마가 지수한테 어떻게 말을 해줘야 할지 모르겠다. 하지만 우리 지수도 언젠간 알아야 되는 일이니까 말해줄게."

막상 들으려니까 왠지 모르게 떨렸습니다. 엄마도 괜히 긴장되는지 물을 한 모금 마셨습니다.

"지수 친삼촌은 할머니처럼 하늘나라에 있어. 지금까지 우리랑 함께 살았던 석우 삼촌은 도훈이 삼촌과 둘도 없는 친구란다."

마치 비밀 이야기를 듣는 것 같아 숨죽이고 엄마를 쳐다보았습니다.

"출근하지 마라. 요즘 난리 통에 하루에도 수십 명이 죽어 나간다더라."

할머니는 출근하려는 도훈이 삼촌을 한사코 말렸습니다.

"걱정하지 마세요. 어제도 아무 탈 없이 갔다 왔는데요, 뭘. 시위하는 사람들이 다치거나 죽는 거지, 나처럼 가만있는 사람은 안 잡아가요."

도훈이 삼촌은 할머니를 보며 밝게 웃고선 자전거 페달을 밟았습니다.

길거리 여기저기엔 핏자국이 묻어 있었습니다. 아침부터 최루가스 냄새가 진동하고 돌과 깨진 유리 조각들도 널려 있었습니다.

회사 근처에 도착했을 때였습니다. 도훈이 삼촌 쪽으로 대학생들이 다급하게 달려오고 있었고, 그 뒤를 군인들이 무서운 기세로 쫓아오고 있었습니다. 삼촌은 그 사람들과 얽히지 않으려고 조심조심 지나가고 있었습니다. 그런데 '퍽' 하는 소리가 났습니다. 그리고 도훈이 삼촌이 한순간에 내동댕이쳐졌습니다.

"빨갱이들은 모조리 죽여버려! 그래야 우리가 이 고생을 안 하지!"

순식간에 일어난 일이어서 도훈이 삼촌은 제대로 눈도 못 떴습니다. 그러고 있는데 군인들이 몽둥이로 온몸을 마구 때렸습니다.

얼마나 지났을까, 도훈이 삼촌이 정신을 차리자 한 남자가 보였습니다. 그 남자도 온몸이 피범벅이었습니다.

"정신이 좀 드세요?"

아까 군인들한테 쫓기던 대학생 무리 가운데 한 명이었습니다.

"다행입니다. 하마터면 개죽음당할 뻔했어요."

도훈이 삼촌은 겨우 몸을 일으켰지만, 한 발짝도 움직일 수 없었습니다. 천천히 주위를 둘러보니 셔터가 굳게 닫힌 어느 구멍가게였습니다. 거기에는 그 대학생 말고도 두 사람이 더 있었습니다. 한 사람은 역시 대학생이었고, 나머지 한 사람은 나이 지긋한 가게 주인이었습니다. 부상 당한 채 도망치고 있으니 가게 주인이 몸을 숨겨준 것입니다.

"시간 없습니다. 정신 좀 들면 후딱 집으로 가세요. 끈질긴 놈들이라 분명히 쫓아올 겁니다."

대학생이 닫힌 셔터를 뚫어져라 쳐다보며 말했습니다. 하지만 말이 끝나기가 무섭게 셔터가 찌그러지기 시작했습니다. 군인들이 밖에서 계속 셔터를 발로 찼고, 눈 깜짝할 사이에 셔터를 뚫고 들어왔습니다. 총을 든 군인들은 가게 안에 있는 사람들을 모조리 끌어냈습니다.

"이 쥐새끼 같은 것들, 이렇게 도망가서 숨어 있으면 못 찾아낼 줄 알았나?"

두 손을 머리 위로 올린 채, 도훈이 삼촌은 계속해서 살려달라고 말했습니다. 이미 총으로 머리를 얻어맞은 대학생들은 힘도 못 쓰고 바닥에 꼬꾸라졌습니다. 군인들은 망설임 없이 대학생들의 어깻죽지를 대검으로 푹푹 찔렀습니다. 그 모습을 보고 놀란 삼촌은 바지에 오줌을 지렸습니다. 그리고 땅에 엎드려 살려달라고 계속 빌었습니다.

"도훈이? 너 도훈이 아니냐?"

군인 가운데 한 명이 불쑥 앞으로 나와 삼촌한테 말을 했습니다.

"이 상병! 너 이 자식, 지금 무슨 짓이야?"

"선임하사님! 제 친구 같습니다. 잠깐만 기다려 보십시오. 제 친구가 빨갱이일 리가 없습니다."

"이 상병! 한 발짝만 더 움직이면 너도 총살이다. 정신 못 차려?"

이 상병은 '이석우'였어요. 도훈이 삼촌의 둘도 없는 친구, 석우 삼촌 말입니다.

선임하사의 말에 석우 삼촌은 그 자리에 멈춰 섰습니다.

살벌한 분위기였지만, 도훈이 삼촌은 군인들 가운데 아는 사람,

그것도 가장 친한 친구인 석우가 있다는 사실에 안심이 되었습니다. 그래서 '이제 살았구나.' 하고 생각하며 석우 삼촌한테로 다가가려고 몸을 움직였습니다.

바로 그때였습니다. 군인들의 총이 일제히 도훈이 삼촌한테로 향했고, 누군가의 총에서 귀를 찢는 듯한 굉음이 울렸습니다. 다른 군인들도 덩달아 총을 쏘아댔습니다. 도훈이 삼촌은 비명 소리도 내지 못한 채 쓰러졌습니다.

"도…… 도훈…… 도훈아……!"

석우 삼촌이 소리치며 도훈이 삼촌한테로 달려갔습니다. 그 순간 또 한 발의 총소리가 울리고, 석우 삼촌이 도훈이 삼촌 옆으로 쓰러졌습니다.

군인들은 석우 삼촌이 죽은 줄 알고 그 자리를 떠났습니다. 그리고 나서 잠깐 정신을 잃었던 석우 삼촌이 깨어났습니다. 깨어나서 보니 도훈이 삼촌이 온몸에 총구멍이 난 채 죽어 있었습니다.

석우 삼촌은 정신이 나간 사람처럼 도훈이 삼촌을 등에 업고 걸었습니다.

"도훈아, 집에 가자. 어머니가 기다리실 거야."

총알이 뚫고 지나간 왼쪽 팔에서는 피가 철철 흘러내리고, 눈에서는 뜨거운 눈물이 줄줄 흘러내렸습니다.

엄마는 마른침을 삼켰습니다. 그리고 무슨 생각이 그리 많은지, 초점 없는 눈으로 한곳을 바라보았습니다. 엄마의 눈가가 촉촉해졌습니다. 이럴 줄 알았으면 가만히 있을 걸 그랬어요. 괜한 걸 물어서 엄마만 슬프게 만들었나 봅니다.

삼촌들의 모습을 눈앞에 그려 보니 소름이 끼쳤습니다. 특히 도훈이 삼촌은 시위를 했던 것도 아니고, 출근하다가 죽었다고 하니까 억울하고 속상합니다. 하지만 내가 더 화가 나는 건 바보 같은 삼촌 때문입니다. 그런 난리 통에 회사 간다고 고집만 안 부렸어도, 할머니 말만 잘 들었어도 죽진 않았을 테니까요.

"엄마, 나 잘래."

나는 텔레비전을 끄고 방으로 들어왔습니다. 책상 위에는 중국에서 석우 삼촌이 보내준 분홍색 책가방이 놓여 있었습니다. 욕심 많은 삼촌이 선물을 보내다니, 더구나 내가 분홍색 좋아하는 걸 어떻게 알았을까요? 병원 치료도 받고, 학교도 다닌다더니 제법입니다.

"빨리 자, 내일 광주 가야 하니까!"

엄마가 내 방문을 열고 말했습니다.

내일 엄마 아빠랑 '국립 5·18 민주묘지'라는 곳에 갑니다. 처음으로 도훈이 삼촌을 만나는 날입니다. 나는 종이로 만든 흰 국화꽃을 가방에 넣었습니다. 종이꽃은 시들지 않으니까 삼촌이 오랫동안 간직할 수 있을 거예요. 분홍색 책가방을 예쁘게 메고 가면, 분명 도훈이 삼촌도 좋아할 겁니다.

빨리 내일이 왔으면 좋겠어요.

− 2007년 5·18문학상 신인상 동화 부문 수상작/5·18문학작품 동화 부문
수상작 모음집 『아빠의 선물』(나라말아이들, 2010년)

아빠의 선물

장지혜

서울에서 태어났다. 2008년 5·18문학상 신인상 동화 부문 수상으로 등단했다.

펴낸 책으로 『할머니는 왕 스피커』, 『여기는 대한민국 푸른 섬 독도리입니다』,

『고마워, 살아줘서』, 『어쩌다 우린 가족일까?』, 배우 이윤지가 낭독한

『이야기 365』(공저), 『떼쟁이, 요셉을 만나다』(공저), 『이상한 아이스크림 가게』,

『아주 먼 옛날 작달막이 이야기』, 『변신 문어 원더』, 『껌딱지 코딱지』 등이 있다.

MBC창작동화 장편부문 대상, 아르코창작기금, 인천문화재단창작기금 등을 받았다

손바닥만 한 창문으로 한 줄기 빛이 희붐하게 들어왔다. 하지만 방 안은 아직도 한밤중처럼 어두컴컴하기만 했다.

'여기가 어디지?'

잠에서 깨어난 나는 어리둥절한 표정으로 주위를 살폈다. 그러자 조금씩 방 안의 모습이 눈에 들어왔다. 여기저기 곰팡이가 피어 있는 방 저쪽에서 아빠가 누에고치처럼 이불을 돌돌 만 채 잠이 들어 있었다. 그제야 이곳이 얼마 전에 이사 온 우리 집이라는 사실을 깨달았다.

문득 작은 트럭에 꼭 필요한 살림살이만 챙겨 쫓기듯이 이사 오던 날이 떠올랐다. 친구들과 보도블록에 숨어 사는 땅강아지를 잡으러 다녔던 길과 고무줄놀이를 하거나 롤러스케이트를 타며 놀던 놀이터를 지나갈 때는 나도 모르게 입술을 질끈 깨물었다. 짐을 실은 트럭은 아파트를 빠져나와 건너편에 있는 동네를 향해 달리기 시작했다.

"왜 이쪽으로 가는 거야?"

말없이 창밖을 바라보던 나는 옆에 앉은 엄마에게 물었다.

"으응…… 진아, 잠, 잠깐만 여기서 살 거야. 아주 잠깐만……"

엄마는 당황한 얼굴로 더듬거리며 말했다.

"여기서 산다고? 이런 데서 어떻게 살아!"

엄마는 한숨만 내쉴 뿐 더 이상 아무런 말이 없었다. 그 동네는 나도 알고 있는 곳이었다. 우리 아파트 꼭대기 층에서 바라보면 저 멀리 산 아래 판잣집들이 다닥다닥 붙어 있던 곳. 우리 아파트에 사는 애들은 그 동네에 사는 아이들을 달동네 촌뜨기라고 불렀다. 그런데 나, 이진이 달동네 촌뜨기가 되다니, 어떻게 이럴 수가 있지? 나는 주먹을 꼭 쥔 채 몸을 부르르 떨었다. 눈물을 참으려고 고개를 돌리자, 짐칸에 앉아 있는 아빠가 보였다. 아빠는 이삿짐에 몸을 기댄 채 담배를 피우고 있었다. 엄마의 한숨 소리도 듣기 싫고 아빠도 무지무지 밉던 날, 그래서 내 마음도 꼭 가파른 골목길로 올라가는 트럭같이 힘겨웠던 그날.

"드르렁드르렁."

아빠의 코 고는 소리가 요란하게 들려왔다. 나는 얼굴을 찌푸리며 이부자리를 걷고 벌떡 일어나 슬리퍼를 신고 마당으로 나갔다. 마당에 나가야 세 든 사람들이 공동으로 쓰는 화장실이 있었기 때문이다. 냄새가 너무 지독해서 코를 막고 볼일을 보고 나서 후다닥 나와 수돗가로 갔다. 찬물로 대충 고양이 세수를 하고 다시 들어와 수건으로 얼굴을 닦는데 밥상 위에 작은 쪽지가 놓여 있었다. 엄마의 동글동글한 글씨체가 눈에 들어왔다.

'진아, 일어났니? 국 데워서 밥이랑 꼭 먹고 가. 이왕이면 아빠도 좀 챙겨드리렴.'

밥상 위에 덮어 놓은 신문지를 들춰 보니 반찬 몇 가지와 내가 좋아하는 미역국이 냄비에 담겨 있었다. 그 순간, 배 속에서 꼬르륵 소리가 들렸다. 그러고 보니 어젯밤에도 엄마를 기다리다가 저녁밥도 먹지 못하고 그냥 잠이 들더랬다. 엄마가 새벽에 끓여 놓고 나갔는지 미역국은 차갑게 식어 있었다. 국을 데우려고 석유풍로 위에 냄비를 올려놓았다. 그런데 성냥이 보이지 않았다. 석유풍로에 불을 붙이려면 성냥이 있어야 하는데, 아빠가 담배를 피우려고 가져간 모양이었다.

"에이, 귀찮아!"

혼잣말을 중얼거리며 방에 들어가 아빠의 머리맡을 살폈다. 그런데 거기에도 성냥은 없었다. 하는 수 없이 서랍장을 뒤져 보았다. 잡동사니를 넣어둔 첫 번째, 두 번째 칸에도 성냥은 없었다. 그러다 무심코 맨 아래쪽 서랍 손잡이를 잡아당겼는데, 언제나 잠겨 있던 서랍이 웬일로 열려 있었다. 비싼 물건이 남아 있지도 않을 텐데, 무슨 까닭인지 아빠는 그 서랍만큼은 손도 대지 못하게 했다. 나는 자는 아빠를 힐끗 보고는 조심스럽게 서랍을 열었다.

서랍은 아빠의 물건들로 가득했다. 큼지막한 사진기, 빛바랜 기자증 등 모두 아빠가 신문사에 다닐 때 쓰던 물건들이었다. 조심조심 아빠가 쓰던 사진기를 꺼냈다. 사진기를 들고 전국 방방곡곡을 누비고 다니던 때의 아빠는 정말 멋져 보였다. 한쪽 눈을 찡긋 감고선 사진기 파인더에 오른쪽 눈을 갖다 대자 방 안이 다 보였다. 구질구질한 단칸방의 모습도 렌즈 속에선 왠지 다른 세상처럼 보였다. 사진기를 있던 자리에 내려놓으려는데, '1980년 5월 광주'라고 적힌 누런 빛의 두툼한 봉투가 눈에 띄었다.

'1980년이면, 지금이 1983년이니까 삼 년 전이잖아? 뭐가 들어 있는 거지?'

나는 잠깐 망설이다가 봉투를 열어 보기로 했다. 스카치테이프로 꼭꼭 붙여 놓은 봉투를 뜯기가 무섭게 사진과 공책이 와르르 쏟아졌다. 나는 깜짝 놀라서 아빠가 누워 있는 쪽을 돌아보았다. 다행히 아빠는 어제도 늦게 잠이 들었는지 정신없이 코를 골고 있었다.

"후유~"

놀란 가슴을 쓸어내리며 재빨리 방바닥에 흩어진 사진을 한데 모았다. 모두 다 내가 처음 보는 사진이었다. 길거리에 커다란 솥을 내놓고 식사를 준비하는 아주머니들, 김이 펄펄 나는 국에 밥을 말아 먹는 아저씨들……. 흑백사진에 담긴 사람들의 표정은 꼭 전쟁터에 나간 사람들처럼 비장해 보였다. 버스가 일렬로 늘어서 있고 개미 떼처럼 모여 있는 사람들의 모습이 담긴 사진도 있었다. 잘은 모르겠지만 무언가 팽팽한 긴장이 느껴졌다.

"도대체 무슨 사진들이지?"

고개를 갸웃거리며 다른 사진을 들여다보다가 하마터면 비명을 지를 뻔했다. 그때, 아빠가 자다 말고 뒤척이는 소리가 들렸다. 행여나 들킬세라 사진과 공책을 다시 봉투에 넣지도 못하고 얼른 서랍장 밑으로 밀어 넣었다.

밥도 먹지 못하고 허둥지둥 집에서 나와 학교로 가는 내내 조금 전에 본 사진이 머릿속에서 빙빙 맴돌았다. 군인들이 굴비처럼 밧

줄에 묶인 사람들을 때리는 사진, 사람들이 피를 흘리며 여기저기 쓰러져 있는 사진, 얼마나 심하게 맞았는지 얼굴을 알아볼 수 없을 정도로 짓이겨진 사람의 사진…. 정말 아빠가 찍은 게 맞는 걸까? 그 사진 속의 사람들은 모두 어떻게 되었을까? 자꾸만 사진의 장면이 떠올라 고개를 절레절레 흔들 때였다.

"이진!"

교문 앞에서 날 부르는 소리가 들렸다. 같은 아파트에 사는, 아니 같은 아파트에 살았던 김선경이었다. 선경이는 나를 보자마자 궁금해 죽겠다는 표정으로 물었다.

"너 정말 길 건너 달동네로 이사 갔어?"

그 말에 가슴이 철렁 내려앉았다.

"누가 그런 말을 해!"

"우리 아파트 애들이."

"아, 아니야!"

나도 모르게 거짓말이 나왔다.

"어, 그래? 그런데 왜 그렇게 갑자기 이사했어? 우리 엄마가 그러는데 너희 집에 빨간딱지도 붙었다던데?"

선경이의 말에 빨간딱지가 붙여진 채로 실려 나가던 물건들이 떠올랐다. 새로 산 지 얼마 되지 않은 컬러텔레비전과 내 방에 있던 피아노, 그리고 반짝반짝 윤이 나던 자전거까지. 나는 입을 앙다문 채 선경이를 지나쳐 운동장을 성큼성큼 걸어갔다. 그러자 선경이가 뒤에서 소리를 질렀다.

"야, 유승호, 걔 있잖아. 네가 말도 없이 이사 갔다고 무진장 화났더라!"

우리 반 반장, 유승호. 승호는 일곱 살 때부터 결혼하자고 나를 쫓아다닌 녀석이다. 유치원 때만 해도 손잡고 사이좋게 다녔지만, 초등학교에 들어와서는 티격태격 싸울 때가 더 많았다. 그래도 우리 집 사정이 힘들어지니 가장 먼저 생각나는 친구는 승호였다. 하지만 그럴수록 승호한테 더 쌀쌀맞게 굴었다. 신문사를 그만둔 아빠가 사업에 손을 댔다가 망하는 바람에 내가 아끼던 물건에도 빨간딱지가 붙은 뒤로는 아무에게도 내 마음을 털어놓고 싶지 않았기 때문이다. 쓰리고 아픈 마음에도 딱지라는 게 앉고 상처가 다 아물 때까지 말이다.

선경이의 말이 떠올라 승호를 쳐다보니 정말 내게 화가 난 것 같았다. 나는 그런 승호를 일부러 모른 척했다. 쉬는 시간에도 다른 친구들과 공기놀이하면서 일부러 더 크게 웃었다. 괜찮은 척, 아무렇지도 않은 척.

"이진! 잠깐 이리로 올래?"

원피스 차림으로 책상에 앉아 무언가 쓰고 있던 선생님이 나를 불렀다.

"너, 이사 갔니?"

가슴이 뜨끔했다.

"네."

나는 작은 목소리로 대답했다.

"언제?"

"저번 주예요."

"그럼, 나한테 말했어야지. 어디로 이사 갔는데?"

"요 앞에……"

손가락으로 창문 밖을 가리키다 말고 말꼬리를 흐렸다. 달동네
로 이사했다는 말이 도무지 입 밖으로 나오지 않았다. 내가 머뭇거
리고 서 있는 사이 선경이가 짝꿍 태웅이에게 무어라 귀엣말하는
게 보였다.

"선생님! 진이 저기 달동네로 이사 갔대요!"

태웅이가 벌떡 일어나 그렇게 말하자 선생님의 표정이 굳어졌
다.

"박태웅! 난 너한테 물어본 게 아닌데? 자리에 앉아. 어서!"

선생님은 목소리를 낮추고 나에게 물었다.

"태웅이가 한 말이 맞니?"

나는 말없이 고개만 끄덕였다.

"그럼, 전학 가지 않아도 되겠구나. 난 또 멀리 이사 간 줄 알고
물어봤지. 그만 들어가 보렴."

수업이 끝나고 선생님이 나가자마자 태웅이가 내 옆에 오더니
큰 소리로 떠들었다.

"야, 어디서 쓰레기 냄새 나지 않냐?"

태웅이의 말에 짓궂은 남자애 하나가 맞장구를 쳤다.

"아니, 난 똥 냄새가 나는데? 어이구, 지독해라."

그 말을 듣는 순간 얼굴이 발갛게 달아올랐다. 금방이라도 눈물
이 왈칵 쏟아질 것만 같았다.

"이제 부반장 이진을 촌뜨기 부반장이라고 부를까?"

태웅이 말이 끝나기가 무섭게 갑자기 뒷자리에 앉아 있던 승호
가 벌떡 일어났다. 승호는 쏜살같이 태웅이에게 달려가더니 다짜고

짜 태웅이 얼굴에 주먹을 날렸다.

"야, 박태웅! 달동네가 뭐 어때서? 너한테는 더 지독한 냄새가 나거든!"

승호가 씩씩거리며 소리쳤다. 태웅이는 얼떨떨한 표정으로 승호를 올려다보았다. 아이들 모두 놀란 표정으로 그 광경을 지켜보았다.

"태웅아, 너 코피 나!"

선경이가 소리쳤다. 정말로 태웅이 코에서 시뻘건 코피가 뚝뚝 떨어지고 있었다. 그러자 태웅이가 손으로 얼굴을 감싸며 울기 시작했다.

"에이, 씨!"

승호는 드르륵 교실 문을 열고 밖으로 나가버렸다. 나 역시 놀란 눈으로 승호의 뒷모습을 바라보았다. 여태껏 승호가 그렇게 화를 내는 모습을 본 적이 없었기 때문이다.

집에는 아무도 없었다. 가방을 휙 던져버리고 책상 위에 엎드려 눈이 퉁퉁 붓도록 울었다. 울다가 지쳐서 잠깐 잠이 들었다. 낮잠을 자고 일어나니 머리가 좀 맑아지는 것 같았다. 그런데 문득 아침에 본 사진이 떠올랐다. 봉투에 미처 넣지도 못한 채 황급히 사진을 밀어 넣은 사실도! 나는 서랍장 밑으로 손을 뻗어 더듬거렸다. 다행히 아침에 넣어둔 그대로 다 있었다. 그러나 끔찍한 장면이 담긴 사진을 차마 다시 볼 용기가 나지 않아 대신 공책을 집어 들었다. 가죽으로 된 겉표지는 낡아 있었고, 종이도 누렇게 바래져 있었다. 아빠의 일기장이었다.

1980년 5월 20일 화요일

광주로 왔다. 모두 위험하다고 말렸지만 내 눈으로 무슨 일이 벌어지고 있는지 확인하고 사람들에게 알려주고 싶었다. 시내에 들어서자, 최루 가스가 안개처럼 뿌옇게 피어오르고 있었다.

1980년 5월 22일 목요일

내가 본 이 끔찍한 광경을 어떻게 알려야 할지 모르겠다. 어제 전남도청 앞에서 시민군과 계엄군의 시가전이 있었고, 많은 사람이 죽거나 다쳤다. 숨어서 사진을 찍다가 나도 하마터면 계엄군이 사정없이 쏘아대는 총에 맞을 뻔했다. 하지만 물러설 수가 없었다. 이유 없이 희생당한 사람들이 불쌍해서 눈물을 흘리며 피비린내 나는 현장을 카메라에 담았다. 광주는 군인들에게 완전 포위당했지만, 시민들은 힘을 모아 부상자를 치료하고 있으며 헌혈 행렬까지 이어지는 중이다.

1980년 5월 26일 월요일

계엄군이 오늘 밤 광주로 침공할 가능성이 크다고 한다. 폭풍 전야의 고요함이 오히려 더 두렵게만 느껴지는 밤이다. 신문사에서는 철수하라고 했지만, 난 끝까지 남기로 했다. 이 피비린내 나는 곳에서 빠져나가고 싶은 생각도 들었지만, 남아서 진실을 알려야겠다는 생각이 든다. 정부의 발표대로 간첩이 광주 시민들을 부추겨서 일어난 난동인지, 아니면 계엄군의 폭력에 맞선 광주 시민들의 용기 있는 행동인지, 나는 기자로서 이 처참한 역사를 있는 그대로 사진에 담아 남길 것이다.

1980년 6월 9일 월요일

오전 9시 30분쯤 되었을까. 내 자리에서 커피를 마시고 있는데 건장한 사내들이 편집국 안으로 들어와 다짜고짜 나를 끌고 갔다. 신문사 현관 입구에는 총을 든 군인들이 서 있었고 남영동 치안본부로 끌려가 영문도 모른 채 한 시간 가까이 맞았다. 나중에 알고 보니 이유는 단 한 가지, 광주에 들어가 사진을 찍었다는 것이었다. 그들은 필름과 사진을 내놓으라고 협박했다. 결국 숨겨 놓은 필름과 사진을 일부 내주고 나서야 겨우 풀려날 수 있었다.

거기까지 읽었을 때, 갑자기 등 뒤에서 아빠의 목소리가 들렸다.

"너 지금 뭐 하는 거냐?"

까칠한 얼굴에 수염이 덥수룩한 아빠가 굳은 표정으로 나를 내려다보고 있었다.

"아빠 물건에 손대지 말라고 했지! 특히 남의 일기장은 몰래 보는 게 아니다. 알았어!"

아빠가 일기장을 낚아채며 말했다. 나는 아무 말도 하지 못하고 고개를 숙이고만 있었다. 잘못했다는 건 알겠지만, 아빠가 야단치는 소리는 듣기 싫었다.

"왜 대답이 없어?"

"……죄송해요."

말을 마치자마자, 신발을 신고 밖으로 나왔다. 아빠가 부르는 소리가 들렸지만 뒤돌아보지 않고 뛰기 시작했다. 가슴이 터질 것처럼 답답했다. 미로처럼 구불구불한 골목을 빠져나와 동네 입구에 있는 공터까지 내달렸다. 텅 빈 하늘가에 어슴푸레 어둠이 내리고 있었다. 나는 낡고 긴 의자에 앉아 길 건너, 전에 살던 아파트를 멍하니 바라보았다. 거기 살 적엔 몰랐는데 층층이 켜져 있는 불빛이 참 따뜻해 보였다. 문득 낮에 태웅이를 때리던 승호의 모습이 떠올랐다. 고자질쟁이 태웅이가 분명히 집에 가서 엄마한테 일렀을 텐데, 자꾸만 승호가 걱정됐다.

"진아! 왜 나와 있어?"

그때, 반가운 엄마 목소리가 들려왔다. 엄마가 멀리서 달걀 한 판을 들고 내 쪽으로 걸어오고 있었다. 아빠가 신문사에 다닐 때만 해도 사모님 소리를 듣던 엄마였는데……. 저녁 늦게까지 식당 일을 하고 돌아오는 엄마는 몹시 지쳐 보였다. 그런 엄마를 보자마자 갑자기 참았던 눈물이 왈칵 쏟아졌다.

"진아, 왜 그래?"

엄마가 깜짝 놀라 물었다.

"엄마, 다른 동네로 이사 가면 안 돼? 여기서 살기 싫어. 다른 동네로 이사 가!"

내가 엉엉 울면서 소리를 지르자, 엄마의 눈시울이 붉어졌다.

"오늘 학교에서 얼마나 창피를 당했는지 알아? 매일 집에만 있는 아빠도 미워, 정말 다 싫단 말이야!"

"진아, 아빠 미워하면 안 돼. 이렇게 된 거, 아빠 잘못이 아니야. 진이 넌 어려서 잘 생각나지 않겠지만 아빠는 신문사에서 강제로 쫓겨나신 거야."

내 나이 아홉 살 때. 엄마 말대로 어리긴 했지만, 그때의 일이 전혀 기억나지 않는 것은 아니다. 며칠 동안 집에 돌아온 아빠의 모습은 정말이지 말이 아니었으니까. 입고 있던 양복은 여기저기 찢겨 있었고, 얼굴엔 시퍼런 멍까지 들어 있었다. 그 뒤로 아빠는 신문사에 나가지 않았다. 얼마 동안 넋 나간 표정으로 지내던 아빠는 '불의 부정에 타협하지 말자!'라고 크게 써서 벽에 붙여 놓았다. 내가 저게 뭐냐고 묻자, 아빠는 새로 만든 가훈이라고 했다. 어린 마음에 절대로 나쁜 일을 해서도 안 되고, 나쁜 사람들과 어울려서도 안 된다는 뜻인 줄만 알았던 우리 집 가훈.

"그때 왜 쫓겨나신 건데?"

나는 눈물을 훔치며 물었다.

"…… 찍으면 안 되는 사진을 찍으셨거든."

엄마의 말을 듣는 순간 아침에 본 사진이 떠올랐지만, 모른 척하고 다시 엄마에게 물었다.

"어떤 사진인데?"

"나중에 네가 조금만 더 크면 엄마가 다 말해줄게. 진아, 아빠가 다시 신문사로 돌아가시게 되면……. 우리 다시 저기에서 살자. 그때까지 조금만 참아. 알았지?"

엄마는 불을 환하게 밝히고 있는 아파트를 올려다보며 말했다. 하지만 그곳을 바라보는 엄마의 눈빛은 한없이 슬퍼 보였다.

"아니, 애한테 욕을 하고 주먹을 휘두르지 않나. 선생님, 반장이 그러면 되겠어요?"

출석부를 가지고 교무실에 갔을 때였다. 일부러 엿들으려고 한 건 아닌데, 교무실 밖에까지 큰 소리가 들렸다. 나는 문틈으로 교무실 안을 들여다보았다. 담임 선생님 맞은편에 앉아 있는 엄마들이 보였다. 아파트에 살 때 자주 보았던 승호 엄마와 태웅이 엄마였다. 선생님 자리가 바로 문 앞이라 그런지 어른들 말이 또렷하게 들렸다.

"승호가 진이를 감싸주려고 그랬다는데…… 태웅이 어머님이 너그러운 마음으로 이번만 이해해 주시면 안 되겠습니까?"

담임 선생님이 태웅이 엄마를 설득하고 있었다. 그래도 태웅이 엄마는 화가 안 풀리는지 목소리를 높여 말했다.

"선생님, 저 도저히 이대로는 그냥 있을 수가 없을 것 같네요. 반장을 바꾸든지 해야지, 원!"

그 말이 끝나기가 무섭게 승호 엄마가 발끈하며 목소리를 높였다.

"아니, 태웅이 엄마, 무슨 말씀을 그렇게 하세요! 학기 중에 반장을 어떻게 바꿔요. 제 아들이 무슨 죽을죄를 지은 것도 아니고. 태웅이랑 싸웠다는 이유로 그렇게 말씀하시는 건 너무 심하네요."

그러자 태웅이 엄마가 벌떡 일어나더니 승호 엄마에게 따져 물었다.

"승호 엄마. 우리 태웅이 얼굴을 보고도 그런 말씀이 나와요? 나원 참, 속상해서……."

태웅이 엄마가 눈을 치켜뜨며 따지고 들자, 승호 엄마는 더 이상 아무 말도 하지 못했다. 담임 선생님도 땀이 나는지 손수건을 꺼내 연신 얼굴을 닦을 뿐이었다.

"우리 승호가 주먹질 같은 걸 하는 아이가 아닌데. 하여튼 진이네 때문에 이게 무슨 난리인지 모르겠어요."

한동안 말이 없던 승호 엄마가 말했다. 우리 집 이야기가 나오자, 가슴이 철렁 내려앉았다.

"그러게요. 정부가 막아서 취직도 못 한다는데……. 나도 누구한테 들었는데 진이네 아빠가 빨갱이라는 말도 있어요."

태웅이 엄마가 목소리를 낮추며 말했다.

"빨갱이요?"

승호 엄마의 눈이 휘둥그레졌다. 태웅이 엄마는 주위를 살피더니 승호 엄마 귀에 대고 귀엣말했다. 그러자 옆에서 잠자코 있던 선생님이 불편한 표정을 지으며 말했다.

"태웅이 어머님, 확실한 것도 아닌데……. 이럴 때일수록 말조심하셔야 합니다."

"맞대니까요, 선생님. 간첩처럼 죽을죄를 지은 게 아니라면 왜 그렇게 하루아침에 집안이 쫄딱 망했겠어요?"

더 이상 참을 수가 없었다. 어제 일어난 일을 모두 우리 집 탓으로 돌리는 것도 억울한데 아빠더러 빨갱이라니. 나는 교무실 문을 벌컥 열고 소리쳤다.

"우리 아빠 빨갱이 아니에요!"

교무실에 있던 사람들의 시선이 일제히 나에게로 향했다. 몸이 부들부들 떨렸다. 담임 선생님도 몹시 당황하는 모습이었다.

"죄송합니다. 제가 알아서 주의를 줄 테니까 이만들 가 보시죠."

담임 선생님이 승호 엄마와 태웅이 엄마에게 말했다.

"이진! 너 이리 들어와!"

선생님이 문 앞에 서 있는 나를 불렀다. 나는 고개를 푹 숙인 채 선생님 앞으로 갔다. 태웅이 엄마가 나를 보더니 당돌한 아이라며 혀를 차고는 승호 엄마와 함께 나갔다. 승호 엄마와 태웅이 엄마를 배웅하고 돌아온 선생님이 주위를 둘러보더니 작은 목소리로 말했다.

"진아, 여기서는 얘기할 수가 없을 것 같구나. 잠깐 선생님이랑 나가자."

선생님은 나를 운동장으로 데리고 나갔다. 운동장 구석에 있는 벤치에 앉아서 선생님은 다시 주위를 살폈다.

"말 한마디 잘못하면 끌려가는 세상이라⋯⋯. 조심을 안 할 수가 없구나. 진아, 빨갱이란 말을 그렇게 큰 소리로 말하면 어떡하니? 너 빨갱이가 뭔지나 알고 그런 거야?"

"나쁜 말이잖아요. 우리 아빠는 그렇게 나쁜 사람이 아닌데⋯⋯."

내 말에 선생님은 한동안 말이 없었다. 무언가 곰곰이 생각하더니 한참 만에 말을 꺼냈다.

"진아, 선생님도 알아. 진이 아버지가 빨갱이 아니란 거. 네 아버지는 해직 언론인이셔⋯⋯. 넌 아직 어려서 그게 뭔지 잘 모르겠지만, 1980년도에 우리나라엔 참 슬픈 일이 많았단다. 오월에는 광주에서 군인들이 애꿎은 사람들을 많이 죽였고, 가을에는 별다른 이유 없이 일자리에서 쫓겨난 기자들이 많이 있었지. 진이 아버지도 그중의 한 분이고⋯⋯. 진이 아버지는 광주에서 찍은 사진 때문에 고문까지 당하셨다고 하더구나."

나는 깜짝 놀라 선생님에게 물었다.

"선생님이 그걸 어떻게 아세요?"

"어머니가 찾아오셨더라. 갑자기 바뀐 환경 때문에 진이 네가 많이 힘들어하는 것 같다고. 그런데 네 아버지 대한 이야기를 듣고 나니 참 멋진 분이라는 생각이 들더구나."

멋진 아버지. 선생님의 한마디에 움츠러들었던 마음이 살짝 기지개를 켜는 것만 같았다.

"기자의 책임을 다하려고 위협을 무릅쓰고 광주에 들어가 사진을 찍으셨잖아. 진아, 그러니까 너도 네 아버지처럼 자신의 책임을 다하면 되는 거야. 학생이 해야 할 일은 공부니까, 지금처럼 열심히 하면 너도 아버지처럼 훌륭한 사람이 될 수 있을 거야. 알았지?"

내가 말없이 고개를 끄덕이자, 선생님이 내 어깨를 토닥였다.

"그래, 이제 가 봐."

동네로 들어가는 공터에 승호가 서 있었다. 승호를 발견한 순간, 당황해서 전봇대 뒤로 몸을 숨겼다. 정말이지 승호한테 우리 집을 들키고 싶지 않았다. 아니, 집까지 낑낑대며 올라가는 모습조차 보여주고 싶지 않았다. 빙 둘러 갈까, 아니면 다시 학교 쪽으로 되돌아갈까. 그런 궁리를 하고 있는데 승호가 전봇대 쪽으로 성큼성큼 걸어왔다.

"야! 이진!"

승호가 부르는 소리에 나도 모르게 어깨를 움찔거렸다. 어쩔 수 없이 돌아서서 새침하게 물었다.

"네가 여긴 웬일이야?"

"그냥 지나가다가 들렀어."

"그렇구나. 그럼 잘 가!"

인사를 하고 가려는데 승호가 붙잡았다.

"이진! 너 나한테 뭐 화난 거 있냐?"

"아니."

나는 퉁명스럽게 대답했다.

"그런데 왜 말도 없이 이사를 가버렸냐?"

승호의 말에 갑자기 화가 났다.

"왜 내가 그런 것까지 알려줘야 하는데!"

나는 씩씩거리며 걷기 시작했다. 그런데 한참을 걷다가 돌아보니 승호가 따라오고 있었다. 승호를 따돌리려고 뛰자, 승호도 뛰기 시작했다. 가파른 계단까지 단숨에 올랐더니 숨이 턱까지 차올랐다.

"도대체 왜 따라오냐고!"

나는 숨을 헐떡거리며 승호를 향해 소리를 질렀다. 그러자 승호가 계단을 올라오다 말고 우뚝 멈춰 섰다. 나는 다리에 힘이 빠져서 그만 계단 위에 털썩 주저앉았다. 승호는 밑에서 내 눈치를 살피더니 한 계단씩 다시 올라오기 시작했다. 그러더니 바로 한 계단 밑에 쭈뼛거리며 앉았다. 시멘트로 된 계단은 바닥이 몹시 차가웠다. 내가 신발주머니를 바닥에 깔고 다시 앉자, 승호도 그대로 따라 했다.

'유승호, 따라쟁이!'

그때 등산복을 차려입은 아저씨 한 분이 물통을 들고 우리 옆으로 지나갔다.

"저 위에 약수터가 있어?"

승호가 물었다.

"그런가 봐."

"킁킁. 그래서 이렇게 공기도 좋구나."

코를 벌렁거리는 승호의 익살스러운 표정에 나도 모르게 웃음이 나왔다. 그러자 승호가 헤벌쭉 따라 웃었다. 승호랑 같이 있으니 다시 옛날로 돌아간 것만 같았다. 아파트 놀이터에서 정신없이 뛰어

놀고 자전거를 쌩쌩 타며 아무것도 모르던 그때로 말이다.

승호와 헤어져 집으로 돌아온 나는 혼자서 밥을 먹고 숙제하려고 책상 앞에 앉았다. 그런데 웬일인지 책상 위에 아빠 일기장이 있었다. 나는 한참을 망설이다가 아빠 일기장을 펼쳐 보았다. 불같이 화를 내던 아빠의 얼굴이 떠올랐지만, 아빠에게 꼭 하고 싶은 말이 있었기 때문이다. 만년필이 끼워진 부분에는 어제 날짜 일기가 적혀 있었다.

1983년 5월 20일

해마다 이맘때면 광주가 떠오른다. 아무 이유 없이 죽어 간 사람들이 말이다. 내가 찍은 사진을 꺼내 볼 때마다 피를 흘리며 죽어간 사람들과 그 가족들이 떠올라 가슴이 찢어지는 것만 같다. 신문사에서 쫓겨난 지 삼 년. 아직도 나를 받아주는 곳은 어디에도 없다. 오늘도 이력서를 들고 사방팔방 뛰어다니다가 집에 돌아오니 진이가 내 일기장을 보고 있었다. 화를 내고 한바탕 야단을 쳤는데 가슴이 아프다. 진이를 위해서라도 열심히 살아야 할 텐데.

아빠의 일기는 거기서 끝나 있었다. 나는 눈물을 꾹 참고 아빠의 만년필 뚜껑을 열었다. 그러고는 아빠의 일기 밑에 한 자 한 자 정성스럽게 눌러썼다.

'진이는 아빠가 참 자랑스럽습니다.'

이크, 아빠가 일기장 훔쳐보지 말라고 했는데! 그래서 '추신'이라고 쓰고선 이렇게 덧붙였다.

'참, 아빠. 이제 다시는 아빠 일기장 몰래 보지 않을게요!'

일기장을 덮고 나자, 졸음이 몰려왔다. 만년필 뚜껑을 닫고 나서 책상 위에 엎드렸다.

"진아, 일어나야지! 초저녁부터 잠을 자더니 아침까지 늦잠을 잘 거냐?"

작은 창문으로 모처럼 밝은 햇살이 들어오고 있었다. 나는 눈을 찡그리며 자리에서 일어났다.

"어, 벌써 아침이라고요? 쪼끔만 잔 거 같은데……."

창밖을 내다보니 정말 시간이 꽤 지난 것 같았다.

"학교 늦었겠다. 어떡하지?"

허둥거리는 내 모습에 아빠가 빙그레 웃으며 말했다.

"오늘 개교기념일이라 학교에 가지 않는다면서?"

아빠의 말에 그제야 '후유' 하며 가슴을 쓸어내렸다.

"아빠랑 산에 약수 뜨러 갈까?"

나는 눈을 휘둥그레 뜨고 아빠를 쳐다보았다. 그러자 아빠가 사진기를 꺼내 보이며 말했다.

"봄꽃이 참 예쁘게 피었더구나."

약수터로 올라가는 길. 어디선가 바람이 불어왔다. 상쾌한 오월의 바람에 봄꽃들이 오소소 몸을 떨었다. 앞장서서 걸어가는 아빠의 한쪽 어깨는 약간 처져 있었다. 아마도 무거운 사진기 가방을 메고 전국 방방곡곡을 누비고 다닌 탓일 것이다. 아빠는 라일락 앞에서 걸음을 멈췄다. 오랜만에 수염까지 말끔하게 깎은 얼굴이 정말 보기 좋았다.

"자, 진아. 네가 초점을 한번 맞춰 보렴."

아빠가 사진기를 건네주며 말했다. 나는 망설이다가 사진기를 받아서 끈을 목에 둘렀다.

"어때? 보이니? 렌즈를 이리저리 돌리다 보면 찍고 싶은 순간이 올 거야. 그때 이렇게 오른손 검지로 누르면 돼."

아빠의 설명대로 왼쪽 눈을 감고 오른쪽 눈으로 파인더 속을 바라보며 렌즈를 돌려 보았다. 처음엔 뿌옇게 보이던 것들이 점점 또렷하게 보이기 시작했다. 그러더니 하얗게 피어난 라일락이 팝콘처럼 크고 탐스럽게 잡혔다. 아주 작고 작은 것까지도 크게 보이는 사진기가 정말이지 마음에 들었다.

"그 사진기, 아빠가 우리 진이 선물로 줄까?"

"정말요? 그럼, 아빠는요?"

"아빠는 나중에 더 좋은 걸로 사려고. 혹시 또 모르지, 진이가 이다음에 커서 돈 많이 벌면 좋은 사진기 하나 사줄지도. 허허."

아빠가 실로 오랜만에 웃었다. 나는 말없이 고개를 끄덕이고는 다시 사진기를 손에 들었다. 찰칵, 찰칵, 찰카닥. 신나게 셔터를 누르기 시작했다. 이왕이면 눈에 잘 보이지 않는 것도 찾아내서 아름답게 찍어주고만 싶었다. 산 아래 내려다보이는 달동네의 가난한 풍경도, 그리고 오월의 나무를 하염없이 바라보고 있는 아빠의 모습까지도.

— 2008년 5·18문학상 신인상 동화 부문 수상작/

5·18문학작품 동화 부문 수상작 모음집

『아빠의 선물』(나라말아이들, 2010년)

그림자가 된 상철이

장광균

광주에서 태어났다. 2013년 5·18문학상 신인상 동화 부문 수상으로 등단했다.

장편동화 『바이러스 국가』 청소년소설 『시크릿 프로젝트』을 펴냈으며,

5·18단편독립영화 〈오늘의 안부〉를 연출했다.

제3회 5·18영화제 대상을 수상했다.

"이상! 오늘 수업은 여기까지."

"차렷 경례!"

선생님이 교실 문을 나서자 아이들은 웅성거리기 시작했다.

"누가 이길 것 같냐?"

"당연히 왕배지! 상철이는 왕배에게 게임이 안 돼!"

석주의 주장에 대해 우영이도 맞장구를 쳤다.

우리 반 아이들 중 이번 싸움에서 나의 승리를 확신하는 아이는 아무도 없었다.

왕배가 날 노려봤다. 콧방귀를 뀌더니 교실 문을 열고 먼저 밖으로 나갔다. 왕배를 따르던 석주, 우영이, 한솔이, 지욱이, 영석이도 뒤따라 나갔다. 아이들도 우르르 그들을 뒤따라 옥상으로 갔다. 어느새 교실에는 나 혼자 남아 있었다.

'지금이라도 잘못했다고 할까? 그러면 나는 다시 우리 패밀리들

과 편안하게 지낼 수 있을 텐데…….'

왕배는 우리 할머니 욕을 하지 말았어야 했다. 할머니만 욕하지 않았으면 내가 먼저 왕배에게 도전장을 내미는 일은 벌어지지 않았을 것이다.

하지만 이제와 돌이킬 수도 없었다. 아이들은 이미 옥상에 모여서 나를 기다리고 있을 거니까! 만일 여기서 도망친다면 난 창피해서 학교를 못 다닐 것이다.

일어나 교실 문을 열었다. 옥상으로 가는 발걸음이 무거웠다. 야속하게도 선생님은 이 사실을 몰랐다. 선생님이 내 표정을 보고 무슨 일 있냐고 물어본다면,

"큰 싸움이 날 거예요. 애들이 지금 옥상에 모여 있어요!"
라고 말하고 싶었다. 하지만 내게 말을 걸어주는 선생님은 아무도 안 계셨다.

옥상에는 아이들이 둥그렇게 모여 있었다. 그 가운데서 왕배가 몸을 풀고 있었다. 왕배는 우리 학교 최고다. 힘도 제일 세다. 키도 나보다 크다.

"겁나냐! 빨리 와라!"
아이들이 자리를 비켜줬다. 나는 원 안으로 들어갔다.

"지금이라도 잘못했다고 빌면 용서해줄게!"
왕배가 비웃듯 내게 말했다. 하지만 난 잘못한 게 없었다. 우리 할머니는 돌팔이가 아니었으니까! 내가 아무리 왕배 부하로 살았어도 할머니까지 왕배 부하는 아니었다.

"우리 할머니는 돌팔이가 아니야!"
"바보야 그럼 경찰이 왜 너희 할머니를 잡아갔는데?"

"그건……. 그……. 건……."

할머니가 오늘 경찰서로 끌려갔다. 할아버지들에게 링거주사를 놓아주는 게 문제가 됐다. 주사는 할머니가 시골에서 사실 때부터 늘 해오던 일이었다. 그래도 우리 할머니에게 '돌팔이'라고 놀리는 건 절대로 참을 수 없었다.

"너희 할머니는 간호사도 아니잖아! 치료는 병원에서 해줘야지! 너희 할머니가 뭔데 우리 할아버지에게 주사를 놓는 건데!"

"너희 할아버지 아프잖아! 정신이 이상하잖……."

'퍽!'

말이 끝나기도 전에 왕배의 주먹이 날아왔다. 내 눈에서 불이 번쩍였다. 아이들은 환호하며 왕배를 응원하기 시작했다. 내게는 야유를 보내줬다.

아이들은 게임 속 주인공을 조정하듯 왕배의 이름을 불러댔다.

더 이상은 왕배의 입에서 할머니 욕을 하게 내버려둘 순 없었다.

나는 터벅터벅 걷고 있던 왕배의 왼쪽 정강이를 힘껏 발로 찼다.

"아!"

왕배는 비명과 함께 한쪽 발을 들어 올렸다. 나는 다시 한번 오른발을 공격하기 위해 달려들었다. 하지만 왕배는 달려드는 내 멱살을 잡아챘다. 그대로 번쩍 들어 올렸다. 발이 땅에서 떨어졌다. 아이들은 또다시 나를 비웃기 시작했다.

공중에 들려진 나는 아무것도 할 수 없었다. 몸을 흔들어 봤지만 소용없었다.

발버둥을 칠수록 아이들의 웃음소리는 커져만 갔다. 왕배는 씩씩거리며 날 붙들고 있었다. 주먹으로 왕배의 팔을 쳤다. 그럴수록 왕배 팔에는 힘만 더 들어갔다.

목이 점점 조여 왔다. 놔달라고 소리치고 싶었다. 그럴수록 아이들의 비웃음은 더 커져갈 것이다. 왕배의 팔을 풀어 보려 했다. 하지만 꼼짝도 하지 않았다.

숨이 막혀왔다. 나는 목을 위로 뻗어 보았다. 하지만 목은 더 조여왔다. 하늘이 보이고 눈이 부셨다. 봄 햇살의 따스한 햇볕이 나와 왕배를 비추고 있었다. 그리고 잠시 후 하늘이 노랗게 변했다. 고개를 숙였다. 햇살 뒤로 왕배의 그림자가 보였다. 그림자마저 날 비웃고 있었다. 더 이상 숨이 쉬어지질 않았다. 순간 온 세상이 점점 환하게 변했다. 너무나 눈이 부셔서 눈이 저절로 감겼다. 순간 내 눈앞에서 모두가 사라졌다. 그리고 아무것도 보이지 않았다.

손을 내밀었다. 내 손이 보이지 않았다. 앞발도 내밀어 봤지만 보이지 않았다. 다시 손을 내밀어 내 앞을 휘저었다. 하지만 아무것도 잡히지 않았다. 아무도 없는 허공에 떠 있는 듯한 기분이었다.

"아무도 없어요! 살려주세요!"

하지만 아무런 대답도 돌아오지 않았다. 일단 이곳을 빠져나가야만 했다. 앞을 향해 걷고 또 걸었다. 한참을 걸었지만 아무것도 보이지 않았다. 온몸에 소름이 돋았다. 누군가 곧 쫓아올 것만 같았다. 뛰기 시작했다. 하지만 뛰면 뛸수록 몸은 가벼워졌다. 마치 구름 위를 뛰는 것처럼 힘이 들지 않았다. 그렇게 한참을 뛰었을 때 저 멀리서 검은 물체가 보였다. 가까이 다가갔다. 검은 물체는 커다란 옷이었다. 검은 옷은 공중에 매달려 흐느적거리고 있었다.

"옷 주인은 누구일까? 아무도 없어요?"

사방을 둘러봤지만 아무도 보이지 않았다. 겁이 나서 온몸이 떨렸다. 나는 조심스레 망토처럼 생긴 옷을 입어 보았다. 그러자 내 몸의 형태가 보이기 시작했다.

그리고 하얀 세상이 안개처럼 사라졌다.

눈을 떴을 때 아이들은 옥상에서 누군가를 찾고 있었다.

"야 상철이 이 자식 안 올라왔어?"

"기태처럼 어디로 도망간 거 아냐?"

"그 자식도 별거 없구나!"

아이들은 바로 앞에 서 있는 나를 보지 못했다. 망토를 입고 겨우 현실로 돌아왔지만, 나는 어디에도 없었다.

"겁쟁이! 역시 걔 할머니는 돌팔이가 맞아! 하하하 가자! 떡볶이나 먹으러."

나는 도망가지 않았다. 멱살을 잡히긴 했어도 분명히 왕배 녀석과 싸웠었다. 하지만 나는 지금 여기에 없는 존재가 되어 있었다. 어떻게 된 걸까?

왕배의 한마디에 아이들은 발길을 돌렸다. 왕배의 등 뒤로 길게 늘어진 그림자가 보였다.

"겁쟁이! 겁쟁이!"

왕배 그림자가 날 겁쟁이라고 놀리고 있었다. 당장 그림자를 짓밟아버리고 싶었다. 왕배의 그림자는 얼굴을 길게 늘어뜨리며 또다시 비웃었다.

"겁쟁이! 돌팔이 할머니 손자는 겁쟁이!"

나는 뛰어가 왕배의 그림자를 짓밟았다. 그 순간 그림자는 사라져버렸다.

그리고 왕배가 발걸음을 떼는 순간 내 발도 똑같이 움직였다. 왕배가 옥상 문으로 나갈 때 내 몸은 왕배를 따라 나가고 있었다. 내가 움직이고 있는 것이 아니었다. 왕배의 움직임에 따라 내가 움직이고 있었다. 내가 왕배의 그림자가 돼 있었다.

벗어나려고 했지만 몸이 말을 듣지 않았다. 왕배가 움직이지 않으면 나도 움직일 수 없었다. 또 태양의 방향에 따라 내 몸은 길이가 달라졌다.

"검은 망토!"

원인은 아까 거기에 있던 검은 망토였다. 거긴 어디였으며, 내가 왜 거길 간 것인지는 중요하지 않았다. 지금 당장 이 현실을 벗어나야만 했다. 내가 죽기라도 한 것일까? 그렇다면 아이들이 날 못 볼 이유가 없었다. 누워 있는 내 모습을 찾았을 테니까!

왕배가 도착한 곳은 학교 앞 문구점이었다. 익숙한 곳이다. 왕배와 늘 다녔던 곳이기 때문이다. 방과후 아이들은 주로 이곳으로 모였다. 학원에 가는 아이, 게임방을 가는 아이, 과자를 사 먹는 아이들이 있었다. 왕배는 문구점 뒷길에서 지나가는 아이들을 유심히 쳐다보기 시작했다. 잠시 후 왕배는 한 아이를 노려봤다.

키가 작고 안경을 쓰고 있는 기태였다. 눈이 큰 기태는 유명 브랜드를 입고 있었다. 기태는 주변을 두리번거리며 왕배에게 오고 있었다. 옆에 있던 석주가 기태에게 다가갔다. 이어서 왕배의 똘마니들인 지욱, 한솔, 경민, 우영, 영석이도 석주와 함께 갔다. 주위를 둘러보던 왕배도 일어나서 아이들의 뒤를 따랐다.

골목에 다다르자 똘마니들은 기태를 골목으로 몰아세웠다.

"미안해 잘못했어."

"뭘 잘못했는데?"

"다음에 꼭 가져올게"

"주머니 있는 것 다 꺼내!"

기태는 머뭇거렸다.

짝!

기태의 뺨에는 손자국이 새겨졌다. 석주는 기태를 또 한 번 내려치려 했다.

"됐어!"

왕배 말이 끝나자 석주는 올렸던 손을 다시 내렸다.

"우리 패밀리들이 배가 고파서 그래, 그냥 달라는 게 아니잖아! 갚을게!"

기태는 왕배를 물끄러미 쳐다봤다.

결국 기태는 주머니에서 만 원짜리 두 장과 천 원짜리 세 장을 꺼내주었다.

그러자 왕배가 기태의 책가방을 벗겼다. 책가방을 거꾸로 들자 가방에서 책과 필통과 함께 동전이 쏟아졌다. 기태는 겁에 질린 표정이었다. 왕배는 자리에 앉아 동전을 주웠다. 그리고 기태에게 돌려주었다.

"이것밖에 없는 거지?"

"응 정말이야!"

왕배는 기태 머리를 쓰다듬어주었다.

"믿는다. 나 거짓말 정말 싫어한다."

"정말이야 믿어줘."

"알았어. 믿어줄게! 내일 3만 원 가지고 나와."

"어? 뭐라고?"

"두 번 말하게 하지 말자! 내일 보자!"

왕배는 똘마니들을 데리고 골목길을 빠져나왔다. 기태는 왕배가 사라질 때까지 꼼짝하지 않았다. 그리고 깊은 한숨을 내쉬었다. 기태는 우리 반에서 가장 좋은 집에 살았다. 나와 왕배도 기태와 같은 동네에 살았지만 가장 허름한 집에 살았다.

기태 집이 부자여서 돈을 빼앗는 건 아니다. 기태는 제일 말을 잘 듣는 아이였다. 숙제를 대신 시킬 때도, 게임을 대신 시킬 때도 기태는 그저 왕배가 시키는 대로 했다. 원래 수금은 내 담당이었다. 우리 패밀리에서 나는 왕배 다음으로 2인자였기 때문이다. 내가 없는 틈을 타서 오늘은 석주가 2인자 자리를 차지한 것이다. 기태는 원래 언제나 내게 돈을 바치곤 했다.

왕배는 아이들을 데리고 학원 맞은편에 있는 떡볶이 집으로 갔다. 떡볶이 5인분, 라면 7개, 튀김 5인분을 시켰다. 주인아주머니는 꼬치를 덤으로 주셨다.

우리 패밀리가 자주 찾았던 곳이다. 왕배가 기분이 좋을 때, 또는 왕배가 기분이 나쁠 때 이곳을 들렀다. 먹성 좋은 아이들은 순식간에 접시들을 비웠다. 오늘도 계산은 왕배가 했다. 왕배는 아이들에게 돈 쓰는 것을 아까워하지 않았다. 대부분 빼앗은 돈이거나 훔친 돈이었다.

처음에는 찜찜했다. 하지만 '괜찮다'는 말로 서로를 속이고 또 속였다. 그 후로 왕배는 빼앗은 돈은 패밀리들을 위해 썼다. 자신의 말을 잘 듣기만 하면 편하게 대해주었다. 우리는 그렇게 왕배에게 잘 길들여져 갔다.

해가 지자 아이들은 하나둘씩 각자의 집으로 돌아갔다. 하지만 그림자가 되어버린 나는 왕배에게서 벗어날 수가 없었다. 왕배도 발걸음을 돌렸다. 왕배와 우리 집은 불과 5분 거리에 있었다. 왕배 집은 언덕 중간에, 우리 집은 언덕 꼭대기에 있다는 점만 달랐다. 동네 앞 슈퍼에 멈춰 선 왕배는 주변을 살폈다. 왕배는 슈퍼가 가까워지면 긴장을 했다. 바로 왕배의 할아버지 때문이다. 왕배 할아버지는 동네 슈퍼에서 항상 왕배를 기다리고 있었다. 대부분 술에 취해 있으셨다. 기분 좋은 날은 내게도 용돈을 주셨다. 하지만 그런 날은 매우 드물었다. 대부분 몸을 가누지 못할 정도로 술에 취해 있었다. 그럴 때마다 왕배 할아버지는 이상한 소리를 했다. 대부분 알아들을 수 없는 소리였다.

그러다 왕배를 매섭게 노려보며 '빨갱이'를 외칠 때는 발음이 또렷해졌다. 그러곤 곧바로 왕배를 쫓아가 때리기 시작했다. 그러다 보니 그걸 말리는 슈퍼에 온 손님들과도 싸우는 날이 많았다. 왕배 할아버지는 지나가는 사람들을 위협하기도 했다. 오늘은 다행히 왕배 할아버지가 보이지 않았다. 왕배는 긴 안도의 한숨을 쉬었다.

"빨갱이!"

그때 왕배 할아버지가 뒤에서 나타났다. 왕배는 소스라치게 놀라며 뒤로 넘어졌다. 왕배는 자신의 할아버지를 피해 도망치기 시작했다. 왕배 할아버지도 비틀비틀 뛰기 시작했다. 왕배는 골목으로 들어갔다. 언덕에 위치한 우리 동네 골목은 미로게임처럼 복잡하게 엉켜 있었다.

"어디 있냐. 이놈!"

왕배 할아버지는 골목 반대쪽으로 뛰기 시작했다. 왕배는 골목 이곳저곳을 뛰어다녔다. 갈림길이 나오자 왕배는 망설임 없이 파란 대문 쪽으로 뛰어갔다. 하지만 누군가 왕배의 목덜미를 낚아챘다. 왕배 할아버지였다. 왕배는 할아버지를 뒤로 밀쳐버렸다.

넘어진 왕배 할아버지는 또다시 허공에 대고 이상한 소리를 했다.

"저리 가 저리 가! 난 시키는 대로만 했어! 나는 대한민국 군인일 뿐이야!"

겁에 질린 왕배는 그대로 골목을 빠져나와 뛰기 시작했다.

왕배는 오던 길로 다시 내리 달렸다. 그리고 학교 근처에 있는 PC방으로 들어갔다. 왕배는 밤늦도록 게임을 했다. 왕배가 PC방을 나온 시간은 11시가 넘어서였다.

또다시 집으로 향할 수밖에 없는 왕배의 발걸음이 무겁게 느껴졌다. 왕배는 집에 도착하자 조용히 담벼락으로 집 안을 살폈다. 불이 켜져 있었다. 집에서는 큰 소리가 들렸다. 왕배 아빠의 목소리였다. 왕배는 그제야 안도한 듯 가슴을 쓸어내렸다. 식당에서 배달 일을 하시는 왕배 아빠는 저녁 늦게야 집에 들어오신다. 왕배 아빠와 할아버지가 싸우는 소리가 오고 갔다. 익숙한 듯 왕배는 작은방으로 조용히 들어갔다. 왕배는 깊은 한숨과 함께 잠이 들었다. 왕배의 방은 아무것도 보이지 않을 만큼 어두웠다.

"야 그림자!"

누군가가 외쳤다. 돌아봤지만 아무것도 보이지 않았다.

"그림자!"

"저요? 누……. 누구세요!"

나는 자리에서 일어났다. 그리고 방 안을 더듬거려서 방문을 열고 나왔다. 하지만 아무도 없었다. 달빛이 겨우 거실을 비추고 있었다.

"그래 여기야 여기."

거실에 걸려 있는 거울 쪽에서 소리가 났다. 거울은 군데군데 깨져 있었다. 나는 거울 앞으로 갔다. 하지만 아무것도 보이지 않았다.

"맞아! 난 거울이야! 우리처럼 깨진 거울들은 너 같은 그림자들을 볼 수가 있단다."

"정말? 내가 보여? 근데 왜 나는 내가 안 보이는 거야?"

"넌 아직 왕배의 그림자니까 그림자는 자기 모습이 없는 거야."

"그럼 거울 너는 내가 왜 그림자가 된지도 알아?"

"응! 너는 너 스스로를 잃어버렸기 때문이야!"

"내가 나를 잃어버렸다고?"

"맞아! 빨리 네 모습을 찾아야 할 거야! 안 그러면 넌 영영 사라지고 말 거야."

그러고 보니 지금 나는 왕배와 떨어져 있었다. 신기한 일이었다. 어쨌든 다행스러운 일이기도 했다. 이제 왕배에게서 자유로워졌으니까.

"너 지금 좋아하고 있구나! 왕배에게서 벗어났다고!"

"어떻게 알아? 내 마음까지 보여?"

"아니, 하지만 너 같은 그림자들이 처음엔 다 그러거든!"

도무지 이해할 수 없는 일이었다. 내가 그림자가 된 것도 이상했지만, 깨진 거울이 말을 하는 것도 이해할 수 없었다.

"너의 자유는 왕배가 잠든 밤에만 허락된 거야. 다시 태양이 뜨면 넌 다시 왕배의 그림자가 될 거라고!"

"설마 그럼 계속 이렇게 살아야 하는 거야!"

"그럴 수도 있지! 네가 너를 빨리 찾지 않으면."

"날 어디서 찾아? 대체 난 어디 있는 거야?"

"그건 나도 몰라. 하지만 네가 놀던 곳 어딘가에는 있어! 시간이 없어!"

거울의 말대로라면 오늘밤에 날 찾아야 했다. 낼 아침이면 또다시 왕배의 그림자가 되고 말 것이기 때문이다. 밖을 나서려는데 깨진 거울이 나를 붙잡았다.

"잠깐! 달빛을 타고 가!"

"달빛?"

"그래 달빛! 너 같은 그림자는 달빛을 타고 다니는 거야."

정말이었다. 어느새 달빛이 나를 보듬었다. 내가 경찰서라고 외치자 달빛은 나를 실어 경찰서 앞에 내려주었다.

경찰서에 들어서자 할머니가 보였다. 할머니는 아직까지 조사를 받고 계셨다. 경찰 아저씨 책상 앞에는 할머니가 쓰시던 주사와 링거가 놓여 있었다.

경찰 아저씨는 할머니를 계속해서 다그치고 있었다.

"할머니 여기 증거가 다 있잖아요!"

"잘 몰랐어요!"

"모르긴 뭘 몰라요. 할머니도 1980년에 기독교병원 간호사이었잖아요!"

"하도 오래전 일이라……."

"지금 간호사가 아닌 분이 병원 밖에서 주민들에게 주사 놓으면 불법이에요."

"죄송합니다. 한 번만 봐주세요."

차라리 내가 할머니 대신 감옥에 간다고 말하고 싶었다. 하지만 내 목소리는 고사하고 내 모습도 경찰 아저씨에게 보여줄 수 없었다. 나는 빨리 어딘가에 숨어 있는 나 자신을 찾아야만 했다. 내 형상이 숨어 있을 만한 곳을 생각했다. 순간 할머니 시골집이 떠올랐다.

할머니는 원래 시골에 사셨다. 연세가 많이 드셔서 농사를 못 짓게 되자 3년 전에 우리 집으로 이사 오신 것이다. 할머니 시골집은 내가 가장 좋아했던 곳이다. 아마 내가 숨는다면 그곳에 숨었을 것이다. 할머니랑 제일 많이 했던 놀이가 숨바꼭질이었다. 술래가 된 할머니가 나를 찾을 수 없도록 꼭꼭 숨었던 기억이 생각났다. 시골에 사실 때 할머니 냄새가 그리웠다. 손수 삶아주시던 고구마도 그리웠다. 내가 유치원 다닐 때는 할머니의 시골집을 자주 갔었다.

"할머니 내년에도 또 올게!"

라고 할머니랑 약속을 했었다. 할머니와 함께 심었던 고구마도 이번에 가서 캐기로 약속했었다. 고구마 밭은 정말 신기했다. 고구마 몇 개를 심으면 얼마 지나지 않아 몇십 개로 불어났기 때문이다. 한번은 잃어버린 장화 한 짝을 고구마 밭에 묻어둔 적도 있었다. 잃어버린 장화 한 짝을 찾기 위해서다. 그걸 고구마 밭에 묻어두면 얼마 후에 두 짝이 돼서 나타날 거라고 생각했기 때문이다. 결국 나머지

한 짝마저 묻어둔 곳을 찾지 못하고 말았다. 하지만 다음에 가면 꼭 찾기로 했다.

그림자가 돼서 좋은 점이 딱 하나 있었다. 나는 다시 달님을 올려다봤다.

달님은 환하게 웃으며 달빛을 비춰주었다. 달님은 또다시 나를 달빛에 실어 시골 할머니 집으로 나를 옮겨줬다.

아무도 살지 않는 할머니 집에는 불이 꺼져 있었다. 집 주변도 깜깜했다. 달빛이 아니었으면 할머니 집마저 찾지 못했을지 모른다. 쌩 하는 바람 소리가 을씨년스럽게 들렸다. 괜히 왔나 싶었다. 사람이 살지 않은 할머니 집은 무섭게 변해 있었다. 주인은 없고 온통 어둠의 그림자뿐이었다.

"어? 상철이네."

난 순간 뒤로 넘어지고 말았다. 새까만 공간에서 누군가 날 불렀기 때문이다. 주위를 둘러봤지만 아무도 없었다.

"바보! 누가 널 볼 수 있겠니?"

순간 나는 마루에 걸려 있는 거울을 보았다. 내가 할머니 집에서 매일 봤던 그 거울이었다. 금이 간 부분을 노란 테이프로 붙인 깨진 거울이었다.

"널 잃어버렸구나! 여기서 잃어버린 거야?"

"그걸 잘 모르겠어! 어쨌든 여기에서 내가 가장 많이 숨었으니까."

"널 찾으려면, 널 어디서 잃어버렸는지가 가장 중요해! 잘 찾아

봐."

나는 서둘러 나를 찾기 시작했다. 먼저 장독 뒤를 살폈다. 하지만 깨진 장독이 있을 뿐 나는 없었다. 이번에는 소 외양간을 살펴보기로 했다. 소 외양간 2층은 내가 잘 이용하던 장소였다. 외양간에 소는 없었지만 소똥 냄새는 조금 났다. 하지만 이곳에도 나는 없었다. 창고와 화장실, 부엌에도 내가 없기는 마찬가지였다. 마지막으로 방 안에 있는 다락방이 생각났다.

할머니 방문을 조심스럽게 열었다. 텅 빈 방 안에서는 더 이상 할머니 냄새가 나지 않았다. 방바닥도 얼음장처럼 차가웠다. 한때는 꽁꽁 언 내 손발을 따뜻하게 해주었던 온돌이었다. 다락으로 연결된 계단이 보였다. 조심스럽게 계단에 오르자 '삐거덕' 소리가 들렸다. 뒤를 돌아봤다. 하지만 아무도 없었다. 다락 안을 살펴봤다. 아무것도 없었다. 실망한 표정으로 내려오자 달빛이 방 안 벽을 비춰 주었다. 그러자 내가 했던 낙서가 눈에 띄었다. 거기에는 물고기, 토끼 그림이 있었다. 조금 옆에는 할머니, 아빠, 엄마 얼굴도 그려져 있었다. 그리고 옆에는 네모난 상자 그림이 보였다.

순간 생각이 떠올랐다. 할머니의 상자! 장롱 속에 숨어 있던 할머니의 상자를 할머니 몰래 숨겨놨던 기억이 났다. 그리고 그 옆으로 화살표가 그려져 있었다. 화살표 방향을 따라 가자 장판이 나왔다. 장판을 들쳤다. 종이 한 장이 보였다. 종이에는 '보물지도'라는 표시와 함께 지도가 그려져 있었다. 물기가 약간 번져 있긴 했지만 지도 표시는 또렷하게 남아 있었다.

나는 서둘러 문을 닫고 방문을 나왔다. 이제 하나씩 잃어버린 기억을 찾아가는 것 같았다. 마루 아래를 봤다. 농사에 쓰이는 도구들이 있었다. 나는 호미를 집어 들었다. 고구마를 캘 때 할머니가 내게 쥐여주시던 것이다.

달님은 넓은 마당을 비춰주었다. 지도를 따라 마당을 지나자 곧장 고구마 밭에 이르렀다. 고구마 밭은 풀이 무성하게 자라나 있었다. 오랫동안 아무도 찾지 않은 탓이다. 풀을 헤치자 길게 뻗은 고구마 줄기가 나타났다. 지도를 따라 끝에서부터 다섯 번째 두덩으로 갔다. 거기서 곧장 직진을 했다. 고구마 밭 끝부분이었다.

큰 돌 하나가 놓여 있었다. 전에 내가 표시해 놓은 듯했다. 돌을 옮기고 호미로 땅을 파기 시작했다. 굵게 자란 고구마가 나왔다. 또 나왔다. 고구마는 줄기를 따라 계속 나오기 시작했다. 조금 더 깊게 파헤치자 호미 끝에 뭔가에 걸렸다. 조심스럽게 손으로 흙을 걷어냈다. 공책 크기만 한 상자 두 개가 보였다.

하나는 노란색 또 다른 하나는 파란색 상자였다.

'과연 이 상자에 할머니는 뭘 보관하고 계셨을까?'

노란색 바탕의 상자는 녹이 많이 슬어 있었다. 약상자인 듯했다. 상자 뚜껑은 잘 열리지 않았다. 녹이 많이 슬어서 아예 붙어버린 것 같았다. 하지만 포기할 순 없었다. 오늘밤 나를 찾지 못하면 나는 영영 사라져버릴지도 모른다는 두려움이 들었다. 나는 온 힘을 다해 뚜껑을 잡아당겼다. 그러자 뚜껑이 열리면서 둥그런 천 조각이 뚝하고 뛰어나왔다. 아주 오래된 물건이었다. 천은 돌돌 말려 있었다.

천천히 풀어보자 천의 정체가 드러났다. 붕대였다. 상자를 뒤집어 봤지만 더 이상 아무것도 나오지 않았다. 상자 아래쪽에는 1980년 5월이라는 숫자가 새겨져 있었다.

"이딴 걸 왜 넣어 놨을까?"

두 번째 파란색 상자를 집어 들었다. 상자는 새것처럼 광이 나고 있었다.

이상한 일이었다. 묻은 지가 꽤 오래됐는데 상자는 멀쩡했다.

겉이 깨끗한 걸로 봐서 이번에는 뭔가 좋은 것이 들어 있을 것 같았다. 상자 뚜껑을 잡아당겼다. 하지만 이번에도 뚜껑은 쉽게 열리지 않았다. 아무리 돌려 봐도 녹슨 곳은 없었다. 이번에는 두 발로 상자를 밀면서 힘껏 뚜껑을 열었다.

순간 상자에서는 환한 빛이 펼쳐졌다. 눈이 멀만큼 환한 빛이었다. 세상이 온통 하얀색으로 변했다. 희뿌연 안개 같은 것이 가득했다.

안개가 서서히 걷히면서, 낯익은 장소가 보이기 시작했다.

학교 옥상이었다. 누군가 내 멱살을 잡고 있었다. 왕배였다. 목이 조여진 상태였다. 나와 눈이 마주친 왕배는 깜짝 놀라 나를 바닥에 떨어뜨렸다. 주변의 아이들은 놀란 눈으로 나와 왕배를 번갈아 쳐다보고 있었다. '어떻게 된 일일까?' 목이 아팠다. 어깨도 아파왔다. 분명 꿈은 아니었다. 나는 내 손과 발을 봤다. 보였다. 사라진 나를 찾은 것이다. 나는 옥상을 뛰어다니며 야호를 외쳤다. 아이들은 이상한 눈으로 날 쳐다봤다. 옆에 있던 여자아이의 거울을 빼앗아 내 얼굴을 봤다.

거울 속에는 활짝 웃고 있는 내가 있었다. 눈에는 멍이 들어 있었다. 입가에는 피가 새어 나왔다. 하지만 입가에는 웃음도 함께 새어 나왔다. 이상한 건 내 손에 할머니의 붕대가 들려져 있었다는 거다.

"잠깐 기절하더니 미친 거야!"

왕배는 넘어져 있는 나를 쏘아보고 있었다.

"넌 나한테 안 돼! 까불지 마! 네 할머니는 돌팔이가 맞아!"

왕배는 여전히 내게 명령을 했다. 또다시 나를 자신의 말을 잘 듣는 그림자로 만들 참이었다. 하지만 이제 다시는 왕배의 그림자로 살아가기 싫었다.

"우리 할머니는 돌팔이가 아냐!"

왕배는 나를 일으켜 세웠다. 그리고 또다시 왕배의 주먹이 날아왔다. 나는 왼손으로 왕배 팔을 막았다. 왕배는 콧방귀를 뀌더니 오른발로 내 배를 찼다. 나는 또다시 넘어졌다. 하지만 곧바로 일어나 왕배를 향해 높이차기를 했다. 왕배가 뒤로 넘어졌다. 이번엔 왕배가 놀랬다. 왕배의 눈이 커졌다.

"네가 진짜 미쳤나 보구나!"

순간 왕배 눈에서는 레이저가 나오는 듯했다. 왕배는 거친 숨소리를 내며 내게 달려들었다. 눈 깜짝할 사이에 왕배의 주먹과 발이 내 얼굴과 가슴, 배를 수십 번 연속해서 가격했다. 너무 정신없이 맞아서 몇 번을 맞았는지도 알 수 없었다.

흥분한 왕배를 아이들이 겨우 말렸다. 코에서 뭔가가 주르륵 흘러내렸다. 코피였다. 그제야 왕배는 한 발 뒤로 물러났다. 왕배는 여전히 씩씩거리며 억울하다는 표정으로 서 있었다. 맞아서 아프고 억울한 건 난데 오히려 왕배가 분이 풀리지 않는 모양이었다. 아이들이 왕배를 말리지 않았다면 내 몸 또 다른 어딘가에서 피가 났을 것이다. 눈도 지금보다 더 많이 부었을지도 모른다. 하지만 왕배의 얼굴도 많이 상했을 것이다. 그리고 싸움은 밤늦도록 이어졌을 것이다. 왜냐면 할머니를 돌팔이로 만들 순 없었기 때문이다. 무엇보다 더 이상 왕배의 그림자 노릇이 싫었기 때문이다.

"야 됐어! 알아들었을 거야! 빨리 기태 녀석에게 가자!"

옆에 있던 영석이가 왕배를 이끌었다. 영석이는 패밀리 중에서 나랑 제일 친했던 친구다. 나와 왕배를 떼어 놓기 위한 생각인 듯했다. 기태 집은 학교에서 걸어서 5분 거리에 있었다. 그랬다. 지금은 기태를 만나기 이전 상황이었다.

기태는 우리들에게 저금통과 같은 아이였다. 왕배가 옥상을 내려가자 지욱, 한솔, 경민, 석주, 우영, 영석이가 차례로 따라 내려갔다. 하지만 왕배를 이대로 보낼 순 없었다. 녀석에게 반드시 사과를 받아야 한다.

"할머니 욕한 거 사과해!"

왕배가 돌아봤다. 하지만 옆에 있는 아이들이 다시 왕배를 돌려 세웠다.

계단을 따라 내려가며 나는 또다시 사과를 요구했다. 왕배는 그 후로도 몇 번이나 몸을 돌이켜 날 노려봤다. 하지만 귀찮은 듯 아이들과 학교 교문을 빠져나갔다. 교문 앞 신호등은 파란색이 깜박거리고 있었다. 빨간색으로 바뀌기 전 아이들은 서둘러 신호등을 건넜다.

간발의 차이로 건너지 못한 나를 아이들이 쳐다봤다. 그리고 검지를 들어서 나를 조롱하고 있었다. 그렇게 도로를 사이에 놓고 아이들과 나는 멀어져 갔다.

손에 들린 할머니의 붕대가 바람에 실려 흔들리고 있었다.

이제 혼자가 됐다. 학교 생활이 힘들어질 것이다. 예전에 동물의 왕국을 본 적이 있다. 무리에서 떨어진 얼룩말은 오래 살아남지 못

했다.

차들이 지나가고 신호등은 또다시 파란불로 변했다. 나는 그제
야 횡단보도를 건넜다. 문구점에 이르자 아이들로 북적였다. 우리
반 아이들도 몇몇 보였다. 하지만 내게 아는 척하는 아이는 없었다.
내가 괴롭혔던 아이들이었기 때문이다. 그들은 힐끔힐끔 나를 쳐다
보기 시작했다. 내가 패밀리에서 떨어져, 혼자서 다니는 게 이상하
게 보이는 눈치였다. 그중 어떤 아이는 나를 노려보는 아이도 있었
다. 왕배와 다닐 때는 감히 내 눈을 똑바로 쳐다보지 못하던 녀석
이었다. 동물에 왕국에선 사자들도 무리 지어 다녔다. 혼자 다니는
사자는 공격당했기 때문이다. 갑자기 긴장이 됐다. 나는 지금 혼자
서 상처 입은 채 걷고 있었기 때문이다. 문구점을 지나자 골목에 모
여 있는 왕배와 패밀리들이 보였다. 기태를 기다리는 듯했다. 항상
이곳에서 우리는 기태에게 돈을 빼앗았다. 아이들은 그곳에서 우리
동네 쪽을 바라보고 있었다. 동네 슈퍼 앞에서 싸움이 난 것이다.

역시나 이번에도 왕배 할아버지였다. 시간은 오후 4시를 가리키
고 있었다. 왕배 할아버지는 오늘도 얼굴이 벌겋게 달아올라 있었
다. 대낮부터 술을 드신 것이다. 고주망태가 된 왕배 할아버지는 슈
퍼 아주머니와 싸우고 계셨다.

"술을 드셨으면 돈을 내셔야지요! 왜 도둑 술을 드세요!"

"도둑! 도둑이라니! 이 나라 대한민국을 위해 일한 사람을!"

"어디서 나라를 들먹거려! 광주 사람을 때려잡은 진압군 주제
에!"

옆에서 술을 드시던 동장 할아버지가 외쳤다. 동장 할아버지 외

침에 지나가던 주변 사람들도 하나둘씩 왕배 할아버지 주변으로 모여들었다. 순간 왕배 할아버지의 눈이 무섭게 변했다. 눈빛이 변한 건 왕배도 마찬가지였다. 왕배는 얼굴까지 빨갛게 변했다. 왕배가 부끄러울 때 나타나는 반응이다.

'진압군'이라는 말을 듣던 순간 할머니가 했던 말이 생각났다.

"5·18 날 진압군들이 광주 사람을 사정없이 패고, 짓밟고, 총으로 쐈다니까."

사람이 사람을 짓밟고, 패고, 총으로 쏴도 경찰이 잡아가지 못했던 그날. 진압군은 어떤 사람일까 정말 궁금했었다. 그리고 마침내 오늘 그 사람을 나는 보고 있었다. 비틀비틀 위태롭게 마을 사람들에게 둘러싸여 있었다.

1980년이면 우리 아빠가 꼭 지금 내 나이였을 때이다. 시간이 흘러서 내가 또다시 아빠와 같은 나이가 되면 그때 우리는 어떤 모습으로 변해 있을까?

왕배 할아버지는 계속해서 횡설수설했다. 참다못한 동장 할아버지가 왕배 할아버지를 밀쳐버렸다. 왕배 할아버지는 힘없이 바닥에 쓰러졌다.

"더 때려라 더! 화가 풀리도록 더 때려라 더!"

바닥에 쓰러져서도 왕배 할아버지는 계속해서 횡설수설했다.

"미친 영감!"

동장 할아버지는 한바탕 욕을 하고 자리를 떠나셨다. 그러자 사람들도 하나둘씩 흩어졌다. 왕배 할아버지는 웃고 있었다. 하지만 표정은 슬퍼 보였다.

이상하게 웃고 있는 왕배 할아버지는 그래서 더 아파 보였다. 왕배는 고개를 돌려 버렸다. 아이들은 멀뚱멀뚱 먼 산을 쳐다보고 있었다.

나는 왕배 할아버지에게 조심스럽게 다가갔다. 그리고 내 손에 있는 할머니 붕대를 왕배 할아버지 머리에 천천히 감싸주었다.

"할아버지 아프시죠? 조금만 참으세요. 이제 곧 나아지실 거예요."

할아버지는 내 손을 잡으셨다. 나도 두 손으로 왕배 할아버지 손을 잡아드렸다. 할머니가 평생 해왔던 일을, 나도 오늘 처음으로 해 보았다. 가슴이 뜨거워졌다.

할머니가 '돌팔이' 소리를 들으면서도 평생 동안 했던 이유를 조금은 알 것 같다.

할머니는 지금쯤 경찰서에서 풀려나셨을까? 나는 경찰서를 가려고 돌아섰다. 멀리서 기태가 우리 쪽으로 오고 있었다. 나도 기태에게 다가갔다. 그러자 기태가 도망치기 시작했다. 나도 기태를 쫓기 시작했다. 나는 기태에게 이제 더 이상 너를 괴롭히지 않겠다고 말하려는 참이었다. 하지만 기태가 나에게서 더 멀리, 더 급하게 멀어지고 있었다. 기태는 차가 달리는 도로를 거침없이 횡단했다. 놀란 버스 아저씨는 경적을 울리며 차를 세웠다. 그걸 보던 왕배와 아이들도 일제히 나와 기태를 함께 쫓기 시작했다. 왕배가 뛰자 왕배를 발견한 왕배 할아버지도 일어나 우리 쪽으로 뛰어왔다. 기태는 근처 아파트로 들어갔다. 우리 모두 그를 따라 들어갔다. 기태는 승강기를 탔다. 그리고 서둘러 승강기 문을 닫았다.

나는 계단으로 뛰어 올라갔다. 내 뒤를 이어 왕배와 패밀리들도 뛰어 올라왔다.

꼭대기에 도착하자 기태는 아파트 옥상 문을 두드리고 있었다. 다행히 옥상문은 굳게 닫혀 있었다. 그러자 기태는 통로에 있는 창문을 열었다. 그리고 창문에 올라서 걸터앉았다.

"가까이 오지 마! 오면 뛰어내릴 거야!"

"내가 잘못했어. 내려와."

"너 같은 자식들 말은 더 이상 안 들어! 저리 꺼져버려!"

그때 왕배와 패밀리가 올라왔다. 승강기 문이 열리고 왕배 할아버지가 내렸다.

"야……. 도……. 돈 돌려줄게……. 내려와!"

왕배 말을 듣던 할아버지가 왕배를 노려봤다.

"돈! 그 돈! 가지고 잘 먹고 잘 살아라! 내가 네놈들 때문에 얼마나 학교 가기가 싫었는지 알아!"

"아가 얼른 내려와! 못써! 할아버지랑 얘기하자, 너 그라문 너희 엄마 못 살아야!"

기태는 코끝이 빨개졌다. 그리고 눈물을 훔쳤다. 그 순간이었다. 기태 몸이 창 바깥쪽으로 기울어져 넘어지고 있었다.

나는 얼른 뛰어가 기태 왼쪽 다리를 잡았다. 기태는 겁을 잔뜩 먹고 비명을 질렀다. 겁을 먹은 건 나도 마찬가지였다. 하지만 너무 힘이 들었다. 그때 왕배가 달려와 기태의 오른쪽 다리를 잡았다. 그러자 왕배 할아버지도 왕배를 붙들고 힘을 보탰다. 패밀리들도 일제히 달려들어 기태를 붙잡았다. 우리는 힘을 합해 난간에 매달린 기태를 끌어올렸다. 왕배 할아버지는 기태의 땀과 눈물을 닦아주었다. 그리고 기태 앞에 무릎을 꿇었다.

"아가! 이 할아버지가 미안하다. 할아버지 때문이어야 우리 왕배가 너한테 그란 것은 싹 나 때문이어야 미안하다, 참말로 미안하다."

왕배 할아버지는 굵은 눈물을 흘리고 계셨다. 그러자 왕배가 벽을 보고 돌아섰다.

그의 어깨가 들썩이고 있었다.

— 2013년 5·18문학상 신인상 동화 부문 수상작,

계간 『문학들』(2013년 여름호)

이름 도둑

문은아

서울에서 태어났다. 2014년 5·18문학상 신인상 동화 부문 수상으로 등단했다.

동화책 『이름 도둑』 『오늘의 10번 타자』 『기린 놀이터에서 만나』

그림책 『세월 1994-2014』 등을 펴냈다.

소문이 돈 지 열흘 만에 한 아이가 전학을 왔다. 소문은 괴담처럼 흉흉했다. 바로 이름을 도난당한다는 거였다. 출석부에 닭 피로 점이 찍힌 사람은 자기 이름을 몽땅 잃어버린다는 둥. 그믐밤에 야간자율학습을 하고 집에 가던 아이가 자기 이름이 불려서 뒤돌아보았다가 영영 이름을 잃어버렸다는 둥. 이름을 도둑맞으면 유령이 된다는 둥. 잃어버린 지 3일 만에 자기 이름을 되찾지 못하면 영영 못 찾는다는 둥. 학교마다, 버전마다 다양했다. 연쇄 이름 도난범, 이름 쓰리꾼, 이름 없는 이름꾼 등 부르는 호칭도 달랐지만 대개는 '이름 도둑'이라고 불렸다.

　　"소문 들었냐? 어젯밤에도 옆 학교에서 이름 털린 애 나왔대."

　　"또!"

　　"진짜 순식간에 도둑맞았대. 어떤 애가 도복 입고 학원 차 기다리는데 한 애가 옆을 쓱 지나가더란다. 갑자기 싸한 기분이 들어서 정신 차려 보니까 태권도 도복 띠가 감쪽같이 사라졌더래. 거기 이름 쓰여 있잖아.”

“헐! 겁나 겁난다!”

“오, 소름 돋아!”

아침부터 이름 도둑 이야기로 교실이 시끄러웠다.

“조용! 다들 조용!”

담임선생님이 교탁을 세 번이나 칠 때까지 말이다. 사이렌 같은 고함을 듣고 아이들이 자세를 고쳐 앉았다.

“오늘 전학 온 친구를 소개하겠다. 자, 이름부터 말해 봐.”

담임선생님이 한 아이의 등을 살짝 밀었다.

전학생은 희멀건 얼굴 아래에 낡은 옷을 걸쳤다. 목 늘어난 파란 줄무늬 셔츠에 빛바랜 녹색 반바지 차림이라니, 꼭 흑백사진 속에서 튀어나온 것 같았다.

“요주의 인물이군.”

나는 중얼거렸다. 전학생은 꾸벅 고개를 숙이며 인사를 마쳤다.

“저기 앉아라.”

담임선생님이 내 뒤의 뒷자리를 가리켰다. 전학생이 내 옆을 지나갔다.

“쟤, 이름이 뭐래?”

앞에 앉은 민수에게 슬쩍 물었다. 민수도 모르겠다는 듯 어깨를 으쓱했다. 이상하다. 분명 들었는데 이름이 기억나지 않았다.

곧, 전학생의 이름 따위는 안중에도 없어졌다. 아이들의 관심을 몽땅 빼앗아버린 어마어마한 일이 벌어졌기 때문이다.

1교시 수학 시간이 지난 후였다.

"꺄악! 내 이름! 내 이름이 기억 안 나."

한 아이가 소리를 질렀다. 드디어 우리 반에도 이름을 도둑맞은 아이가 나왔다. 이름 도둑에 대한 소문이 사실이었던 거다.

첫 번째 피해자는, 선수민이다. 아니다. 이수현이었나? 김민교 였던 것 같기도 하다. 모르겠다. 헷갈린다.

나는 쏜살같이 사건 현장으로 향했다.

"야, 잘 생각해 봐. 어떻게 자기 이름을 까먹냐?"

한발 먼저 도착한 민수가 어이없다는 듯 말했다.

"정말 모르겠다고! 으앙. 몰라, 몰라."

"울지 말고 잘 생각해 봐. 바보야."

"그러는 넌, 내 이름 알아?"

"음… 모르겠다."

"거봐. 난 몰라. 으헝으헝."

이름 도둑맞은 아이가 더 크게 울었다.

민수가 그 아이 이름이 적힌 물건들을 찾기 시작했다. 지우개에 쓰였던 이름이 감쪽같이 지워지고 없었다. 연필, 공책, 신주머니에 도 없었다. 이름을 알 수 있는 흔적들이 몽땅 사라졌다. 심지어 담임 선생님도 그 아이를 지목하려다 그만두었다. 아이 한 번, 출석부 한 번 보더니 고개를 갸웃했다. 출석부 이름까지 사라진 거다.

"자꾸 깜박하네. 춘곤증 때문인가."

담임 선생님은 대수롭지 않게 여겼지만, 아이들은 달랐다. 이름 도둑한테서 자기 이름을 지켜야 했으니깐!

"얘들아, 나 이름 찾았어!"

그 아이가 앞문을 벌컥 열며 소리쳤다.

"맞다, 너, 지민이지!"

민수가 맞장구쳤다.

나도 그 아이 이름이 단박에 떠올랐다. 한지민이, 틀림없었다!

"어떻게 된 거냐? 밤사이 네 이름을 도로 찾은 거야?"

나는 한달음에 달려가 대답을 재촉했다.

"이름 도둑은 잡았어?"

민수도 뒤따라 물었다.

"몰라! 아침에 눈 떴더니 이름이 딱 떠올랐어! 써놨던 이름들도 다시 생겼어!"

지민이가 가방을 거꾸로 털었다. 공책과 책이 우르르 쏟아졌다. 한지민. 세 글자가 분명히 쓰인 것들이었다. 지민이 주위에 아이들이 바글거렸다. 아이들은 지민이 이름표를 신기한 듯 보았다. 지민이 물건들도 국보급 대접을 받았다. 지민이도 외계인한테 붙잡혔다 탈출한 것만큼 대단한 아이가 되었다.

하지만 지민이의 명성은 한나절을 넘기지 못했다. 지민이가 이름을 되찾은 날, 바로 다른 아이가 이름을 도둑맞았기 때문이다. 과연 두 번째 피해자도 이름을 되찾을까! 아이들은 이게 또 궁금했다. 다음 날, 궁금증은 저절로 풀렸다. 두 번째 아이는 김명수였다.

도둑맞은 이름은 하루가 지나면 다시 찾을 수 있다.

열 번째 대상자가 나올 때까지 규칙은 그대로 지켜졌다. 그날 이후 아이들은 은근히 자기 차례를 기다리게 되었다. 이름 없는 하루 보내기! 이름이 사라지면 좋은 게 많았다. 출석을 안 부르니까 땡땡이도 가능했다. 숙제 검사도 건너뛰었다.

"오늘은 수요일이니까, 이름에 '수' 들어가는 사람들 나와. 수민이, 민수, 수아. 얼른!"

담임선생님이 시키는, 칠판에 수학 문제 풀기도 그냥 넘어간다. 나는 이게 제일 부러웠다.

체육을 마치고 교실로 돌아왔다. 걸상에 앉자마자 오소소 소름이 돋았다.

나는 알 수 있었다. 드디어! 내 차례가 온 거다! 나는 얼른 국어책을 꺼냈다. 역시 이름이 사라지고 없었다. 입꼬리가 올라갔다.

이름 없는 하루 보내기!

앞으로 펼쳐질 짜릿한 하루를 상상해 보았다. 엉덩이가 간질간질했다.

먼저 나만의 이름을 지었다. 하루 동안 불리고 싶은 이름 말이다. 언젠가 할아버지한테 들은 이름이 떠올랐다.

"지금부터 내 이름은 김수한무다. 나도 이름 도둑맞았어. 큭큭."

"와, 멋지다. 김수한무 거북이와 두루미 삼천갑자 동방삭…"

역시 민수는 센스쟁이다. 하나를 가르쳐주면 열을 안다. 아이들이 너도나도 "수한무야, 수한무야." 하고 불러댔다. 세상에서 제일 오래 살 것처럼 신이 났다.

다음은 학원 빼먹기. 완벽한 알리바이를 위해 학원 가방을 가지러 집으로 갔다.

열린 바깥채 문틈으로 구부정한 할아버지 뒷모습이 보였다. 요즘 누가 도장을 판다고 할아버지는 종일 작업실에서 저러신다. 아빠랑 엄마는 회사 갔으니까, 할아버지한테만 들키지 않으면 된다.

나는 까치발로 안채로 가서 학원 가방을 몰래 가져왔다.

민수가 공터에서 기다리고 있었다. 단짝 민수랑은 학교에서 노는 게 다였다. 학교 마치면 나는 학원으로, 학원 안 다니는 민수는 집으로 갔다. 그렇지만 오늘은 다르다. 오늘은 해가 질 때까지 공을 찼다. 문방구 앞에서 게임도 했다. 민수가 먼저 엄마한테 불려 집으로 갔다. 나도 집으로 왔다.

나는 보란 듯이 학원 가방을 할아버지 앞에 내려놓았다.

"학원 다니느라 힘들지야. 가만, 네 이름이 뭐였더라. 허참, 손주 이름을 다 까먹다니…"

할아버지가 밥상을 내오며 말했다.

"괜찮아, 할아버지. 그럴 수도 있지 뭐."

나는 씩 웃으면서 밥을 먹었다.

졸음을 참으면서 엄마, 아빠를 기다렸다. 그런데 오늘따라 늦는다. 벌써 열두 시가 다 되어 간다. 이름 없는 하루가 얼마 안 남았다. 나는 부모님 대신 할아버지한테 한 번 더 시험해 보기로 했다. 방문을 벌컥 열자, 할아버지가 무언가를 뒤로 감췄다.

"무, 무슨 일이냐? 가만, 네 이름이 뭐지? 이상하다, 도통 생각 나질 않는구먼."

"섭섭할라 그러네, 할아버지. 나 몰라? 나 수한무잖아."

"그랬나? 깜박했구나, 수한무야."

"뭔데 숨겨? 나 몰래 떡 먹었구나, 할아버지. 어디 좀 봐 봐."

나는 재빨리 할아버지 등 뒤로 돌아갔다. 흑백사진이었다. 내 또래 남자애의 독사진이었다. 배경은 할아버지 도장 가게였다. 바로 집 앞이다.

"누구야?"

"알 거 없다. 이리 내."

할아버지가 사진을 낚아채며 말했다. 나한텐 꼼짝 못 하는 할아버지의 화난 모습이 무서웠다. 나는 팽 토라져 내 방으로 왔다. 그새 열두 시가 지났다. 엄마, 아빠한텐 써먹지도 못하고, 이름 없는 하루가 가버렸다.

예외는 없었다. 내 차례 전까지는.

그런데 나부터 바뀌어버렸다. 다음 날에도 도둑맞은 이름이 돌아오지 않았다. 나와, 내 주변 사람들이 내 이름을 모른 채 하루가 더 지났다. 뭐, 둘째 날까지는 괜찮았다.

"벌써 삼 일째야. 이러다 영영 이름을 잃어버리면 어떡해."

나는 슬슬 겁이 나기 시작했다.

"경찰서에 신고할까? 아니면 담임 선생님한테 말해?"

"뭐라고 신고하게? 담임 선생님한테는 또 뭐라고 말할 거야? 나 빼고 다 이름을 되찾았잖아. 분명 장난치는 줄 알걸."

"그러네."

민수가 심드렁하게 말했다. 민수랑 학원 빠지고 노는 것도 지겨워졌다. 언제까지 김수한무로 불릴 수는 없는 노릇이다.

방법은 하나뿐이다. 내가 이름 도둑을 잡는 거다. 어디 붙어 보자. 이름 도둑! 명탐정 김수한무가 우주 끝까지 쫓아가 잡을 테다. 나는 뿔테안경을 올려 썼다. 눈도 부라렸다. 범인은 가까운 데 있는 법이다.

나는 반 아이들을 한 명 한 명 관찰했다. 전학생이 레이다에 잡혔다. 나는 아직 그 아이 이름도 모른다.

"민수야, 쟤 이름이 뭐더라?"

"헐. 나도 몰라. 그러고 보니까 쟤 이름 들은 적 없어."

첫 번째 용의자를 찾았다. 전학생이다.

"너 이름 뭐냐?"

나는 단번에 물었다.

"김준호."

전학생이 고개를 들어 바로 대답했다. 그러고는 읽던 책을 다시 보았다. 까칠하기가 하늘 뺨친다. 김준호라, 듣고 보니 그런 것도 같다. 이름이 친근하다. 민수도 맞다고 고개를 끄덕였다.

"너, 이름 도둑맞은 적 있어?"

2차 심문에 들어갔다.

"없어."

전학생이 심드렁하게 대답했다.

이름 도둑이라면, 이름을 도둑맞을 일도 없을 거다. 전학생이 더욱 수상해 보였다.

나는 땡땡이의 유혹을 물리치고 수업 내내 전학생을 관찰했다. 아무도 그 아이와 놀지 않았다. 담임 선생님도 그 아이한테 뭘 시키지도 않았다. 전학생은 투명 인간 같은 아이였다. 캘 게 많은 녀석이었다. 촉이 왔다. 내 엉덩이가 간질간질했다.

끝나는 종이 울렸다. 나는 민수를 끌어들였다. 명탐정한테는 명조수가 필요한 법이다. 우리는 전학생을 몰래 따라갔다. 파란 줄무늬 티셔츠에 초록색 반바지. 전학생은 늘 같은 옷차림이었다. 덕분에 북적거리는 아이들 속에서도 눈에 확 띄었다.

아이들 대부분이 마을 쪽으로 난 큰길로 갔다. 전학생은 변두리

방향으로 걸었다. 머지않아 인적이 드문 길이 나왔다. 난생처음 가보는 곳이라 낯설었다. 비가 오려는지 먹구름까지 짙었다. 전학생의 뒷모습이 흐려졌다. 정신을 바짝 차리고 뒤쫓았다.

한참을 걸었다. 전학생이 골목으로 들어갔다. 우리도 따라 들어갔다. 먹구름이 더 짙어졌다. 골목이 밤처럼 어두웠다. 또 미로처럼 복잡했다. 어둠 속으로 들어갔다 나왔다, 전학생은 신출귀몰했다. 우리는 놓칠세라 바짝 긴장하며 빨리 걸었다. 등에서 땀이 줄줄 났다. 어느새 막다른 골목에 다다랐다.

그런데 녀석이 온데간데없어졌다.

"분명 여기로 왔는데…"

"집으로 들어갔나 봐."

우리는 멈춰 섰다. 담벼락 너머는 야산이었다. 산 둘레로 봉분들이 띄엄띄엄 보였다. 귀신처럼 사라진 녀석과 그 앞에 펼쳐진 무덤들이라니. 기분이 묘했다. 우리는 서둘러 후퇴했다.

미행 이틀째에도 전학생을 놓쳤다. 바로 이곳, 막다른 골목에서다. 전학생은 분명 열 발자국쯤 앞에서 걷고 있었는데 감쪽같이 사라졌다. 미행이 미궁 속으로 빠졌다. 점점 오기가 발동하고, 의심이 커졌다.

삼 일째가 되었다. 잡힐 듯 잡히지 않는 녀석에게, 나는 단단히 화가 나 있었다. 이번에는 대놓고 따라갈 작정이었다. 녀석은 이미 내 마음속 이름 도둑이나 마찬가지였다. 내 이름을 빨리 찾아야 했다. 김수한무라고 불리는 것도 나쁘진 않았다. 하지만 내 진짜 이름이 아니니깐, 찜찜했다. 그뿐 아니다. 명탐정의 자존심도 걸린 문제였다.

그래서 서둘러 특별한 추적장치도 준비했다. 형광물감이 든 비닐 주머니에 구멍을 뚫어 녀석의 옷자락에 몰래 붙이는 거다. 우리는 녀석이 똑똑 떨어뜨리는 물감을 따라가면 된다. 이번엔 절대 놓치지 않을 거다.

수업이 끝났다. 민수와 함께 바닥에 떨어진 형광물감을 따라 전학생을 따라갔다. 사방이 컴컴해지자 형광물감이 선명해졌다. 민수가 내 어깨를 툭 치며 웃었다. 제법이라는 뜻이다. 큭큭. 내 어깨가 하늘까지 솟았다. 드디어 막다른 골목까지 왔다. 형광물감이 담장 너머 야산으로 이어졌다. 길도 없는 길이었다. 야산 쪽 무덤으로 난 방향이었다.

"저, 저 녀석. 정말 귀신 아냐?"

"설마 이름 도둑이 평범한 놈일 거라고 생각한 건 아니겠지? 난 포기 못 해. 내 이름이 걸린 문제라고!"

오늘은 기필코 이름을 찾아야 했다. 민수도 내 결심을 알고 따라와주었다.

어둑한 산길에 뚝뚝 떨어져 있는 형광물감이 번쩍거렸다. 나뭇가지들이 목덜미를 낚아챌 거 같았다. 부우우. 올빼미 소리도 을씨년스러웠다. 민수 앞에서 떵떵거렸지만, 사실은 나도 무서웠다.

하지만 돌아갈 수는 없었다. 나는 주먹을 꽉 쥐었다. 도깨비불에 홀린 것처럼, 나는 전학생을 뒤쫓았다. 달빛에 나란한 무덤들이 보였다. 작은 봉분 앞에 전학생이 앉아 있었다. 이상하게도 녀석을 보자 마음이 놓였다.

"야, 김준호!"

냅다 소리를 질렀다.

무서움이 저만치 달아났다. 녀석은 앉은 채로 대답이 없었다.

"김준호! 여기서 뭐하냐?"

내가 어깨를 툭 쳤다.

녀석이 뒤돌아보았다. 하얗게 질린 얼굴이었다. 나도 놀랐다. 녀석 손에 이름표가 한 무더기였기 때문이다. 그걸 보자 화가 치밀었다.

"네놈이 이름 도둑이구나!"

나는 냅다 전학생의 멱살을 거머쥐었다.

"이름 도둑이라니?"

"어디서 발뺌이야? 이렇게 증거가 있는데!"

나는 이름표를 휴대폰으로 비춰 보았다. 모양만 이름표일 뿐, 아무 이름도 없었다.

"미안해. 그냥 하루만 써 보고 돌려주려고 했어. 다른 애들처럼 딱 하루만…"

녀석이 풀죽은 목소리로 말했다.

"내 이름은 돌려주지 않았잖아!"

"김준호, 네 이름은 왠지 마음에 들었어. 진짜 내 이름 같았지."

"그렇다고 남의 걸 훔치면 어떡하냐! 원래 네 이름은 어쩌고?"

"몰라. 내 진짜 이름이 뭔지… 나도 정말 알고 싶은데 생각이 안나. 그래서 온갖 이름을 찾아 떠돌다가 너희 학교까지 온 거야. 미안해. 정말 미안해. 흑흑."

녀석이 훌쩍거렸다. 이름 도둑을 잡았는데 기쁘지 않았다. 내 이름을 잃어버린 삼 일 동안의 기억이 떠올랐다. 좋았던 건, 하루뿐이었다. 나중에는 내가 점점 없어지는 것 같았다. 허전하고 초조했다.

그런데 녀석은 오랫동안 이름이 없었다니, 불쌍한 것도 같았다.

"처음으로 이름을 갖고 싶었어. 네가 김준호라고 불러줬을 때, 아무렇지 않은 척했지만 얼마나 좋았는지 몰라."

녀석이 큰 눈으로 나를 쳐다보았다.

"저기, 괜찮다면 네 이름을 계속 가져도 될까?"

큰 눈에 눈물이 그렁그렁했다. 잠깐, 내 마음이 흔들렸다.

"그럴 순 없어. 나도 내 이름으로 살아야지. 난 김수한무가 아니란 말이야."

하나뿐인 내 이름이다. 지우개 빌려주듯이 함부로 줄 수는 없다.

"이름을 주는 대신 얘 진짜 이름을 찾아주면 되잖아."

민수가 묘안을 내놓았다. 가끔은, 제3자가 가장 현명한 법이다.

그거다. 전학생의 진짜 이름을 찾아주면 다 해결되는 거다. 나의 명탐정 기질이 스멀스멀 피어올랐다. 또다시 엉덩이가 간질간질했다.

전학생과 나, 민수는 달이 하늘 가운데 뜰 때까지 이야기를 나누었다. 녀석의 이름을 찾을 만한 몇 가지 단서를 알아냈다. 첫째, 전학생은 혼령이다. 그럴 줄 알았다. 둘째, 1980년 5월 어느 날 죽었다. 묘비에 그렇게만 적혀 있다. 셋째, 묘비에 또 적혀 있다. 무명씨, 이름이 없는 사람이라고. 넷째, 이름뿐 아니라 기억까지 잃어버렸다. 다섯째, 다만 기억하는 한 가지가 있다.

"그건 혼령의 지문 같은 거야. 죽기 직전에 가장 강렬했던 한 장면만 기억에 남는 거지."

"너는 뭘 기억하는데?"

"하드야."

"하드라고?"

"까만바. 팥맛 나는 거."

"나도 그거 좋아해."

"어떤 아저씨는 버스를 기억해. 그 위에서 막 태극기를 흔들었
대. 어떤 아줌마는 노래를 기억해. 동해물과 백두산이… 애국가 말
이야."

"너 말고도 이름 없는 혼령이 또 있어?"

"그럼. 이름을 찾아 떠도는 혼령들이 얼마나 많게. 내내 잠들어
있다가 5월이면 깨어나지. 이상도 해."

나는 휴대폰으로 묘비를 비춰 보았다. 이름 대신 무명씨라고 적
혀 있었다. 오랫동안 아무도 찾지 않는 것 같았다. 이끼가 파랗게
무성했다.

"청소 좀 해라."

나는 괜히 전학생한테 면박을 주면서 소매로 쓱 묘비를 닦아주
었다. 녀석이 씩 웃었다. 가슴이 짜르르 울렸다.

1차 조사는 여기까지로 했다. 시간이 너무 늦었다. 나는 민수 손
을 잡고 서둘러 야산을 내려왔다. 전학생을 집에 데려오고 싶었지
만 참았다. 녀석도 자기 집은 이곳, 무덤이라고 했다.

집에 돌아오니 할아버지는 도장을 파는 중이었다. "다녀왔습니
다." 했더니, 할아버지가 노한 얼굴로 휙 돌아보았다.

"준호 이 녀석, 학원도 빠지고 밤늦도록 어딜 쏘다니다 왔어? 자
꾸 그러면 아빠한테 이른다."

"할아버지 내 이름이 뭐라고? 다시 불러줘."

드디어 내 이름을 다시 찾았다. 이 녀석이 갑자기 왜 이러나, 하는 표정으로 할아버지가 쳐다봤다.

"에이, 한 번만 불러줘. 응?"

나는 할아버지를 간지럼 태웠다. 할아버지 화를 푸는, 나만의 필살기다.

"허허허. 고만해라. 하마, 해. 흠흠. 준호야."

"내 이름 들으니까 좋다. 헤헤."

나처럼, 전학생도 이름을 찾았으면 좋겠다.

"근데 할아버지, 내 이름은 누가 지어줬어?"

"왜 생뚱맞게 묻느냐?"

"그냥 궁금해서…"

"알 거 없다."

"그거 하나 못 가르쳐 줘? 높을 준. 부를 호. 높이 부르는 이름. 뜻도 얼마나 좋아! 내 이름 누가 지어줬어? 응?"

"글쎄 알 거 없대도. 어서 들어가 밥 먹어."

할아버지는 금세 뚱한 표정이다. 그러고는 다시 도장을 파기 시작했다.

치사하다, 뭐. 나는 팽 토라져 안채로 가다 뒤돌아보았다. 그새 할아버지는 먼 산만 바라본다.

'할아버지한테도 뭔가 있어.'

캘 게 넘쳐나는 하루다. 피곤했나 보다. 밥을 먹을 때마다 하품도 따라 나왔다.

다음 날, 전학생이 학교에 오지 않았다. 예상했던 대로 담임 선생님이 출석도 부르지 않았다. 신경 쓰는 아이도 없었다. 녀석은 다시 이름 없는 아이가 된 거다. 이상하게 자꾸 전학생이 떠올랐다. 휴대폰을 만지작거리면서 녀석의 이름과 전화번호가 없는 게 신경 쓰였다. 급식을 먹으면서는 녀석이 배고프지 않은지 걱정됐다.

"이따가 까만바나 사다주자."

쉬는 시간에 민수가 먼저 말했다.

"이름 찾기도 계속해야 되니까."

나는 아무렇지 않게 대꾸했지만, 정말은 아무렇지 않은 게 아니었다. 삐져나온 코털처럼 녀석이 자꾸만 거슬렸다. 어제처럼 무섭지는 않았다. 친구네 가는 길이라고 생각했다. 까만바가 녹을까 봐 우리는 빨리 걸었다. 멀리 녀석의 작은 등이 보였다.

"준호야!"

내가 왜 이렇게 불렀는지 모르겠다. 휙. 녀석이 돌아봤다. 웃는 얼굴이었다.

"나도 모르게 그만…"

"히이. 좋아. 준호야, 나도 준호라고 불러줘."

"이거!"

나는 대답 대신 까만바를 내밀었다.

"우와, 까만바다!"

녀석의 얼굴이 보름달만 해졌다.

녀석이 단숨에 까만바를 한입 물었다. 팥물이 입가에 흥건했다.

"아! 맛있어!"

까만바를 다 먹고도 전학생은 입맛을 다셨다. 먹기는 녀석이 먹었는데, 내 입안이 달고 시원했다.

"학교는 왜 빠졌어?"

민수가 기다렸다는 듯 물었다.

"이름이 없으니까, 아무도 날 불러주지 않을 거 같아서 그랬어. 그렇다고 이름을 훔칠 수도 없고."

전학생이 시무룩하게 말했다.

"그런데 까만바 덕분에 다 괜찮아졌어."

헤벌쭉 웃는 녀석을 보자 마음이 놓였다.

"안 되겠다. 빨리 이름부터 찾자."

내가 이렇게 다정한 사람이었나? 아무튼, 뭐, 명탐정의 자존심을 걸고 시작해 보자.

우리 셋은 피시방으로 갔다. 먼저 1980년도 실종자 중에서 전학생을 찾아보았다. 수많은 사람이 있었다. 광주에서 어마어마하고 무서운 학살이 있었다고 했다. 아마 전학생도 그때 죽어 혼령이 되었나 보다. 누가 그랬을까? 왜? 무엇 때문에 이렇게 많은 사람이 죽었을까? 전학생이 이름을 찾으면 그 이유를 알 수 있을까? 의문이 꼬리에 꼬리를 물었다. 이름 찾기도 쉽지 않았다.

"나 고아인가 봐. 아니다. 30년이 넘었는데, 부모님이 있다고 해도 날 잊은 게 분명해."

전학생이 모니터에서 물러서며 말했다.

실종자 명단의 사진만 갖고는 어림없었다. 이름만 있는 사람이 더 많았다. 사진이 필요했다. 이름 대신 얼굴만 비교해 보면 금방 나올 것도 같았다. 밤늦게까지, 인터넷을 샅샅이 뒤졌지만 헛수고였다.

'차라리 내 이름을 줘버릴까? 이름이야 또 지으면 어때!'

나는 혼자 생각했다. 하지만 금방 고개를 흔들었다. 전학생에게도 진짜 자기 이름이 필요한 거다.

나는 아이들과 헤어져 터덜터덜 집까지 걸었다.

"할애비 방에 가서 돋보기 좀 갖고 오너라."

할아버지가 나를 힐끗 보며 말했다. 할아버지는 나한테 늘 진다. 이번만 해도 그렇다. 괜히 나한테 말 걸려고 없는 심부름을 만든 게 분명하다. 기분이 좋아졌다. 나는 할아버지 방으로 뛰어 들어갔다. 운동화 두 짝이 제멋대로 나뒹굴었다. 어디 뒀더라. 나는 책상 위도 보고 텔레비전 뒤도 살폈다.

그러다가 그 사진을 발견했다. 문갑을 뒤지다 본 거였다. 할아버지가 얼마 전 감추던 거다. 명탐정의 촉이 딱 왔다. 나는 사진을 유심히 들여다보았다. 한 아이가 서 있는 낡은 흑백사진이었다.

사진 속 아이는 전학생이었다.

나는 눈을 비비고 다시 보았다. 파란 줄무늬 셔츠에 초록색 반바지 그대로, 그 차림새였다. 분명 녀석이었다. 가슴이 벌렁거렸다.

나는 맨발로 바깥채로 뛰어갔다.

"할아버지, 할아버지! 이 사진이오, 애 알아요?"

나는 할아버지에게 사진을 들이밀었다. 할아버지 얼굴이 새파래졌다.

그때처럼 사진을 낚아채려 하는 걸 막아섰다. 이번에는 꼭 사진속 아이에 대해 알아내야 했다.

"나 알아요, 할아버지. 얘가 누군지 알아요."

"큰아버지를 안다고? 네가 어떻게 안다는 게냐? 네 아빠도 모르는 일인데 어떻게…"

할아버지가 털썩 주저앉았다. 나도 따라 앉았다. 다리에 힘이 풀렸다. 할아버지보다 더 놀란 사람은 나다. 전학생이 내 큰아버지라니!

나는 할아버지를 부축하며 야산을 올랐다. 할아버지가 자꾸 고꾸라지는 바람에 더디게 걸었다. 휴대폰 불빛이 내 마음처럼 어지럽게 흔들렸다. 하지만 전학생, 아니 큰아버지가 보이지 않았다. 봉분들을 한참 헤매다 묘비 앞에 다다랐다.

"준, 준호야…"

할아버지가 묘비를 쓰다듬으며 전학생, 아니 큰아버지를 불렀다.

부우 부우. 올빼미가 울었다.

"하드 사먹겠다고 나갔으면 고이 돌아오지 않고. 왜 여기 누워 있느냐? 애비가 그날, 그 순간을 얼마나 많이 곱씹어 본 줄 아느냐? 내가 나갈걸. 그깟 하드 내가 사다줄걸. 흐엉흐엉. 처음엔 미친 사람처럼 싸돌아다녔다. 여기 광주에서 화순, 순천까지 이 잡듯이 뒤졌지. 그러다 생각을 바꿨다. 너를 그렇게 기다릴 수 없었단다."

할아버지가 울음 같은 혼잣말을 쏟아냈다.

"내가 애타게 찾고 있는 걸 알면 네가 얼마나 가슴 아프겠느냐? 그래서 학교 돌아와 반기듯 아무렇지 않게 맞으려고 했지. 평소처럼 봐야 네가 덜 미안하겠지. 삼 년 만에 찾는 것도 접고, 애비는 도장만 팠단다. '아버지 좀 늦었죠?' 하면서 네가 문턱을 넘어올 거 같아서 문도 못 잠그고 말이다. 흐엉흐엉."

나도 할아버지를 따라 속으로 울었다.

"이 애통한 사연을 누구한테 말하겠느냐? 네 동생한테도 숨겼다. 네 동생이 낳은 아이한테 네 이름 '김준호'를 주었지. 우리 손자를 부를 때마다 너를 부르는 것 같았다. 다 애비가 그랬어. 애비 좋자고 모두에게 숨기고. 흐엉흐엉. 애비 탓이다. 내가 잘못했다. 준호야. 내 아들아. 흐엉흐엉."

할아버지는 목 놓아 우셨다. 내가 우는 것처럼 막 우셨다.

'준호야, 얼른 나와. 울 할아버지 그만 우시게 나와 봐.'

나도 속으로 말하고 또 말했다.

그러나 끝내 녀석, 아니 큰아버지는 나타나지 않았다. 큰아버지의 실종신고가 사망신고로 바뀌었다. 34년 만이다. 무명씨 묘비가 뽑혔다. 대신 그 자리에 할아버지가 손수 만든 '김준호' 명패가 꽂혔다. 나도 이름을 지키고, 큰아버지도 이름을 찾았다.

"준호도 큰아버지께 한 잔 올리거라."

할아버지가 잔에 술을 따라주었다. 맑은 제삿술 위로 향의 연기가 맴돌았다. 꼭 큰아버지가 고맙다고 하는 거 같았다.

"할아버지, 이거도."

나는 까만바를 묘석 위에 올렸다.

'어때? 이름 도둑! 진짜 이름 찾아서, 진짜 좋지? 이제 이름 도둑질 말고 편히 자.'

향의 연기가 벗겨 놓은 까만바 위에도 맴돌았다. 전학생과 못다한 인사를 한 거 같아 좋았다. 아빠가 내 머리를 쓰다듬어주었다. 엄마는 돌아서서 눈물을 닦았다. 노랑나비 한 마리가 내 주위를 돌더니 하늘로 날아갔다.

그때 나는 들었다.

'준호야, 나 잊지 마. 이름 없는 혼령들을 잊지 마.'

김준호가, 김준호에게 이렇게 말하고 있었다.

– 2014년 5·18문학상 신인상 동화 부문 수상작,

계간『문학들』(2014년 여름호)/

문은아 장편동화『이름 도둑』(웅진주니어, 2018년)

한별이가 살던 집

조연희

서울에서 태어났다.

2021년 5·18문학상 신인상 동화 부문 수상으로 등단했다.

펴낸 책으로 『나도 감나무』가 있다.

밤바람이 휘 불어옵니다.

바람은 찔레꽃 가득 피어 있는 빈터를 지나, 오래된 집에 다다릅니다. 외진 곳에 서 있는 기와집은 툭 건드리면 무너질 것 같습니다. 바람이 대숲으로 쏴아아 소리를 내며 지나갑니다. 주변이 조용해지자 어디선가 말소리가 들립니다.

"내일이라고 했지? 우리가 사라지는 날."

낡은 기와가 딸싹거리며 말합니다. 나뭇가지에서 잠을 자던 새가 놀라 푸드득 날아갑니다. 푸르스름하게 이끼가 낀 부엌 문짝이 대답합니다.

"그래 지난번에 몇 사람이 찾아와 우리를 둘러보며 말했지. 집을 허문다고. 아직도 이런 집이 남아 있냐고 놀라더군. 이제 이곳에는 골프장인지 뭔지가 생긴대. 흙벽아! 너는 이제 어디로 가고 싶어?"

흙벽이 먼지를 우수수 떨어뜨리며 대답합니다.

"세상이 많이 달라졌어. 하긴, 우리가 이곳에서 꽤 오래 있었으니까. 나는 다시 부서져 흙이 되면 바람을 타고 세상을 구경할 거야. 얼마나 변했는지, 지금 집들은 어떤 모습인지 보고 싶어."

동굴에서 들리는 깊은 울림처럼 방바닥 아래에서 소리가 들립니다. 오랜 시간 불길들을 다 받아낸 새까만 구들[1]입니다.

"이제 나를 필요로 하는 사람은 없겠지? 나는 평생 방을 덥히느라 해를 본 적이 없어. 누군가 나를 햇빛이 잘 드는 양지에 던져준다면, 밝은 햇빛을 마음껏 쬐면서 살아갈 거야."

집은 내일을 생각하며 두런두런 이야기를 나눕니다. 긴 시간을 살았으니 쌓인 이야기도 많습니다. 오늘이 지나면 사라질 것을 알지만 마지막까지 서로를 꼭 붙들고 받쳐줍니다. 마루가 삐꺽거리며 말을 겁니다.

"제일 아쉬운 건 뭐야?"

생각할 필요도 없다는 듯 모두 한목소리로 대답합니다.

"한별이가 보고 싶어!"

동시에 말하는 목소리가 외침이 되어 대숲에 울려 퍼집니다. 이제껏 조용하던 대들보[2]가 천천히 말을 꺼냅니다. 굵고 낮은 음성입니다.

"한별이는 우리를 참 좋아했어. 우리에게 처음으로 말을 걸어준 사람이지. 한별이가 태어났을 때 생각나? 울음소리가 얼마나 우렁차던지 온 집안이 쩌렁쩌렁 울렸잖아."

---

1) 구들-아궁이에 불길로 뜨겁게 데워져서 방바닥을 따뜻하게 덥히는 편평한 돌.
2) 대들보-집을 받치는 가장 큰 들보.

기와가 어린 한별이 모습이 눈에 선한 듯 말합니다.

"아장아장 걸으며 마당에서 숨바꼭질하곤 했어. 그렇게 조금씩 커가고 장난꾸러기 아이가 청년으로 변해갔지."

문짝들이 덜컹거리며 호들갑을 떱니다.

"생각나! 갸름한 얼굴에 동그란 눈. 웃으면 그 눈이 반달 모양으로 변했어. 가무잡잡한 피부에 큰 키. 그 봄만 아니었다면 오래도록 이곳에서 살았을지도 몰라."

문짝의 말에 모두가 한별이 얼굴을 떠올립니다. 잊을 수가 없습니다. 온 집안을 뛰어다니며 놀았던 한별이는 집의 마지막 주인입니다.

새벽 동이 트고 있습니다. 캄캄했던 어두움이 서서히 말간 푸른 빛으로 변합니다. 대들보가 그때를 떠올리며 이야기를 꺼냅니다.

한별이 아빠가 초조한 얼굴로 마당을 나서며 말했어.

"여보, 아무래도 광주에 무슨 일이 벌어진 것 같아. 어제까지 집에 오겠다던 한별이는 오지 않고 흉흉한 소문만 돌고 있어. 아무래도 내가 가서 한별이를 데려와야 할 것 같아."

한별이 아빠는 불안한 얼굴로 파란 트럭에 시동을 걸었어.

"조심하세요."

한별이 엄마가 멀어져 가는 파란 트럭을 안타깝게 바라보았어. 엄마는 종일 마당을 빙빙 돌며 남편과 아들이 돌아오길 기다렸어. 아주 깊은 밤이 되어도 소식이 없자 까무룩 잠이 들었지.

달조차 구름에 가려 캄캄한 날이었어. 대숲에 바람이 일고 개가 마당에서 컹컹 짖었어. 엄마가 부스스 눈을 떴을 때 방문 밖에서 가쁜 숨소리가 들려왔어.

"엄마, 엄마!"

헛것을 들은 걸까? 엄마는 귀를 쫑긋 세우고 방문 앞으로 다가 갔어. 분명 한별이 목소리 같았거든. 덜덜 떨리는 손으로 방문을 열었어. 엄마는 깜짝 놀랐어. 눈앞에 댓가지처럼 깡마른 한별이가 서 있었어. 너덜너덜 찢어진 옷에 다리엔 피가 엉겨 붙어 있었지.

"아이고, 내 새끼. 어떻게 온 거야?"

"도망쳤어요. 낮에는 숨어 있다가 밤에만 움직여서 집을 찾아왔 어요."

"아빠는? 너를 데리러 간다고 아침에 나갔는데?"

"광주는 지금 전쟁터와 같아요. 군인들이 사람들을 향해 총을 쏘고, 마구잡이로 끌어가고 있어요. 그 사이에서 겨우 도망쳐서 온 거 예요."

한별이는 다친 한쪽 다리를 절룩였어. 엄마는 한별이 다리를 치료하면서 죽어가는 사람들의 이야기를 들었어. 볼에 하염없이 눈물을 흘리며 엄마가 말했어.

"아빠가 무사히 돌아와야 할 텐데."

엄마는 한별이를 극진히 간호했어. 하지만 늘 살얼음판을 걷는 것처럼 불안했지. 아빠는 소식이 없고 경찰들만 자꾸 찾아왔어. 엄마는 천장 구석을 조금 뚫고 그곳에 한별이를 밀어 넣었어. 그러고는 재빨리 뚫린 입구를 커다란 이불 보따리로 가렸지.

"엄마가 내려오라고 할 때만 내려와야 해. 알았지?"

엄마는 마당으로 나가 묶여 있는 개 목줄을 풀어주며 말했어.

"한별이를 꼭 지켜라!"

개가 말귀를 알아먹었는지 마당을 돌며 컹컹 짖었어.

어두컴컴한 천장에서 한별이는 손을 뻗어 보았어. 더듬거리는 손끝에 대들보가 만져졌어. 한별이는 주머니에서 칼을 꺼냈어. 비상용으로 가지고 다니는 작은 칼이었지. 그 칼로 어둠 속에서 더듬거리며 대들보에 글씨를 새기었어.

'김한별, 이곳에 살다.'

한별이는 깊은 밤에만 천장에서 살금살금 내려갔어. 하지만 날이 밝으면 다시 천장으로 올라갔지. 언제 들이닥칠지 모르는 경찰들 때문이었어. 우리는 알을 품듯 한별이를 품었어. 아무 일도 없는 척하는 엄마를 따라서 누가 오든 시침을 뚝 뗐어. 천연덕스럽게 처마 밑에 제비를 키우면서 말이야.

우리는 알고 있었어. 아무리 소문을 막으려 해도 바람이 들려주었고, 모든 일을 지켜보던 하늘이 들려주었지. 민들레 꽃씨까지 광주의 사연을 품고 날아다녔으니까.

며칠이 지나자 경찰들이 또 들이닥쳤어.

"아들은 지금 어디에 있소? 간첩과 연관되어 있으니 숨기면 집안이 망할 거요. 어디로 도망갔는지 말하시오."

"나는 모릅니다. 오겠다는 아들은 오지 않고, 아들을 찾아 나간 애 아빠도 소식이 없어요. 도대체 무슨 영문인지 시원하게 말 좀 해주시오."

경찰이 엄마 말은 들은 척 만 척 주변을 둘러보았어. 개가 사납게 짖어대자 매섭게 쏘아보았어. 경찰은 마치 발길질이라도 할 것처럼 개에게 다가갔어. 험악한 표정을 보고 엄마가 개 앞을 막아서며 말했어.

"개가 새끼를 가져서 그래요. 사람이 새끼 가진 짐승을 죽이면 죽어서도 그 사람에게 보복을 한답디다."

보복이라는 말에 개를 발로 차려던 경찰이 움찔했어. 한별이는 마당에서 들려오는 소리에 심장이 세차게 뛰기 시작했어.

'쿵! 쿵! 쿵!'

심장 울림이 천장에서 기둥으로, 기둥에서 벽으로, 가장 깊은 곳 구들까지 전달되었지. 한별이는 두려움에 몸을 웅크렸어. 침조차 삼키지 못하고 있을 때 한별이 몸 위로 무언가 슬금슬금 지나갔어. 소스라치게 놀라 손을 뻗어 밀어냈어. 그건 바로 쥐였어. 쥐도 놀랐는지 천장 구석으로 내달렸어.

'우두두두.'

쥐가 달리는 소리가 천장을 울렸어. 경찰이 눈을 번뜩이며 방문을 쳐다보았어.

"아들이 혹시 집에 있는 거 아니야?"

경찰이 신발을 신은 채 마루 위에 올라섰어. 방문을 걷어 찾을 때였어. 개가 사납게 짖으며 마루 위로 뛰어오르더니 신발 뒤꿈치를 물고 늘어졌어. 화가 난 경찰이 개를 냅다 걷어차자 개는 마당에 널브러지고 말았어. 얼굴이 새파랗게 질린 엄마가 소매를 걷어 올리고는 소리 질렀어.

"남편도, 자식도 다 행방불명인데 이제 새끼를 가진 개까지 죽일 거요?"

엄마는 미친 사람처럼 경찰에게 달려들었어. 그건 한별이를 지키려는 절절한 마음 때문이었을 거야. 경찰들은 엄마가 달려들자 거칠게 밀어내고는 방 안을 둘러보고 떠났지.

경찰들이 돌아가자 한별이는 천장에서 내려왔어. 엄마와 한별이는 부둥켜안고 펑펑 울었어. 대숲도 울고. 땅도 하늘도 울었을 거야.

아무리 기다려도 아빠는 끝내 돌아오지 못했어. 한별이가 다니던 학교 앞에서 파란색 트럭만 발견되었지. 아빠는 어디로 사라진 걸까? 엄마는 사방으로 아빠를 찾아 헤매다가, 입이 붙어버린 것처럼 밥을 목으로 넘기지 못했어. 그렇게 시름시름 앓다가 돌아가셨지. 그 후 한별이도 아빠를 찾겠다고 집을 떠났어. 어린아이처럼 펑펑 울면서 말이야. 그렇게 떠난 한별이를 다시는 보지 못했어. 우리가 이렇게 기다리고 있다는 것도 아마 모를걸.

대들보 말을 듣고 있던 마루가 조심스레 입을 엽니다.

"한별이는 어디로 갔을까? 살아 있을까?"

"살아 있어도 돌아오고 싶지 않을 거야. 이곳에서 엄마 아빠를 잃고, 아끼던 개까지 죽었으니까. 한별이에겐 슬픔이 가득한 곳이지."

대들보 대답에 모두 조용히 말이 없습니다.

새벽안개가 오래된 집을 쓸고 지나갑니다. 안개 때문인지 집은 눈물처럼 물기가 촉촉합니다. 어느새 아침이 되었습니다. 흩어진 안개 사이로 눈부신 햇살이 내려옵니다. 새들이 사라질 집을 아쉬워하며 기왓장 위를 종종 걷습니다. 작은 새 발자국도 버거운 듯 기왓장이 후드득 떨어집니다.

'드르릉.'

풀이 무성한 마당에 트럭이 들어옵니다. 사람들이 분주히 내려 집 주위로 빙 둘러섭니다. 사람들은 오래된 집을 한 바퀴 돌더니 말합니다.

"한번 치면 쓰러지겠군."

트럭에 싣고 온 커다란 기계가 벽을 내리칩니다. 한쪽 흙벽이 힘 없이 우르르 무너집니다. 대숲으로 흙먼지가 날아갑니다. 그 순간, 뿌연 흙먼지 속에서 누군가 소리를 지릅니다.

"잠깐만, 잠깐만 멈추어주세요."

바스락, 바스락. 발자국 소리를 내며 한 노인이 대숲에서 나옵니 다. 지팡이를 짚고 발을 절룩이는 노인을 누군가 부축합니다. 집은 마지막 힘을 내어 노인을 바라봅니다. 오래된 집은 노인을 단박에 알아봅니다.

"아! 동그랗고 서글서글한 눈매. 한별이야. 한별이가 왔어!"

집이 서서히 무너져 내리며 외칩니다.

"거봐. 살아 있을 줄 알았어. 언젠가 다시 찾아올 줄 알았다니까!"

노인이 아련한 눈빛으로 무너져가는 집을 바라봅니다. 두 눈에 눈물이 맺힙니다. 집을 떠나던 날 그 눈빛입니다.

"너무 오고 싶었지만 죽어도 오기 싫은 집이었어. 집을 부순다는 소식을 듣고서야 이곳에 오다니. 미안하다!"

노인이 한 발 한 발 집에게 다가서며 말을 건넵니다. 부축하던 사람이 말립니다.

"아버지, 위험해요."

집이 마지막 힘을 내어 말합니다.

"아들도 있어. 한별이와 꼭 닮았네."

오랜 기다림이 이루어진 날. 그제야 집은 허물어집니다. 사람들 이 멀찍이 물러서 말없이 바라봅니다. 노인 눈에서 눈물이 툭 떨어 집니다. 뿌연 흙먼지가 가라앉고 그제야 대들보는 햇빛을 봅니다.

노인이 대들보에 쌓인 흙을 손으로 밀어냅니다. 한별이가 칼로 새겼던 글씨가 눈에 들어옵니다. 아들이 소리 내어 읽습니다.

"김한별, 이곳에 살다."

노인은 엄마 아빠를 향한 그리움이 목까지 차올라 흐느낍니다. 아들이 앙상한 어깨를 감싸 안으며 말합니다.

"아버지! 집이 없어졌다고 슬퍼하지 마세요. 이 대들보로 다시 새집을 지어요."

아들의 말에 노인은 조용히 고개를 끄덕입니다. 트럭에 실려진 대들보는 허물어진 터를 벗어나 새로운 길로 떠나갑니다. 대숲이 햇살에 반짝이며 잎을 흔들어 줍니다. 트럭이 찔레꽃 길을 지나 눈부신 햇살 속으로 사라집니다.

하늘이 맑고 푸르른 오월입니다.

– 2021년 5·18문학상 신인상 동화 부문 수상작,

계간 『문학들』(2021년 여름호).

셋째 장
종이 주먹밥

유별난 목공 집

김영

전남 목포에서 태어났다. 2004년 '문학의 해'에 시 「겨울 열매」로
하나은행 전국 글 마을 잔치 대상을 받으며 등단했다.
2005년 푸른문학상 새로운시인상 대상을 받으며 동시를,
2015년 5·18문학상 신인상 동화 부문에 당선되어 동화를 쓰기 시작했다.
동시집 『떡볶이 미사일』 『바다로 간 우산』 『걱정 해결사』 동화 『유별난 목공 집』
『딸기밭』 인물이야기 『가장 먼저 사제 김대건 안드레아』 등을 펴냈다.
김장생문학상, 한국안데르센 동시상, 구상문학 창작지원금을 받았다.

톡톡 아침부터 굵은 빗방울이 떨어졌다. 막 터지기 시작한 홍매화나무의 분홍색 꽃망울에 큼지막한 빗방울이 매달려 있었다. 새학년에 올라간 지 얼마 안 되었다. 일요일에 비가 와서 다행이다.

우산을 안 갖고 학교에 갔을 때 비가 오면 엄마가 마중을 나왔다. 엄마는 마트에서 계산원으로 일을 하고 있다. 엄마는 주말에만 일을 안 나간다. 지난해 아빠는 가구 만드는 사업을 한다고 지방으로 내려가서 오지 않고 있다. 그러면서 엄마와 나는 작은 동네로 이사를 왔고, 엄마는 일을 나가기 시작했다. 아빠가 빨리 집으로 돌아오면 좋겠다. 아빠가 잠시 이사한 집에 들른 뒤로 못 본 지 육 개월은 넘은 것 같았다.

나는 창문 밖으로 떨어지는 빗방울에 오른손을 쫙 폈다. 빗방울이 또르르 손바닥 안에서 돌았다. 손바닥을 동글게 말며 빗방울을 움켜잡았다. 빗방울이 손바닥에서 줄줄 흘러내렸다. 비는 서서히 그치고 있었다.

부릉 부르릉, 담 너머로 자동차 소리가 들렸다. 파란색 트럭이 우리 집 앞에 섰다. 차 문이 활짝 열리고 아빠가 내렸다! 드디어 아빠가 돌아왔다.

트럭에는 나무 책상과 의자가 비닐에 덮여 있었다.

나는 아빠에게 달려 나갔다.

"우와, 우리 딸, 어디 보자. 그사이 많이 컸네!"

아빠는 내 어깨를 토닥이며 꼭 안아주었다. 나는 놀라면서도 활짝 웃으며 아빠를 꼭 안아주었다. 눈물이 찔끔 나왔지만 참았다.

엄마는 식탁을 치우지 않고 소파에 누워 밀린 드라마를 보고 있었다. 아빠가 집 안으로 들어오자, 엄마가 벌떡 일어났다. 엄마는 별로 반갑지 않다는 표정이었다.

"누가 왔나? 못 보던 트럭이 있구만."

참견하기 좋아하는 옆집 할아버지가 트럭을 보며 말했다.

"예! 울 아빠 오셨어요. 아빠 차예요."

나는 명랑한 목소리로 말했다.

할아버지는 묻고 싶은 것이 많은 궁금한 얼굴로 나를 바라보았다.

"책상과 의자가 많네. 아주 잘 만들었구만. 누가 만들었어?"

할아버지는 트럭 위 책상을 보며 물었다.

"잘 모르겠어요. 나중에 알려드릴게요."

나는 아빠가 씻는 동안 괜히 소파에 앉았다가 안방 침대에 누웠다가 일어나 왔다 갔다 했다.

"민하야, 그러지 말고 이리 와."

엄마는 아빠 밥상을 준비하며 식탁 자리를 가리켰다. 나는 쿵쿵 소리가 나게 뛰어 식탁 의자에 날다람쥐처럼 냉큼 올랐다.

"그렇게 좋아?"

엄마가 담담한 말투로 물었다.

"그으럼, 좋지? 엄마는 안 좋아?"

엄마는 대답 대신 밖을 보았다.

아빠의 파란색 트럭이 보였다.

책상과 의자 위에 걸쳐 놓은 비닐 덮개에 빗방울이 고였다. 책상과 의자가 교실에 있는 것처럼 줄지어 있었다.

달그락거리는 냄비 뚜껑 소리가 났다. 씻고 나온 아빠는 냉장고 문을 열고 한참 서 있었다. 그 사이 엄마는 부글부글 끓어오르는 김치찌개를 식탁에 올렸다.

아빠 숟가락과 젓가락을 놓는데 손이 떨렸다. 아빠 의자를 차지하고 있던 곰 인형을 빼냈다. 곰 인형에는 아빠의 목도리가 걸쳐 있었고, 낡은 안경이 씌워 있었다. 아빠는 곰 인형은 보지도 않았다. 곰 인형을 뺀 자리에 엉덩이만 한 별 문양이 움푹 파여 있었다. 아빠는 손으로 별을 따라 그렸다.

"으음, 바로 이 냄새야."

아빠가 김치찌개에 코를 벌름거리며 자리에 앉자, 엄마는 안방으로 들어갔다.

나는 아빠와 마주 보고 앉았다. 아빠는 허겁지겁 김치찌개 국물을 입으로 가져갔다.

"아빠 천천히 많이 드세요."

김치찌개를 듬뿍 떠 넣어서 볼이 불룩 나온 아빠가 우스꽝스러웠다.

"엄마 뭐하시니?"

"엄마아!"

나는 식탁에 앉은 채 큰 소리로 불렀다.

"왜!"

엄마가 높은 음으로 짜증을 냈다.

아빠는 몹시 배가 고팠는지 밥을 두 공기나 먹었다. 그동안 밥도 제대로 못 먹은 것 같았다. 놀라운 속도로 식탁 위 음식들이 사라졌다. 멸치볶음과 구운 김 몇 장과 김치찌개가 싹싹 비워졌다.

아빠는 은행에서 돈을 빌려, 지방에 사는 친한 친구와 가구 공장을 차려 돈을 많이 벌어 오겠다며 큰소리치고 나갔다. 그리고 언젠가부터 엄마와 나를 내버려두었던 아빠다.

월요일 아침. 말끔한 하늘을 올려다보며 학교에 갔다. 오늘은 발걸음이 가벼웠다. 아빠가 집에 있다는 것이 특별한 기분을 만들어주었다. 아침 조회 시간에 담임 선생님이 새 학년에 필요한 내용이 담긴 가정통신문과 학생기초조사서를 나눠주었다.

학교 시계가 아예 고장 난 것 같았다. 나는 내내 마음이 붕 떠서 수업이 들어오지 않았다. 집으로 갈 때는 뛰다시피 했다. 다른 날 같으면 아무도 없는 텅 빈 집 안에 들어가기 싫어 느릿느릿 걸었다.

나는 숨을 헉헉대며 가정통신문과 학생기초조사서를 아빠에게 내밀었다. 아빠가 학생기초조사서를 물끄러미 살펴보았다.

"아빠아, 여기 직업에 뭐라고 적어요?"

"예술가."

아빠는 대답하는 데 일 초도 망설이지 않았다.

"아빠가 예술가라고요? 무슨 예술가인데요?"

"음, 그냥. 가구 디자이너라고 할까?"

아빠가 멋쩍게 구레나룻을 쓰다듬었다.

나는 아빠 직업에 '가구 예술가'라고 써 넣었다.

하룻밤 사이에 우리 집은 예전 생활로 되돌아왔다. 아빠는 뭔가 골똘한 생각에 잠겨 멍한 표정일 때가 많았다. 치우지 않는 버릇도 그대로였다. 그래도 아빠가 머리도 길고 두건도 하니 진짜 예술가처럼 보인다.

저녁 준비하는 엄마에게 아빠 직업을 물어보았다.

"직접 물어보지 왜?"

나는 조그맣게 말했다.

"엄마, 아빠 예술가래?"

"진짜, 잘났다. 예술가 좋아하시네. 딸한테까지 대놓고 뻥치네."

엄마는 수돗물을 잔뜩 틀어 그릇들을 헹구면서 중얼중얼 화를 냈다. 엄마는 아빠가 없는 동안 많이 변했다. 수다쟁이 엄마는 목소리를 잃은 인어공주처럼 말을 안 했다. 엄마는 일도 가까운 동네 마트가 아닌 버스로 30분이나 걸리는 다른 동네 마트로 나갔다. 아빠는 엄마가 얼마나 힘들게 일하는지 알기나 할까? 내가 밤마다 아빠어서 돌아오라고 얼마나 간절히 기도했는지, 아빠 소식 기다리느라 엄마랑 마음고생한 것이 속상해졌다.

학교에서 돌아오니 아빠는 외출하고 없었다. 거실 소파에 수건이 걸쳐져 있고 바닥에 양말이 어질러져 있었다. 밥 먹은 그릇들도 식탁에 그대로 놓여 있었다. 엄마가 보면 또 잔소리할 텐데. 나는 조심스럽게 빈 그릇들을 설거지통에 담갔다. 반찬 그릇도 냉장고에 넣고 수건과 양말을 세탁통에 가져다 놓았다. 발가락이 빠져나올 정도로 해진 양말이 눈에 들어왔다. 나는 양말 냄새를 맡다가 코를 움켜쥐었다. 쓰레기통에 양말을 던져버렸다.

일을 마치고 온 엄마 양손에 비닐봉지 몇 개가 들려 있었다. 비닐봉지에는 오징어와 생태며 싱싱한 조개들이 있었다. 엄마는 비닐봉지를 거실 바닥에 두고 마당으로 나왔다.

"오늘 햇볕이 좋았는데 비닐을 그대로 두었네?"

엄마가 혼잣말하며 책상과 의자를 감싸고 있는 비닐 덮개를 벗겨냈다. 언뜻 보이는 의자에는 우리 집 식탁 의자에 있는 별 문양이 있었다.

"손대지 마, 그냥 둬! 우리 것 아니야."

언제 돌아왔는지, 아빠는 벗겨낸 비닐을 다시 씌우며 거칠게 말했다.

"곧 주인 찾아갈 것들이야. 그냥 둬도 돼."

아빠가 엄마 눈치를 보며 말했다.

엄마는 거실 바닥에 있던 음식 비닐봉지를 발로 밀치며 방문을 쾅 닫아버렸다. 아빠는 트럭에 들어가 나오지 않았다. 문득, 나는 차라리 아빠가 오지 않았으면 더 좋았을 거라는 생각이 들었다. 엄마와 나 둘이서 조용히 살 때는 아빠가 무척이나 그리웠는데, 지금은 두근두근 심장이 뛸 만큼 아슬아슬한 일들이 벌어지고 있었다.

한참 뒤 머리를 질끈 묶은 엄마가 방에서 나왔다. 엄마는 입을 꾹 다물고 저녁 준비를 했다. 해물이 듬뿍 들어간 매운탕이 아주 먹음직스러웠다. 나는 밥상만 차려놓고 방으로 가는 엄마를 안아 자리에 앉혔다.

"엄마도 같이 드세요."

"우와. 해물탕 냄새 대박이다."

아빠가 코를 킁킁거리며 집 안으로 들어오며 말했다.

엄마는 밥을 아주 조금만 덜었다. 나는 더 먹고 싶었지만 엄마 편이 되고 싶어 조금만 먹어야 했다. 아빠는 "식욕은 곧 삶의 의욕이야." 혼잣말을 했다. 아빠가 쩝쩝 맛나게 먹는 소리가 싫었다.

엄마가 빈 그릇들을 치우며 입을 열었다.

"저 책상과 의자들은 뭐고, 이제 어떻게 살 거예요?"

낮고 무거운 엄마 목소리에 가슴이 쿵! 내려앉았다.

"다 생각이 있으니까 너무 재촉하지 마! 곧 좋은 일들이 생길 거야."

아빠는 태평하게 말했다.

엄마가 벌떡 일어나 안방에 들어가, 책장에 꽂혀 있던 우편물들을 아빠 발아래로 던졌다. 은행과 카드회사에서 아빠 이름으로 온 고지서들이었다. 아빠가 시뻘게진 얼굴로 우편물들을 집어 들었다.

"당신이 가구 예술가라고? 흥, 기가 막혀서 말이 안 나오네."

엄마가 아빠에게 말을 쏟아붓기 시작했다.

"왜? 민하한테는 창피해? 백수라고 하지. 아니, 신용불량자라고 해, 그래, 남들 일할 때 신나게 노래하고 춤추다 굶어 죽은 베짱이도 뮤직 아티스트였겠네."

그동안 엄마가 말을 아낀 것은 오늘을 위해서였을까? 뻥튀기 기계 속에 든 옥수수처럼 한꺼번에 말들이 튀어나왔다.

"이솝이 요즘에 살았으면 함부로 베짱이 죽었다고 못 했을 텐데 아쉽다. 노래하고 기타 치고 즐겁게 살면 절대 죽지 않을 텐데. 오디션에 나가 상금을 타고도 남았을 텐데 안 그러니? 민하야?"

아빠가 나를 보자 가슴이 쿵쾅쿵쾅 요란하게 뛰었다.

한밤중이 되자, 응급차 달리는 삐뽀 소리가 들리다 멀어졌다. 엄마와 자다가 혼자 자려니까 잠이 오지 않았다. 나는 베개로 얼굴을 가리고 숫자를 세기 시작했다. 100까지 세니 오히려 눈이 더 커지고 정신이 말똥해졌다. 이번에는 우리 반 아이들 이름을 외우기로 했다. 이사 오고 나서 친구를 많이 못 사귀었다. 학년도 바뀌어서 아는 아이들 이름이 별로 없었다.

오줌을 누면 잠이 올 것 같아 겨우 일어나 화장실로 갔다. 나는 화장실 문을 살며시 열다 멈췄다. 아빠가 화장실 거울 앞에서 눈물을 흘리고 있었다. 화장실 거울에서 아빠의 눈물과 마주쳤다. 나는 화장실 문을 닫고 방으로 돌아왔다. 뒤척거리다 보니 어느새 창문 밖이 환하게 밝아왔다.

급식실 창문 밖에 작은 새들이 "쫑쫑" "찌찌" 노래하다 포르르 나무 위로 날아갔다. 내가 좋아하는 새우튀김이 나왔지만 먹고 싶은 마음이 없었다. 옆에서 내 눈치를 살피던 짝꿍 대성에게 새우튀김을 몽땅 옮겨주었다.

"민하야, 혹시 살 빼려고 그래?"

눈이 휘둥그레진 대성이가 물었다. 대성이는 지난해에 같은 반이어서 내가 새우튀김을 얼마나 좋아하는지 알고 있었다. 나는 대답으로 고개를 가로저었다.

점점 하늘이 어두워지고, 바람이 세차게 불었다. 두꺼운 재킷을 입었는데도 뼛속으로 찬바람이 들어오는 것 같았다. 바람이 운동장 먼지들을 몰고 달리는 것처럼 세차고 빠르게 불었다. 태풍처럼 강한 회오리바람에 재킷 단추를 꼭꼭 여몄다. 머리카락이 사정없이 얼굴을 때렸다. 바람이 등을 심하게 떠밀었다.

운동장 한쪽에 파란색 트럭이 서 있었다. 아빠 트럭이었다. 트럭 위 책상과 의자가 없이 텅 비어 있었다. 아빠도 안 보였다.

집에는 아무도 없었다. 대문이 강한 바람에 삐걱거렸다. 나는 차 소리가 날 때마다 창문 밖을 보았다.

덜컹! 덜컹! 무서운 소리가 쉴 새 없이 났다. 그때 "와장창, 쿵!" 갑자기 무언가 무너지는 큰 소리가 들렸다. 나는 밖으로 뛰어나갔다.

옆집 대문이 한쪽으로 넘어져 있었다. 강하고 세찬 바람에 오래되고 낡은 대문이 견디지 못하고 넘어진 것이었다. 담장도 금이 가고 군데군데 무너져 있었다. 옆집 할아버지가 대문 옆에 쓰러져 있었다. 나는 떨리는 손으로 119에 전화를 해 더듬거리며 주소를 알려주었다. 눈앞으로 할아버지 손이 보였다. 손에서 피가 줄줄 흐르고 있었다. 나는 그대로 정신을 잃었다. 내가 눈을 떴을 때는 병원 응급실에 누워 있었다.

"정신이 드니? 얘야."

낯선 아저씨가 내게 말을 걸었다.

나는 주위를 두리번거렸다. 아저씨가 내 어깨를 토닥였다.

"엄마는 곧 오실 거야. 정말 고맙다. 난 할아버지의 아들이란다."

"할아버지는 어떠세요?"

"손이 찢어져서 피가 많이 나오긴 했는데 지금은 괜찮다. 대문을 고친다 고친다 했는데, 이런 일이 벌어졌구나. 정말 고맙구나."

옆 침대에 할아버지가 눈을 감고 있었다. 팔에는 붕대가 감겨 있었다.

"민하야, 괜찮아?" 엄마가 거의 울먹이며 뛰어왔다.

"무척 놀라셨죠? 피를 보고 놀란 것 같습니다. 별 이상은 없다고 합니다."

엄마는 옆집 아저씨 말은 대충 들으며, 내 이마에 손을 얹었다.

"어떡해, 어쩌면 좋아."

엄마는 안절부절못하며, 아빠에게 전화를 여러 번 했다.

아빠는 해가 어둑해서야 병원에 왔다. 엄마는 아빠에게 안기다시피 기댔다. 어젯밤 심하게 다툰 건 기억 못 하는지 아빠에게 기댄 엄마가 편안해 보였다.

내가 영양제 한 병을 다 맞을 동안, 아빠는 옆집 아저씨와 복도에서 이야기를 나누었다. 우리는 아저씨의 차를 타고 집으로 돌아왔다.

아빠는 넘어진 대문과 이곳저곳 상한 담장을 보고 말했다.

"대공사가 되겠군."

옆집 아저씨가 늦은 밤에 음료수와 과일 바구니를 들고 찾아왔다.

"아버지가 혈압에다 뇌경색까지 있어서 조금만 늦게 발견했어도 큰일 날 뻔했어요. 기어이 혼자 지내시겠다고 고집 피우시더니. 이렇게 좋은 이웃이 있어 다행입니다. 아버지와 이야기했어요. 이번 기회에 무너진 담장을 아예 없애려고 해요."

아저씨는 진심으로 고마워하였다. 할아버지가 일주일 뒤에 퇴원하신다는 소식도 전해주었다.

아빠가 상추를 씻고 접시를 꺼내 식탁을 정리하였다. 나는 아빠와 엄마를 번갈아 바라보았다. 아빠는 기분이 좋은지 콧노래를 흥얼거렸다.

"아빠, 트럭에 있던 책상하고 의자들은 어떻게 됐어요?"

"음, 내일 학교에 가 보면 알게 될 거야."

나는 학교 앞에 있던 파란색 트럭을 떠올리며 고개를 갸웃거렸다.

삼겹살 굽는 고소한 냄새가 온 집 안에 찼다. 우리는 상추쌈을 싸서 입이 찢어져라 서로에게 밀어 넣었다.

이른 아침부터 쿵쾅쿵쾅거리는 소리에 눈을 떴다. 아빠는 할아버지네 대문을 뜯어내고 있었다. 학교에 가면 아빠가 만든 책상과 의자를 찾을 수 있다고 했지. 나는 신발주머니를 빙빙 돌리며 아침 일찍 학교로 달려갔다.

학교에서 아빠가 만든 의자를 찾기는 쉽지 않았다. 교실은 그대로였고 달라진 것은 없어 보였다. 혹시 담임 선생님 의자가 바뀌었나 했는데, 빨간 방석이 깔려 있어서 아빠의 별 문양을 볼 수 없었다. 나는 교무실 쪽으로 가 보았다.

교무실 복도에 의자가 여러 개 나와 있었다. 오래되고 낡은 의자들이었다. 나는 닫힌 교무실 안을 들여다보려고 까치발을 하였다. 머리가 핑 돌고 어지러웠다. 나는 교무실 문을 살짝 열었다. 교무실은 거의 비어 있었다. 아빠 의자를 찾아 두리번거리는데, 누가 등을 두드렸다.

"볼일 있으면 들어가지 뭘 보고 있니?"

우리 반 담임선생님이었다.

"참, 교무실 책상과 의자가 민하 아빠 작품이라는데. 아빠가 멋진 가구 예술가시구나. 엉덩이별에 앉아 있으면 진짜 편안해. 고맙다고 전해드리렴."

담임 선생님 말에 급식을 먹지 않아도 배가 불러오는 느낌이었다. 나는 기분이 좋아서 멋진 가구 예술가라는 말을 새기고 또 새겼다.

학교에서 돌아와 보니 무너진 담장은 사라지고 없었다. 담장을 없애니 우리 집과 옆집이 하나가 된 것 같았다. 우리 집 마당까지 넓어졌다. 집 바깥벽을 인디안 핑크로 칠하니 주변이 환해졌다. 지나가는 동네 사람들이 발걸음을 멈추고 기웃거렸다. 마당에 내놓은 나무 벤치에 쉬어가는 어르신들도 있었다.

아빠가 가구 예술가라는 소문이 나면서 아빠에게 일거리가 생기기 시작했다. 아빠는 대문을 고치고 칠을 하고, 뚝딱뚝딱 낡은 가구들을 새것처럼 바꾸었다. 아빠 손을 거치면 멋진 그림이 되고, 다시 새 가구가 되었다.

병원에서 퇴원한 할아버지가 아빠에게 말했다.

"보니까 자네는 눈썰미도 있고 손재주도 남다르니 가르치는 일도 잘할 걸세. 가족 경제도 책임져야 하지 않겠나. 저번에 학교에 보낸 책상하고 의자 말일세. 아주 독특하고 편안하다고 말하더구만. 나도 예전에 목수 일을 해서 잘 알아."

"어르신도 참, 제가 나가서 가게 차릴 형편이 아니에요."

"그럴 필요 없네. 바로 여기 이 마당이 안성맞춤일세."

할아버지 집과 우리 집 마당에 천막 지붕을 올리고 작업대를 놓았다. 나무에 '유별난 목공 집'이라는 나무 간판이 걸렸다.

마당에서 목공 공방이 생긴 것이다. 우리 학교 아이들은 물론이고 동네 중·고등학교 언니 오빠들도 배우러 왔다. 한낮에는 동네 아주머니들도 모여서 나무 필통이나 작은 강아지 집을 만들었다. 아빠의 목공 공방이 동네의 작은 사랑방이 되었다. 아빠와 엄마는 고마움에 작은 잔치를 벌이기로 하였다.

'유별난 목공 집' 잔치가 열리는 날 많은 동네 사람들이 모여들었다.

"우리 마을에 이렇게 솜씨 좋은 사람이 있다는 것은 큰 축복입니다. 그동안 어디 갔다 왔는가?"

사회자가 된 할아버지의 소개에 사람들이 와아! 웃음을 터뜨렸다.

아빠가 성큼성큼 나왔다. 아빠는 아이돌 가수들처럼 휴대용 마이크를 턱에 붙이고 노래하듯이 신나게 말했다.

"고맙습니다. 제 이름이 유별난입니다."

다시 한번 웃음이 터졌다.

"기꺼이 마당을 내준 할아버님께 감사 인사 올립니다. 저의 애정과 열정으로 여러분의 숨은 재능을 찾도록 돕겠습니다. 나머지는 여러분 몫입니다. 끊임없이 갈고 닦고 문지르면서 견뎌야 합니다. 그래야만 나만의 걸작이 탄생하거든요. 저와 여러분은 멋진 한 팀입니다."

교복 입은 중학교 오빠가 휘리리익 휘파람을 불었다. 동네 사람들도 너 나 할 것 없이 힘껏 박수를 쳤다.

나무 탁자에 이웃들이 차려놓은 밥상은 푸짐하였다. 떡집에서는 건포도가 송송 박힌 백설기를 가지고 왔다. 고깃집에서는 삶은 돼지고기를, 반찬가게에서는 봄동을 내놓았다. 먹기에 아까운 예쁜

딸기는 과일가게에서, 생선가게에서는 데친 주꾸미를, 분식집에서는 달걀을 삶아 왔다. 요구르트 아주머니까지 새로운 요플레를 꺼내 놓았다. 슈퍼에서는 여러 종류 음료수를 넉넉하게 내주었다. 엄마는 구수한 잔치국수를 내놓았다.

울퉁불퉁한 달걀지단은 내 작품이다.

바람이 불 때마다 연분홍색 매화꽃이 사람들 머리에 내려앉았다.

"어머, 꽃 다 지겠네. 매실이 주렁주렁 열려야 나눠 먹고 매실청도 만드는데."

벌써부터 들뜬 엄마 목소리가 유쾌했다.

'유별난 목공 집' 나무 간판이 봄바람에 살랑살랑 흔들거렸다.

– 2015년 5·18문학상 신인상 동화 부문 수상작,

계간『문학들』(2015년 여름호)/

김영 동화책『유별난 목공 집』(도토리숲, 2021년)

흰나비 떼의 향기

안오일

전남 목포에서 태어났다. 2007년 〈전남일보〉 신춘문예로 등단했다.

『막난할미와 로봇곰 덜덜』 『막난할미, 래퍼로 데뷔하다』

『우리들의 오월뉴스』 등 여러 권의 동화책과

청소년소설 『녹두밭의 은하수』 『조보, 백성을 깨우다』 등을 펴냈다.

푸른문학상, 한국안데르센상, 대교아동문학상, 송순문학상 등을 수상했다.

카악!

이야아아옹!

쓰레기통을 뒤지다 놀란 담이는 고개를 들었다. 경계의 눈빛으로 주변을 둘러보다 소리가 났던 공터 쪽으로 천천히 다가갔다. 덤불 너머의 상황에 담이는 걸음을 멈추었다. 검은 고양이 한 마리가 걷어차인 듯 꼬꾸라져 있었고, 그 앞에는 덩치 큰 고양이가 턱을 주억거리며 쏘아보고 있었다.

"한 번만 더 까불면 그땐 각오하는 게 좋을 거야."

큰 고양이는 눈을 부라리며 말했다. 그러고는 고개를 획 돌려 주위를 둘러봤다. 누구든 자기를 가로막으면 가만두지 않겠다는 눈빛이다. 두려운 표정으로 지켜보고 있던 주변 고양이들은 큰 고양이와 눈이 마주치자 서둘러 도망갔다. 이마에 큰 점이 있는 새끼를 밴 고양이만 검은 고양이를 안타까운 표정으로 바라봤다.

큰 고양이가 다가가자, 그때야 새끼 밴 고양이도 슬픈 표정을 지으며 덤불 속으로 들어갔다. 큰 고양이는 새끼 밴 고양이 앞에 있던 닭고기 한 조각을 날름 먹어치우더니 공중화장실 뒤쪽으로 느릿느릿 걸어갔다.

걱정된 담이는 천천히 검은 고양이에게 다가갔다. 담이는 괜찮냐고 물어보려다가 관두고 그냥 옆에 앉아 하늘만 바라봤다. 하늘은 구름 한 점 없이 파랬다.

"불편하겠구나….."

담이는 흠칫 놀란 표정으로 고개를 돌렸다. 언제 일어났는지 검은 고양이가 담이를 쳐다보고 있었다. 통증은 아직 덜 가신 표정이다.

'나를 걱정해줬어. 이런 말 듣는 거 처음이야….'

담이는 마음이 뭉클해졌다. 낡은 천으로 한쪽 눈을 가리고 다니는 자기를 보면 누구든 애꾸눈이라고 놀리기만 했다. 이렇게 염려해준 적은 없다.

코끝이 찡해진 담이는 몸을 사르르 떨었다. 그러자 담이의 흰색 털이 찰랑이며 햇살에 반짝거렸다. 그때 검은 고양이가 더 다가서며 말했다.

"난 두비야. 너는?"

순간 당황한 담이는 자기도 모르게 고개를 돌렸다. 갑작스럽기도 하고 자기 모습에 자신이 없다. 담이는 잠시 망설이더니 고개를 돌리지 않은 채로 대답했다.

"나는 담이라고 해."

"처음 보는데….."

"어제 이 동네로 왔어."

"혼자?"

"아니, 엄마랑 같이."

"말할 땐 상대방 좀 보고 얘기하면 좋은데."

두비의 말에 담이는 천천히 고개를 돌렸다. 두비는 담이를 잠시 바라보더니 말했다.

"우리… 친구 할래?"

담이는 두비의 친구라는 말에 다시 한번 놀란 표정을 지었다. 한 번도 친구를 사귀어 본 적이 없기 때문이다. 담이는 두비가 왠지 맘에 들었다.

담이랑 두비는 돌계단 쪽으로 가서 나란히 앉았다.

"그런데 눈은 어떻게 해서 다친 거야?"

두비의 물음에 담이는 잠시 망설이더니 말했다.

"으응, 그냥 좀 다쳤어…."

담이는 더는 말을 하지 않고 슬픈 표정을 지었다.

"그만 물어볼게. 말하기 힘들면 하지 않아도 돼."

두비는 미소를 지어주며 말했다. 담이는 자기 마음을 헤아려주는 두비가 고마웠다.

"몸은 괜찮아? 아까 세게 맞은 거 같은데…."

"괜찮아. 종종 맞으니, 맷집이 생겨서 이 정도는 뭐."

"근데 널 때린 애는 누구야?"

담이의 물음에 두비는 표정이 굳어지며 말했다.

"양모스라고 해. 맘모스처럼 덩치가 커서 다들 그렇게 부르는데 나쁜 놈이야."

두비는 양모스가 사라진 쪽을 보며 계속 말했다.

"누가 시켜주지도 않았는데 우리 대장인 것처럼 행동하는 거 있지. 그러고는 자기 멋대로야. 음식을 뺏는 것은 기본이고 자기 맘에 안 들면 별짓을 다해. 저번에는 자기를 빤히 쳐다봤다고 그 고양이 수염을 잡아 뜯기도 했다니까. 아파서 비명을 지르니까 아 글쎄 능글맞게 웃던 표정은 정말 끔찍했어. 여기서 사는 고양이들은 한 번이라도 다 당한 적이 있을걸?"

"그 정도야?"

"너도 아까 봤지? 나 걷어차는 거. 배가 터지는 줄 알았어."

담이는 걱정스러운 눈빛으로 두비 배를 쳐다봤다. 그런 담이를 보며 두비는 웃으면서 말했다.

"배 터지게 먹어 보는 게 소원이었는데 하마터면 그놈한테 걷어차여서 터질 뻔했네."

두비 말에 담이도 웃었다.

"참, 너한텐 왜 그랬는데?"

"하필 점순이 밥을 뺏으려고 하잖아."

담이는 점순이라는 말에 아까 두비를 안타깝게 쳐다보다가 간 이마에 점이 있는 고양이를 떠올렸다.

"새끼를 가져서 잘 먹어야 하는데 요즘 통 못 먹었거든. 그래서 닭튀김 한 조각 갖다줬어. 아 근데 그 냄새를 양모스가 언제 맡았는지 나타나 가로채려고 하잖아. 저기 사거리 통닭집 앞에서 내가 얼마나 알랑거려 겨우 얻어준 건데 말야."

"그래서 네가 나선 거야?"

두비는 대답 대신 고개를 끄덕였다.

"맞을 줄 알면서?"

"……."

"너 점순이 좋아하는구나?"

담이 말에 두비는 얼굴을 붉혔다. 그런 두비를 보며 담이는 미소를 짓다가 답답한 듯 말했다.

"왜들 그러고 당하고만 있어? 아무리 힘이 세도 다 같이 달려들면 어쩌지 못할 거 아냐."

"나도 같은 생각이야. 그래서 몇 번 애기해 봤는데 모두 선뜻 나서지를 못하고 있어. 무섭기도 하고… 혹시 잘못돼서 쫓겨나면 다른 데서 터 잡기도 힘드니까…."

"쫓아내기도 해?"

"응. 다른 데로 옮기는 게 쉬운 일은 아니지. 어느 곳이든 텃세가 심해서…."

"그런다고 언제까지 당하고만 있을 순 없잖아."

"그렇기는 해. 하지만 다들 처지가 있는데 나서라고 우기지는 못하겠어. 희생을 강요할 순 없잖아. 스스로 하면 모를까."

담이는 뭔가 말하려다가 그냥 입 다물었다. 두비 말이 맞는다는 생각이 들었기 때문이다.

주위를 둘러보던 담이는 코끝이 간지러운지 코를 큼큼거리며 말했다.

"이 향기는 어디서 나는 거지?"

두비는 담이의 말에 자기도 코를 내밀고 큼큼거리더니 저 앞쪽에 있는 나무를 가리키며 말했다.

"으응, 이건 저 아까시나무 꽃향기야."

담이는 두비가 가리키는 나무를 바라보았다. 아까시꽃이 흐드러지게 피어 있었다. 하얀 꽃잎들이 바람에 한들거릴 때마다 향기는 더 진하게 다가왔다.

다음 날부터 담이와 두비는 하루도 빠지지 않고 만나서 이런저런 애기하며 놀았다. 그런데 담이는 애기하다가도 다른 고양이들이 나타나면 얼른 아무도 없는 곳으로 피하려고 했다. 그럴 때마다 두비는 담이를 말렸다.

"그러지 마. 그냥 눈을 다쳐서 그러는 건데 왜 자꾸 숨으려고 해? 네가 얼마나 멋진 흰 털을 가졌는지 모르지? 모두 부러워할 거야."

두비가 위로해줄 때마다 담이는 고개를 더욱 푹 숙이고 아무 말도 안 했다.

그러던 어느 날 늘 만나던 시간에 두비가 나오지 않았다. 걱정이 되고 불안한 마음이 든 담이는 날마다 나가서 기다렸지만 두비는 며칠이 지나도 오지 않았다.

오늘도 담이는 해가 질 때까지 기다리다 축 처진 모습으로 엄마 옆으로 왔다.

"엄마, 두비가 오늘도 안 나왔어요."

"그랬구나."

"혹시 내가 싫어진 걸까요? 괜찮다고는 했지만 내 눈이…"

"아닐 거야. 친구를 쉽게 의심하면 못써. 엄마는 두비를 한 번밖에 안 봤지만, 그럴 친구가 아니라고 생각해. 무슨 일이 있는 거겠지."

담이는 자려고 눈을 감았다가 한숨을 푹 내쉬었다. 친구라면서 두비에 대해 아는 게 별로 없는 자신이 한심스러웠다.

'친구야, 많이 보고 싶다….'

다음 날 담이는 혹시나, 하는 마음으로 다시 약속 장소로 나갔다. 그때였다.

퍽!

양모스가 던진 돌이 담이 이마를 맞췄다.

이야옹!

담이는 비명을 질렀다.

"에잇, 애꾸눈이잖아! 재수 없어. 당장 꺼져!"

담이는 현기증이 났다. 돌멩이 하나가 다시 날아오는 걸 느꼈지만 담이는 어지러워서 피하지 못하고 그냥 있었다. 그 순간 누군가가 담이 앞으로 뛰어들었다. 담이는 깜짝 놀라 얼굴을 쳐다봤다. 두비였다.

퍽!

돌멩이에 맞은 두비가 그대로 쓰러졌다. 한쪽 눈에서 피가 났다. 째려보고 있던 양모스는 그대로 가버렸다.

"두비야! 두비야!"

담이는 피가 나는 두비의 눈을 감싸며 목 놓아 불렀다. 잠시 후 두비가 정신을 차리며 눈을 떴다.

"아이고 귀청 떨어지겠네. 왜 이렇게 호들갑이야."

"정신 들어?"

"이 바보야. 왜 맞고 가만히 있어. 도망가야지. 또 맞으면 어쩌려고."

"괜찮아? 눈에서 피 나."

"너도 이마에서 피 나."

두비는 담이의 이마에 흐르는 피를 닦아주었다. 담이는 자기 이마에 나는 피만 닦아주는 두비를 보며 마음이 따스함으로 가득 차올랐다.

"잠깐 이 천 좀 떼자. 피가 들어갔어."

두비의 말에 담이는 깜짝 놀라 고개를 돌리며 자기도 모르게 소리쳤다.

"안 돼!"

두비는 담이의 뜻밖의 행동에 잠시 멈칫했다.

"왜 안 돼? 닦기만 하고 다시 하면 되잖아. 상처가 흉하게 나서 그래? 나한테까지 그럴 필요는 없어."

두비가 아무리 달래도 담이는 두려워하며 거부했다. 그러자 두비는 포기하는 척하다가 담이가 잠깐 방심하는 사이 순식간에 천을 잡아떼어버렸다.

헉!

순간 담이와 두비는 서로 놀란 표정으로 쳐다봤다. 담이는 자기를 쳐다보는 두비의 얼굴을 피하려고 했지만, 온몸이 굳어서 움직이질 않았다. 두비는 담이의 눈을 한참 동안 쳐다보더니 겨우 입을 떼 말했다.

"세상에⋯ 초록 눈이잖아."

담이는 고개를 푹 숙였다. 그러고는 가려고 뒤돌아서는데 두비가 다시 말했다.

"이렇게 예쁜 눈은 처음이야. 너무너무 아름다워."

담이는 아까보다도 더 놀란 듯 동공이 커지더니 마구 흔들거렸다.

"뭐?"

"못 들었어? 진짜 진짜 예쁘다구."

"저, 정말 그렇게 생각해?"

"그럼, 정말이지. 근데 이렇게 예쁜 눈을 왜 감추고 다닌 거야?"

담이는 아직도 굳은 몸이 안 풀렸는지 심호흡을 여러 번 한 뒤 두비에게 천천히 설명했다.

담이는 태어날 때부터 양쪽 눈의 색깔이 다른 오드아이였다. 그런데 같은 동네에 살던 고양이들이 자기들과는 다르다며 같이 놀기를 꺼리며 멀리했다. 그리고 담이가 커갈수록 초록 눈빛이 더 선명해지자 귀신에 씌었다며 무서워하기까지 했다. 그래서 담이는 그때부터 천으로 초록 눈을 가리고 다녔고 엄마를 졸라 그 동네를 떠나 이 동네로 왔다.

"이런 내 눈을 예쁘다고 말해준 건 네가 처음이야."

"이젠 가리지 마. 애꾸눈이라고 놀리잖아."

두비는 웃으면서 담이에게 말했다. 그러자 담이는 쓸쓸한 미소를 지으며 말했다.

"애꾸눈이라고 놀리는 건 참을 수 있어. 하지만 나를 보고 무서워서 피하는 건 너무 힘들었어…."

"!"

두비는 담이를 안쓰럽게 바라봤다.

"그럼, 저번에 물었을 때 나한테 얘기 안 한 건….."

"응, 사실을 알면 너도 나를 무서워하며 피할까 봐….."

두비는 담이의 눈가에 갈색 눈물과 초록 눈물이 맺히는 걸 보고는 뭔가를 꺼내 내밀었다.

"담이야, 이거."

담이는 받아서 무엇인지 살폈다. 거울이었다.

"웬 거울이야?"

"네가 얼마나 멋있는지도 모르고 자꾸 숨으려고 하길래 똑똑히 보라고 가져왔어. 이거 구하느라 얼마나 힘들었는지 알아?"

"그럼, 거울 구하기 위해 며칠 동안 못 온 거야?"

"그래, 아파트 재활용 수거함 뒤지다 경비 아저씨한테 맞기도 했다 뭐."

담이는 거울을 들여다봤다. 거울 속에 오랫동안 보지 못했던 자기 모습이 있었다. 흰 털이 햇살에 반짝거렸다. 갈색 눈과 초록 눈이 자기를 보고 있었다.

"멋진 흰 털에다 이렇게 예쁜 초록 눈까지 있을 줄은 몰랐네."

담이는 두비 말에 얼굴이 빨개졌다.

"네가 저번에 말했잖아. 옳지 않은 일에 맞서라고. 그러려면 용기가 필요한데, 자신이 당당해야 용기도 나오는 거 아냐? 그러니까 이젠 눈 가리지 마."

담이는 두비 말에 멋쩍어하며 말했다.

"넌 괜찮지만… 아직은… 그래도 노력은 해 볼게."

그러면서 천으로 초록눈을 다시 가렸다.

"아야."

두비는 아까 맞은 눈에 통증이 왔는지 얼굴을 찡그렸다.

"왜 그래? 아파?"

"가서 좀 쉬면 괜찮아질 거야."

"나 때문에….'"

"걱정하지 마. 나는 점순이한테 들렀다 가 볼게. 새끼를 낳았거든. 그러면 내일 봐."

두비가 돌아가고 난 뒤 담이는 한참 동안 두비가 걸어간 쪽을 걱정스럽게 바라보다 엄마가 있는 곳으로 향했다.

기운 없이 엎드려 있는 담이를 보며 엄마가 물었다.

"오늘도 두비가 안 나왔니?"

담이는 힘없이 일어나 앉더니 오늘 있었던 일과 두비에 대한 이야기를 했다. 다 듣고 난 엄마는 담이를 바라봤다.

"우리 담이는 참으로 멋진 친구를 뒀구나."

"엄마, 두비 어떻게 해요? 만약 눈이….'"

담이는 더는 말을 못 하고 울먹였다. 그때 엄마가 뭔가를 꺼내 담이에게 내밀었다. 작은 주머니였다.

"?"

"열어 봐."

담이는 작은 주머니를 열어 보았다. 거기에는 깨끗하게 잘 다듬어진 생선 뼈 가운데 도막이 들어 있었다. 담이는 이게 뭐냐는 눈빛으로 엄마를 쳐다봤다.

"지금은 다른 먹을 것들이 많이 나오지만, 옛날에는 이 생선 뼈가 우리 고양이들한텐 꼭 필요한 식량이었어. 생선 뼈를 먹지 않으면 눈이 먼다는 말이 있을 정도였지."

"눈이 멀어요?"

"그만큼 귀한 거였단 얘기야."

"어디서 났어요?"

"할머니가 물려주신 거야. 액운을 막아주는 거니 잘 간직하라고."

"그런데 이걸 왜…."

엄마는 담이에게 돌멩이 하나만 주워 오라고 했다. 담이가 가져오자, 그 돌멩이로 생선 뼈를 으깨기 시작했다.

"엄마! 귀한 거라고 하더니 왜 그래요?"

담이가 물어도 엄마는 아무 말 않고 가루가 될 때까지 돌멩이로 찧고 또 찧었다. 드디어 가루가 되자 엄마는 다시 주머니에 담아 담이에게 주며 말했다.

"두비에게 먹으라고 줘라."

"네?"

"눈에 좋은 거니 먹으면 더 낫지 않겠니?"

"하지만… 이건…."

망설이는 담이를 보며 엄마는 웃으며 말했다.

"귀중한 것이 꼭 필요한 곳에 쓰였을 땐 사라지는 것이 아니라 영원히 간직되는 거야."

담이는 엄마 말에 환하게 웃으며 고개를 끄덕였다.

다음 날 담이는 두비에게 줄 뼛가루를 가슴에 꼭 품고 부푼 마음으로 약속 장소로 갔다. 도착한 담이는 두비가 늘 걸어오던 쪽을 쳐다봤다. 그때 공터 덤불 뒤쪽에서 무슨 소리가 났다. 담이는 혹시 두비일 수도 있어 그쪽으로 걸어가다 멈칫했다.

새끼를 품에 꼭 껴안은 점순이가 벌벌 떨고 있었다. 그 앞에는 양모스가 떡하니 버티고 서서 노려보고 있었다.

"당장 이 자리 비워. 전망도 좋고 그늘도 있고 딱 내 맘에 든단 말야."

양모스가 주위를 둘러보며 아주 만족스러운 웃음을 흘리며 말했다.

"새끼가 좀 자랄 때까지만 기다려주면 안 돼요? 제 몸도 아직 안 좋아서…."

점순이가 간절한 눈빛으로 양모스를 바라보며 말했다. 그러자 양모스가 눈을 크게 부라리더니 앞발로 점순이 배를 한 대 치며 말했다.

"내 말에 토 달지 마!"

점순이는 배를 움켜잡으며 아파했다. 담이의 놀란 눈과 점순이의 고통스러운 눈이 마주쳤다. 담이는 마음이 쓰르르 저렸다. 점순이가 움직이질 못하고 그대로 있자 화가 난 양모스가 다시 한번 앞발을 쳐들었다. 그러자 점순이는 눈을 질끈 감은 채 새끼를 더욱 껴안았다.

"양모스 그만해!"

양모스가 걷어차려는 순간 언제 왔는지 두비가 달려들어 점순이 앞을 가로막았다.

두비는 상처 난 한쪽 눈을 제대로 뜨지도 못한 채 다시 소리쳤다.

"우리 좀 그만 놔둬. 괴롭히지 말라구!"

두비는 떨면서도 여차하면 반격할 자세를 취했다. 양모스는 어이가 없다는 듯 웃더니 순식간에 달려들어 두비 뒷발을 걷어찼다. 캬아옹! 벌러덩 넘어진 두비는 아파했고 눈은 다시 찢어졌는지 피가 났다. 하지만 두비는 비틀거리며 일어서서 양모스를 노려봤다. 맞아 죽을 각오라도 한 듯한 표정이다. 양모스가 이번에는 뒷발로 돌려차기를 하려고 했다.

캬야아아옹~~

보다 못한 담이가 두비와 양모스 앞으로 다가갔다. 엄마가 준 뼛가루 주머니를 꽉 쥐었다. 담이의 행동에 두비가 놀란 표정으로 쳐다봤다.

담이와 두비를 보던 양모스가 목을 한 번 움츠렸다 쭈욱 잡아 빼더니 두 놈을 한꺼번에 처리하겠다는 듯이 다가갔다. 아주 표독스러운 눈빛에 담이와 두비는 순간 얼었지만 도망가지 않고 그대로 버텼다. 양모스가 두 앞발을 다 들어 담이와 두비를 덮치려 했다. 그때였다.

야옹 야옹 야옹 야옹 야옹 …

건너편 덤불 속에서, 벤치 뒤에서, 쓰레기통 뒤에서, 깨진 화분 속에서 움츠리고 바라만 보고 있던 고양이들이 하나둘 나와 다가왔다. 담이와 두비는 생각지도 못한 상황에 얼떨떨한 표정이더니 서로 쳐다보며 환한 미소를 지었다.

담이와 두비와 공터 고양이들은 양모스를 둘러싸고 모여들었다.

양모스는 눈을 희번덕거리며 주위를 보더니 모여드는 고양이들 숫자가 점점 늘어나자, 꼬리를 내리고 당황한 표정이다. 담이는 초록눈을 가리고 있던 천을 벗겨내 양모스에게 던졌다. 초록눈이 반짝 빛났다. 두비는 그런 담이에게 앞발을 들어 흔들어 주었다.

공터에 꽃향기가 훅 풍기면서 아까시꽃 이파리들이 흰나비 떼처럼 날리었다.

– 광주전남작가회의 8인 단편집 『하늘나라 우체통』(문학들, 2015년)

종이 주먹밥

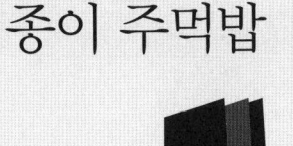

박서현

충남 보령에서 태어났다. 2019년 5·18문학상 신인상 동화 부문 수상.

2023년 『창비어린이』 신인상 청소년 부문 수상.

2024년 〈문화일보〉 신춘문예 동화 부문 당선으로 등단했다.

－너 어디? 나 집 왔어. 지금 볼래?

　미래였다. 가족여행을 떠난 미래가 드디어 돌아왔다. 더운 나라에서 얼굴을 잔뜩 태워 왔을 미래를 떠올리니 웃음이 났다.

　할머니 방문에 귀를 살짝 가져다 댔다. 아까부터 조용한 걸 보면 낮잠 중일 확률이 높았다. 잠깐 정도면 나갔다 와도 괜찮을 것 같았다.

　나는 곧장 집을 빠져나왔다. 밖은 생각보다 추웠다. 놀이터엔 아무도 없었다. 구석에 있는 공중전화부스 안으로 들어가 바람을 피했다. 미래에게 겉옷을 부탁한다는 문자도 잊지 않고 보냈다.

　잠시 후, 두 손 가득 짐을 들고 걸어오는 미래가 보였다.

　"서미래! 여기야! 여기!"

　반가운 마음에 두 팔을 번쩍 들었다. 미래도 활짝 웃으며 내게 달려왔다. 미래는 두툼한 패딩과 커다란 비닐봉지를 가슴에 안고 있었다.

"야, 너 때문에 집에 다시 갔다왔잖아."

미래는 툴툴대면서도 패딩을 내 어깨에 걸쳐줬다.

"미안, 미안. 급하게 오느라. 근데 너 하나도 안 탔네?"

미래는 비닐봉지에서 야자수 그림이 그려진 과자봉지를 꺼내 들었다.

"말도 마. 바다에 들어가 보지도 못했어."

미래가 과자를 와작와작 씹어댔다.

내가 집에 갇혀 있는 동안 미래는 머나먼 더운 나라의 호텔에 꼼짝없이 갇혀 있었다고 한다. 인터넷도 안 되고 말도 안 통하는 사람들과 일주일 내내 말이다.

"여행 가기 전부터 할머니한테 감기 기운 있었대. 근데 티켓값 아깝다고 그냥 간 거래. 말이 되니? 저번에도 감기 심해져서 입원했으면서. 엄마는 할머니 간호하고 아빠는 병원 찾느라 바쁘고. 진짜 지옥이었어."

미래가 마지막 과자를 입에 넣으며 질렸다는 듯 고개를 저었다. 미래의 마음은 백번 이해한다. 내가 집에 갇혀 있는 이유도 미래랑 다를 게 없었으니까.

"야, 여행을 간 게 어디냐. 나는 방학 내내 집에만 있었잖아."

거기다 나는 현재 진행형이다. 미래의 지루한 여행은 끝났지만 내 지루한 방학은 아직도 일주일이나 남아 있다.

미래가 이제 생각났다는 듯 미간을 찌푸렸다.

"할머니 계속 아프셔? 아예 누워 계시는 거야?"

"뭐 그렇지."

나는 한숨을 쉬며 두 번째 과자를 꺼냈다. 망고가 그려진 봉투에는 말린 망고가 들어 있었다. 달달한 게 그렇게 맛있을 수가 없었다. 한꺼번에 집어 먹다가 미래와 눈이 마주쳤다. 미래는 배시시 웃더니 들고 있던 비닐봉지를 내 손목에 걸었다.

"가져가서 먹어. 망고 많이 있으니까 할머니랑 같이 먹어. 우리 할머니 다른 건 안 먹어도 그건 좀 먹더라고."

미래는 아주 어릴 때부터 할머니랑 살았다. 그래서 할머니들이 뭘 싫어하고 뭘 좋아하는지 엄청 잘 알고 있다. 나랑 친해진 것도 할머니랑 같이 살고 있다는 이유가 가장 컸다. 미래의 할머니는 몸이 약해서 항상 감기를 달고 산다. 우리 할머니랑은 다르다. 우리 할머니는 함께 살게 된 후로 한 번도 감기에 걸리지 않았다. 하지만 아프다. 마음이 아파서 혼자 두면 안 된다. 그러니 우리 집에서 제일 만만한 내가 방학 내내 할머니 옆에 붙어 있는 수밖에 없다.

입안을 가득 메운 망고가 답답하게 느껴졌다.

띠리리리, 시끄러운 소리가 울렸다.

"응, 엄마?"

미래가 전화를 받았다. 시간을 확인하니 벌써 1시간이 지나 있었다. 집에선 시간도 안 가더니 이럴 때만 빨리 간다.

"그만 가 봐야겠다."

전화를 끊은 미래가 미안하다는 얼굴로 나를 쳐다봤다. 나는 시무룩하게 고개를 끄덕였다.

미래랑 헤어지자마자 마음이 급해졌다. 집을 너무 오래 비워둔 것 같았다. 마음 따라 다리도 빨라졌다. 헐레벌떡 뛰었더니 몸에 열이 올랐다. 다행히 집은 조용했다. 정말, 조용하기만 했다.

"할머니!"

집은 도둑이 들었다고 오해할 만큼 엉망이었다. 방에서 빠져나온 물건들이 거실에서 부엌으로 이어졌다.

치이익! 밥솥에서 연기가 빠져나왔다. 익숙한 풍경이 눈앞에 펼쳐졌다.

식탁을 가득 채운 쟁반 위엔 연기가 모락모락 피어오르는 주먹밥이 산처럼 쌓여 있다. 할머니는 맨손으로 막 지은 밥을 동그랗게 뭉치고 있었다.

"할머니! 또 왜 그래!"

우선 바닥에 놓인 쓰레기부터 주웠다. 동그랗게 말린 양말 뭉치나 휴지 덩어리, 구겨진 종이 뭉치는 주워도 주워도 끝이 보이지 않았다. 나는 이런 걸 치우기 위해 집에 갇혀 있었던 거나 다름이 없다.

할머니는 자신이 뭉쳐놓은 양말이 내가 전날 벗어놓은 양말이라고는 꿈에도 생각하지 않는다. 할머니에겐 그저 주먹밥일 뿐이다.

"정애야, 너도 언능 만들어라. 밥 식기 전에 만들어야제."

할머니가 흘러내리는 소매를 걷어 올렸다. 힘을 내겠다는 소리다. 나를 송이가 아닌 정애라고 부르는 걸 보면 집에 있는 쌀이 바닥을 보일 때까지 밥을 짓고 주먹밥을 만들겠다는 거다.

나는 할머니에게 다가갔다. 할머니의 손바닥이 빨갛게 불타오르고 있었다.

"할머니, 손 또 데였잖아! 그만 좀 해!"

가슴이 답답했다. 할머니는 주먹밥 만드는 데 열중이었다. 손바닥에서 주먹밥이 돌아갈 때마다 입으론 후, 후 박자까지 맞췄다. 화를 내고 싶어도 어떻게 화를 내야 할지 몰라 한숨만 나왔다.

예전에는 봄에만 잠깐 아팠다고 했다. 그때는 할머니도 별수 없이 병원에서 지냈다. 그래서 어버이날엔 할머니 얼굴을 본 적이 없었다. 할아버지가 굳이 내려오지 말라고 했기 때문이다. 하지만 이젠 할아버지가 없다.

그 후 오월이 올 때마다 엄마는 전화를 받고 다급하게 광주로 내려가는 일이 많아졌다. 처음엔 오월만 걸려오던 전화가 어쩔 땐 더위가 찌르는 팔월이나 눈이 소복이 쌓인 일월에도 걸려왔다. 이젠 다른 방법이 없다고 했다. 그해 겨울이 끝나기 전, 우리 집엔 할머니 방이 생겼다.

띵동—

할머니의 손이 잠깐 멈칫했다.

띵동— 띵동—

"오메, 정애야."

할머니가 겁먹은 얼굴로 나를 붙잡았다. 반복되는 소리에 겁을 먹은 거다.

"아냐, 할머니. 괜찮아."

보통 이 시간에 울리는 초인종은 반응이 없으면 사라지기 마련이다. 나는 울상이 된 할머니를 잡아끌었다.

"할머니, 이제 그만하고 방에 들어가자. 충분히 많잖아. 봐, 봐. 가득 쌓였네."

주먹밥이 많다는 걸 보여주기 위해 팔을 뻗었다. 그 순간, 어설프게 쌓여 있던 주먹밥 하나가 굴러떨어졌다. 할머니는 인상을 구겼다.

"아따, 정애야. 조심해야제."

할머니는 주먹밥 산을 재정비했다. 그래 봤자 엉성한 건 변하지 않았다.

"쯧, 허기도 못 채우것구만. 겨우 이 정도로 뭘 그르냐."

할머니의 손이 다시 바쁘게 움직였다. 소금간만 된 투박한 주먹밥이 빠르게 만들어졌다. 크기만 크고 급하게 만들어서 손자국이 그대로 보이는 엉성하기 짝이 없는 주먹밥이었다.

"뭐하고 있냐. 언능 앞치마 들고 와야제. 한시가 바쁜디!"

할머니가 주먹밥에 완전히 빠져버렸다. 이럴 땐 엄마도 어쩌지 못한다. 그냥 만족할 때까지 내버려둬야 한다. 이러니 미래에게 사실대로 말할 수가 없는 거다. 아픈 할머니여도 다 같은 할머니가 아니니까.

"할머니, 제발. 결국 혼나는 건 나란 말이야!"

할머니에게 주먹밥을 억지로 빼앗을 때였다. 멈춘 줄 알았던 초인종 소리가 다시 들려왔다.

띵동— 띵동— 쾅쾅쾅—

"아이고, 정애야!"

아까보다 큰 소리에 할머니가 귀를 막고 쪼그려 앉았다.

나는 얼른 현관으로 달려 나갔다.

"누구예요! 왜 자꾸 눌러요!"

현관문이 열렸다.

"송이야……."

그곳에 미래가 있었다.

"무슨 일 있어? 화내는 소리가 밖에까지 다 들려서……."

등줄기에 소름이 돋았다. 미래가 걱정 어린 눈으로 집안을 들여다봤다. 나는 반사적으로 허리를 꼿꼿이 세웠다. 미래에게 잉망이 된 거실을 보여주고 싶지 않았다.

"왜 왔어?"

미래의 눈을 제대로 볼 수가 없다. 우물쭈물하던 미래의 손가락이 패딩을 가리켰다.

"……옷. 그거 언니 거라 가져가야 해서."

"옷?"

생각해 보니 미래 옷을 지금까지 입고 있었다. 옷만 벗어주면 되는구나. 안심이 됐다. 당장 옷을 벗어주고 돌려보내면 그만이다. 설명은 다음에, 변명거리를 생각한 후에 사과랑 같이하면 된다. 그때 뒤에서 할머니 목소리가 들렸다.

"정애야, 그놈들이냐?"

식탁 밑으로 숨었던 할머니가 은쟁반으로 얼굴을 가리며 걸어나왔다. 미래는 할머니에게 인사를 하겠다고 현관 안으로 한 발 들어섰다.

"안녕하세요. 할머니, 송이 친구 미래라고 합니다."

고개를 들어 올린 미래의 눈이 약하게 흔들렸다.

가끔 찾아오는 이모들도 밖에선 웃다가 집으로 들어오면 놀란 눈이 돼버린다. 내겐 익숙해져버린 동그란 쓰레기가 이모나 미래에겐 놀랄 만한 일인 거다.

굳어 있던 할머니의 얼굴이 원래 자리를 찾아갔다.

"어린애잖아. 정애 니가 데려왔냐?"

할머니는 탐탁지 않은 표정으로 미래를 쳐다봤다.

"뭐 됐다. 손이 하나라도 더 있으면 좋지."

할머니는 주방으로 발길을 돌렸다.

'송이야? 할머니 왜 저러셔?'

미래가 귓속말을 해왔다. 말을 하면서도 눈치를 살피고 있었다. 나도 이런 상황은 처음이었다.

"왔으면 언능 와서 이것 좀 거들어라!"

할머니가 고개만 살짝 빼 들고 우리를 재촉했다. 미래는 주춤거리며 신발을 벗었다.

가능하면 미래를 이대로 돌려보내고 싶었다. 나를 송이가 아닌 정애라고 부르는 할머니를 미래에게 보여주고 싶지 않았다. 양말 뭉치가 나뒹구는 거실도, 주먹밥으로 엉망이 된 부엌도.

"우와…."

미래가 산처럼 쌓인 주먹밥을 신기하게 쳐다봤다.

"정애야, 언능 앉아라. 다 같이 만들어야 하나라도 더 먹이제."

또 정애다. 미래가 고개를 갸웃하며 나를 바라봤다.

"미래야 그냥 가, 나중에 설명해줄게."

아무래도 안 될 것 같았다. 미래를 현관 쪽으로 밀었다.

"송이야, 잠깐만."

"어서 가. 내가 나중에 설명해줄 테니까."

그때였다. 띠리리리리리- 미래의 호주머니에서 휴대전화 소리가 크게 울렸다. 나는 아차 싶었고 때는 이미 늦어버렸다.

할머니가 달려왔다. 내가 설명할 틈도 없이 사색이 된 얼굴로 나를 끌어안았다. 쌀알이 덕지덕지 묻은 빨간 손가락이 덜덜 떨리고 있었다.

"안 된다. 정애야. 어서 피해."

목소리가 떨렸다. 할머니는 겁에 질려 있었다. 나는 움직일 수가 없었다. 할머니의 팔은 밀어내려 하면 할수록 내 몸을 죄어왔다. 절대 놓아주기 싫다는 듯 할머니가 나를 꼭 끌어안았다.

"나쁜 놈들! 우리가 무슨 잘못이 있다고! 나쁜 놈들! 정애야, 죽지 마라. 정애야."

정애는 할머니와 함께 주먹밥을 만들었던 친구의 이름이다. 같은 고등학교를 나와 비슷한 시기에 시집을 간 둘도 없는 친구라고 했다. 총알이 친구의 머리에 날아든 날, 할머니는 친구의 피로 붉게 물든 주먹밥을 보며 소리도 지르지 못하고 떨었다고 한다. 그 후로 작은 경적 소리만 들려도 할머니는 몸을 떨었다.

"할머니, 괜찮으니까 이것 좀 놔 봐! 할머니!"

"정애야, 정애야. 불쌍한 우리 정애."

"할머니 제발 좀!"

할머니가 꺽꺽 소리를 내며 울기 시작했다.

눈앞이 아찔했다. 머리에서 쥐가 나는 기분이었다. 미래가 겁을 먹고 뛰쳐나가도 할 말이 없었다. 눈앞이 부옇게 흐려졌다. 나도 할머니처럼 울고 싶어졌다. 할머니가 미워서 견딜 수가 없었다.

"서미래! 너 빨리 가! 어서 나가!"

할머니 팔에 가려 미래의 모습은 보이지도 않았다. 휴대전화 소리가 지금 막 꺼진 걸 보면 아직 근처에 있는 게 틀림없다.

"어서 가버려. 우리 할머니 지금 아프니까, 빨리 나가!"

심한 말이라도 해서 미래를 쫓아내고 싶었다. 어쩌면 이미 현관

문을 뛰쳐나가고 있을지도 모른다. 차라리 그게 나을 거다. 지금 상황은 한마디로 최악이니까.

그런데 이상했다. 할머니의 고함 사이에 미래의 목소리가 들려오고 있었다.

"할머니, 울지 마세요. 괜찮아요. 송이 괜찮아요. 아무렇지도 않아요!"

미래가 할머니의 한쪽 팔을 붙잡았는지 앞을 볼 수 있었다. 웃고 있는 미래가 보였다. 눈은 잔뜩 굳어 있으면서 입으론 웃고 있는 이상한 표정의 미래가 있었다.

미래는 울고 있는 할머니를 위로했다.

"할머니, 저 보세요. 여기 정애, 정애도 보세요. 완전 건강해요! 그치 정애야?! 봐요, 할머니."

미래가 필사적으로 나를 흔들었다. 가만히 있지 말고 좀 움직이라는 신호 같았다.

"맞아, 맞아. 할머니. 나 괜찮아. 완전 멀쩡해. 그니까 울지 마. 그만 울자. 응?"

할머니의 목을 세게 끌어안았다. 그러자 미래도 할머니의 등을 끌어안았다. 우리는 괜찮다는 말을 반복했다.

"할머니, 난 괜찮아. 아무렇지도 않아. 정애도, 정애도 괜찮아. 진짜 괜찮아. 봐, 봐. 멀쩡하잖아."

과거에 갇혀 있는 할머니가 어서 돌아오길 빌었다. 울지도 웃지도 못하는 미래에게 괜찮다고 말해주길.

차츰 할머니의 울음소리가 줄어들었다. 집 안은 조용해졌고 우리는 들썩이는 할머니의 등을 천천히 쓰다듬었다. 거친 숨을 내쉬는 할머니가 멍한 눈으로 어딘가를 바라봤다.

"아가, 오늘이 며칠이냐."

할머니가 초점 없는 눈빛으로 물었다.

"할머니 괜찮아? 정신이 들어?"

나와 미래는 할머니를 부축했다. 우리는 천천히 소파로 걸어갔다. 할머니는 나와 미래를 번갈아 바라봤다. 정신이 돌아온 게 분명했다. 괜히 눈물이 날 것 같았다.

소파에 앉은 할머니는 발끝에 걸린 양말 뭉치를 힘없이 들어 올렸다. 양말 뭉치는 잘 만들어진 주먹밥 모양이다.

"아가 내가 또 이랬냐?"

할머니는 고개를 푹 숙이고 양말 뭉치를 조심히 눌렀다. 주먹밥을 만드는 것 같았다.

"내가 쓸데없는 짓을 했구먼. 또 헛것을 보고 이런 걸 만들었어."

미래가 양말 뭉치를 빤히 바라봤다.

"이게 뭔데요?"

"뭐긴 뭐여. 주먹밥이지."

할머니가 미래를 보며 살포시 웃었다. 미래도 따라 웃었다.

"아까 식탁 위에도 엄청 많던데? 할머니 예전에 장사하셨어요?"

"장사는 무신. 돈 받고 팔기에는 형편없었제. 그냥, 하나라도 먹이려고. 우리가 할 수 있는 게 그런 것뿐이었거든. 옆집 말자는 힘이 좋아서 쌀을 옮겼고 앞집 순미는 다리가 빨라 집집을 오가며 주먹밥을 배달했고. 나랑 정애는 손재주도 없으면서 주먹밥을 만들겠다고 난리를 쳤제. 그땐 다 그랬어. 조금이라도 돕고 싶었응께."

"뭘 도와요? 그때가 언젠데요?"

미래가 물었다. 할머니는 미래를 빤히 내려보다가 나를 보고 슬픈 표정을 지었다.

"아가, 놀랐지? 미안하다. 무서운 일을 겪게 해서."

할머니가 미래의 헝클어진 머리를 쓰다듬었다. 나도 모르게 할머니를 잡은 손에 힘이 들어갔다. 할머니는 과거를 회상하듯 눈을 감았다.

"그건 지옥이었제. 여기저기서 비명 소리가 끊이질 않았어. 우린 인적이 드문 주택가에 모여 주먹밥을 만들었제. 갓 지은 밥에서 나온 열기 때문에 방 안은 온통 찜통이었제. 그때 누가 창문을 열었어. 바람이 불어왔고 다들 한숨 돌리며 즐겁게 웃었어. 정애가, 그 기집애가 쓰러지기 전까지 말이여. 온 세상이 붉어졌제. 유난히 하얀 옷을 입고 있던 정애의 몸이 붉게 물들었어. 나는 움직이지 않았어. 눈길조차 돌리지 못했지. 그저 가만히 있었어. 아무것도 하질 못했어."

할머니가 비통한 표정을 지으며 가슴을 매만졌다. 미래는 인상을 구겼다. 자기가 무슨 말을 들었는지 전혀 이해하지 못하는 얼굴이었다. 할머니는 우리를 보며 살포시 미소 지었다.

"할머니, 방에 가자. 가서 누워."

힘이 빠진 할머니를 부축했다. 미래도 거들었다. 방에 이불을 펴고 할머니를 눕혔다. 할머니의 감긴 눈이 파르르 떨렸다.

집은 다시 조용해졌다. 우리는 등을 맞대고 바닥에 앉았다. 집은 여전히 더러웠고 할머니가 괜찮아진 것도 아니었다. 할 일은 많고 해결된 일은 하나도 없었다. 그래도 마음 한편이 가벼웠다. 모두 미래 덕이었다. 지쳐 있는 미래의 등이 나를 단단하게 받쳐주는 기분이었다.

"송이야."

미래가 고개만 살짝 돌려 나를 봤다.

"응?"

미래가 숨을 깊게 들이쉬었다.

"나 엄청 무서웠어. 정말, 거짓말 하나 안 보태고 우리 할머니 입원했을 때보다 무서웠어."

나는 말해주고 싶었다. 나도, 나도 무서웠다고. 하지만 아무 말도 하지 않았다.

미래가 침울한 얼굴로 말을 이었다.

"그냥 어른들 불러오고 싶었는데 못 그러겠더라. 붙잡는 것 같아서. 가버리라는 소리가 가지 말라는 소리 같았어. 그래서 안 갔어. 나 가면 너 울어버릴까 봐."

살짝 붉어진 눈이 나를 바라봤다. 웃는 것 같기도 하고 우는 것 같기도 했다.

"미안해."

"사과 듣고 싶은 거 아니거든? 그냥 그랬다는 거야."

미래가 코를 훌쩍이며 입을 삐죽 내밀었다. 미래를 안아주고 싶어졌다. 하지만 안아주는 건 나중에 하기로 했다. 우리는 잠시 조용히 있었다.

미래는 팔다리를 쭉 뻗으며 기지개를 켰다. 미래의 팔 너머로 땅에 떨어진 주먹밥들이 눈에 들어왔다.

"저것들부터 해결해야겠다."

자리를 털고 일어났다. 미래도 나를 따라 일어났다. 우선 바닥에 어질러진 양말 뭉치부터 주웠다. 미래는 휴지 덩어리를 반듯하게 만들었다. 구겨진 종이도 일일이 펼쳤다. 둘이 힘을 합치니 거실은 금세 원래대로 돌아갔다.

"이야."

미래가 식탁 위에 쌓여 있는 주먹밥을 보고 작게 감탄했다. 할머니가 손을 데어가며 열심히 만든 주먹밥이었다.

타이밍 좋게 배에서 꼬르륵 소리가 났다. 말없이 한 입 베어 먹었다. 심심한 맛이었다. 미래의 손에도 주먹밥 하나가 들려 있다. 미래가 인상을 찌푸렸다. 아무래도 짠 주먹밥을 먹었나 보다.

우리는 자리를 잡고 앉았다. 미래가 비닐을 벌리면 나는 주먹밥을 넣었다. 봉지 안에 연기가 서렸다.

집 안은 조용했다. 멀리서 할머니의 숨소리가 들려오는 것 같았다. 울퉁불퉁한 주먹밥들이 비닐봉지에 담긴다. 차곡차곡 쌓여간다.

-2019년 5·18문학상 신인상 동화 부문 수상작,

계간 『문학들』(2019년 여름호)/월간 『어린이와문학』(2019년 6월호)

북 치는 아이

배영글

충남 논산에서 태어났다. 2011년 계간 『화백문학』 수필 부문,
2022년 5·18문학상 신인상 동화 부문 수상으로 등단했다.
펴낸 책으로 인물기행집 『백제의 미소를 만나다』와
『고요한 시간 이야기가 오다』(공저)가 있다.

으르렁거리는 소리가 길게 울렸다. 한 번 문 것은 절대 놓지 않는다는 맹견 핏불테리어였다. 말려 올라간 입술 밑으로 송곳 같은 이빨이 드러났다. 규환이는 쉭쉭 소리를 내며 사나운 개를 내게로 몰아댔다. 목줄도 하지 않은 개가 와락 달려들었다. 커다랗게 벌린 입이 지옥 불처럼 빨갰다. 나는 아아악 소리를 지르며 벌떡 일어났다. 꿈이었다.

온 몸이 바들바들 떨렸다. 무릎을 두 팔로 감싸 안았다. 한 줄기 바람이 이마를 스치고 지나갔다. 땀이 식으며 선득했다. 바람? 여긴 어디지.

나는 깜짝 놀라 벌떡 일어났다. 주위는 새까만 이불을 뒤집어씌우기라도 한 듯 캄캄했다.

"…어, 엄마……."

소리를 죽여 엄마를 불렀다. 아무것도 들리지 않았다.

"…선, 선우야."

떨리는 목소리로 동생을 찾았다. 아무 대답이 없었다.

쏴아, 소리가 먼저 나더니 한 줄기 바람이 볼을 스쳤다. 고개를 들었다. 까만 구름 사이로 막 고개를 내민 달이 보였다. 어둠이 눈에 익으며 검게 잠겼던 것들이 모습을 드러냈다. 왼쪽에는 기다란 담과 성문이 보이고 바로 눈앞에는 기와로 된 처마가 있었다.

순간 머리카락이 쭈뼛 솟았다. 머릿속에서 요란하게 벨도 울렸다. 나는 압정이라도 밟은 듯 펄쩍 뛰어올랐다. 믿을 수 없었다. 5학년 2반 남자애들 중 최고 겁쟁이인 나 최연우가 이런 곳에 혼자 있다고?

무시무시한 꿈에서 깨어났더니 눈앞에 닥친 현실이 더 꿈같았다. 그것도 악몽이었다.

오늘은 아침부터 기분이 엉망이었다. 아니, 며칠 전부터 그랬다. 규환이 패거리와 모둠이 된 것부터가 문제였다. 어디에도 끼지 못하고 비실대는 나를 규환이가 손가락으로 까딱이며 부를 때부터 속이 울렁거렸다.

차라리 아프기라도 했으면.

밤새 잠을 제대로 자지 못했다. 뒤척이다가 간신히 새벽녘에 잠들었는데 어느새 아침이었다. 벌떡 일어나 앉았다가 다시 누우며 이불을 머리끝까지 뒤집어썼다.

"같이 숙제해야 하니까 12시까지 객사 앞으로 와라. 김밥 열 줄하고 치킨 갖고 안 오면 객사할 줄 알아."

손으로 제 목을 긋는 시늉을 하던 규환이와 낄낄거리던 패거리 얼굴이 와락 달려들었다.

"연우야. 김밥 다 쌌어. 아빠가 운동 가는 길에 데려다주신대. 얼른 밥부터 먹어."

엄마는 내가 소풍이라도 가는 줄 아나 보다. 어기적대며 나가 보니 소풍 가방에 돗자리와 김밥 도시락을 집어넣고 있었다. 치킨 냄새도 진동했다.

"모자랄까 봐 넉넉하게 튀겼어. 한창 클 땐데 오죽 잘 먹겠니."

엄마 목소리가 한껏 들떠 있었다.

누가 목이라도 조르는 듯 숨이 컥 막혔다. 욕실에 뛰어들어 세면대 물부터 틀었다. 쏴아, 물줄기가 쏟아져 나와 구멍으로 흘러 들어갔다. 따라 들어가 흔적도 없이 사라지고 싶었다.

아빠는 읍성의 정문 앞에 내려주며 오만 원짜리 지폐를 뒷주머니에 찔러주었다.

"선우 데리고 엄마랑 할머니네 갔다 올 거야. 저녁 먹고 올 테니까 친구들이랑 실컷 놀고 와."

나는 아빠 차가 사라질 때까지 바라보다가 눈을 질끈 감았다. 모래라도 들어간 듯 눈알이 따가웠다.

읍성은 입구부터 사람들로 북적였다. 포졸 옷을 입고 창을 든 문지기들이 정문을 지키고 서 있었다. 감옥에 끌려 들어가는 듯 발이 무거웠다.

문을 지나자마자 바로 앞에 있는 잔디밭에서 함성이 터졌다. 어린 줄광대가 높은 줄 위에서 펄쩍펄쩍 뛰고 있었다. 하얀 버선발이 구를 때마다 줄이 흔들렸다. 휘청대던 줄광대가 발을 헛디뎠다. 앗, 관중석에서 비명이 터졌다. 줄광대는 가랑이로 줄에 걸치더니 다시 튕겨 올랐다. 부채를 펴들고는 사뿐사뿐 걸었다. 박수가 쏟아졌다.

나는 가슴을 쓸어내렸다. 줄 위에 선 어린 광대가 꼭 나 같았다. 까마득한 공중에서 한 발 한 발 줄에 내딛는 모습이 어지러웠다. 머리가 핑 돌았다.

저 멀리 객사 앞 잔디밭에 규환이 패거리가 보였다. 굴렁쇠를 굴리는 긴 막대기로 칼싸움을 하고 있었다. 딱딱, 소리가 귀에 날아와 꽂혔다.

"여어! 우리 밥줄 연우가 왔네. 얘들아 자리 안 펴고 뭐 하냐."

규환이는 길게 찢어진 눈으로 웃었다. 소름이 오싹 돋았다. 아무리 무섭고 후환이 두렵다고 해도 이곳에 오는 게 아니었다. 이곳은 읍성의 객사 앞 잔디밭이 아니라 맹수의 아가리 속이었다. 목줄이 없는데도 그런 곳에 끌려온 것이었다.

김밥 열 줄과 치킨을 순식간에 해치운 규환이 패거리는 꺼억 꺽 트림을 하며 잔디밭에 누웠다.

"미안, 연우 걸 안 남겼네. 이를 어쩌지?"

규환이는 성재 배 위에 다리를 올리고는 느긋하게 팔베개를 했다.

"우리는 한숨 잘 테니 숙제 좀 다 해놔. 옥사랑 동헌이랑 사진도 찍고 설명도 다 적어와. 튀면 알지?"

성재가 가방에서 공책과 연필을 꺼내 집어 던졌다.

규환이가 나를 괴롭히기 시작한 건 한 달 전부터다. 급식을 먹으면 빈 식판을 내가 먹고 있는 식판 위에 얹고 가버렸다. 세 번을 참다가 벌떡 일어나 말한 게 화근이었다.

"네, 네가 먹은 건 네, 네가 치워."

어느새 나타난 성재가 종주먹을 휘두르며 나직하게 말했다.

"죽을래?"

이글거리는 눈빛에 바늘이라도 들은 듯 눈이 따끔거렸다. 나는 눈을 끔벅이다가 규환이를 쳐다봤다. 검은 눈동자가 유난히 작은 눈이 웃고 있었다. 보고만 있는 데도 힘이 풀렸다.

"화내니까 무섭네. 우리 자주 보자!"

그 말이 무슨 뜻인지 아는 데는 얼마 걸리지 않았다. 그날부터 나는 오란다고 오고 가란다고 가는 아이, 밟아도 꿈틀할 줄 모르는 아이가 되어버렸다. 이유는 딱 한 가지! 만만하게 보였는데 만만하게 굴지 않고 대들었다는 것, 그거였다.

두 시간여 동안 읍성 안을 돌아다니다 보니 얼굴이 뜨겁게 달아올랐다. 마실 물도 없어서 목이 바짝바짝 탔다. 엄마가 싸 준 물이 생각나 허겁지겁 객사 앞으로 걸음을 옮겼다.

규환이 패거리는 소나무 그늘 아래에서 시끄럽게 떠들고 있었다. 가지가 우산처럼 덮고 있는 곳이었다. 나는 생수를 벌컥거리며 휴대폰을 열었다. 전화 온 것을 확인하고 있는데 갑자기 누군가 한 팔로 목을 끌어안았다. 규환이었다.

"오호, 최신 기종이네. 충전도 빵빵하고. 이거 데이터 좀 써도 되지? 이따 7시에 동헌 누각에서 만나."

뜨거운 기운이 가슴 안에서 불끈불끈했다. 지렁이도 밟으면 꿈틀한다는데, 나는 지렁이만도 못한 존재였다. 잔디밭에 털썩 앉아 객사 옆 산등성이로 사라지는 규환이 일행을 넋 놓고 바라보았다. 이제는 집에 먼저 가려고 해도 갈 수가 없는 처지였다. 귀밑머리에서 땀이 솟았다. 정수리도 후끈했다. 일어나서 보니 나도 모르게 뜯어놓은 잔디가 한 움큼이나 되었다.

읍성 안을 한 바퀴 두른 길을 한없이 걸었다. 꾸르륵 소리가 길게 울렸다. 규환이 패거리 배 속에 갖다 바치는 줄도 모르고 정성껏 김밥을 쌌을 엄마가 생각이 났다. 배고픈 것조차도 한심스러웠다.

한참을 걷다 보니 동헌이었다. 외진 곳이라 그런지 텅 비어 있었다. 계단을 타고 누각에 올라갔다. 난간에 기대어 앉았다. 저 멀리 성벽 너머로 해가 뉘엿뉘엿 지고 있었다. 하루 종일 달궈진 난간이 뜨끈했다.

규환이 패거리가 올 때까지 기다리기로 했다. 온몸에 힘이 빠지며 나른한 기분이 들었다. 누각 위의 지붕 밑에 낙엽들이 쌓여 있었다. 보기만 해도 푹신해 보였다. 가만히 누웠다. 구수한 밤 냄새 같은 낙엽 내음이 밀려왔다.

지붕 끝 하늘에서 하얀 구름들이 몰려왔다. 그러고는 누각 위 나무들을 둘러쌌다. 구름들이 하나로 합쳐지더니 여러 개의 둥근 산이 늘어선 모양으로 바뀌었다. 구름 산이 살구색으로 물들어갔다. 그 위를 연분홍색 양떼구름이 느리게 다가왔다. 그렇게 까무룩 잠이 들었나 보다.

호로로로로로로로.

이름 모를 새가 누각 바로 옆 새까만 나뭇가지에서 울었다. 개가 달려들던 악몽이 떠올라 몸서리가 쳐졌다.

나는 황급히 바지와 점퍼 주머니를 뒤졌다. 휴대폰이 없다. 아! 규환이에게 뺏겼지. 다리에 힘이 빠졌다. 전화를 걸 수도, 걸려오는 전화를 받을 수도 없었다.

머릿속이 방전된 휴대폰처럼 멈췄다. 두 손으로 얼굴을 감싸며 주저앉았다.

뚝, 소리가 나더니 스스스스 소리가 울렸다. 금방이라도 뭔가 튀어나올 것 같았다. 심장이 요란하게 뛰기 시작했다. 잠시도 더 있을 수 없었다.

저 멀리 어렴풋하게 성문이 보였다. 50미터쯤은 되어 보였다. 살금살금 계단을 내려와 냅다 달렸다. 바닥이 울퉁불퉁해서 고꾸라질 뻔했다. 생각보다 훨씬 멀었다.

간신히 도착해 보니 커다란 문은 닫혀 있었다. 아무리 흔들어도 꿈쩍하지 않았다. 쩔껑쩔껑 자물쇠 소리만 기괴하게 울렸다. 목구멍까지 울음이 차올랐다.

기다렸다는 듯 달이 구름 속에서 나와 안내판을 비추었다. 글씨가 희미하게 보였다.

동문 서문 오후 6시, 정문 밤 7시 폐쇄

무릎이 휘청하고 꺾였다. 성문 옆 계단에 올라섰다. 스무 걸음쯤 오르자 성벽 위였다. 한 사람 정도 걸을 수 있는 길이 좁게 이어졌다. 지나는 사람이라도 있으면 불러볼 생각이었다. 도심에서 외떨어진 읍성이다 보니 지나는 차 소리도 들리지 않았다.

바람이 달려들었다. 축 늘어졌던 깃발들이 일제히 소리를 지르며 펄럭였다. 깃발 속 노랗고 빨간 용들이 금방이라도 뛰쳐나올 듯 꿈틀댔다.

밑을 보았다. 까마득한 낭떠러지 같았다.

'뛰어내릴까?'

아까 숙제할 때 적은 게 생각났다. 성벽의 높이는 5미터였다. 다리가 부러지고도 남을 높이였다. 정문으로 가야 했다.

살금살금 성벽에서 내려와 읍성을 남북으로 잇는 주작대로로 향했다. 정문이 꽤나 멀리에 검은 절벽처럼 서 있었다. 눈물이 나올 것 같아 주먹으로 두 눈을 문질렀다. 옥사와 우물을 지나쳤다. 죄인들을 고문했다는 옥사에서 울부짖는 소리가 들리는 듯했다. 저 멀리 호야나무가 세차게 흔들거렸다. 흐흐흐, 흐흐흐 바람 소리가 귀신이 우는 소리처럼 울렸다.

등줄기에서 시작된 소름이 온몸으로 퍼져갔다. 가슴이 뻐근했다. 규환이 패거리는 누각에 올 생각이 아예 없었던 거다. 그걸 믿은 게 바보 같았다. 어쩌면 성문이 닫히는 시간까지 계산한 게 아닐까? 날 여기에 가두려고?

흐윽, 울음덩어리가 북받쳤다. 그 순간 머리 위에서 검은 그림자가 와락 달려들었다. 악, 소리를 내며 주저앉았다. 큰 날개를 펼친 독수리 모양의 연이었다. 나무에 걸려 있다가 떨어진 모양이었다.

아빠와 함께 날리던 연이 불쑥 떠올랐다. 아빠는 가오리연 서른 개를 한 줄로 연결해 하늘에 날렸다. 한참 주춤대던 연은 팽 소리를 내고 하늘로 솟구쳐 올랐다. 아빠는 연줄을 풀었다 감고는 다시 길게 풀었다. 연은 어느새 하늘 높이 올라 긴 꼬리를 흔들어댔다. 읍성 하늘을 나는 연 중 가장 멋지고 큰 대장 연이었다. 선우와 나는 연을 따라 신나게 달렸었다.

바람이 휙 불어오더니 들고 있던 연을 잡아채 달아났다. 연은 따라오라는 듯 연거푸 날았다 내려앉았다. 뭔가에 홀린 기분이었다.

너풀거리는 연을 따라갔다. 앞서가던 연은 휙 날아오르더니 정문 2층 누각 뒤로 사라져버렸다.

멍하니 섰던 나는 달리기 시작했다. 공중에 몸이 붕 뜨더니 그대로 바닥에 나동그라졌다. 무릎도, 손바닥도 까진 듯했다. 따갑고 욱신거렸다. 비틀거리며 일어나 다시 걸었다. 발목을 접질렀는지 디딜 때마다 아팠다. 발을 질질 끌며 걸었다. 간신히 도착한 정문 역시 굳게 잠겨 있었다. 아랫입술을 깨물었는지 피 맛이 번져났다.

나는 정문 옆 누각을 한참 동안 올려다보았다. 가파른 돌계단을 네 발로 엉금엉금 기어 올라갔다. 누각 한가운데에는 큰 북이 우뚝 버티고 있었다. 병마절도사 행렬을 재연하거나 축제를 열 때만 울리던 북이다.

심장이 요란하게 쿵쾅거렸다. 다리를 절뚝이며 한 발 한 발 다가섰다. 손발이 부들부들 떨렸다.

나는 주먹을 꽉 움켜쥐고 힘껏 북을 치기 시작했다.

'두웅 두웅 두웅 둥 둥 둥 둥.'

큰 북의 울음이 캄캄한 밤하늘을 가르며 퍼져 나갔다. 참았던 눈물이 주르륵 흘렀다. 북소리가 읍성 안을 휘돌아 하늘과 땅을 둥둥 울려댔다. 우렛소리처럼 우르릉 가슴을 울렸다.

'두웅 두웅 두웅 두웅 둥둥둥.'

큰 북이 다시 긴 울음을 쏟아냈다. 뱃속 깊이 오래오래 참았던 서러움이 울음으로 터졌다. 어깨가 들썩이도록 넘쳐흘렀다.

저 멀리 작은 건물에서 노란불이 켜졌다. 무서운 마음도 조금씩 부서져내렸다.

'두웅 두웅 두웅 두웅 두웅 둥둥둥.'

주먹이 아파왔다. 가슴속을 찬물로 씻어낸 것처럼 후련해졌다.

저 멀리서 가느다란 불빛이 달려왔다.

"연우야아아아아아아!"

북소리 사이로 울음이 섞인 엄마와 아빠의 목소리가 날아왔다. 나는 대답이라도 하듯 주먹에 더욱 힘을 주었다.

'둥 둥 둥 둥 둥.'

굳게 닫힌 성문의 빗장이 마침내 끼이익 소리를 내며 무겁게 열리고 있었다.

― 2022년 5·18문학상 신인상 동화 부문 수상작,

계간 『문학들』(2022년 여름호)/계간 『어린이와문학』(2022년 여름호)

24시 목욕탕의 비밀

이아름

충북 제천에서 태어났다.

2023년 5·18문학상 신인상 동화 부문 수상으로 작품 활동을 시작했다.

엘리베이터 문이 열렸다. 아빠와 할머니가 다투는 소리가 현관문 너머로 들려왔다. 아빠는 할머니에게 고집불통이라고 했고, 할머니는 절대 안 된다는 말만 반복했다. 띠띠띠. 현관 키를 누르는 소리에 순간 조용해졌다.

"다녀왔습니다."

담백한 인사와 함께 신발을 벗었다. 현관 옆에 놓인 소파엔 할머니가 앉아 계셨다. 거실 한가운데 서 있던 아빠는 '왔냐.'라는 말과 함께 주방으로 향했다. 아빠의 큰 한숨이 이어졌다. 그 숨을 타고 소독약 냄새가 집 안에 퍼졌다. 나는 손을 씻는다며 싱크대 앞에서 가는 물줄기를 졸졸졸 소리 나게 흘려보냈다.

그때 할머니가 침묵을 깼다.

"……내가 하마. 밤 10시부터 6시까지는 내가 있을게."

"그냥 문을 닫자고요. 10시부터 6시까지 고작 한두 명 오는데 문을 열 이유가 없잖아요."

아빠는 차분하게 얘기했다.

"24시간 영업은 무조건 해야 돼."

"엄마, 인제 그만 고집부리세요. 인건비도 많이 올라서 힘들어요."

"난 월급 달라고 안 한다. 10시부터 6시까지는 내가 있을 테니 걱정하지 마."

"아니, 왜 계속 고집부리시는 거예요? 어휴, 몰라요. 엄마 맘대로 하세요."

아빠는 벌떡 일어나더니 현관문을 쾅 닫고 나가버렸다. 미처 아빠를 따라 나가지 못한 소독약 냄새가 닫힌 현관문 앞을 맴돌았다.

할머니는 아무 일 없었다는 듯 소독약 냄새를 뚫고 나에게 오셨다.

"유진이 밥 먹어야지?"

"네. 배고파요."

내가 배고프다는 말에 할머니는 주먹밥을 뚝딱 만들어주셨다. 어느새 소독약 냄새는 사라지고 고소한 참기름 냄새가 번져나갔다. 고소한 주먹밥을 씹고 있으니 어른들의 문제는 연기처럼 사라졌다. 어른들이 알아서 하겠지.

그날부터 할머니는 밤마다 목욕탕으로 출근했다. 엄마와 아빠는 할머니가 얼마 못 가서 고집을 꺾으실 거라고 했다. 할머니는 낮과 밤이 바뀌어서 무척 피곤해 보이셨다. 하지만 한 달이 지나도 그만두신다는 말씀은 없으셨다. 새삼 할머니의 고집이 대단하다 느꼈다. 24시간 영업을 고집하시는 특별한 이유가 있는 걸까? 한편으로는 궁금하기도 했다.

금요일 저녁 엄마는 휴대폰을 붙잡고 언성을 높였다.

"아니, 그걸 지금 말씀하시면 어떻게 해요? 지금 당장 일할 사람을 어디서 구하냐고요. 내일은 우리 부부도 지방에 일이 있는데. 그럼, 문을 닫으라는 거예요?"

끝내 해결이 안 된 건지 엄마는 씩씩거리며 전화를 끊었다. 내일 엄마와 아빠는 몇 년 만에 부부 동반 모임을 간다고 했다. 인건비가 오르고 나서부터는 365일 교대로 일하던 엄마 아빠였다. 최근 주말에만 일하는 사람을 뽑았는데 그 사람이 갑자기 그만두었단다. 엄마 아빠를 여행 보내주고 싶었다.

"엄마, 나랑 할머니가 이번 주말에 목욕탕 지킬게."

"엥? 할머니는 밤새워 일하셔서 피곤하신데 어떻게 그래."

"할머니 주무시는 동안은 내가 카운터 지키고, 밤에는 바꿔서 하면 되지."

"얘가 쉽게 말하네. 그렇게 쉬운 문제가 아니야. 네가 어떻게 카운터를 지킨다고 그래."

"이래 봬도 내가 13년째 목욕탕 딸내미로 살아왔어요. 엄마 화장실 급할 때 내가 몇 번 카운터 지켰잖아?"

출근 준비를 마친 할머니가 어느새 내 옆에 서 계셨다.

"그래, 에미야. 나랑 유진이가 있으마. 걱정 말고 다녀와라."

"어머니…… 죄송해서 그렇죠."

"그렇게 알고 나는 출근한다. 유진이는 내일 아침 혼자 올래? 할미랑 지금 같이 갈까?"

할머니는 내 입술을 빤히 바라보셨다. 지금 갈래요, 하고 할머니를 따라나섰다.

엄연한 봄이지만 밤공기는 서늘했다. 할머니는 나를 어깨로 감싸주셨다. 어깨를 붙이고 함께 걸었다는 표현이 맞을지도 모르겠다. 내가 어느덧 할머니만큼 훌쩍 자랐으니 말이다. 목욕탕에 도착해 수건도 정리하고, 카운터도 말끔히 닦았다. 바닥은 할머니가 물걸레질로 광이 나게 닦으셨다. 좀 더 시간이 지나자 눈꺼풀이 무거워졌다. 할머니 무릎을 베고 까무룩 잠이 들었다. 얼마나 지났을까. 할머니가 내 머리를 조심히 들어 바닥에 내려놓았다. 손님이 온 모양이었다. 할머니와 손님 사이에 수건과 돈이 오고 가는 게 희미하게 보였다. 한참을 자고 일어나니 할머니가 안 계셨다. 시계를 보니 새벽 4시였다. 할머니를 찾아 여탕 탈의실로 들어가 보았다. 할머니는 냉장고에 음료수를 채워놓고 계셨다.

"할머니 청소는 제가 할게요."

할머니는 뒤돌아 주름진 웃음을 지어 보이셨다. 목욕탕 청소는 해 본 적이 없었다. 대충 바닥에 물을 뿌렸다. 아까 들어온 손님이 아직 탕에 있어 빨리 끝내고 나왔다. 젖은 다리와 팔을 수건으로 닦았다. 소독약 냄새가 훅 배어들었다. 전에 아빠와 할머니가 싸우던 장면이 떠올랐다. 아빠 말이 맞았다. 내가 할머니랑 밤 10시에 출근해서 지금까지 딱 한 명의 손님만 왔다. 그럼 24시간 영업은 손해다. 이따 24시간 영업하는 이유를 할머니께 여쭤보기로 했다. 당장은 목이 마르니 마실 것을 찾아 냉장고 문을 열었다.

815 콜라를 집어 들었다. 벌컥벌컥. 캔 위의 숫자가 눈에 들어왔다. 518. 순간 숫자에서 번쩍 빛이 나더니 코와 목구멍에 싸한 느낌이 들었다. 못 견디게 아팠다. 콜라를 잘못 삼켰나? 콜록콜록 계속

맵고 기침이 났다. 코에 고춧가루가 들어간 느낌이었다. 그때 누군가 내 손을 잡아끌었다.

"뛰어!"

손에 이끌려 무작정 달렸다. 한참을 달려 건물 안으로 들어갔다. 이제 안전한지 나를 잡던 손에 힘이 탁 풀렸다. 우리 둘은 벽에 기대 숨을 헐떡였다.

"너 그러다 죽어."

"네?"

"최루탄이 터지면 무조건 도망쳐야지! 멀뚱거리면 죽는 거야. 군인들은 총 끝에 대검까지 꽂고 덤빈다고."

노란 티셔츠를 입은 언니가 동생에게 잔소리하듯 나를 타일렀다.

"여기가 어딘데요? 군인이 사람을 왜 죽여요?"

나는 모든 것이 아리송했다. 난 분명 탈의실에서 콜라를 마시고 있었는데.

"그런 거 하나하나 설명해줄 시간은 없고, 꼬마 아가씨 여긴 위험하니까 집에 돌아가세요."

"여기가 어딘지 알아야 집에 가죠."

"여기는 전남 도청!"

"전남 도청이라고요? 여기서 집 가는 길 몰라요."

"딱 봐도 국민학생은 된 것 같은데, 집 가는 길을 모른다고?"

"국민학생이오? 저 초등학생이에요."

"무슨 소리인지 모르겠지만 일단 알았어. 그럼, 잠깐 여기 있자."

노란 옷을 입은 언니는 누구를 닮은 듯했다. 누구였더라. 어디서 많이 봤는데. 언니 옆모습을 관찰했다. 그때 남자들이 우르르 들어왔고 그중에 피를 흘리는 사람도 보였다. 노란 옷을 입은 언니는 피 흘리는 사람에게 달려가 천을 둘렀다. 많이 해 본 솜씨였다. 나는 모든 것이 무서워서 언니 뒤만 졸졸 따라다녔다.

"너! 나랑 밥하러 가자."

언니가 앞장서서 걸었다. 그곳엔 이미 교복 입은 학생들이 모여 밥을 하고 있었다. 큰 대야 주위에 옹기종기 붙어 앉아서.

"재료는 내가 섞을게. 동그랗게 빚을래?"

"네……. 주먹밥은 몇 번 만들어 봤어요."

언니는 교복 입은 학생 사이를 비집고 들어가 앉았다. 나도 언니를 따라 자리를 잡았다. 팔을 걷어붙이고 주먹밥을 만들었다. 주먹밥을 만드는 중에 많은 이야기를 들었다. 가족을 잃은 사람도 있었고, 고향으로 가는 길이 막혀 이곳에 들어온 사람도 있었다. 광주와 가족은 내 손으로 지키겠다는 이야기를 들으며, 내가 떨어진 이곳이 5·18 역사의 현장임을 알아차렸다. 긴 이야기가 끝나자 주먹밥의 고소한 냄새가 온몸에 뱄다.

내 인생에서 가장 일을 많이 한 날이었다. 굽어 있던 허리를 펴고 구석에 등을 기대고 앉았다. 바닥이 너무 차가워서 자동으로 몸이 움츠러들었다. 오들오들 떨고 있는데 언니와 눈이 마주쳤다. 언니는 내 옆으로 와 손을 꼭 잡아주었다. 우리는 서로 어깨를 붙이고 앉아 추위를 견뎠다. 그때 급하게 누군가가 뛰어와 소리쳤다.

"계엄군이 무장하고 이곳으로 오고 있다!"

순간 모두가 술렁였다. 어쩔 줄 몰라 눈물을 흘리는 사람도 있었다. 나만 어리둥절한 표정으로 추위와 싸우고 있었다.

"지금 집에 돌아갈 사람은 돌아가도 좋다. 나는 끝까지 남아서 싸울 것이다!"

맨 앞에 선 남자가 큰 소리로 얘기했다.

"나는 여기 남아서 도청을 지킬 건데. 너는 어떻게 할 거니?"

언니가 조용히 물었다. 당연히 나는 갈 곳이 없으니 언니 곁에 있는 수밖에 없었다.

"……있을래요."

"어린애가 있을 곳은 아닌데. 집 가는 길을 모른다니 어쩔 수 없지. 나만 잘 따라와."

언니가 한 손을 뻗어 내 어깨를 꼭 끌어안았다. 교복 입은 학생도 거의 남아 있겠다고 했다. 우리는 손에 손을 잡고 주먹밥처럼 똘똘 뭉쳐 앉았다.

얼마 후, 총소리가 멀리서 들리기 시작했다. 서로 잡은 손이 부들부들 떨렸다. 떨림을 느끼고 양옆을 돌아봤다. 눈물이 흐르는 게 보였지만, 눈빛은 흐트러짐이 없었다. 앙다문 입술에서 간절함이 느껴졌다. 그 눈빛은 어떤 의미였을까? 나로서는 알 수 없었다.

전남 도청을 지키던 남자들 몇 명이 총에 맞고 쓰러졌다. 총알이 어디서 날아오는지 알 수가 없었다. 눈앞에서 쓰러지는 사람을 보니 나는 덜컥 겁이 났다.

"여기 있음 너네도 죽는다. 지금이라도 집으로 돌아가라. 너네는 꼭 살아서 진실을 알려야 한다."

아까 모두를 지휘하던 남자가 우리 앞에 나타났다.

"우리도 총을 가르쳐주세요!"

"우리도 끝까지 여기 남을 겁니다."

교복을 입은 학생들이 벌떡 일어났다. 주먹밥 냄새가 훅 밀려왔다 사라졌다.

"지금 총을 가르쳐줄 시간이 없다. 계엄군이 코앞에 있다. 총을 가르쳐준다 해도 너네는 군인을 향해 총을 쏘지 못할 거야."

그 남자의 말이 다 맞았다. 상황은 더 안 좋아지고 있었고 우리는 할 수 있는 일이 없었다. 언니는 살아서 진실을 알리는 일이 우리의 임무라며 밖으로 나가기로 했다. 복도에는 많은 사람이 피 흘리며 쓰러져 있었다. 몇몇은 팔과 다리를 잃었다. 나는 눈을 꼭 감고 언니의 어깨를 잡았다. 남자 두 명이 총을 메고 앞뒤로 우리를 지켜줬다. 건물을 빠져나왔다. 어두운 골목을 지나며 문이란 문은 다 두드렸다. 그러나 아무도 열어주지 않았다. 그렇게 한참을 헤매다 한 교회로 숨어들었다. 우리를 안전하게 데려다준 남자들은 이제 도청으로 돌아가야 한다고 했다.

"지금 가면 위험해요. 여기 있어요."

언니가 뒤돌아서 남자들의 팔을 잡았다. 남자들은 언니의 팔을 살포시 내려놓고 도청을 향해 뛰었다.

탕 탕. 얼마 뒤 두 발의 총소리가 들렸다. 언니의 눈에서 눈물이 줄줄 새어 나왔다. 모두가 부둥켜안고 울었다. 밖이 잠잠해지자 우리는 집으로 돌아갈 준비를 했다.

"우리가 시민군임이 들통나지 않게 모든 신분증은 버려야 돼."

언니가 속삭였다. 교복 입은 학생들은 학생증을, 언니는 지갑에서 신분증을 꺼내서 버렸다. 언니의 이름을 기억하고 싶었다. 버려진 신분증을 유심히 들여다봤다. 박선희. 우리 할머니와 이름이 같았다. 어딘가 낯이 익다 싶었는데 언니는 우리 할머니였다. 할머니에게 뭐라 말을 걸 틈도 없이 우리는 골목을 향해 뛰었다. 언니가 내 손을 꼭 붙잡았다. 처음 언니를 만났을 때처럼 강하게. 우리가 밖으로 나가 언니의 집으로 향하던 중 타다다다닥. 긴 총격 음이 들렸다. 순식간에 주위는 뿌연 연기로 휩싸였다. 헬기가 높은 빌딩을 향해 총을 무자비하게 쏘고 있었다. 내 눈에서 어느새 눈물이 흘러내렸다. 최루탄을 마셨을 때는 코와 목구멍이 아팠는데 지금은 가슴이 너무 아팠다. 헬기 사격에 온 동네는 뿌옇게 변했다. 콜록콜록. 매캐한 연기에 저절로 기침이 났다. 숨이 막혔다.

그때 누군가 내 등을 툭툭 두드렸다. 돌아보니 할머니였다.

"빈속에 그런 거 먹음 못써."

얼마나 오래 냉장고 문을 열고 서 있었던 걸까. 얼음을 딛고 서 있는 듯 발이 시렸다. 얼른 수건으로 발을 감싸는데 아까 입장한 손님이 머리를 말리고 있었다. 드라이를 든 한 손이 바쁘게 움직이고 있었다. 당연히 있어야 할 반대쪽 손은 보이지 않았다. 어깨에 걸쳐진 수건이 팔을 살짝 가리고 있었다. 옷을 다 입고 나가는 손님에게 할머니가 웃으며 인사하셨다.

"안녕히 가세요. 또 오세요."

할머니 얼굴에서 노란 나비가 훌훌 날아올랐다. 할머니가 24시간 목욕탕을 고집하는 이유를 이제야 알 것 같았다.

— 2023년 5·18문학상 신인상 동화 부문 수상작,

계간 『문학들』(2023년 여름호)

제2부
청소년 소설

눈을 감는다

박상률

전남 진도에서 태어났다. 1990년 『한길문학』으로 작품 활동을 시작했다.

펴낸 책으로 시집 『진도아리랑』, 『배고픈 웃음』, 『하늘산 땅골 이야기』,

『국가 공인 미남』, 소설 『봄바람』, 『나는 아름답다』, 『밥이 끓는 시간』,

『너는 스무 살, 아니 만 열아홉 살』, 『세상에 단 한 권뿐인 시집』 등이 있다.

아름다운작가상, 출판평론상을 수상했다.

새벽 3시다.

지금 나는 어디에 있는가?

한강 다리 철제 난간 위에 누워 있다. 아니다. 하늘과 강물 사이에 있다. 아니다. 어둠 속에 있다. 세상은 온통 칠흑 같은 어둠이다. 가끔씩 자동차의 불빛이 번갯불처럼 지나간다. 그러나 잠시 빛이 지나간다고 어둠이 지워지는 건 아니다. 그 정도 빛으로 한밤중의 어둠이 걷힐 수는 없다. 게다가 머물 새도 없이 사라지는 빛이 어둠을 이길 리도 없다.

눈을 감는다.

눈을 감으나 뜨나 어둡기는 마찬가지이지만 지금 이 순간 눈 밖의 어둠만이라도 느끼기 싫어 눈을 감는 것이다. 그러나 내 감은 눈의 영사막엔 하늘과 강물 사이의 어둠보다도 더 짙은 어둠이 펼쳐진다.

어둠 밖으로 사라지고 싶다. 어둠 밖으로……. 그래서 지금 여기에 누워 있다.

지금까지 내게 어둠은 너무도 익숙한 것이다. 머리 굵어진 뒤로는 쭉 어둠이 늘 나를 에워싸고 있었다. 지금 이곳 한밤중의 어둠보다도 더 짙은 색깔을 하고서. 이제 그 어둠을 뚫고 사라지고자 한다. 잠시 후 어둠 밖으로 나는 영영 사라질 것이다.

어둠을 만든 정체들이 감은 눈 속에 어른거린다. 나로 하여금 한줌의 빛이 만드는 보잘것없는 밝음조차도 누리지 못하도록 해버린 존재들. 그놈들, 그놈들. 나는 감은 눈 속의 영사막에 붙들려 신음소리를 낸다. 아, 아…….

놈들 가운데 하나가 내 의자를 걷어찬다. 나는 으악 소리를 내며 바닥에 나자빠진다. 놈은 넘어진 나를 타고 앉아 낄낄거린다. 소름이 끼친다. 팔다리를 버둥대 본다. 그러면 그럴수록 놈은 나를 더욱 짓누른다. 내 몸무게의 두 배 가까이나 됨직한 놈의 몸집은 거의 코끼리 수준이다. 그러니 나의 저항은 부질없다. 내 기운으로는 도저히 놈을 당해낼 수가 없다. 다른 아이들은 아무도 놈을 말리지 않는다. 도리어 재미있어 한다. 나는 다른 아이들이 놈을 거들며 함께 달려들지 않는 것만도 다행이라 여긴다.

그런데, 저놈이 나를 괴롭힐 이유가 없다. 그럼에도 저항을 하지 못하는 내가 한심하다. 나는 왜 저놈한테 이렇게 당하고 있어야만 하는가? 영어 선생이던가? 어떤 문장을 독해하다가 인간은 기본적으로 저항의지를 가지고 있다고 하던 사람이. 인간은 자연에 대해, 신에 대해, 권력에 대해 저항을 했기 때문에 진보할 수 있었다고 했다. 그렇다면 나는 결코 진보할 수 있는 인간이 아니다.

수업 시작 종이 울린다. 그제야 가까스로 나는 놈의 압박에서 풀려난다. 억울하고 분하다. 그러나 어쩔 수 없다. 저놈은 우리 반 반장이다. 그러니 담임을 비롯한 선생들의 신뢰를 받고 있다. 게다가 힘도 센데다 공부도 상위권이다. 집안도 좋다. 놈의 아버지는 군에서 별을 달고 퇴임한 뒤 정보기관의 최고위 간부를 맡고 있단다. 말하자면 힘 있는 자리의 실세인 것이다. 그에 비해 나는 출신 성분부터 초라하다. 아버지는 겨우 육군 상사를 지냈다. 그 이상 계급을 올리지 못했다. 그나마 그것도 과했는지 결국엔 국방부가 불명예제대를 시키면서 상사 계급장마저 거두고 말았다. 게다가 나는 공부도 시원찮다. 그뿐인가. 왜소한 내 몸뚱이는 볼품도 없거니와 기운이라곤 숟가락이나 겨우 쳐들 정도밖에 있어 보이지 않는다.

놈은 말한다.

짜식아, 너 같은 찌끄러기는 우리 반 수치야!

내가 왜 '찌끄러기'이고, 반의 수치인지 모르겠다.

그러나 그놈이 나를 한번 그렇게 규정해버리자 다른 아이들 모두 나를 그렇게 대한다. 나의 운명은 어이없게도 남이 정한 대로 굴러간다. 그런데도 나는, 어찌하지 못한다. 나는 작아질 대로 작아져 있다. 나는 튀지도 않지만, 그렇다고 문제아인 것도 아니다. 그저 있는 듯 없는 듯 조용히 지내는 학생이다. 그런데 아이들은 누구 하나 할 것 없이 나를 따돌린다.

새 학년 올라오자마자 반에서 그놈의 지갑이 없어졌다. 아이들은 마치 자기 일이나 되는 것처럼 그놈 지갑을 찾느라고 법석을 떨었다. 그런데 그놈의 지갑이 내 책상 서랍 안에서 나왔다. 나는 그 지갑이 어떻게 해서 내 책상 서랍 안에 들어 있었던 것인지 모른다. 쉬는 시간에 화장실에 다녀왔더니 아이들이 내 책상 서랍을 뒤지고 있었다. 나는 불쾌했다. 그러나 아무 소리 못 했다. 그때 누가 외쳤다.

지갑 여기 있다!

아이들은 대단한 전리품을 획득하기라도 한 것처럼 그놈 지갑을 만져 보며 나를 심문했다. 그러나 나는 할 말이 없었다. 그 지갑이 어떻게 해서 내 책상 서랍에 들어 있었는지를 도무지 알 수 없는데, 무슨 말을 할 수 있겠는가.

지갑을 찾긴 찾았는데, 그 지갑 안에 들어 있던 돈은 없어졌다고 했다. 용돈을 받은 지 얼마 안 돼 만 원짜리 지폐가 여러 장 들어 있었단다. 아이들은 모두 내가 그 돈을 들고 화장실에 가서 감추었다고 말했다. 아이들의 추리력은 완벽했다. 나는 놀라 어이가 없었다. 그러나 내가 더 놀란 것은 그 액수였다. 적지 않은 액수를 용돈으로 받는다는 그 사실. 나는 고등학교에 들어온 뒤론 집에서 단 몇천 원이라도 용돈을 받은 기억이 없다.

학교가 파한 뒤 그놈은 지갑 찾은 기념으로 아이들을 몰고 통닭집으로 갔다. 내가 의아한 것은 돈을 잃어버렸다는 놈이 그새 돈이 어디서 났기에 적지 않은 통닭 값을 치를 수 있느냐 하는 것이다.

며칠 뒤 반장 선거에서 그놈은 가뿐하게 반장 자리를 꿰어 찼다. 물론 그런 일이 없어도 나 같은 놈이 반장이 될 리는 없다. 나는 인물도 없고, 공부도 못하고, 운동도 못 하고, 집안도 별 볼 일 없고, 사교력도 없다. 그래서 그놈은 나를 만만하게 보고 나를 희생양 삼아 아이들의 환심을 사고 반장이 되어버린 것이다. 맞다. 그놈은 여러 아이들 가운데 가장 왜소하고 궁기 흐르는 나를 희생양 삼기로 어느 순간 맘먹은 것이다. 그래서 의도적으로 나를 못 살게 군 것이다. 다른 아이들은 덩치도 크고 힘도 마구 뽐내는 그놈이 다행히도 자신을 희생양 삼아 괴롭히지 않는 것에 안도해 하며 그놈이 하는 짓을 묵인 내지는 방조하였다. 아이들은 영리하였다. 그놈의 속내를 재빨리 파악하다니. 그놈에게 희생양이 필요한 이유는 반장이 되고자 했기 때문이다. 반장에다 공부까지 적당히 하면 그 이력만으로도 갈 수 있는 대학이 있단다. 봉사 정신과 리더십이 뛰어난 학생을 뽑는단다. 세상 참 웃긴다.

그런 일이 있고서 그놈은 나를 노골적으로 괴롭혔다. 특히 아버지가 군에서 불명예제대를 했다는 걸 알고서부터는 더욱 기고만장한 것이다.

그놈은 자기 아버지가 별을 단 장군 출신이란 걸 대단한 자랑으로 여긴다. 그러면서 날 놀린다. 육군 상사 주제에 이적 행위를 해서 이등병 쫄따구 계급장 달고 쫓겨난 빨갱이 아들이라고. 그놈이 그렇게 설치게 된 건 최근에 아버지의 근황이 텔레비전 다큐멘터리에 방영된 뒤부터였다. 그전엔 그놈은 물론 아이들 누구도 우리 집 사정까지 알지는 못했다. 그런데 광주 5·18항쟁 기념 특집 프로그램에 '늙은 군인의 노래'라는 제목 아래 진압 군인의 뒤틀린 인생 어쩌구저쩌구 하는 사연이 소개되었다. 그 바람에 정신 놓아버린 아버지와 활기 사라져버린 우리 집 사정이 전국적으로 노출되고 만 것이다.

광주 5·18항쟁에 진압군의 일원으로 투입된 아버지는 그날 이후 우울한 군 생활을 했다. 아무리 생각하여도 자신의 행위가 정당성을 갖추기 어려워서였다. 그러다 그걸 털어버리려고 한 행동이 결정적으로 아버지를 몰락시키고 말았다. 더구나 그 여파가 나에게까지 미친 것이다. 지갑 사건과 방송 사건이 겹쳐 나는 아주 우스운 꼴이 되고 말았다. 인생은 어쩌자고 이토록 엉뚱하게 비틀어져 뒤죽박죽인지 모르겠다.

아버지의 밭은기침 소리가 들린다. 이어 나를 부르는 소리가 들린다. 아버지는 제정신이 아니면서도 내 이름만큼은 정확히 부른다. 군대에서 하급자인 병사들의 관등 성명을 정확히 불러대던 버릇이 아직 남아 있는 것 같기도 하다. 그런데 내 이름을 정확히 부르는 때는 가래침 뱉고 싶을 때뿐이다. 내 이름이 불리면 나는 크게 대답 소리를 낸 뒤 얼른 깡통을 들고 안방으로 간다.

아버지가 깡통에 가래침을 캭, 하고 내뱉는다. 나는 가래 깡통을 내려다본다. 더럽다 어떻다는 느낌도 없다. 침을 다 뱉은 아버지가 마른 나무 쓰러지듯 자리에 넘어진다. 이내 곧 다리를 오므린 자세에서 눈을 감는다. 말려 올라간 잠옷 가랑이 사이로 빼빼 마른 아버지의 다리가 보인다. 말라빠진 북어 토막 같다. 눈을 감은 아버지는 이내 곧 잠이 든다.

아버지는 살아 있는 생명체가 아니다. 사람이 살아 있다는 것은 제 의지로 바깥출입을 한다는 것이다. 그런데 아버지는 군복을 벗은 뒤론 제 의지로 집을 나선 적이 없다. 병원에 갈 때도 들것에 실려 119 구급차를 타고 간다. 아버지는 집 밖은커녕 안방 밖으로조차 나올 생각을 않고 어제도 오늘도 잠옷으로 감싼 마른 북어 다리로 안방을 지키고 있을 따름이다.

저런 아버지가 대한민국 육군 상사 출신이란다. 대한민국 군인으로서 그야말로 현대사를 온몸으로 살았단다. 국토 방위에만 충실

해야 할 대한민국 육군 상사가 현대사를 온몸으로 살게 된 건 오로지 위에서 하는 명령에 충실히 따랐기 때문이다. 아버지는 공교롭게도 때마다 역사의 현장에 출동하여야 했다. 역사의 물길을 크게 가른, 일천구백하고도 칠팔십년대의 12·12니 5·18이니 하는 숫자로 지칭되는 역사적인 날에, 아버지는 언제나 명령에 따라 역사의 현장에 출동하여야 했다. 그 결과 저런 몸이 되었단다.

나는 대한민국의 현대사는 잘 모른다. 다만 아버지가 군에서 불명예제대를 했다는, 아버지의 개인사만 알 뿐이다. 육군 상사인 아버지는 군대 말년에 군 수사 기관과 정보기관에 번갈아 끌려가 말로 할 수 없는 수모와 고문을 당했다. 그런 뒤 상사 계급장을 떼고 이등병으로 강등되어 군문을 나서야 했다.

그렇다면 아버지는 군의 요주의 인물일 만큼 거물이었나?

맞다, 아니다. 맞다. 아니다.

군 내부의 하극상이 벌어진 12·12때까지만 해도 아버지는 무덤덤했다. 그때까지만 해도 군 내부의 권력 다툼이었기 때문이란다. 그러나 5·18 이후부터는 안절부절못했다. 5월 광주는 영문도 모른 채 그야말로 군부 세력의 희생양이 되어야 했기 때문이었단다. 아버지는 늘 뭔가에 쫓기는 듯하며, 군인으로서 어쩔 수 없었지만 자신의 잘못을, 아니 불안을 털어놓고 홀가분해지고 싶다고 했다. 그런 말을 입에 달고 다니는지라 아버지는 군 안에서 요주의 인물이었다. 그래서, 맞다. 그러나 거물은 아니었다. 아버지는 누구도 주목하지 않을 상사 계급장을 단, 별 볼 일 없는 직업군인일 따름이었기 때문이다. 그래서, 아니다.

'늙은 군인의 노래'에 나오는 정도의 군인이었던 아버지. 그러나 늙은 군인의 말로는 허망했다. 허망함, 허망함이었다. 가수는 우리 아버지 같은 사람이 나올 걸 알고 일찌감치 이런 노래를 불렀을까?

나 태어나 이 강산에 군인이 되어
꽃 피고 눈 내리기 어언 삼십 년
무엇을 하였느냐 무엇을 바라느냐
나 죽어 이 흙 속에 묻히면 그만이지
아 다시 못 올 흘러간 내 청춘
푸른 옷에 실려 간 꽃다운 이내 청춘

맞다. 삽십 년을 군인으로 산 아버지다. 그런데 그간 무엇을 하고 무엇을 바랐는가? 정말이지 푸른 옷에 실려 간 꽃다운 청춘이다. 다시 못 올 흘러간 청춘이다. 아버지의 청춘이다. 아버지는 어쩌자고 하고 많은 직업 가운데 군인을 택했을까?

5월 광주는 전쟁이 난 것도 아닌데 일반 시민을 적으로 간주하며 이른바 '화려한 휴가' 작전을 펼쳐야 하는 전투 현장이었다. 작전대로, 무력으로 광주 시민을 짓밟은 뒤 군 수뇌부는 거의 다 높은 자리 하나씩을 꿰어찼다. 계급장 무거운 이들은 대통령도 되고 장관도 되고 국회의원도 되었다. 그런데 아버지는? 계급장이 너무 가벼웠나? 그렇다고 쫓겨날 이유는 없잖아? 하다못해 동네 통장이라도 해야 되는 것 아니었을까?

아버지는 학살의 현장에 투입된 게 두고두고 자신을 괴롭히자 어느 시민단체 모임에서 이른바 '양심 고백'을 하고 말았다. 자신은 광주 현지에 투입된 군의 일원으로서 희생자 앞에, 국민 앞에 사죄

하노라고 해 버린 것이다. 나아가 국민의 군대가 자국민을 향해 무력을 행사한 것은 군의 수치라고까지 해버렸다.

신앙심 깊은 종교인도 아니고, 정의감 불타오르는 투사도 아니고, 진리를 추구하는 학자도 아닌 아버지가 무슨 맘에 그런 고백을 해버렸는지 모른다. 고지식하기 짝이 없었던 아버지. 고백을 하더라도 제대하고 나중에 민간인 신분이 되었을 때 했으면 좀 좋았을까. 아버지는 그 고백으로 인해 연금은커녕, '늙은 군인'의 추레함만 안은 채 자신의 청춘과 일생을 바친 군문을 '이적 행위를 한 자'가 되고 나서야 했다.

아버지의 양심 고백은 두 갈래 반응을 일으켰다. 먼저 지휘관은 아니지만 역사의 현장에 있었던 현역 군인으로서 발휘한 대단한 용기에 감탄한다는 시민단체들의 반응이 있었다. 그러나 소영웅심에 군의 명예를 실추시키고 남북이 대치하고 있는 현실에서 적에게 이로운 행위를 했다는 해괴한 논리의 언론 반응도 즉각 터져 나왔다. 물론 호의적인 시민단체들의 반응이 곧 전체 시민의 의견은 아닐 것이다. 또 비판적인 언론의 반응 또한 전체 언론의 의견은 아닐 것이다. 문제는 군 내부의 결정이다. 군은 아버지를 이적 행위자로 간주하여 '긴급 체포' 한 뒤 배후를 캐기 위한 수사 명목으로 물리적, 정신적 압박을 가해 반죽음을 시켜 군에서 내쫓아버렸다.

아버지의 푸른 생애는 그렇게 해서 사라져버렸다. 아버지의 삶에서 대부분을 차지한 군대 생활이 지워져버린 것이다. 지워진 정도가 아니라 지저분한 오물로 덧칠까지 되어버렸다.

아버지는 이제 실물이 아니다. 사람 껍데기는 두르고 있지만 알맹이가 빠져나가버린 존재이다. 아버지를 아버지이게 하던 요소들이 다 사라져버린 것이다.

아버지가 히죽히죽 웃는다. 아버지가 짐승처럼 소리 지른다. 아버지가 벌레처럼 잔다. 저런 모습의 아버지는 낯설다. 익숙한 모습에서 멀리 벗어나버린 아버지.

아버지가 다시 나를 부른다. 내게 할 말이 있어서가 아니다. 아버지는 반복적으로 일어나는 일을 해결하기 위해 나를 부를 뿐이다. 목 언저리를 답답하게 막고 있는 가래침을 뱉기 위해서 나를 부른다. 신기한 것은 가래침을 아무 데나 뱉지 않는다는 것이다. 반드시 가래침 전용 깡통에다만 뱉는다. 그러나 그뿐이다. 아버지에게 나는 가래침 깡통을 갖다 턱 밑에 받쳐주는 존재일 뿐이다. 아버지는 나를 아들로 인식하지 않는다. 나는, 그래서 슬프다. 내게 아버지는 사라져버린 존재이다.

아버지가 사라져버리는 순간 우리 집안도 사라져버렸다. 단란했다면 단란했던 집안이었다. 그러나 아버지가 집안 생계를 책임지지 못하는 순간 모든 게 엉클어져버렸다. 어머니가 아는 사람이 하는 옷 가게 점원으로 가까스로 취직을 해 벌이를 하지만 그 벌이론 아버지 치료비도 빠듯하다. 그나마 좁아터진 집일망정 살고 있는 집까지 빼앗아 가지 않은 게 다행이라면 다행이었다. 그러나 어머니는 이 상태가 계속되면 집을 팔고 셋방살이를 해야 한다고 했다. 나와 어머니는 집을 지킬 방법이 없다…….

그런 와중에 나는 아이들 사이에서 '찌끄러기' 취급당하며 '따돌이'가 되고 말았다. 아이들은 나를 빨갱이 아들로 본다. 나는 어느새 이마빡에 빨간색이 칠해진 빨갱이가 된 것이다. 평생을 푸른 제복 속에 산 아버지가 이적 행위를 한 빨갱이가 되는 순간 아들까지 빨갱이가 되고 말아야 하는 현실. 나는 그 현실을 산다. 그러나 그건 사는 게 아니다. 아버지가 지금 살아 있다 할 수 없듯이 나도 살아 있는 게 아니다.

점심시간 풍경이 보인다. 그놈이 내가 먹고 있는 식판에 자기가 먹고 남은 음식 찌꺼기를 내리 붓는다. 나는 그걸 바라본다. 소리 지르지 못한다. 저항할 생각도 없다. 이미 나는 죽어 있기 때문이다. 아버지처럼 아무 의미 없는 소리를 질러봐야 뭐 하겠는가. 가능하다면 아버지처럼 가래침이나 컥, 뱉고 싶다. 그놈의 상판때기에다가. 그러나 마음뿐이다. 놈은 아이들 가운데에서 실세다. 아이들 가운데에서만이 아니다. 이 학교 전체에서 실세이다. 그놈 아버지가 이 나라 안에서 늘 실세였듯이 그놈은 지금 이 학교 안에서 실세이다. 선생들조차 그놈을 어쩌지 못한다. 어쩌지 못 하는 정도가 아니라 되레 그놈 편이다. 그놈의 아버지가 그토록 대단한 것이다.

절망이다. 아버지가 연금 한 푼 받지 못한 상태로 군에서 쫓겨나 정신까지 나가버렸을 때도 아주 절망은 하지 않았다. 나는 또 내 몫을 살면 된다고 생각했기 때문이다. 그런데 내 의지와 상관없이 아버지 일이 아버지만으로 그치지 않고 나한테까지 대물림되어 버렸다.

나는 억울하다. 도대체 내 억울함의 바탕은 무엇인가? 아버지? 그놈? 사회? 학교? 아버지는 뒤늦게 무슨 생각이 들어 그랬는지 모르지만 어찌 됐든 본인이 하고 싶은 말이라도 하고 조직 밖으로 튕겨 나갔다. 그런데 나는 뭔가? 나는 특별히 양심 고백을 할 일도 없고, 조직 밖으로 튕겨 나가야 할 까닭이 없다. 학교도 조직이라면 말이다. 그런데 너무나 쉽고 간단하게 나는 따돌림과 괴롭힘의 대상이 되고 말았다. 더욱 화가 나는 것은 그러는 아이들을 향해, 특

히 그놈을 향해 뭐라고 그럴싸한 항변 한번 변변하게 하지 못한다
는 사실이다. 나는 정말로 '찌끄러기'이다. 물론 아버지도 자신을 밀
어내는 조직에 대해 변변한 항의 한 번 하지 못했다. 자신의 양심을
괴롭히는 일에 대해선 뒤늦게나마 항변한 거나 마찬가지이지만 자
신을 밀어낸 조직에 대해선 한마디도 하지 못하고 밀려나고 만 것
이다. 거기에 나는? 나는? 어떻게 된 거지? 혼란스럽기 짝이 없다.

　나는 밥을 먹다 말고 식판을 들고 일어난다. 아버지의 가래침에
익숙해진 비위이지만 남이 먹다만 음식 찌꺼기까지 한데 버물어 먹
을 만큼 비위가 강하지 않다.

　나는 운동장으로 나간다. 짱짱한 햇빛이 운동장을 가득 채우고
있다. 일찍 점심을 먹은 아이들이 운동장에서 놀고 있다. 공을 차기
도 하고, 농구를 하기도 한다. 나는 그 어느 곳으로도 갈 곳이 없다.
짱짱한 햇빛조차도 내게는 어둠으로 느껴진다. 나는 하릴없이 아이
들이 노는 모습만 바라본다. 아이들은 근심 걱정이 없어 보인다. 나
는 화단 한쪽에 쭈그리고 앉아 하늘을 본다. 맑은 하늘이 참으로 막
막하게 느껴진다. 내 가슴속에 저 맑음을 담을 수가 없어서이다. 나
는 이제 어느새 나도 모르게 어둠을 닮아 있다.

　역사의 강물은 흘러, 서로 끌고 밀며 대통령 자리며 장관 자리를
번갈아 하던 군인들이 물러나고 민간인이 대통령이 되었다. 물론
누가 대통령이 되든 아버지는 이미 새 역사의 흐름은 느끼지 못한
다. 현대사를 온몸으로 산 아버지이지만 아버지는 이제 역사의 물
길에서 엉뚱한 곳으로 튕겨져 나간 '찌끄러기'가 되고 만 것이다.

　민간인이 대통령이 되었다고 사회가 갑자기 바뀌지 않는다. 여
기에 걸맞게 사회 선생은 아직 대한민국은 자유를 누리기는 이르다

고 했다. 북쪽에 엄연히 적대세력이 존재하므로 누가 대통령이 되었든 안보를 소홀히 하면 대한민국은 파멸한다고 했다.

대한민국은 언제든지 전쟁이 다시 벌어질 수 있는 휴전 국가입니다. 종전이 된 게 아니란 말입니다. 이런 때일수록 안보를 강화하고 미국과 더욱 긴밀한 협조 관계를 유지해야 됩니다. 그리고 민간인이 대통령이 되었다고 군을 매도하면 안 되지요. 역사적 맥락에서 볼 때 우리가 이 정도 사는 것은 세계에서 유례가 없을 정도로 애국심이 강하고 정예화된 군이 있어서입니다.

사회 선생이 입에 거품을 물 정도로 군 예찬론을 펼치자 그놈이 으쓱해 하며 엄지손가락을 치켜세운 뒤 교실 전체를 쓱 돌아본다. 많은 아이들이 그 모습을 보고 고개를 끄덕인다. 사회 선생의 말을 긍정하는 것이다. 그놈의 위치를 인정하는 것이다. 그는 장군 출신 아버지 덕에 아이들 사회에서조차도 힘을 얻어 지낸다.

그런데 나는? 아버지도 군 출신 아닌가? 그런데 나는 왜 몰락해야 하는가? 물론 몰락하고 말 것도 없는 존재인지 모른다. 그렇다 하더라도 내가 속한 조직에서 왜 부당한 꼴을 당해야 하는가. 그러고도 왜 끽소리조차 내지 못하는가?

사회 시간 내내 멍하니 앉아 있는 나. 사회 선생은 근대화에 대해 민주화에 대해 입에 거품을 문다.

역사는 결국 앞에서 이끄는 선도층이 강력한 지도력을 발휘할 때 앞으로 나아갑니다. 그러지 않으면 사회는 혼란에 빠집니다. 대한민국은 선도층 역할을 군이 했습니다. 대한민국 군은 높은 교육 수준에 질서정연한 체제를 갖추었습니다. 세계 어디에서도 군이 이 정도로 엘리트 계층을 형성한 곳은 드뭅니다. 여러분은 그걸 똑바로 인식하고 공부에 열중해야 합니다. 민주화 민주화 해대는데 대한민국 민주화는 어디까지나 군이 이끌어 왔다고 봅니다. 군이 없었으면 대한민국은 민주화는커녕 벌써 공산화가 되었을 것입니다. 그런데 그런 것도 모르고 일부 몰지각한 시민과 대학생들은 군을 적대시합니다. 심지어는 이런 분위기에 편승하여 군 내부에서조차 군을 모독하는 발언도 서슴지 않습니다. 이런 게 민주화가 아닙니다.

사회 선생은 어느 선거 유세장에서나 할 만한 발언들을 마구 쏟아낸다. 아이들은 별 감동 없이 무덤덤하게 듣고 있다. 그러나 어느새 사회 선생의 말에 세뇌가 되고 있을 것이다. 어쩌면 지난 초·중등학교 때부터 숱하게 들은 소리라 이미 세뇌가 되어 있고 다시 확인하는 정도일지도 모른다. 유세장 청중들도 후보자가 자기 주장을 하면 '또 뻔한 소리 하는구면' 하면서도 어느새 세뇌된다 하지 않는가. 그래서 선동가들은 뻔한 소리를 하고 또 하며 계속 되풀이하여 사람들이 아주 당연한 것으로 여기게 한다지 않는가.

지겹다. 역사고 민주화고 나발이고 다 지겹다. 다만 우리 집안이 예전처럼 아무 일 없이 살게만 되었으면 좋겠다. 그리고 내 학교생활도 엉망으로 뒤엉키지만 않으면 좋겠다. 그런데 그 정도의 일상이 어렵다. 그래서 내겐 이런 상황이 비상 상황이다. 비상 상황은 사람을 미치게 한다. 그간 우리 현대사도 늘 비상 상황이었단다. 그런 상황이어야 통치자들이 국민을 다루기 쉬우니까 말이다. 아버지는 그 비상 상황을 명령에 살고 명령에 죽는 군인으로 지내지 않았는가. 그런데 왜 그 비상 상황을 탈출하려 했는가? 아버지가 아버지의 비상 상황을 벗어남으로써 이제 집안이 비상 상황이 되고 말았다. 물론 아버지 자신은 그런 사실조차도 인식 못 하는 초비상 상태에 빠지고 말았다. 도대체 아버지는 생각이 있었던가, 없었던가?

나는 엎드린다. 더 이상 사회 선생의 설교를 들을 인내심이 없어서이다. 내 머리통 위로 분필 조각이 날아든다. 그럼에도 나는 일어나지 않는다. 뒤통수가 근지럽다. 그제야 고개를 들어본다. 어느새 사회 선생이 내 자리에 와서 나를 내려다본다. 째려본다. 나는 하품을 한다. 사회 선생이 내 뒤통수를 한 대 친다. 나는 가만히 맞는다. 아이들이 나를 힐끗힐끗 쳐다본다. 사회 선생의 손때는 맵다. 아이들은 자세를 바로 한다. 나는 일어나 교실 밖으로 나가고 싶다. 그러나 그러지 못한다. 하필 그때 아버지의 가래침 뱉는 소리가 귀에 들린다. 나는 이적 행위를 한, 반국가적인 낙오 군인의 아들이다. 그래서 학교에서조차 무시를 당한다. 할 수 없다. 그게 내 운명이다.

이어 집 안 풍경이다. 아버지가 가래침을 뱉다 말고 각혈을 한다. 시커먼 피를 마구 쏟아낸다. 119를 불러야 하나, 어머니를 불러야 하나. 나는 잠시 상황 판단을 해 보려 했으나 이내 곧 다 그만두었다. 피를 다 토한 아버지가 언제 그랬냐는 듯이 다시 자리에 누워 잠이 들었기 때문이다. 잠을 자는 건지, 반쯤 죽어 있는 건지 그건 모른다. 여하튼 아버지는 누워 지낸다. 말이라곤 내 이름을 부르는 것뿐이다. 하긴 뭐 외아들인 나 말고는 이 집 안에서는 부를 이도 없다.

대한민국 군인의 모습이 영 품위가 없다. 그렇다고 생각하니 다시 '늙은 군인의 노래'가 들린다.

아들아 내 딸들아 서러워 마라
너희들은 자랑스런 군인의 아들이다

좋은 옷 입고프냐 맛난 것 먹고프냐

아서라 말아라 군인 아들 너로다

아 다시 못 올 흘러간 내 청춘

푸른 옷에 실려 간 꽃다운 이내 청춘

서러워 할 것도 없다. 자랑스러울 것도 없다. 좋은 옷 입고픈 것
도 없다. 맛난 것 먹고픈 것도 없다. 군인의 아들 내세울 것도 없다.
그런데 어쩌자고 아버지는 다시 못 올 청춘을 푸른 옷에 실려 보냈
던고. 그 많은 세상 직업 다 두고 왜 하필이면 군인이 되었을까? 군
인이 되었으면 끝까지 자기 자신의 행위와 처지를 애써 합리화하며
잘 견딜 일이지 왜 못 견뎌하며 '사고'를 친 것일까?

여러 풍경이 지나가는 사이, 오후 수업 시작종이 울린다. 나는
도살장에 끌려가는 소 같은 기분이 되어 교실에 들어간다. 이미 제
자리에 앉아 수업 준비를 하고 있는 아이들. 교실에 들어서는 나를
잠깐 동안 쳐다본다. 분위기가 썰렁하다. 그러든 말든 나는 내 자리
에 가 앉는다. 이런! 내 책가방이 없다. 책상 아래를 내려다본다. 없
다. 교실 뒤쪽 사물함 쪽에 가 본다. 없다. 이러는 동안 아이들은 보
지 않는 척하면서 나를 본다. 왜 이런 장난을? 나는 아이들을 둘러
본다. 뜻밖에도 내 눈초리가 매서웠나 보다. 나랑 눈이 마주친 녀석
이 먼저 눈을 내리깐다.

양 옆구리에 손을 갖다 대고 두 발 떡 버티고 서서 아이들을 향
해 이렇게 확 소리 지르고 싶다.

야이, 씨! 누가 내 가방 숨겼어!

그러나 나는 소리 지르지 못한다. 이미 아이들은 나를 골탕 먹이

려고 마음들 먹었는데 내가 소리 지른다고 순순히 가방을 찾아 내놓겠는가. 어인 일인지 실실 웃음이 나왔다. 차라리 잘 된 것 같았다. 하기 싫은 공부, 아이들이 알아서 하지 않게 해주는 것 같다.

오후 첫 수업 시간은 국어시간이다. 국어 선생은 자기 혼자 떠들다 나가는 형이라 아이들이 공부를 하든 잠을 자든 간섭을 하지 않는다. 자료가 필요한 단원은 학원에서 정리한 것 가지고 알아서 하라고 한다. 아이들 과외 현실을 너무 잘 아는 것인지, 담당 교사로서 무책임한 것인지 모르겠다. 나야 뭐 학원에도 다니지 못하므로 무슨 자료가 어떻게 정리되어 있는지도 모른다.

역시나 국어 선생은 혼자서 책을 읽어 내려가며 설명을 한다.

언어는 사고의 집이란 말을 두고 볼 때, 인간과 동물의 차이를 규정짓는 언어 행위는 단순한 의사 소통의 매개만이 아니라, 어쩌고저쩌고…….

들어도 무슨 말인지도 모르겠고, 흥미를 끌지도 않는다. 아이들은 고개를 처박고 열심히 뭔가를 끼적인다. 그러나 이런 공부가 무슨 소용이랴. 어차피 아이들은 공부 따로 행동 따로이다. 교과서 속에서야 공자님 말씀 맹자님 말씀을 배우지만 아이들은 결코 배운 대로 하지 않는다. 그런 걸 배우는 것은 그저 시험을 위해서일 뿐이다. 배운 대로, 아니 가르친 대로 하지 않는 건 선생들도 마찬가지이다. 그들도 오로지 시험을 위해서만 바른 답을, 바르다고 인정할 만한 답을 가르칠 뿐이다.

언어가 사고의 집이라…….. 좀 색다른 말로 들린다. 그러나 그런 말에 신경 쓸 까닭이 없다. 나는 지금 책도 펴놓지 않고 국어 시간을 진행하는 중이다. 책은 펴놓지 않았지만 열심히 생각은 하고 있는 중이다. 그렇다면 내가 하는 생각은 어떻게 형성되는가? 국어 선생의 말마따나 언어를 가지고 하는가? 그러고 말 것도 없다. 어느 순간 나는 멍해졌으니까. 생각을 하고 말 것도 없이 멍한 상태로 그냥 앉아 있다. 나는 죽어 있는 것이다.

오후 수업이 다 끝나도록 아이들은 끝내 내 가방을 가져다주지 않았다. 나 역시 가방을 찾지 않았다. 아이들은 어쩌자고 나를 이토록 철저히 따돌리는가? 나는 이 상황을 이해할 수 없다.

청소 시간이다.

그놈이 어디서 내 가방을 가져와 빗자루를 들고 서 있는 내 앞에 버티고 서더니 가방을 내 발 밑에다가 툭 던졌다. 나는 할 말이 떠오르지 않았다. 가방을 찾아주어서 고맙다고 해야 할지, 어디다 감춰놓았다가 이제야 가져오느냐고 해야 할지 알 수 없었다. 그저 가래침이나 캭, 하고 뱉어주고 싶었다. 그놈 낯바닥은 물론 내 책가방 한테까지. 그러나 그러지 못했다. 나는 매사에 움츠러들 대로 움츠러들어서 감히 그런 행위를 할 수 없다. 학기 초에 있었던 지갑 사건이 떠올랐다. 이놈은 처음부터 자기 자리를 단단히 만들기 위해 나를 찍었다. 그래서 기회만 있으면 나를 괴롭힌다. 희생양. 힘 있는 놈들은 반드시 누군가를 찍어 누르며 자신의 자리를 잡고, 그 과정에서 정당성까지 확보한다. 그런 면에서 이놈은 타고난 능력을 갖추었다. 아마도 아버지가 장군 출신이라 일찌감치 보고 배운 게 많아 그렇게 할 수 있었는지도 모르겠다. 그렇다면 될 놈은 애초에 집안부터 정해져 있는 것이다.

나는 절망한다. 나는 이미 글렀다. 아버지 덕을 보기는커녕 아버지조차 내게는 짐이다. 아주 무거운 짐이다. 육군 상사, 아니 이등병 출신의 아들인 나는 이미 사회의 '찌끄러기'로 규정되어 버렸다. 내 운명은 내 의지와 상관없이 이미 결정나 버렸다. 아버지가 '양심고백'인가 뭔가를 한 그 순간에 이미.

아직 훤한 대낮인데도 앞뒤가 다 캄캄한 어둠 속에 갇혀 있는 것처럼 느껴졌다. 매사에 무기력한 내 모습. 참 못마땅하다. 나는 점점 더 망가져간다. 이대로는 어떤 식으로 해도 대학 진학을 하지 못한다. 설령 대학을 간다하더라도 다닐 경제적 형편도 되지 못한다. 사방을 둘러보아도 암담할 뿐이다. 그렇다면, 이 어둠 속에서 어떻게 빠져나가야 할 것인가. 어떻게 해야 더 망가지지 않을 것인가. 내가, 내가, 내가…….

나는 가방을, 가래침이라도 뱉어주고 싶던 가방을 챙겨 들었다. 이어 사물함에 들어 있는 잡동사니를 다 끄집어내어 챙겼다. 갑자기 그놈이 얼떨떨한 표정을 지었다. 낯바닥을 한 대 갈겨 주고 싶은 충동을 느꼈다. 그러나 그런 식으로 내 자신을 더 망가뜨리고 싶지 않아 꾹 참았다. 사실은 그럴 힘조차 내겐 없다. 그놈을 보고 겨우 한마디 던졌을 뿐이었다.

잘 먹고 잘 살아라…….

아직 청소며 종례가 덜 끝난 학교를 벗어났다. 일단 집으로 갔다. 집에 들어서자마자 아버지가 기다렸다는 듯이 나를 불렀다. 반복적인 일을 무심코 했다. 아버지가 되레 부러웠다. 제정신을 놓아버려서 아픔도 막막함도 못 느낀다. 아버지는 말이라곤, 언어 비슷한 것이라곤 내 이름밖에 기억하지 못한다. 그렇다면 국어 시간에 들은 대로라면 사고의 집인 언어가 없으므로 좋은 생각이든 괴로운 생각이든 할 필요가 없다. 그러니 아버지는 차라리 행복하다. 생각

없이 살 수 있다는 것. 그것은 이미 살아 있는 게 아니다. 그러나 때로는 생각을 하며 사는 게 별 의미가 없기도 하다. 그래서 나는 한강으로 간다.

내가 지금 있는 곳은 강의 이쪽과 저쪽을 이어주는 한강 다리이다. 다리는 이쪽과 저쪽을 이어주기만 하는 게 아니다. 어떤 사람들에게 다리는 하늘과 땅도 이어준다. 그래서 한강 다리 난간은 아치형으로 둥그스름하게 설치된 중간에 미끄러운 기름이 먹여져 있다. 이어 뾰족한 쇠못이 박혀 있다. 하늘로 가버리고 싶은 사람들이 그 난간 위를 못 올라가게 하려고 그런 것이다. 그런데도 일 년이면 그리 올라가는 사람이 적지 않다. 세상의 어둠을 벗어나 어둠조차도 아예 못 느끼는 더 어두운 세계로, 아니 어둠 밖의 세계로 가고 싶은 사람들이다. 이 정도 보호 장치는, 아니 방해물은 그곳을 오르려는 사람에겐 그다지 장애가 되지 않는다. 기름이고 쇠못이고 다 피해서 어렵지 않게 올라갈 수 있다. 그렇다면, 저걸 장치한 사람들은 무슨 생각을 하고 저런 걸 보호 장치라고, 혹은 방해물이라고 설치해 놓았을까? 어둠을 벗어나 하늘로 올라가버리고 싶은 영혼의 절박함이 저 정도 설치물 앞에서 무디어질 것이라고 생각했을까? 그럴 수도 있겠다 싶다. 그들은 인생의 절박함이 뭔지 모르기에 저런 걸 설치했을 테니까. 나는 지금 상당히 너그러워져 있다.

나는 나를 설득하고 싶지 않다. 내겐 눈부신 태양이 없다. 밝은 미래가 없다. 내 운명은 이미 결정나버렸다. 그렇다고 그럴싸한 미사여구를 동원해서라도 삶의 중요성을 강조해주는 이도 없다. 어차피 나는 출신 성분부터 '찌끄러기'과이다. 그런 나를 어느 누가 무슨 애정이 있어 설득시켜줄 것인가. 나부터도 나를 설득하고 싶지 않은데 말이다. 어쩌면 나는 이대로 내가 더 망가지고 짓밟히는 게 싫은지도 모른다. 그래서 이쯤에서라도 정말로 나를 보호하고 싶었는지도 모른다. 그래서 사실은 진정으로 나를 보호하여 더 망가지지 않도록 하기 위해 나는 한강 다리까지 온 것이다. 나를 보호할 수 있는 유일한 방법은 내 의지로 할 수 있는 것을 하는 것뿐이다. 지금 내 의지로 할 수 있는 것은? 여기까지 이렇게 내 발로 올라와 있는 것이다.

새벽 3시다.

나의 어둠 탈출이 많은 사람의 비웃음을 살 것이다. 그런 사람들은 내가 무기력하게 사는 꼴을 보고도 어차피 비웃을 사람들이다. 내가 무슨 일을 당하든 자기들하곤 아무 상관없는 일이니까. 그럼 이미 봉사의 미덕에다 리더십의 능력으로 대학 문 앞에 많이 근접해 있는 그놈은 어떨까? 처음부터 내가 자기 경쟁자는 아니었으니까 환호하며 손뼉 칠 것까지는 없겠지. 그렇다고 나를 괴롭혔던 제 행위에 대해 돌아보지도 않겠지. 그놈은 자기보다 약하고 보잘것없는 이를 희생양 삼아 세상을 좀 편하게 살고 싶은 것만이 목표이니 필요하다면 또 다른 희생양을 찾아 잘 살겠지. 나는 그런 놈이 잘 사는 세상도 싫다.

나는 가족 때문에 어둠 탈출을 멈춰야 하는 가장도 아니다. 오히려 가족 때문에 어둠 탈출을 재촉해야 한다. 우리 가족은 이미 빛을 잃었다. 살면 살수록 어둠 속으로 더 끌려만 들어간다. 아버지는 그런 사실조차도 인식할 수준이 못 된다. 어머니는 그럴 겨를도 없다. 그렇다면 어둠 탈출을 할 수 있는 능력을 가진 이는 나밖에 없다.

이것도 능력이라면 말이다.

눈을 감는다.

다시 지난 세월의 많은 모습들이 눈꺼풀 안의 영사막에 맺힌다. 애써 모든 것을 기억 밖으로 내민다. 정말로 어둠 속을 뚫고 어둠 밖으로 나가기 위해 내 기억의 무게조차 가볍게 할 필요가 있다.

잠시 후 내 몸을 받는 한강 물이 아주 짧은 순간 첨벙 소리를 낼 것이다. 그러나 이내 곧 아무런 일도 일어나지 않은 것처럼 아무런 흔적도 없을 것이다. 다만 몇몇 사람들은, 사실 나를 잘 알지도 못하는 그 사람들은 엉뚱하게도 내 뒤처리를 하느라 좀 수고스러울 것이다. 그러나 그뿐일 것이다. 나는 스무 날도 살지 못하고 세상을 등지는 매미의 절규만큼의 흔적도 남기지 못했으므로.

아버지는? 내 이름을 몇 번 더 부르겠지. 정신을 놓았어도 평생 병사들 이름 부르던 습관은 놓지 못했으므로.

그러나 나는,

이제 나 대신 나로 여겨지던 내 이름조차 놓아버린다.

— 『청소년문학』(2009년 겨울호)/
박상률 청소년소설집 『세상에 단 한 권뿐인 시집』(특별한 서재, 2019년)

분홍 토끼를 위하여

정미영

경기도 수원에서 태어났다. 2017년 5·18문학상 신인상 동화 부문 수상으로

등단했다. 청소년소설집 『5월 18일 잠수함 토끼 드림』(공저),

동화 『별난 할머니와 욕심쟁이 할아버지』 『울뚝불뚝 메기 대왕의 꿈』

『땅속 괴물을 물리친 용감한 막둥이』 『똥구멍만 겨우는 가짜 명궁 꾀돌이』

『호랑이 사또를 이긴 대단한 다섯 자매』를 펴냈다.

내가 어릴 때, 달에 사는 토끼는 행복했다. 쿵덕쿵덕 떡방아를 찧고, 노란 달을 빚어 내게 보여줬다. 미끄럼틀에 어둠이 깔려도 무섭지 않았다.

달이 구름 뒤에 숨어 캄캄하던 밤, 할머니 손을 잡고 어두운 골목을 걸었다. 커다란 여행 가방 바퀴가 달달달 울며 내 뒤를 따랐다. 엄마 아빠는 떠났고, 골목 끝에 뭐가 있는지 몰라 무서웠다. 나는 까만 하늘을 올려다보며 부탁했다. '토끼야, 토끼야, 숨바꼭질 그만하자.'

토끼가 짠 하고 나타나길 바랐지만, 이제는 안다. 달에 토끼 따위는 없다. 화산 활동, 운석 충돌, 토양 균열 등으로 엉망이 된 흉터 자국만 있을 뿐.

[긴급 공지] 하늘고 A.R.M.Y들 점심, 옥상으로 Fire

새롬이 보낸 전체 문자가 내게도 왔다. 피식 웃음이 났다. 드디어 나를 방탄 팬클럽 아미로 믿는구나. 메시지에 딸려 온 링크를 클릭했다. 누군가의 SNS로 연결됐다. 분홍 토끼 인형이 축축한 아스팔트 바닥에 떨어져 있다. 웃고 있는 토끼 얼굴 위에 신발 자국이 선명했다. 토끼라니! 아미들은 아직도 달에 사는 토끼를 믿는 건가. 분홍 토끼 사진 밑에 영어로 쓴 글이 붙어 있다. 번역기를 돌리자, "여성 시위대가 체포되는 순간, 그의 책가방에서 떨어진 분홍색 토끼"라고 떴다. 새롬이 왜 분홍 토끼 사진을 뿌렸을까.

"샘!"

지리를 가르치는 담임 별명은 모지리 씨다. 모지리 씨는 선생 중 유일하게 방탄 팬을 자처하며 부담스럽게 학생 사이에 끼려 했다. 나는 분홍 토끼 인형 화면을 모지리 씨 앞으로 내밀었다. 새롬과 단둘이 영화 볼 기회를 잡았는데, 분홍 토끼 따위를 몰라 진짜 아미가 아니라는 걸 들킬 순 없다.

"샘, 분홍 토끼가 왜 바닥에 누워 있을까요?"

나는 모지리 씨 앞으로 달려가 물었다. 모지리 씨가 내 스마트폰 화면을 보자마자 한숨을 폭 내쉬었다.

"국진찬, 잘 걷어서 교무실로 가지고 와."

모지리 씨가 내게 스마트폰 수거 바구니를 넘겼다.

"샘, 뭐 보세요?"

모지리 씨가 나를 보고, 들고 있던 스마트폰을 교무실 책상 위에 내려놓았다. 동영상이 계속 재생됐다. 시위대 모습 같았다. 모지리 씨가 가방에서 자동차 키를 꺼내 보여줬다. 분홍 토끼 인형이 달려 있었다. 모지리 씨 설명에 따르면 분홍 토끼는 방탄 팬을 위한 캐릭터 소품이었다.

"내가 너만 할 땐 장국영 팬 아닌 애들이 없었어. 너도 방탄 팬이지?"

나는 대답 대신 씩 웃어 보였다. 나는 아이유 팬이다. 새롬은 아이유를 닮았다. 모지리 씨 스마트폰 화면이 흔들렸다. 한 무리의 군중이 정신없이 달리고, 제복 입은 사람들이 그 뒤를 무섭게 쫓았다.

"샘, 저, 저…… 뛰는 애들요. 학생 맞죠?"

내 물음에 모지리 씨가 고개를 끄덕였다.

모지리 씨는 전 세계 아미들이 불의에 저항하는 깨어 있는 팬이라며 뿌듯해했다. 영국의 식민지였던 홍콩이 중국에 반환된 순간 불안이 잉태됐다나? 장국영 서점, 시민 불복종 운동, 우산 혁명까지 계속 떠들어댔다. 또 화면이 흔들렸다. 모지리 씨가 입을 다물었다. 송환법 반대를 외치는 홍콩 시민들에게 정부가 물대포를 쏜 것이다. 모지리 씨 얼굴이 일그러졌다. 도망치던 학생이 제복 입은 사람에게 붙잡혔다. 학생 이마에서 피가 흘렀다. 학생이 피를 흘리며 다시 뛰었다. 그러다 카메라 앞에 멈춰 서서 고개를 들었다. 작고 마른 소녀였다. 소녀는 카메라를 향해 울부짖었다. 모지리 씨가 또 한숨을 크게 내쉬었다.

"샘, 걱정 마세요. 안전한 곳에 숨었을 거예요."

나는 모지리 씨 책상 옆의 서랍장에 스마트폰 수거 바구니를 넣었다.

교무실 문을 나서자 내가 빼돌린 스마트폰이 허벅지에서 지이잉 떨렸다.

[D—DAY] 점심, 급식 심폐소생술 플래시몹 복통 호소 몸짓으로
운동장에 드러눕기

　나는 고개를 설레설레 흔들었다. 문자를 보낸 걸 보니 심태우도
스마트폰을 빼돌렸다. 새롬과 같은 반인 심태우는 선생들 사이에선
모범생, 학생들 사이에선 셀럽으로 통한다. 선생들은 교육청 홈페
이지에 익명으로 급식 불만 의견을 올린 학생을 찾고 있다. 고등학
생은 하루 두 끼를 학교에서 먹는다. 중식은 무료, 석식은 유료다.
돌도 씹어 먹을 나이라고 하지만, 진짜 돌만 먹고는 공부할 수 없
다. 그런데도 선생들은 급식에 불만이 있다고 의심되는 학생을 교
무실로 불렀다. 모지리 씨도 그랬다. 나는 용의선상에 들지 못했다.
할머니와 둘이서 사는 나는 무료로 석식을 먹는다.
　우리는 누가 교육청에 고발했는지 아직 모른다. 하지만 고발인
색출이 시작된 후 아이들은 화장실에서나 쑥덕대던 급식 불만을 대
놓고 말했다. 선생들이 애들을 잡아 상담이라는 이름의 취조를 시
작했다. 단속이 심해질수록 아이들의 목소리가 커졌다.
　더운 날이었다. 복통이 동시다발적으로 일어났다. 그날 심태우
도 병원에 실려 갔다. 우리 반도 반 이상이 복통을 호소했다. 병원
에 입원했던 학생들이 퇴원했다. 그리고 아침 뉴스를 보게 됐다. 자
막에 고래회충이라고 적혀 있었다. 화면은 우리 학교 운동장을 비
췄다. 그 뉴스를 본 아이들 중 일부가 야간 자율 학습을 제꼈다. 석
식 거부였다.
　"우리가 왜! 돈 내고 쓰레기를 먹어야 돼. 아침부터 저녁까지 잡

혀 있다는 이유만으로?"

심태우가 학교 앞 분식집에서 벌떡 일어나 외쳤다.

이튿날, 샘들은 모르고 애들만 안다는 '잠수함 토끼' 자율 동아리가 비밀스럽게 탄생했다. 완전 밀폐된 잠수함에 산소가 부족해지면, 제일 먼저 죽어 위험을 알리는 존재가 잠수함 토끼다. 하늘고 잠수함 토끼는 위험한 급식을 먹고 제일 먼저 쓰러진 존재로, 학교 급식을 개선할 사명이 주어졌다. 학교 문제를 파헤치는 자율 동아리를 지도해줄 선생은 없다. 하지만 자율 동아리 활동을 밖으로 알릴 수는 있다. 심태우 말대로 핫이슈가 되면 생활기록부만큼 중요한 자기소개서에 멋진 이력을 추가할 수 있다고, 새롬이 내게 알려줬다. '잠수함 토끼'에 가입하라고 속삭이면서. 내 심장이 쿵쾅댔다. 새롬의 세계에는 두 종류의 인간만 존재한다. 방탄 팬 아미거나, 방탄 팬 아미가 아니거나. 나는 새롬의 여가 활동에 끼고 싶었다. 새롬 말에 따르면 하늘고 아미들은 잠수함 토끼들과 유닛처럼 활동하기로 했다. 나는 심태우가 리더로 있는 잠수함 토끼에 가입하지 않았다. 아미인 척했을 뿐.

교실로 돌아가며, 새롬 반을 슬쩍 훔쳐봤다. 새롬이 긴 머리카락을 쓸어 뒤로 넘겼다. 활짝 웃으며 고개를 뒤로 젖혔다. 반달이 된 눈이 상큼했다. 새롬도 분홍 토끼 인형을 손에 들고 있었다. 새롬이 뒤를 돌아봤다. 또 심태우다. 둘이 무슨 말을 주고받는 걸까? 새롬이 눈이 동그랗게 커졌다. 나는 복도 구석에 몸을 숨기고 심태우가 보낸 문자를 삭제했다.

"이 녀석들, 종소리 안 들려? 빨리, 빨리 교실로!" 선생 목소리가 내 등을 떠밀었다.

탕! 탕! 탕!

나는 신경을 곤두세운 채 우리 반으로 들어갔다.

내 자리는 창가다. 본관 3층 교실에 앉아, 운동장과 별관 복도 일부를 볼 수 있다. 선생 한 명이 지휘봉을 들고 별관 복도를 천천히 걷고 있었다. 슬쩍슬쩍 교실 안을 훔쳐보면서. 왠지 꺼림칙했다. 나는 몰래 빼돌린 스마트폰 전원을 끄고 가방 안주머니에 깊숙이 숨겼다.

2교시 국어. 선생이 모의고사 문제를 풀라고 했다. 손에 지휘봉이 들려 있다. 앗! 별관 복도를 걷던 선생도 같은 지휘봉을 들고 있었다. 리코더 정도의 굵기에 길이는 40센티미터쯤 되려나. 크지 않지만, 까만색이라 위협적으로 보였다. 나는 고개를 박고 지문을 읽었다. 생각보다 순조롭게 문제가 풀렸다. 쉬는 시간 종이 울렸다. 허리와 어깨가 뻐근했다.

나는 계단을 두 칸씩 올라갔다. 바람을 쐬고 싶었다. 옥상 문손잡이를 잡고 돌렸다.

덜컹! 덜컹! 더덜컹!

문이 꿈쩍도 하지 않았다. 새롬이 말한 옥상은 별관인가. 그럴 리가. 본관 옥상은 학생들의 녹화 활동 체험 목적으로 지원금을 받아 만든 시범 정원이다. 뉴스에도 나왔다. '학교의 변신은 무죄! 지친 학생들을 위한 열린 공간'이라고.

"국진찬, 뭐 해?"

모지리 씨 손에도 까만 지휘봉이 들려 있었다.

"아, 저……. 그게, 좀 피곤해서요." 내 목소리가 쪼그라들었다.

모지리 씨가 계단참 구석에 있는 자판기에서 캔 커피를 뽑아 내밀었다.

"정신 바짝 차리고. 파이팅!"

"감사합니다."

모지리 씨가 내 어깨를 두드렸다.

나는 꾸벅 인사하고 계단을 빠르게 내려갔다.

복도를 걸으며 또 새롬 반을 들여다봤다. 뒤편 끝자리에 아이들이 몰려 있었다. 그 중심에 심태우가 있다. 새롬이 안 보였다. 눈을 돌려 복도를 살폈다. 화장실에 갔나? 수업 시작종이 울렸다.

순식간에 복도가 텅 비었다. 복도 끝에서 물리 선생이 걸어왔다. 오른쪽 옆구리에 교과서를 끼고 손에 까만 지휘봉을 들고. 살짝 무서운 생각이 들었다. 그나마 위안이 되는 건 학교 체벌 금지! 선생은 학생 몸에 지휘봉이든 몽둥이든 휘두를 수 없다.

3교시 물리 수업이 시작됐다. 출석을 확인한 선생이 커튼을 치라고 했다. 아이들이 웅성댔다.

탕! 탕! 탕!

까만 지휘봉이 칠판을 두드렸다.

나는 앉은 채로 팔을 뻗어 커튼을 닫았다. 그러다 별관 3층 복도에 서 있는 새롬을 봤다. 모지리 씨가 새롬을 향해 걸어가고 있었다. 물리 선생이 하필 내 번호를 불렀다. 짝꿍이 내 교과서를 펼쳐서 손가락으로 짚어줬다. 어쩔 수 없이 자리에서 일어났다.

"질량이 큰 물체일수록 중력을 크게 받지만, 자유 낙하를 할 때 가속도의 크기는 질량에 관계없이 똑같다."

문제를 읽는 내내 자꾸 딴생각이 났다. 모지리 씨 손에 들려 있던 까만 지휘봉이 머릿속에서 춤을 췄다.

"그 까닭은 무엇인지 쓰시오."

드디어 문제를 다 읽었다. 나는 자리에 앉자마자 커튼 아래쪽을 살짝 들췄다. 둘 다 그 자리에 없었다.

"3분 뒤 발표."

물리 선생이 시계를 보며 말했다.

사각사각 소리가 차올랐다. 새롬이 별관에 왜 간 거지? 본관 옥상이 닫힌 걸 알고서 별관 옥상을 확인하러 간 걸까? 둘 다 아미니까 별일 없을 거라고 생각했지만, 문제를 풀 수 없을 만큼 마음이 불편했다. 저절로 가방 속에 손이 갔다. 손가락 끝에 스마트폰이 만져졌다. 슬쩍 꺼내 옷 속에 숨겼다. "저, 선생님……."

정말로 속이 요동쳤다. 내 표정이 먹힌 것 같았다.

"볼일만 보고 바로 와."

"넵!"

나는 잽싸게 교실을 빠져나왔다. 복도를 걸으며 다른 반을 살폈다. 운동장 쪽으로 난 창문 커튼이 모두 닫혀 있다. 새롬 반도 그랬다. 그런데 새롬이 보이지 않는다. 뭐야? 심태우도 자리에 없잖아.

"학생!"

처음 본 선생이 나를 불렀다. 손에는 역시 까만 지휘봉을 들고 있었다.

"아, 그게 화, 화장실이 급해서."

"몇 반 누구?"

나는 물리 선생에게 허락받은 상황을 설명했다. 머릿속이 부글부글 끓었다. 설마 둘이 같이…….

"아, 그래. 복도에서 실수하면 안 되지."

[긴급공지] 하늘고 A.R.M.Y들 점심, 옥상으로 Fire

처음 본 선생이 미안한 듯 미소를 머금고 지나갔다. 나는 화장실을 향해 뛰었다. 변기에 앉아 스마트폰 전원 버튼을 눌렀다.

새로 들어온 문자는 없다. 앗, 아까 확인 못한 링크가 하나 더 있네. 클릭하자 유튜브로 연결됐다. 가만히 보니 우리나라 촛불집회 영상 같았다. 그런데 천막 무대 앞에 서 있는 남자가 중국어로 말했다. 영상 제목을 봤다. '홍콩 시위, 〈임을 위한 행진곡〉이 울려 퍼졌다'였다. 무대 위 남자가 기타를 치며 노래를 불렀다. 복고풍인가? 분명 어디서 들어 본 노래 같은데, 뭔가 올드했다. 바닥에 앉아 있는 군중이 양손으로 허벅지를 치고 어깨를 치고 주먹을 내질렀다. 멜로디 사이사이 "어이! 어이!" 추임새를 넣었다. 방탄 신곡인가?

나는 다시 새롬을 찾아 별관을 향해 걸었다. 본관 3층과 2층 사이 계단참을 지날 때, 누가 빽 소리를 질렀다. 얼른 벽에 붙어 창밖을 내려다봤다.

몇몇 선생과 낯선 사람들이 운동장 뒤편에서 실랑이를 벌이고 있었다. 선생이 뭔가를 낚아챌 듯 손을 휘둘렀다. 반대편에 있는 아저씨 손에 카메라가 들려 있다. 뭐야? 심태우가 정말 언론 매체에 알린 거야? 선생 한 명이 낯선 아저씨 어깨를 팍 밀쳤다. 낯선 아저씨 뒤에 서 있던 낯선 여자가 뒷걸음질 쳤다. 진짜 기자가 온 건가? 낯선 여자가 주위를 살피며 선생들에게 뭐라고 대꾸했다. 크게 좀 말하지, 소리가 뭉개져서 뭔 말을 하는지 하나도 모르겠다. 선생 손에 들린 지휘봉이 허공에서 흔들렸다. 설마, 사람을 때리진 않겠지.

"으윽!"

모양 빠지게 주저앉고 말았다. 심태우가 내 입을 막고, 자기 입을 빵긋댔다.

"너 여기서 뭐 해?"

"너야말로."

나도 목소리를 죽이고 심태우에게 대꾸했다. 새롬이 같이 있나 싶어 옆으로 눈을 굴렸다.

"새롬이 어디 있어?"

심태우가 대답 대신 나를 계단 아래로 밀었다. 얼결에 별관까지 끌려갔다. 심태우는 쥐새끼처럼 주변을 두리번거리더니 별관 1층 화장실 안으로 나를 끌고 들어갔다. 심태우가 나를 제일 안쪽 변기 칸에 몰아넣고 문을 닫았다.

"야! 뭐 하는 짓이야!"

나는 최대한 벽에 몸을 붙이고 따졌다. 심태우와 좁은 공간에 있으려니 숨이 막혔다.

"새롬이한테 연락 받았지?"

새로 들어온 문자는 없었다. 내가 심태우 몸을 밀치자, 심태우가 몸에 힘을 주고 버티며 계속 물었다.

"아미가 지원 사격 하기로 하지 않았냐?"

"아미는 점심 때 옥상에 모이기로 했어. 근데 본관 옥상이 잠겼어."

"내 말이 그 말이야. 국진찬, 이상하지 않아?"

심태우가 내 코앞까지 자기 아마를 들이댔다.

"뭐가?"

"어떻게 알았을까?"

"뭘?"

"그러게 말이야. 우린 아직 아무 짓도 하지 않았는데, 선생들이 단속을 시작했어."

심태우가 눈을 가늘게 뜨고 나를 노려봤다.

"스파이 새끼를 찾아야 돼."

내 심장이 쿵쾅대기 시작했다. '긴급 공지'에 딸려 온 분홍 토끼 사진을 모지리 씨에게 보여준 순간이 떠올랐다. 우리 반 아이들도 다 봤다. 내가 한 행동이 스파이 짓일까? 갑자기 등골이 서늘했다. 내가 새롬을 위험한 상황에 빠뜨릴 줄은 꿈에도 몰랐다. 내가 가짜 아미라 해도 스파이는 아니다. 아닌가? 선생한테 뭔가를 보여준 거 자체가 스파이 짓인가.

"됐고, 새롬이 어디 있어?"

나는 눈에 힘을 주고 물었다.

"국진찬, 너 혹시……. 새롬이 좋아하냐?"

"묻는 말에 대답이나 해! 새롬이 어딨냐고?"

나는 버럭 소리를 질렀다.

"뭐래, 교실에 잘 있어."

심태우가 몸을 뒤로 빼며 피식 웃었다.

"뻥치지 마! 별관 3층 복도에 있었어!"

갑자기 화장실 문 열리는 소리가 났다. 심태우가 내 입을 틀어막았다. 검은 그림자가 우리 쪽으로 다가오는 게 느껴졌다.

탁, 타아악, 탁 탁, 타악…….

신발 끄는 소리가 울렸다. 누가 변기 칸 문을 슬쩍슬쩍 밀면서

다가왔다.

심태우가 변기 위로 올라갔다. 검은 그림자가 우리 옆 칸에 섰다. 본능적으로 숨을 곳을 찾아 심태우를 돌아봤다.

쩔꺽!

내 등이 문고리를 건드렸다. 폭탄 소리만큼 크게 울렸다. 심태우가 눈을 부라리며 변기 물을 내렸다.

쿠르르릉, 쏴아아아아.

다음 순간, 나는 국어 선생과 마주 서 있었다. 심태우가 자기만 살려고 나를 밖으로 떠민 것이다.

"이 자식, 수업 시간에 뭐 하는 거야?"

"그러니까 물리 선생님한테 허락받고……, 급해서…….."

내 다리가 덜덜 떨렸다.

화장실 끝 칸은 바깥 창문과 연결되어 있다. 심태우가 살짝살짝 창문을 미는지 창틀이 조금씩 겹쳐졌다. 잠수함 토끼 리더라고 새롬이 앞에서 멋진 척하더니, 희생은 고사하고 혼자 살겠다고 나를 사지로 몰아! 새롬이 저 자식의 진짜 모습을 알아야 할 텐데.

"급해? 다 아니까, 사실대로 말해!"

국어 선생이 지휘봉으로 자기 손바닥을 탁탁 치며 물었다.

"급하니까 여기까지 왔죠. 샘도 아시잖아요. 여자 화장실이 같은 층에 있는데…….."

내가 어깨를 축 늘어뜨렸더니 국어 선생이 피식 웃었다. 화장실 밖으로 걸음을 옮기자 국어 선생도 나를 따라 나왔다. 화장실 문이 닫히기 직전 슬쩍 돌아보니, 심태우가 도망에 성공한 것 같았다.

"야, 국진찬. 여기 교사 화장실인 거 몰라?"

국어 선생이 화장실 문에 붙은 아크릴 판을 가리켰다. 몰랐다. 갑자기 들어왔을 뿐이다.

"너 처음이야?"

국어 선생이 나를 보며 빙글빙글 웃었다.

"네?"

"교사 화장실 변기가 자꾸 막혀. 너냐고!"

"아, 샘!"

내가 얼굴을 찌푸리자, 국어 선생이 허허 웃는다. 나는 교사 화장실에서 한 번도 똥을 안 쌌다. 정말이다. 하지만 어떤 학생은 쌌을 수도 있다. 아침부터 저녁까지 학교에 있는 녀석들이 학교에서 똥을 누지 않으면 어디서 눈단 말인가. 그게 교사 화장실이라고 해도 급하면 어디서든 똥을 눌 권리가 있다. 우리가 먹고 싸고 생활하는 곳이 바로 학교니까. 후들거리던 손발에 힘이 들어갔다.

"국진찬, 속 다 비웠지? 괜히 애들이랑 휩쓸려 다니지 말고 공부나 해. 학교에 공부하러 오지 밥 먹으러 오냐."

국어 선생이 능글맞게 웃었다. 기분이 더러웠다. 왜 선생들은 공짜 밥 먹으면 불만이 없을 거라 생각하지? 자유 낙하 실험도 안 해 보고 떠들던 아리스토텔레스랑 뭐가 달라. 지금이 중세야? 갈릴레이가 자유 낙하 실험을 한 게 언젠데 아직도 그걸 몰라. 쓰레기 급식을 학생에게 던지면 돈을 내든 안 내든 똑같은 속도로 폭발할 수 있다고.

"오늘은 쉬는 시간에도 돌아다니지 마. 할머니 생각도 해야지. 얼른 교실로 돌아가."

국어 선생이 내 등을 토닥이고 돌아섰다.

어릴 때부터 할머니가 한숨처럼 내뱉던 말이 있다. '네 할아버지처럼 남 일에 나서지 마라. 네 아비처럼 원망으로 인생을 낭비하지 마라.' 할머니는 나를 위해 몸이 부서져라 일하고 또 일했다. 내가 장학금을 받고 대학 가는 게 할머니의 꿈이다. 오른발 왼발, 앞으로 쭈우욱 걸으면 된다. 본관 건물로 들어가 얌전히 계단을 오르고 내 자리에 앉아 물리 문제 답을 쓰면 된다. 종이 울리면 다음 수업을 듣고 또 주는 밥을 먹고 또 다음 수업을 들으면 된다. 그래, 할머니 생각만 하자. 할아버지처럼, 아빠처럼 할머니를 실망시키지 말자.

중학교에 갓 입학한 무렵이었다. 여느 날처럼 버스를 타고 집에 가는 길이었다. 기사 아저씨가 틀어 놓은 라디오 뉴스를 듣게 됐다. 뉴스 앵커가 1980년 광주에서 실종된 수많은 사람들을 시민군이라 칭했다. 우리 할아버지는 광주에 있는 고등학교에서 학생을 가르치던 선생이었다. 할아버지는 시위에 참여한 학생을 찾으러 나갔다가 실종됐다. 나는 내려야 할 정류장을 지나치고 말았다. 뉴스에서 들은 진상 규명 이야기를 스마트폰으로 검색하느라 그랬다. 두 정류장을 지나쳐 버스에서 내렸다. 돌아서 걸어가는데 매운바람이 훅 불어왔다. 숨이 막혔다. 갑자기 잔기침이 터져 나왔다. 나는 입을 막고 걸었다.

그날 밤, 갑자기 찾아온 아빠를 보고 할머니가 활짝 웃었다. 아빠는 술만 마셨다. 나는 일찍 잠자리에 누웠다. 토끼 한 마리, 토끼 두 마리…… 눈을 감고 토끼를 헤아렸다.

내가 토끼를 세는 동안 두 분이 계속 속삭였다. 비상계엄, 광주 지역 학생 시위, 계엄군 집단 발포……. 토막토막 들려오는 단어들에 숨이 막혔다. 나는 머리끝까지 뒤집어썼던 이불을 가슴까지 내렸다. 머리 위 창문 사이로 달 조각이 보였다. 할머니가 아빠한테 미안하다고 했다. 억울한 세월이 이렇게 길어질 줄 몰랐다고 흐느꼈다. 라디오 뉴스에서 들은 이야기가 마구 떠올랐다. 할머니는 학생들이 목숨 바쳐 지키려 한 민주주의가 뭔지 모르겠다고 했다. 하지만 가끔 밥 먹으러 오던 학생이 죽었다는 소식을 듣고 어떻게 모른 척하느냐고, 화염 가득한 거리로 나가는 할아버지를 잡을 수 없었다고 했다. 아빠가 가슴을 치며 울었다.

이튿날 할머니가 빨갛게 짓무른 눈으로 아침밥을 차렸다. 아빠는 언제 갔는지 집에 없었다.

'아, 제발! 아무 생각도 하지 말자.'

나는 고개를 털었다. 갈릴레이는 망원경으로 달 표면을 제일 처음 관측한 과학자다. 갈릴레이는 뭐가 궁금했을까. 갈릴레이가 아니었으면 사람들은 아직도 달에 토끼가 산다고 믿었을까. 내 실내화 앞코가 보도블록에 닿았다. 눈이 부셨다. 얼굴을 찌푸리며 고개를 들고 하늘을 봤다. 토끼털 같은 하얀 구름이 뭉게뭉게 퍼져 있었다. 나는 잠수함 토끼도 아니고 아미도 아니다. 사정없이 본관을 향해 앞만 보고 걸었다.

으으윽!

허공에 발을 내질렀다. 나는 운동장을 째려보다 별관을 향해 달렸다.

"어, 어어, 국진찬! 왜 여기 있어. 너 수업 안 들어갔어?"

모지리 씨가 앞문을 열고 나왔다. 벌써 3층! 새롬이 서 있던 자리였다. 쉬는 시간 종이 울렸다. 모지리 씨는 별관에 지리 수업을 하러 온 거였다.

"어, 샘! 그게 저, 그러니까……."

나는 슬금슬금 뒷걸음쳤다. 수업 다 듣고 본관에서 별관까지 단숨에 뛰어왔다고, 뻥칠 자신이 없었다. 아이들이 복도로 쏟아져 나왔다. 나는 휙 돌아서 계단을 뛰어올랐다.

"국진찬, 거기 서! 당장!"

와글와글 개구리처럼 울어대는 아이들과 꽥꽥 소리치는 선생들 때문에 귀가 멍했다. 나는 위로 올라가야 하는데, 점점 불어난 아이들이 아래로 아래로 내려오면서 어깨를 밀쳤다. 자꾸 걸음이 느려졌다.

"국진찬, 너 정말!"

모지리 씨가 나를 따라 계단을 올라오며 소리쳤다.

"샘, 그만 따라오세요."

탕! 탕! 탕!

벽을 치는 지휘봉 소리가 여기저기서 울렸다.

"야! 교실로 안 들어가!"

탁! 탁! 탁!

교실 문 닫히는 소리가 뒤따랐다.

드디어 4층. 복도를 지나며 창밖을 내다봤다. 몇몇 아이들이 운동장 바닥을 뒹굴고 있다. 잠수함 토끼 리더 심태우도 있었다.

"국진찬, 선생님 말 안 들려? 너희들도 당장 교실로 돌아가!"

모지리 씨가 까만 지휘봉으로 아이들 사이를 가르며 소리쳤다. 계단을 가득 메운 아이들이 모지리 씨 앞을 막아섰다. 나는 계속 위로 올라갔다. 아이들이 슬쩍슬쩍 몸을 틀어 길을 내주었다.

타탁!

순간 거북처럼 목을 움츠렸다. 조금만 늦었어도 까만 지휘봉이 창틀이 아닌 내 뒤통수에 박혔을 거다. 반쯤 열린 창문 사이로 지휘봉이 날아갔다. 가슴을 쓸어내리며 돌아보니 모지리 씨 손이 비어 있다.

따아앙~.

지휘봉이 가마솥을 닮은 화분에 떨어졌다. 비명 소리가 이어지지 않는 걸 보니 맞은 사람은 없나 보다. 모지리 씨가 폭 한숨을 내쉬었다. 나랑 눈이 마주쳤다.

"국진찬, 빨리 교실로 돌아가."

나는 고개를 저었다. 그리고 한 발짝 더 뒤로 물러섰다.

"너 공부 안 할 거야?"

나는 입술을 꽉 깨물고 한 계단 더 올라섰다.

"국진찬, 왜 안 하던 짓을 하고 그래?"

모지리 씨 목소리가 떨렸다.

"궁금해서요."

"뭐가? 옥상에 꿀 발라 놨어?"

"그랬나 봐요, 샘."

나는 모지리 씨 눈치를 보는 척하다 돌아서서 뛰었다.

"국진찬, 멈춰!"

모지리 씨가 소리쳤다. 끝까지 나를 따라올 생각인가 보다. 심태우가 운동장에 누워 있다면, 새롬은 옥상에 있다. 할아버지는 학생들을 말리러 나간 걸까? 아니면 학생들이 옳기 때문에 그 대열에 함께하러 나간 걸까? 할아버지는 어디서 어떻게 실종됐을까? 그때 아빠는 지금 나보다 더 어렸으니까, 구름이 걷히면 달에 사는 토끼가 짠 하고 나타나듯, 화염이 멈추면 할아버지도 짠 하고 돌아오리라 믿었겠지. 아빠가 평생 원망한 사람은 누구일까?

"진짜, 마지막 경고야! 안 봐준다."

모지리 씨 목소리가 차가웠다. 뭘 안 봐주겠다는 걸까? 앞으로 굶으라는 얘긴가. 아니면 평가를 나쁘게 준다는 얘긴가. 목구멍이 뜨거워 아래를 향해 소리쳤다.

"제가 뭘 어쨌는데요?"

모지리 씨 눈이 커다래졌다.

"몰라서 물어?"

모지리 씨가 한 계단 올라서며 내게 물었다.

"네."

나도 한 계단 뒤로 물러섰다.

"너 정말······."

모지리 씨 목소리가 떨렸다.

"샘도 아미잖아요!"

모지리 씨 입이 벌어졌다. 말이 안 나오는지 허, 허, 허만 연발했다. 모지리 씨는 홍콩 아미들이 자기 생각을 말한 죄로 끌려갈까 봐 걱정했다. 모지리 씨가 진짜 아미라면 억압에 맞서야 한다. 학생의 자유 발언을 보장해줘야 한다. 모지리 씨는 진짜 아미일까? 나는 가짜 아미가 맞나? 이 계단참만 지나면 옥상이다. 갈릴레이가 종교 재판을 받았듯 나도 어떤 형태의 징계든 피할 수 없을 것 같다. 나는 계속 위로 움직이며 흘끔흘끔 뒤를 살폈다.

끼이익—.

옥상 문이 쇠 긁는 소리를 내며 밀렸다.

철커덩!

바람이 문을 확 젖혔다. 문고리를 잡고 있던 나는 옥상 바닥에 그대로 내동댕이쳐졌다.

"국진찬, 괜찮아?"

나는 바닥에 넘어진 채 뒤돌아봤다.

모지리 씨가 애벌레처럼 꿈틀댔다. 모지리 씨 다리는 건물 안쪽에 허리 위쪽은 옥상 밖으로 뻗쳐 있다. 내 뒷덜미를 잡으려다 같이 넘어진 거다. 피식 웃음이 났다.

"너, 웃음이 나와?"

모지리 씨가 그렁그렁한 눈으로 나를 째려봤다.

"샘, 손바닥에 피 나요."

내가 모지리 씨를 일으키며 말했다.

"넌 괜찮아?"

모지리 씨가 내 옷을 털어주며 물었다.

"국진찬, 꿀은 어디에 발라 놨는데?"

나는 주위를 둘러봤다. 새롬이 없다.

찌이익—.

학교 전체에 소음이 일었다.

"아, 아, 하늘고 학생 여러분, 당장 교실로 돌아가세요. 다시 한 번 말씀드립니다……."

나는 난간 앞으로 갔다. 운동장에 누워 배를 잡고 뒹구는 아이들이 점점 늘어났다.

"국진찬, 네 손바닥도 까졌어. 같이 보건실 가자."

모지리 씨가 내 손을 잡고 말했다.

"아프지 않아요."

나는 슬쩍 손을 뺐다.

"선택에는 항상 책임이 따른다는 거 알지?"

모지리 씨가 나를 빤히 바라봤다.

내가 고개를 끄덕이자 모지리 씨가 웃으며 돌아섰다.

옥상 난간에 몸을 기댔다. 까진 손바닥에서 아릿한 통증이 올라왔다. 할아버지도 갈릴레이처럼 자신이 본 사실들 앞에서 괴로웠을까. 지구가 도는 게 맞는데, 지구가 돈다고 말하는 게 왜 교황청에 도전하는 일인가! 맛없는 급식을 맛없다고 말하는 게 왜 학교를 혼란스럽게 하는 일인가! 이게 다 토끼 때문이다. 생각 토끼 한 쌍을 구해 돌보면 곧 열두 마리로 늘어난다더니…….

닫혀 있던 교실 커튼이 갑자기 동시에 열렸다.

4층. * 밥 맛 이 상 해 배 가 아 팠 지
3층. * 수 저 들 어 * 소 리 질 러 *
2층. 그 냥 먹 기 엔 우 리 너 무 아 파

본관 창문이 보라색 카드 섹션으로 물들었다. 창문 한 칸에 한 글자씩 들어 있었다. 상황이 급하게 돌아가자 계획을 바꾼 새롬이 직접 뛰어가 아미들에게 알렸나 보다. 어쨌든 새롬은 지금 교실에 있다. 저 글자 뒤 어딘가에.

나는 바지 주머니에 손을 넣었다. 검지 끝에 렌즈가 닿았다. 매끈한 떨림, 암호가 풀렸다. 나는 분홍 토끼도 아니고, 운동장을 뒹구는 잠수함 토끼도 아니다. 하지만 물리 문제의 답은 알고 있다. 운동 제2의 법칙처럼 마음의 질량이 달라도 우리는 같은 속도로 자유 낙하를 할 수 있다.

나는 스마트폰을 꺼내 동영상 버튼을 눌렀다. 카메라 렌즈가 맞은편 건물을 담았다. 클로즈업한다. 글자가 점점 선명해진다. 창문을 훑으며 아래로 아래로, 운동장을 비추며 줌 아웃. 아이들 얼굴은 필요 없다. 누워서 배를 잡고 뒹구는 잠수함 토끼들 모습만 전체적으로 담아낸다. 아이들이 노래를 부르듯 구호를 외치기 시작했다. 순식간에 빨딱 일어난 아이들이 깡충깡충 흩어졌다. 선생들이 지휘봉을 들고 잠수함 토끼들을 쫓았다. 4교시 시작종이 울렸다. 지휘봉을 든 손이 힘없이 늘어졌다. 나도 촬영을 멈췄다. 토끼몰이가 끝났다. 어쩌면 쫓을 필요가 없다는 것을 깨달았겠지. 용의자는 모두 학교 안에 있으니까.

"아, 아, 수업이 없는 선생님은 교무실로 와 주십시오. 다시 한 번 안내 말씀 드립니다……."

순식간에 운동장이 텅 비었다. 나 혼자 건물 밖 꼭대기에 서 있다. 정수리가 뜨겁다. 빛 때문에 옥상 문 안쪽이 시커멓게 보인다. 갑자기 홍콩 아미가 떨어뜨린 분홍색 토끼 인형이 눈에 밟혔다.

영정 사진 속 할아버지는 아빠보다 젊다. 그날 할아버지는 광주 시내에서 무엇을 보았을까. 할머니, 미안. 나는 SNS를 열고 내가 촬영한 동영상을 터치했다. 지독한 어둠 속으로 동그란 빛을 쏘아 올렸다. 순식간에 우리의 외침은 학교 담을 넘어 우주로 날아갔다.

– 5·18 40주년기념소설집
『5월 18일, 잠수함 토끼 드림』(우리학교, 2020년)

생일빵

표명희

대구에서 태어났다. 2001년 『창작과비평』 신인소설상으로 등단했다.

소설집 『3번 출구』, 『하우스메이트』, 『내 이웃의 안녕』, 『아무 일도 없었던 것처럼』,

장편 『황금광시대』 청소년소설 『버샤』,

『어느 날 난민』, 『오프로드 다이어리』를 펴냈다.

오영수문학상, 권정생문학상을 수상했다.

민서는 고소한 냄새에 잠을 깼다. 냄새에 깬 것인지 깨어나 냄새를 맡은 것인지 알 수 없지만 여느 일요일보다 일찍 깨어났다. 유난히 냄새에 민감해 '예민 민서'에 이어 '개코'라는 별명까지 따라붙었다. 요즘 애견들 지위를 생각하면 호사로운 별명이 아닐 수 없다. '오감 중 제일 저급한 감각이 후각이래.' 가방 끈 조금 더 긴 고3 누나가 비아냥대도 민서는 콧방귀조차 뀌지 않았다. 대한민국 고3의 일상 따윈 개도 쳐다보지 않는다는 사실을 누나는 알기나 할까.

달콤한 늦잠마저 물리친 민서는 냄새의 진원지를 찾아 나섰다. 아니나 다를까 식탁에는 하얀 한지가 깔린 채반 위에 부침개와 갓 튀겨낸 튀김이 먹음직스럽게 담겨 있었다. 동그란 호박전과 고추전 사이에 놓인 분홍빛 새우튀김부터 눈에 들어왔다. 튀김옷 밖으로 놀란 듯 튀어나온 까만 눈과 긴 수염의 왕새우가 꼬리를 치며 민서의 침샘을 자극했다. 자르르 침이 고이면서 잠은 말끔히 물러났다.

"세수부터 하고 와!"

엄마가 큰 소리로 민서를 밀어냈다.

욕실로 달려가 빛의 속도로 세수를 끝내고 다시 주방으로 돌아온 민서는 새우튀김부터 집었다. 분홍빛 갑각류 껍질은 스낵 과자처럼 바삭거렸고 속살은 탱탱하고 쫀득해 씹을수록 감칠맛이 났다. 일요일 아침의 여유와 풍요가 한가득 입 속에 고였다.

"이따 할머니 집 가서 먹어!"

두 번째 새우를 집어들었을 때 엄마가 소리쳤다.

재빨리 새우를 입에 문 민서는 '할머니 댁은 왜?' 라는 눈빛으로 엄마를 쳐다보았다.

"오늘이 무슨 날인지 몰라?"

'식탐과 늦잠, 둘 다 누릴 수 있는 해피 선데이!'라는 말이 떠올랐지만 새우 살에 막힌 목구멍을 뚫고 나오진 못했다.

눈을 흘기던 엄마가 진열장에서 5단 찬합을 꺼내는 걸 보고서야 민서도 오늘이 무슨 날인지 깨달았다. 큰아빠 생신이었다.

"네가 다녀와야 해. 우리 가족 대표로."

엄마의 말에 민서는 새우 꼬리가 목구멍에 걸리는 느낌이었다.

고3인 누나는 벌써 도서관에 갔고, 엄마 아빠의 일요일은 세상 어떤 일보다 교회가 우선임을 잘 알고 있었다. 하나님 집이 할머니 집보다 우선인 건 이제 진리였다. 게다가 요즘에는 할머니 집 방문이 가족 모두의 기피 대상 일순위가 돼버렸다. 인기 없는 일은 으레 막내 몫이라는 것, 빠져나갈 구멍은 없다는 것을 민서는 깨달았다. 엄마가 '우리 가족 대표로'라는 가시 면류관 같은 영예까지 얹어주었으니 더더욱……

엄마는 준비한 음식을 찬합에 담기 시작했다. 큰아빠 생일 음식은 늘 이렇듯 5단 찬합에 담겼다. 한 단은 전과 튀김, 한 단은 삼색 나물, 한 단은 불고기……. 피자 한 판에 치킨 한 마리 주문으로 끝나는 민서나 누나 영서의 5분 생일상 차림과는 차원이 달랐다. 시작부터 완성까지 1박 2일이 걸리는, 수라상에 가까운 차림이다.

"엄마라는 게 뭔지, 평생 자식 걱정에 뒤치다꺼리에……."

민서는 엄마 말에 담긴 그 '엄마'는 엄마가 아니라 할머니라는 것, '자식'도 오늘의 주인공인 큰아빠라는 걸 알았다.

큰아빠 생일 음식 준비는 원래 할머니 몫이었는데, 할머니 건강이 예전 같지 않아 자연스레 엄마에게 넘어온 것이다. 집안 의례 중 할머니가 극성이다 싶을 만큼 정성들이는 일이 큰아빠 생일상 차리는 일이었다. 며칠에 걸쳐 장만해둔 식재료로 할머니는 꼭두새벽부터 일어나 음식을 만들어 한상 차려 냈다. 집에서 차리는 생일상인데도 접시 대신 꼭 찬합에 음식을 담았다. 어릴 적부터 그 광경을 봐 온 민서는 제사 음식이 제기에 담기는 것처럼 생일 음식은 찬합에 담는 건 줄 알았다. .

"신속, 정확, 안전! 배달의 3원칙 잘 알지?"

엄마는 황금색 보자기로 싼 5단 찬합과 미역국과 청주 한 병이 담긴 쇼핑백을 민서에게 건넸다.

"내가 '배달의 민족' 마지막 후손이라도 되는 줄 아는 모양이지, 엄마는……."

민서는 민족의 자존심이 담긴 듯한 이름의 그 앱이 최근 외국 자본에 팔린 사실을 떠올리며 투덜거렸다.

빌라 마당으로 내려서자 엄마의 향수보다 더 진한 꽃향기가 민서를 반겼다. 옆집 마당의 라일락 나무에서 날아온 향기였다. 식구들 대부분이 추운 겨울에 생일인 데 비해 큰아빠 생일은 이렇듯 꽃으로 화사한 달이다. 할머니는 '화사한' 게 아니라 사람 '환장하게' 만드는 달이라고 독설을 날리곤 하지만……. 학교 선생님이었던 할아버지 기운이라도 받은 듯 오월 중에서도 15일, 스승의 날이 큰아빠 생일이었다.

　　빌라 마당을 벗어나자 꽃향기 대신 음식 냄새가 솔솔 풍겼다. 허기를 자극하는 고소한 냄새에 걸음이 빨라지다가 할머니 집 분위기가 생각나면 다시 걸음이 처졌다. 민서는 혼자 십자가를 지게 된 사실에 억울해 하다가 그런 자신을 깨닫고 나면 양심의 가책이 들었다. 엄마 아빠가 맞벌이여서 민서는 할머니 집에서 어린 시절을 보냈다. 할머니를 엄마, 큰아빠를 아빠처럼 생각하며 자랐기 때문에 내 집이나 다름없는 곳이었지만 점점 할머니 집을 찾는 일이 꺼려졌다. 언젠가부터 그 집에 들어서면 가슴이 답답해왔다. 할머니도 이전처럼 거동이 자유롭지 않은 데다 은둔형인 큰아빠는 주름과 흰머리가 늘면서 술까지 늘어 집안 분위기가 더 칙칙하고 무거웠다.

　　'너네 아빠 백수야?' 초등 3학년 때 친구한테서 그 말을 듣고 나서야 민서는 처음으로 큰아빠에 관해 생각하게 되었다. 여느 아빠와 달리 큰아빠는 늘 집에만 있었다. 취직도 결혼도 하지 않고 할머니와 단둘이 살고 있다. 가끔 할머니를 대신해 조카들 돌보미가 돼주는 것, 정기적으로 병원과 약국을 번갈아 오가는 것, 그것이 큰아빠의 일이라면 일이었다. 그렇다고 큰아빠가 사회생활을 하는 데 문제가 있어 보이지는 않았다. 신체도 멀쩡했고, 졸업은 못 했지만 한때 명문대생이었으니 학벌도 빠지지 않았다.

'요샛말로 엄친아, 둘도 없는 모범생이었지.'

할머니는 큰아빠의 학생 시절을 떠올리는 게 유일한 낙으로 보였다.

똑똑하고 잘생긴 데다 심성까지 나무랄 데 없었던 집안의 장남인 큰아빠는 가족의 기대를 한 몸에 받으며 자랐고 명문대 입학으로 그 기대에 부응했다.

'그 빌어먹을 군대가 사람을 망쳐 놓을 줄이야. 깎아 논 밤톨 같은 내 아들을, 세상에, 반편이를 만들어 보내다니⋯⋯.'

억장이 무너지는 듯한 한숨과 함께 쏟아 놓는 할머니의 넋두리를 민서는 귓불이 닳도록 들으며 자랐다.

'어디 다친 데라도 있었으면 우리가 의심을 했겠지. 몸은 생채기 하나 없이 멀쩡했어. 제대하고 나서 한동안 방에 틀어박혀 멍하니 벽만 바라보고 앉아 있는 거야. 면벽하는 수도승도 아니고⋯⋯.'

그 무렵 고등학생이었던 아빠의 증언도 가끔 뒤따랐다.

'세월 가면 나아질 줄 알았지. 한 달 두 달, 일 년이 가고, 십 년 이십 년이 흘러도 그대로더니 어느새 사십 년일세. 흐이유⋯⋯.'

할머니의 한숨은 사십 년이란 시간을 실감나게 해주려는 듯 깊고도 길었다.

'봄봄 약국' 입간판 앞에서 민서는 걸음을 주춤했다. 어릴 적 큰아빠나 할머니 손잡고 문턱이 닳도록 드나들던 온 가족의 단골 약국이다. 봄봄 약국을 끼고 난 골목길이 할머니 집을 오가는 지름길이었다. 평소에는 지름길인 골목으로 다녔지만 민서는 지름길 대신 이면도로를 택하기로 했다. 짐도 있으니 에둘러 가더라도 안전하고 반듯한 길이 나을 것 같았다.

맛집이 즐비한 이면도로는 평소 오가는 차들로 붐비는데 휴일 아침이라 그런지 한산했다. 사람도 거의 눈에 띄지 않고 차들은 갓길에 꼬리를 물며 주차돼 있었다. 늦잠 즐기듯 길게 늘어선 차들을 따라 민서도 한껏 느릿느릿 걸었다. 저 멀리 우뚝 솟은 아파트 단지가 눈에 들어왔다. 할머니 집은 아파트 단지 어귀에 외따로 있었다. 붉은 벽돌로 된 낡은 이층 슬래브 집이 새로 지은 대단지 아파트 어귀에 흉물처럼 남아 있어 아파트 주민들이 드나들 때마다 한 번씩 눈총을 줄 것 같았다. 재건축을 추진할 때 조합장이 수시로 드나들며 할머니를 설득했지만 큰아빠 고집 때문에 끝까지 건설사에 팔리지 않은 유일한 집이었다. 아빠와 큰아빠의 관계가 삐걱거리기 시작한 것도 그 때문이었다.

'어머닌 형이 저러는 게 정상이라고 생각해요? 이 낡은 집에서 어떻게 노후를 보내려고 그러세요?'

아빠는 큰아빠와의 대화를 포기하고 난 뒤부터 할머니를 다그쳤다.

'그래도 우리 집 어른은 장남인 니 형이다. 잘되든 못되든 나는 니 형 뜻대로 살다 죽을란다.'

큰아빠 얘기만 나오면 할머니는 단호했다.

'형 저렇게 된 데는 어머니의 그런 감싸기도 한몫했다구요!'

아빠의 한마디에 분위기가 싸늘해졌다.

'그동안 지 형 덕 본 거는 생각지도 않고, 배은망덕한 것들.'

할머니는 그 말을 끝으로 돌아앉았다.

두 집 관계는 그때부터 빙하기에 접어들었다.

집안 문제에 얽힌 기억이 떠오르자 민서는 걸음이 더 느려졌다. 요즘엔 할머니 집 생각만 해도 가슴이 답답한 정도가 아니라 숨이 막혀 왔다. 민서가 누나와 함께 할머니 집에 살 때는 큰아빠 행동반경도 그나마 넓은 편이었다. 유치원과 학교를 중심으로 놀이공원이나 시내 박물관, 공연장까지 오가는, 조카들을 위한 일이 큰아빠의 활동 영역이었다. 아이들이 원하는 거라면 큰아빠는 뭐든 들어주었다. 조카들이 가자는 대로 따라갔고 하자는 대로 했다. 어린 조카들에게 큰아빠는 늘 예스맨이었고 친구 같은 보호자였다. 그런 큰아빠가 할머니도 아빠도 두 손 다 들 정도로 대단한 고집쟁이란 사실이 민서는 잘 믿기지 않았다.

이 음식만 전달하고 바로 와야지. 민서는 양손의 짐 무게를 느끼며 다짐했다. 아무리 할머니가 반색하며 잡아끌어도 집 안에 절대 발을 들여놓지 않을 작정이었다. 시험공부를 핑계 삼으면 할머니도 손을 잡아끌지 않을 것이다.

그때였다. '쿵' '쾅' 하며 뭐가 크게 부딪히는 소리가 났다. 고개를 돌리는 순간, 민서의 눈에 믿을 수 없는 광경이 잡혔다. 오토바이와 헬멧 쓴 사람과 중국집 철가방이 허공으로 휙 솟구친 모습이었다. 순간적이었지만 영화의 클로즈업 장면처럼 또렷한 광경이었다. 허공의 피사체들은 완만한 포물선을 그리더니 이내 바닥을 향해 곤두박질쳤다. 그 비현실적이면서도 생생한 모습은 바닥과 세계 부딪히는 소리로 실제 상황임을 일깨웠다. 철가방인지 오토바이인지 강하고 요란한 마찰음이 뒤따랐다. 엔진의 휘발유 냄새도 훅 끼쳤다. 갓길에 주차된 자동차들에 가려 소리만 들렸을 뿐, 아스팔트 바닥에 펼쳐진 끔찍한 광경은 다행히 보이지 않았다. 그럼에도 민서의 날렵한 상상은 소리가 일깨운 처참한 광경을 생생하게 그려냈다.

아아, 민서는 탄성을 내뱉으며 그 자리에 얼어붙었다. 다리에선 힘이 풀리고 머릿속이 하얗게 바랬다. 주위에 사람도 거의 없었다는 생각이 들자 당혹감은 공포로 바뀌었다. 가슴이 둥둥 방망이질 치고 식은땀이 났다. 짙은 휘발유 냄새와 함께 심폐 소생술, 119, 응급 처치, 이런 단어가 머릿속에 소용돌이치면서 심장이 조여들었다. 아아, 어쩌지, 할머니 댁에 음식도 전해야 하는데, 아, 어떡해……. 사고 현장 쪽으로는 눈길을 돌릴 자신도 없었다. 늘어선 차들 옆에서 몸을 웅크린 채 민서는 휴대폰을 꺼내야 한다고 생각하면서도 손에 든 짐을 놓을 수 없었다. 그 짐들이 벼랑 끝에서 부여잡고 있는 유일한 밧줄처럼 느껴졌다. 아아, 어쩌지……어떡하지……? 머리가 지끈거리고 속도 메슥거렸다. 그때였다.

"빨리 전화 좀 해요!"

이내 다급한 발소리와 함께 어른의 외침이 허공에 울려 퍼졌다. 다급하게 달려오는 발소리 웅성거림과 외침 소리가 밀려들었다.

"경찰에 신고부터! 아니, 119부터 불러야지!"

또 다른 쪽에서 외침이 들렸다.

연거푸 들려오는 어른들 목소리에 민서는 안도했다. 그건 미성년자인 자신의 도움 따위는 필요하지 않다는 의미로 들렸다. 고개를 드는 순간 갓길 바닥으로 검붉은 점액질의 뭔가가 흘러드는 게 언뜻 비쳤다. 민서는 반사적으로 고개를 돌렸다. 피……? 아니 어쩌면 짬뽕 국물일 수도, 휘발유일 수도 있었다. 민서는 양손에 든 짐을 힘껏 움켜쥔 채 몸을 일으키고는 정면을 향해 눈을 고정했다. 다행히 갓길에 주차된 차들이 사고 현장이 보이지 않도록 차단막 구실을 해주었다. 사람들이 웅성거리는 소리가 자동차 행렬 너머에서 들렸다. 민서는 아파트 단지에 시선을 꽂은 채 걸음을 재촉했다.

안전거리가 확보되고 난 다음에야 민서는 사고 현장 쪽을 흘끗 돌아보았다. 사람들이 그새 제법 모여 있었다. 어른뿐 아니라 민서 또래도 보였다. 남들 눈에 띌세라 민서는 더 빨리 걸었다.

횡단보도 앞에서 신호를 기다리다 민서는 울컥 속의 것을 게워 냈다. 보도블록 위로 아침에 먹었던 것들이 쏟아져 나왔다. 희끄무레한 토사물에 분홍빛 새우 껍질 조각이 언뜻 언뜻 박혀 있었다. 주변에 사람이 없어 그나마 다행이었다. 깜박거리는 녹색 신호등이 빨강으로 바뀌기 직전 민서는 도망치듯 횡단보도를 건넜다.

＊

"오, 민서구나."

민서는 대문을 열어준 큰아빠 품에 쓰러지듯 안겼다. 어릴 적 친구한테 얻어맞고 왔을 때처럼…….

큰아빠는 어리둥절해하면서도 민서를 안은 채 예전처럼 묵묵히 머리만 쓰다듬었다. 길을 가다 사람들이 싸우거나 사고 현장을 맞닥뜨리면 큰아빠는 어린 민서가 그걸 볼세라 품에 안고 재빨리 그곳을 벗어나곤 했다. 안전한 곳으로 피한 다음에야 큰아빠는 민서를 품에서 내려놓았다. 민서가 사고 현장에서 반사적으로 큰아빠 품을 떠올린 것도, 혼자라는 사실에 겁먹은 것도 그런 기억 때문이었다. 큰아빠 몸에서 나는 찌든 담배 냄새도 불룩 나온 뱃살도 그렇게 편할 수 없었다. 휘발유 냄새에 비한다면 담배 냄새는 구수한 고향 냄새 같았다. '비위 약하고 예민한 게, 민서는 꼭 지 큰아빠 닮았어.' 민서가 야단맞고 울먹일 때면 할머니가 곧잘 하던 말이었다. '황소고집은 어떻고요.' 아빠도 냉소하듯 한마디했다.

한참만에야 민서는 큰아빠 품에서 빠져나왔다. 중3이라는 사실도 그제야 생각났다. 머쓱해 하며 민서는 눈가를 훔치고 얼굴과 머리를 다듬었다. 큰아빠는 민서 머리만 몇 번 쓰다듬을 뿐 이유는 캐묻지 않았다. 대신 민서가 가져온 음식 보따리를 챙겨들고 먼저 마당을 가로질러 현관으로 향했다.

"어이구, 우리 귀한 손주 왔구나!"

할머니는 어린애 어르듯 엉덩이를 토닥이며 민서를 맞았다. 할머니식 인사가 민서는 질색이었지만 이상하게 오늘은 싫지 않았다. 어둑하고 쾨쾨한 냄새가 밴 듯한 거실도 오늘따라 편하게 느껴졌다.

"에미가 애 많이 썼네."

민서보다 생일 음식을 더 애타게 기다렸다는 듯 할머니의 관심은 이내 음식 보따리로 옮겨갔다.

임무를 끝낸 민서는 거실 소파에 쓰러지듯 누웠다. 속도 불편하고 머리가 지끈거려 앉아 있을 기운도 없었다. 음식만 전하고 바로 가려고 했던 처음 계획은 까맣게 잊은 채였다. 10분 거리의 할머니 집을 오늘은 산 넘고 물 건너온 느낌이었다. 때론 이 집이 아빠한테 야단맞고 오는 피난처이기도 했지만 오늘은 골고다 언덕을 오르고 난 뒤의 휴식처 같았다. 거실 창으로 마당이 훤히 내다보였다. 큰아빠는 마당 의자에 앉아 화단을 바라보며 담배를 피우고 있었다. 화단에는 크고 작은 꽃들이 다투듯 피어 있었고 덩굴장미는 담장을 타고 올랐다. 어둑한 실내 때문인지 화단이 더 화사해 보였다.

"잡채에 어째 시금치가 빠졌을꼬."

할머니 말이 참기름 냄새와 함께 주방에서 흘러나왔다.

민서는 할머니가 할아버지 제상보다 큰아빠 생일상에 더 신경을 쓰는 사람이란 걸 잘 알고 있었다. 음식 준비가 엄마에게 옮겨간 후에도 일일이 깐깐하게 식재료까지 체크한다는 사실도…….

돌아누운 민서의 눈에 텔레비전 옆에 놓인 액자가 들어왔다. 큰아빠 대학 입학식 때 찍은 가족사진이다. 맨 왼쪽에는 검은 양복 차림의 신사, 옆에 검정 교복 차림의 남학생, 그 옆에 꽃을 든 대학생, 맨 끝에는 한복을 단아하게 차려입은 중년 여성이 서 있다. 양복 신사는 할아버지, 교복 입은 학생은 아빠, 꽃을 든 주인공은 큰아빠, 한복 차림의 중년 여성은 할머니다. 잠자리테 안경을 쓴 큰아빠는 호리호리한 몸에 영민한 인상의 청년이다.

'이 집 시계는 저 때에 맞춰져 있어.' 언젠가 엄마가 지적한 것처럼 집 안의 모든 것이 사진 속에 나오는 시절 그대로였다. 난초 화분이 놓인 나전 칠기 서랍장도, 브라운관 텔레비전도, 철제 금고와 구석에 놓인 병풍 자수도…… 민서가 태어나기 전부터 이곳에 놓여 있던 물건들이 변함없이 자리를 지키고 있다. 사진 속 사람들만 변했다. 검은 양복 신사는 민서가 세상에 나오기 직전에 세상을 떠났고 잠자리테 안경의 호리호리한 청년은 희끗한 머리에 배가 불룩 나온 중늙은이로 변했으며 한복을 곱게 차려입은 부인은 구부정한 백발 할머니가 되었다.

사진은 '졸업 사진 없음'의 증명사진처럼 보였다. 당당하게 학사 모를 쓴 졸업 사진이 있었다면 입학 사진이 놓일 자리는 없었을 것이다. 입학과 졸업, 그사이에 있었던 군대 시절이 큰아빠 인생을 송두리째 바꿔놓았다는 걸 민서도 알고 있었다.

'그놈의 군대가 웬수다. 돈이든 빽이든 무슨 수를 써서라도 군대는 보내지 말아야 했는데.' 할머니의 3대 단골 멘트였다. '아버지 생각이 엄청난 착각이었죠. 유약한 아들 담력 기른다고 특수부대 같은 델 보내다니…….' 아빠가 할머니 말을 이어받았다. 할아버지가 일찍 세상을 떠난 것도 그 일과 무관치 않다고 다들 입을 모았다. '그러니까 어머니께서 아주버님 생일날 면회 다녀오시고 며칠 뒤에 있었던 일이었나 봐요. 광주에 투입된 게…….' 엄마도 한 번씩 나름의 짐작으로 옛이야기에 끼어들었다. 가족들 사이에 오가는 큰아빠 군 생활 관련 얘기는 짐작과 추측에 지나지 않았다. 당사자인 큰아빠가 그 일에 관해 얘기한 적이 한 번도 없었기 때문이다. 가족 모두, 아니 이제는 온 국민이 다 아는 일이건만 정작 큰아빠는 지금껏 자신이 겪은 일을 털어놓은 적이 없다.

'누구는 없던 일까지 보태 가며 잘도 늘어놓더만 우리 아들은 무슨 철통 자물쇠라도 가슴에 채웠는지, 원.' 군대서 조기 제대한 큰아빠는 대학으로 다시 돌아가지 못했다. '시간이 지나면 나아질 줄 알았지. 일 년이 가고 이 년이 가고, 십 년, 이십 년, 삼십 년…….
저 돌부처의 속마음을 어이 알꼬. 아마 저 상태로 무덤까지 갈 모양이다.' 할머니의 넋두리는 바람 같았다. 한탄도 체념도 바람처럼 수

시로 왔다가는 흔적도 없이 사라졌다.

"민서야, 어서 오니라. 밥 먹자."

할머니 말과 함께 실내가 환해졌다. 거실 등이 그제야 켜진 모양이었다.

생일 음식으로 그득한 교자상이 어느새 거실에 떡하니 놓였다. 다섯 개의 찬합 음식과 김이 모락모락 나는 흰쌀밥과 미역국이 나란히 놓여 있는, 누가 보더라도 잘 차려진 생일상이었다. 상 위의 음식은 할머니가 군대에 있던 큰아빠 면회 때 만들어 갔던 바로 그 음식들이다. 큰아빠 생일에 맞춘 면회라 할머니는 찬합에 차곡차곡 생일 음식을 담아 갔다고 했다. '군대 밥이 얼마나 허술했는지 5단 찬합에 든 음식을 깨끗이 비우더라고. 입 짧은 우리 큰아들이 그렇게 맛있게 먹는 모습은 내 살다 살다 처음 봤너라.'

면회 때의 그 찬합 음식이 큰아빠 생일상 차림의 표준이 된 것이다.

"민서야, 어서 오래두."

할머니의 부름에 민서는 여전히 새우처럼 웅크리고 누워 고개만 가로저었다. 두통도 메스꺼움도 완전히 가라앉지 않았다.

"아니, 야가 뭔 일이 있었나? 핏기도 없고 얼굴이 하얗게 질렸네."

그제야 민서 얼굴의 눈물 자국을 알아챈 할머니는 가까이 다가와 민서의 이마를 손으로 짚어 보고 양쪽 뺨을 이리저리 만져 보았다.

"왜? 엄마나 아빠가 야단치던? 아니면 오다가 뭔 일 있었던 거라?"

민서는 둘 다 아니라는 뜻으로 고개만 가로저을 뿐이었다.

"밥을 먹어야 기운이 나지. 그러잖아도 니 에미가 아침 안 먹여 보냈다고 챙겨 먹이라더만."

할머니가 민서를 억지로라도 일으켜 세우려 하자 민서는 점점 더 몸을 웅크리며 소파 등쪽으로 돌아누웠다.

"냅두세요, 어머니. 먹고 싶을 때 먹게."

큰아빠의 조용한 만류에 할머니는 손을 거두었다.

민서는 큰아빠가 자기 속을 훤히 들여다보고 있는 것 같았다. 위안이 되면서도 한편으로는 속내를 들킨 것 같아 찜찜했다.

조로록. 은빛 주전자에 담긴 청주가 경쾌한 소리를 내며 잔에 따라지는 소리가 이따금 들렸다. 큰아빠는 한쪽에서 술잔을 비우고 할머니는 먹거리 챙기러 이따금 주방을 오가고……. 민서에겐 어릴 적부터 익숙한 집안 풍경이다. 이렇듯 나른하고 무료할 정도로 평온한 게 원래 할머니 집 분위기였다. 이런 일상의 공기가 숨 막히듯 갑갑하게 느껴지기 시작한 것도 곰곰 되짚어 보면 큰아빠와 아빠의 다툼이 결정적이었다. 재건축 관련 문제 말고도 두 사람이 심하게 부딪친 일이 또 있었다. 5·18 민주화운동 관련 보상 문제가 나왔을 때였다. 아빠가 준비해 온 신청 서류에 당사자인 큰아빠가 서명을 하지 않겠다고 고집을 부렸던 것이다. 온 가족이 번갈아 가며 설득했지만 큰아빠는 완강했다.

'평생 이렇게 살 거야, 형은? 어머니 생각도 해야지.'

아빠가 작심하고 따지고 들자 할머니가 놀라 손사래 치며 말리고 나서던 걸 민서는 또렷이 기억한다. 아빠의 끈질긴 설득과 항의에도 큰아빠는 '돌부처'라는 별명에 걸맞게 꿈쩍도 하지 않았다.

'나라가 보상을 해 준다잖아. 이번 한 번만 가족들 의견 받아들

여라. 이 에미를 봐서라도.'

할머니까지 나서서 간청했을 때도 큰아빠는 묵묵부답이었다.

'형은 엄연한 피해자라고. 형만 피해자야? 우리 모두 피해자라고. 형은 그렇다 쳐도 어머니 인생은 뭐야. 그리고 나는? 그게 나한테서 끝나? 다음에는 민서한테로 넘어갈 거 아냐!'

정확한 내막은 몰라도 민서는 큰아빠 일이 언젠가는 자신에게도 영향을 미칠 수 있다는 걸 그때 처음으로 알았다.

그해 겨울 내내 아빠는 커다란 바위 앞에서 1인 시위 하는 사람 같았다. 큰아빠가 끝까지 고집을 부리자 결국 아빠가 큰아빠 멱살을 잡는 일까지 갔다. 그때 처음으로 큰아빠는 울부짖듯 외쳤다.

'그걸 어떻게 보상해? 국가가 어떻게 보상하냐고! 돈으로? 웃기지 말라고 그래!'

＊

디~잉 동! 디~잉 동! 초인종 소리가 느닷없이, 하지만 가라앉은 분위기에 생기를 불어넣으며 울렸다. 주방에 있던 할머니가 현관을 향해 다가갔다.

"세상에, 어째 한 해도 안 거르고, 이렇게……."

할머니가 케이크 상자를 들고 들어서며 말했다.

이날이면 어김없이 배달돼 오는 생일 케이크다. 거기에 얽힌 이야기도 민서는 알고 있었다. 맨 처음 그 케이크가 배달돼 왔을 땐 큰아빠가 거절했다고 했다. 난처해진 배달부가 케이크를 그냥 대문 앞에 놓고 가버리는 바람에 온종일 동네 개미들이 할머니 집 대문 앞으로 꼬여들었다는 것, 그래서 첫 케이크는 동네 개미들 차지였다고 했다. 두 번째와 세 번째 케이크는 큰아빠가 직접 쓰레기통에 던져 넣었지만, 그 후에도 케이크는 어김없이 배달돼 왔다. 나중에는 그것이 할머니 손을 거쳐 민서와 영서 차지가 되었다. '누가 보내는 걸까?' 한번은 영서 누나가 케이크를 먹으며 호기심을 드러냈다. '너네 큰아빠야 알겠지, 누가 보냈는지.' 엄마가 주위를 살피며 속삭이듯 말했다.

"민서야, 너 좋아하는 케익이다. 안 먹을려?"

할머니가 케이크 상자를 들어 보이며 민서를 유혹했다.

민서가 여전히 고개를 가로젓자 할머니는 그걸 텔레비전 옆에 올려놓았다. 브라운관 텔레비전을 가운데 두고 왼쪽에는 큰아빠 대학입학 사진이, 오른쪽에는 케이크 상자가 나란히 놓였다. '모르긴 해도 한때 사귀던 여자였을 거라.' 언젠가 할머니는 큰아빠가 없는 데서 케이크 보낸 사람을 짐작하며 말했다. '입학식 때 우리도 잠깐 봤니라. 사진에는 없지만 저 꽃다발도 그 처자가 사온 거고……' 사진을 가리키며 할머니는 긴 한숨을 내쉬었다. '저 사진도 그 여자가 찍어준 거였잖아요, 어머니. 분홍 원피스에 긴 머리 소녀 아가씨.' 아빠도 할머니 기억을 일깨우며 한마디 보탰다.

하루는 할머니가 케이크를 자르려다 말고 멈칫했다. '이것 때문인가? 죽어도 이 집을 포기 못 하겠다고 하는 게……' 혼잣말 하듯 중얼거리며 할머니는 한동안 생각에 잠겼다. 포크를 들고 기다리던 영서 누나가 할머니를 재촉하자 그제야 정신을 차린 할머니는 케이크를 자르기 시작했다.

민서의 눈길이 다시 사진으로 향했다. 그전까지는 사진에 찍힌 사람만 보였는데 이젠 사진을 찍어준 사람까지 눈에 어른거렸다.

"케익은 이따 집에 가져가서 누나랑 같이 먹어라."

할머니는 중요한 또 한 사람을 잊고 있었다는 듯 민서에게 일렀다.

그 말에 민서는 오던 길에 있었던 일을 다시 떠올렸다. 사고 현장의 기억이 다시 생생해지자 집에 돌아갈 일이 막막하게 느껴졌다. 놀라 갈피를 못 잡던 그 순간, 누군가의 다급한 외침이 들리지 않았다면, 그 자리에 민서 혼자였다면, 그랬더라도 그곳을 그냥 지나칠 수 있었을까? 민서는 그러진 못했을 거라는 걸 잘 알고 있었다. 하지만 혼자서 대체 어떻게⋯⋯? 휘발유 냄새와 함께 처참한 광경이 자꾸 상상되어 속이 울렁거렸다. 만일 그 자리에 큰아빠와 함께였더라면, 큰아빠는 예전처럼 또 민서를 감싸고 서둘러 그 자리를 피했을까⋯⋯?

"장남, 어서 드시게. 빈속에 술만 들이키지 말고."

할머니는 다시 데워 온 미역국을 큰아빠 앞에 놓았다.

스무 살 아들의 왕성한 식욕을 다시 한 번 보고 싶은 어머니의 간절함이 깃든 말이었지만 민서의 기억에 큰아빠가 생일상 앞에서 식욕을 보인 적은 한 번도 없었다.

"민서야, 케익 안 먹어?"

누나와 같이 먹으라 했던 것도 벌써 잊은 듯 할머니가 말했다.

"어머니도 참."

큰아빠가 너털웃음을 지었다. 할머니의 집요함을 지적한 것인지 아니면 깜박깜박 하는 기억력이 안타까워 짓는 웃음인지는 알 수 없었다.

민서는 할머니가 밥그릇을 들고 따라다니며 떠먹이던 어릴 적 기억을 떠올렸다. 때로는 큰아빠가 할머니를 대신해 밥을 먹여주기도 했다. 할머니와 다른 점이라면 큰아빠는 민서가 고개를 저으면 바로 숟가락을 거두었다. 아이에게 밥 한 숟가락도 강요하지 못하는 심성이었다.

"큰아빠, 부탁이 하나 있는데요……."

민서가 머뭇거리며 얘기를 꺼냈다.

큰아빠는 민서에게로 고개를 돌린 채 다음 말을 기다렸다.

"이따, 집에 갈 때…… 같이 가 줄 수 있어요?"

민서는 왔던 길을 혼자서 갈 자신이 없었다. 아니, 그보다는 큰아빠와 같이 가 보고 싶었다. 예전처럼 큰아빠와 다시 그 길을 걸어가면 어떨까? 그 상황에 다시 한 번 처한다면, 무엇보다 큰아빠가 곁에 있으면, 뭔가 달라질 수도 있을 것 같았다. 이전과는 분명 다를 것 같았다. 아니 달라야 할 것 같았다.

큰아빠는 이유도 묻지 않은 채 고개를 끄덕여 보였다.

허락을 얻고 나니 민서는 가슴을 짓누르던 바윗덩이에서 풀려난 기분이었다. 두통도 메슥거림도 신기하게 가라앉았다. 용기 혹은 자신감 같은 것이 조금씩 싹트는 느낌이었다. 민서는 소파에서 일어나 케이크 상자가 있는 쪽으로 갔다.

"어이구, 우리 민서, 이제 입맛이 돌아왔나 보구나."

할머니 목소리에도 생기가 실렸다.

민서는 케이크 상자를 가져와 상 위에 올려놓았다. 상자에 같이 들어 있는 양초와 성냥부터 챙겼다. 초를 보면서 민서는 처음으로 큰아빠 나이를 알게 되었다. 59세. 아빠보다 네 살이 더 많았다.

"큰아빠 내년이면 육십이에요, 할머니?"

느닷없는 민서의 질문에 분위기가 썰렁해졌다.

고개를 끄덕여 보이던 할머니 얼굴이 차츰 일그러지더니 할머니는 마침내 상을 등지고 돌아앉았다.

"큰아빠, 촛불 꺼야 해요."

민서가 성냥에 불을 붙이며 큰아빠에게 다짐하듯 말했다.

대답 대신 큰아빠는 옆에 있던 담배를 집어 들고 일어나더니 마당으로 나갔다. 화단을 바라보며 또다시 담배를 피웠다. 담배 연기가 꽃들의 눈부심을 살짝 누그러뜨려 화려한 색상이 한층 은은하게 보였다. 꽃도 햇볕도 너무 눈이 부셔 어쩌면 연기가 필요한지도 몰랐다. 큰아빠가 술을 마시는 이유도 다르지 않을 것 같았다. 맨 정신으로는 견디기 힘든 세상 때문에…….

민서는 촛불이 다 타기 전에 큰아빠가 돌아와줄 거라고 믿으며 초에 하나씩 불을 붙였다. 가늘고 긴 초와 굵고 짧은 초가 서로 높이를 달리하며 빛의 나무들처럼 케이크를 장식했다. 민서는 마당에서 담배를 피우는 큰아빠와 상을 등지고 앉은 할머니를 번갈아 바라보았다. 케이크의 촛불은 주인을 기다리며 조용히 타올랐다. 초가 다 타버리면 어쩌나, 민서는 초조했다.

어느새 큰아빠는 상 앞에 돌아와 앉았다. 할머니도 생일상을 향해 돌아앉았다. 민서는 촛불이 절반쯤 타들어간 케이크를 큰아빠에게 내밀었다.

"촛불 끄기 전에 소원부터 빌어야 해요."

큰아빠는 알았다는 듯 잠시 생각에 잠겼다.

"이제 꺼도 돼?"

"네."

민서의 말이 떨어지기 무섭게 큰아빠는 휫- 휘파람 불듯 촛불을 껐다. 단번에 촛불이 꺼졌다.

"와, 절묘한 타이밍!"

민서가 감탄하며 박수를 쳤다. 초들이 바닥을 드러내기 직전이었던 것이다. 아슬아슬했던 만큼 성취감이 컸다.

심지에서 한동안 연기가 피어올랐다. 연기가 완전히 사라지자 케이크 중앙을 장식하고 있던 글자가 또렷이 드러났다.

축! 생일.

세 사람의 시선이 한동안 그 글자에 머물렀다.

큰아빠가 자리에서 일어나 거실 창 쪽으로 가더니 창문을 활짝 열어젖혔다. 오월의 봄기운이 기다렸다는 듯 집안으로 넘실넘실 밀려들었다.

"어서 잘라라, 민서야. 한 쪼가리 먹어 보게."

할머니가 어린애처럼 재촉했다.

민서는 큰아빠가 어떤 소원을 빌었을까 궁금해하며 케이크를 자르기 시작했다.

– 5·18 40주년기념소설집

『5월 18일, 잠수함 토끼 드림』(우리학교, 2020년)

군부독재로 인해 벌어진 비극적인 사건이었던 1980년 5·18민주
화운동은 절대 잊히면 안 되는 역사이다. 44주년을 맞이하는 동안
많은 슬픔과 아픔이 있었지만, 더 나은 세상을 위해 한 걸음 한 걸
음 여기까지 걸어왔다. 그러면서 이 역사가 되풀이되지 않도록 큰
노력을 해왔다. 그중에서도 문화적 노력을 활발하게 해왔다. 기념
관과 역사관을 운영하고 다양한 콘텐츠를 만들어 그 의미를 다각적
으로 조명했다.

특히 5·18민주화운동이 발발한 때부터 기록된 5·18사태일지, 피
해 상황, 수습대책, 시체매장계획, 사망자 인적사항 등의 문서들을
국가기록원으로 이관하여 보존한 일은 5·18민주화운동을 제대로
알리는 데 큰 역할을 했다. 이 기록들은 동아시아 민주화운동에 큰
영향을 끼쳤고, 2011년 5월 24일, 5월의 기록물이 유네스코 세계기
록유산으로 선정되어 등재되었다.

5·18기념문화재단에서는 이를 기념하여 지난 2012년과 2013년
'오월문학'의 성과를 집대성해 '오월문학총서' 시, 소설, 희곡, 평론
전 4권을 발행한 바 있다. 그리고 10년 만인 올해, 다시 2차분을 발
행하게 되었다. 이번 2차분에서는 〈아동·청소년〉 부문을 넣어 총 5

개 장르로 발행하게 되었다.

책임편집위원으로 참여하여 싣게 될 작품을 선별하는 일은 쉬운 일이 아니었다. 20편이라는 정해진 편수를 고르는 일에 고민이 많았다. 일단 5·18기념재단에서 시행하고 있는 '5·18문학상' 신인상 동화 부문 수상작품들에 비중을 더 두기로 했다. 그렇게 해서 선별한 작품은, '5·18문학상' 신인상에 선정된 작품들 중 13편의 단편동화와 단행본 속의 단편 동화 및 단편 청소년소설 등 7편이다. 이 가운데 17편을 제1부 '아동 소설'로, 나머지 3편을 제2부 '청소년 소설'로 구분하고, 제1부를 작품의 내용과 경향에 따라 다시 3개의 범주로 구분하였다. 첫째 장 '사건의 재현과 진실 규명'(7편), 둘째 장 '트라우마와 회복'(5편), 셋째 장 '공동체 의식과 의미 확장'(5편)이 그것이며, 시간의 흐름에 따라 그 변화를 살필 수 있도록 발표 순으로 수록했다.

'5·18문학상'은 2005년부터 시행됐다. 오월정신을 담은 문학성이 뛰어난 작품을 장르별로 발굴하여 시상하는 신인문학상에서 출발했고, 현재는 '본상'과 '신인상'을 구분하여 시상 중이다. 오월문학에 새로운 활력을 불어넣기 위해 한국작가회의, 계간 문학들, 5·18

기념재단이 공동으로 주최해서 진행했다. 동화 부문에 선정된 모든 작품을 싣고 싶었지만 지면의 한계로 그러지 못해 아쉬움이 크다. 단행본 속 단편들도 마찬가지다. 많은 작품이 있었지만 다 싣지 못하고 7편으로 간추렸다. 연락이 닿지 않아 아쉽게 싣지 못한 작품들도 있었다.

간추린 작품들 모두 아픈 역사를 집약해 한 올 한 올 이야기로 엮은 고민의 흔적이 빛났다. 다양한 시선과 배경 그리고 소재는 각각의 의미와 해석을 주었다. 여러 관점에서 역사를 바라볼 기회가 되리라 생각했다.

그동안 아동·청소년 문학에서도 오월정신을 주제로 한 작품들이 꾸준히 나왔다. 1990년대 후반부터 시작해 2000년대에 들어서면서 급성장하기 시작했다. 주제나 소재의 변화와 흐름도 있었다. 어린이와 청소년들은 역사적인 자료만으론 온전하게 그 참된 의미를 전달받기가 힘들다. 그러기에 그들이 앞으로 나아갈 수 있는 미래를 꿈꾸게 하기 위해선 제대로 이해하고 생각할 수 있도록 해야 한다. 그 방법의 하나가 오월정신을 담은 문학 작품이다. 다양한 동화, 그림책, 청소년소설 등의 작품들은 아이들이 역사를 제대로 알고 지금을 잘 살아갈 수 있게 하는 원동력이 되리라 믿는다.

사실 창작물보다 역사물 쓰기가 훨씬 어렵고 힘들다. 자료도 찾아야 하고 검증도 받아야 하고 특히 잘못된 해석으로 오류와 상처를 남길 수도 있기에…. 그러기에 조심스러워, 마음은 있지만 주저하며 시작을 못 하는 작가들도 많다. 하지만 작가의 시의성은 중요하다. 시대의 흐름과 사회적 이슈를 반영하고, 독자들과 공감대를 형성하며, 변화를 끌어내는 데 중요한 역할을 하는 이가 작가이기 때문이다.

사회 문제에 관한 관심과 책임감을 작가는 가지고 있어야 한다. 시의성 있는 작품을 통해 사회 문제를 제시하고 비판하며, 변화를 촉구하는 목소리를 낼 수 있어야 한다. 그런 까닭에 작가들은 끊임없는 노력을 통해 시의성 있는 작품을 창작하고, 다양한 관점으로 통찰할 수 있어야 한다.

아동·청소년에게 어둡고 슬픈 역사를 왜 보여주는가. 화려하고 찬란한 역사도 중요하지만 잔혹한 시련의 역사가 주는 변화들과 그 의미들 또한 간과할 수 없다. 왜냐하면 지금의 우리나라를 만든 것은 찬란한 역사들 못지않게 아픈 역사의 과정 속 변화들로 인한 영향도 크기 때문이다. 어쩌면 아픈 역사의 되새김이 더 중요한지도 모른다. 새로운 시대는 지난 시간을 딛고 열어 가는데, 그러기 위해선 과거를 성찰하고 반성하는 작업이 먼저이다.

어른들은 물론 어린이 청소년들도 땅 위에 핀 꽃만이 아니라 땅속에 내린 뿌리의 고통까지 봐야 진정한 꽃의 아름다움을 느낄 수 있다. 기억하지 않는 역사는 되풀이된다. 아름다운 모습을 보여주는 것도 중요하지만 아름다운 세상을 물려주는 게 더 중요하다.

민주주의는 피를 먹고 자란다고 했다. 우리의 몸은 혈류가 흘러야 살 수 있듯이, 우리의 나라는 민주를 위해 걸어가는 사람들이 끊임없이 나와야 제대로 설 수 있다. 지금껏 그렇게 흘러왔다. 지금의 '나'는 누군가의 희생이 있었기에 살고 있다는 생각을 늘 가지길 바라는 마음이다.

'광주의 오월'이 더 아름다운 세상으로 나아가기 위한, 아프지만 찬란한 빛이 되길 바란다.

2024년 7월

오월문학총서간행위원회 아동·청소년 부문

책임편집위원 박상률, 안오일

오월문학총서 ◀5

아동·청소년

초판 1쇄 찍은 날 2024년 7월 15일
초판 1쇄 펴낸 날 2024년 7월 20일

엮은이 오월문학총서간행위원회

펴낸곳 5·18기념재단
주소 61965 광주광역시 서구 내방로 152(쌍촌동) 5·18기념문화센터 1층
전화 062-360-0518
팩스 062-360-0519

만든곳 문학들
주소 61489 광주광역시 천변우로 487(학동) 2층
전화 062-651-6968
팩스 062-651-9690
전자우편 munhakdle@hanmail.net
등록 2005년 8월 24일 제2005 1-2호